Amor com gelo e açúcar

Elliot Fletcher

Amor com gelo e açúcar

Tradução
Carolina Candido

HARLEQUIN
Rio de Janeiro, 2025

Título original: *Scotch on the Rocks*

Copidesque Rebeca Benjamim
Revisão Daniela Georgeto e Natália Mori
Design de capa Ren Nolasco
Ilustração miolo Freepik
Diagramação Abreu's System

Dados Internacionais de Catalogação na Publicação (CIP)
(Câmara Brasileira do Livro, SP, Brasil)

Fletcher, Elliot
Amor com gelo e açúcar / Elliot Fletcher; tradução Carolina Candido. – Rio de Janeiro: Harlequin, 2025.

Título original: Scotch on the rocks.
ISBN 978-65-5970-530-6

1. Romance norte-americano I. Título.

25-275606 CDD-B869.3

Índice para catálogo sistemático:
1. Romances : Literatura brasileira B869.3
Bibliotecária responsável: Eliete Marques da Silva – CRB-8/9380

Rua da Quitanda, 86, sala 601A - Centro,
Rio de Janeiro/RJ - CEP 20091-005
Tel.: (21) 3175-1030
www.harpercollins.com.br

Para minha avó, que não teve a chance de ler isso;
você me ensinou a arte de ser quem eu sou de verdade.

E para as rainhas do gelo,
as guardiãs de rancores,
todas aquelas que já foram chamadas de vacas
sem nem terem a chance de abrir a boca.

PLAYLIST

Black Magic Woman – Fleetwood Mac
the grudge – Olivia Rodrigo
I Could Be a Florist – Olivia Dean
mirrorball – Taylor Swift
Chew On My Heart – James Bay
High – Stephen Sanchez
Would That I – Hozier
Ok Love You Bye – Olivia Dean
Hits Different – Taylor Swift
Jaded – Miley Cyrus
Move Together – James Bay
mad woman – Taylor Swift
Nobody Gets Me – SZA
Weathered – Jack Garratt
i am not who i was – Chance Peña
Everywhere, Everything – Noah Kahan, Gracie Abrams
July – Hozier
Mess Is Mine – Vance Joy
Us – Miller Blue
Silver Springs – Fleetwood Mac
Don't Blame Me – Taylor Swift

NOTA DA AUTORA

Ainda que *Amor com gelo e açúcar* seja, em sua essência, uma leitura descontraída, alguns de seus conteúdos podem atuar como gatilhos. Dentre eles: menção de abandono infantil e adoção; morte de um dos pais (fora da narrativa); cuidados de um familiar com Alzheimer; cena de violência física descrita no livro. Esta obra é um romance explícito com encontros sexuais que se estendem por muitas páginas.

ANTES

Callum

Me apaixonar por Juniper Ross foi como entrar na frente de um carro em alta velocidade.

Era fim de julho, e eu estava correndo pela plataforma escaldante da estação Waverley, em Edimburgo. O ar tinha aquele cheiro de fumaça e esgoto fervente que só se sente nas ruas sujas da cidade. Ondas de calor subiam do asfalto como se viessem do inferno… e lá estava ela. Através da janela do vagão, parecia uma miragem no deserto.

Alarmes deveriam ter soado no instante em que descartei a passagem de primeira classe que se desfazia na minha mão suada e atravessei as portas automáticas do trem no último segundo. Felizmente, nenhum membro ou apêndice ficou para trás. Aquele era o vagão dela. *Quem precisa de espaço extra para as pernas? Eu que não.*

Alertas vermelhos deveriam ter piscado quando a olhei de perto pela primeira vez e pensei *jovem demais*, mas, ainda assim, me sentei bem na frente dela. Eu estava pingando de suor, igual à condensação no copo de *latte* gelado que ela segurava, e ela ergueu os olhos do livro que lia por tempo suficiente para seguir com o olhar uma gota que descia pelo meu pescoço.

Abrasadora. Aquela era a palavra que sempre viria à minha mente quando pensasse nela.

Para mim, ela parecia a irmã gêmea sarcástica da Branca de Neve. Pele clara e um rubor permanente nas bochechas. Roupas pretas, botas pretas e um piercing delicado no septo. O cabelo, na época, era longo, preto como a meia-noite, com ondas que terminavam na base da coluna. Ela tinha um sorriso travesso nos lábios, como se já soubesse o desfecho de uma piada que eu nunca nem tinha ouvido.

Ou talvez tivesse sim.

Os alarmes estavam tocando, no fim das contas, e eu ignorei todos ao permanecer no assento bem à frente dela. Como não sou do tipo afobado, dei a ela cinco minutos inteiros para fingir interesse no livro que segurava antes de perguntar:

— Você mora em Glasgow ou em Edimburgo?

Ela mal ergueu os olhos da página.

— Como se eu fosse dar essa informação pra qualquer maluco no trem.

A voz dela era baixa, o sotaque suave e melódico, daquele jeito que instiga um canto específico do cérebro. Mesmo que morasse ali, não era das Terras Baixas da Escócia.

— Em geral, eu diria para uma mulher não fazer isso mesmo, mas este caso é bem diferente.

Ela virou uma página.

— E por que seria?

Eu me inclinei um pouco mais, inebriado com o perfume dela, e sussurrei:

— Porque eu sou confiável.

Ela riu, e eu senti como se tivesse ganhado uma medalha.

— Um maluco confiável? Você é o quarto que conheci só hoje.

Nunca me senti tão encantado por alguém. Eu só estava indo para Glasgow porque meu irmão mais novo, Alistair, queria que eu conhecesse a namorada dele. Eu seria o pior irmão do mundo, mas já estava pronto para deixar de lado todos os meus planos para os próximos três dias e implorar para que aquela mulher ocupasse cada segundo do meu tempo. Então, o trem chegou a Glasgow, e ela me deu o primeiro soco na barriga.

Ela tinha um namorado. *É claro que ela tinha um namorado.*

Merda, mas não parecia justo uma mulher como ela estar em um relacionamento sério.

Horas depois, parado na cozinha impecável do meu irmão mais novo, veio o segundo golpe.

Minha barriga se contorceu quando olhei pela segunda vez naquele dia para aquela mulher ao mesmo tempo peculiar e fascinante. A mão delicada dela segurava a minha num aperto de cumprimento.

A jovem Juniper Ross.

Eu não conseguia acreditar na crueldade do destino me fazendo encontrá-la ali. Dois fugitivos de nossa minúscula vila na Ilha de Skye. A melhor amiga da minha irmã caçula. No trem, eu não tinha me lembrado, estava distraído demais com a ideia daquelas pernas quilométricas enlaçadas em minha cintura. A nova namorada do Alistair. E eu tinha cruzado com ela pela primeira vez no trem das 8h45 de Edimburgo para Glasgow. Com sete meses e doze dias de atraso para ela ser minha.

Me apaixonar por Juniper Ross foi mesmo como entrar na frente de um carro em alta velocidade.

Senti meus pés saindo do meio-fio. Vi o brilho dos faróis. Ouvi o som estridente dos pneus cantando no asfalto. Percebi o exato segundo em que eu poderia ter recuado e me salvado. Mas então ela riu. Riu como se todo o corpo dela estivesse prestes a decolar, e aquilo incendiou um pedaço dentro de mim que tinha congelado no dia em que o brutamontes do meu pai me despachou para o Exército aos 16 anos.

Juniper riu, e eu abri os braços, aceitando a colisão.

Daquele momento em diante, tranquei meus sentimentos bem fundo dentro do peito. Flertava, provocava e ameaçava roubá-la no meio da noite de meu irmão. Bagunçava o cabelo dela e enfiava o dedo em seu nariz, como um irmão mais velho faria.

Mas, acima de tudo… eu a evitava, porque, toda vez que via Juniper Ross, ela tomava um pouco mais de mim.

TRÊS ANOS DEPOIS, GLASGOW

Juniper

— Você deu uma olhada nos documentos que mandei por e-mail, da conferência do Hotel Boutique? Destaquei alguns parágrafos na seção de modelos de negócios sustentáveis…

— Isso parece moderno demais. Você sabe que seu pai preferia manter a pousada mais tradicional.

Não me diga. Bom, meu pai não está mais aqui. Segurei o celular com mais força e engoli a resposta cruel, observando a porta de meu hotel no centro de Glasgow.

— Eu entendo, mas precisamos fazer mudanças se quisermos competir com a enxurrada de casas disponíveis para aluguel na ilha.

— Aprecio seu entusiasmo, Juney, seu pai ficaria muito orgulhoso.

Mas a resposta era não… Ela nem precisava dizer.

Isso foi uma perda de tempo. Eu sabia, antes mesmo de embarcar naquela droga de balsa saindo de Skye, que a conferência não serviria para nada, mas, como a trouxa que sou, vim mesmo assim. Passei a mão pelo rosto cansado.

— Talvez seja melhor falarmos disso quando eu voltar pra casa.

— Se é o que você quer, querida. — Não era. Mas eu cedi. Como sempre fazia. — Quais são os grandes planos para esta noite? Faz tempo que você não visita Glasgow.

— Uma montanha de serviço de quarto e aquele filme de casamento bobo. Sabe qual é, aquele em que o cara cai na piscina dos sogros — menti, já indo em direção à porta.

— *O pai da noiva*? Um clássico. Não fazem mais comédias românticas como essa.

— Se você diz.

Minha mãe adotiva sempre foi romântica demais.

— Você não vai encontrar o Alistair?

— Não, por que eu faria isso?

— É só uma pergunta. Depois de tantos anos juntos, é uma pena deixar as coisas...

— Fiona — proferi o nome dela como um aviso.

— ... seria bom se vocês ao menos pudessem ser amigos. Ele *era* seu noivo.

— Pode me chamar de louca, mas eu não classificaria um noivo que te abandona no instante em que seu pai fica doente como um *ótimo amigo para o futuro* — disparei.

Silêncio. *Merda.*

— Fiona, eu sinto muito...

— Eu sei. — A voz dela vacilou. — É que às vezes é difícil me lembrar dele.

Eu ia pedir desculpa de novo, mas ela me cortou, fungando daquele jeito que sempre fazia enquanto se recompunha.

— Também é difícil para mim. — Minha voz saiu baixa. Com saudade de casa; mas não de um lugar, e sim de uma pessoa. — Olha... a gente se vê amanhã. Meu ônibus sai cedo, então é melhor eu dormir.

— Amanhã. — Era coisa da minha cabeça ou ela parecia decepcionada? — Te amo, Juney.

Senti um aperto no peito quando não consegui dizer o mesmo.

Na rua, a familiaridade da arquitetura vitoriana de Glasgow me envolveu, e eu canalizei minha frustração para cada batida dos saltos nas pedras, que gritavam *casa, casa, casa*. Em vez de virar à esquerda, na direção do rio Clyde e da torre brilhante de apartamentos, virei à direita, desviando dos casais de braços dados para chegar aos restaurantes sofisticados na rua Hope.

Aquele bairro pertencia a uma versão mais jovem da Juniper. Um pouco mais impulsiva, infinitamente menos cínica e com uma coleção excessiva de camisetas de banda. Por um milagre, consegui usar meu diploma de jornalismo para algo útil e garanti um cargo júnior no *Glasgow Herald* apenas um ano depois de me formar na faculdade. Sempre omiti a parte em que trabalhava na coluna social; no meu primeiro dia, o editor ancião olhou para o meu piercing no septo e decretou: "você vai trazer um toque *arrojado*", fosse lá o que isso quisesse dizer. Eu não ligava para o fato de as matérias serem de mau gosto. Amava a agitação sem fim no meio dos cubículos no escritório e o cheiro daquela porcaria de café que bebia na caneca com os dizeres JORNALISTA MAIS GATA DO MUNDO (um presente de minha melhor amiga, Heather). Amava quando me envolvia tanto em uma matéria que meus dedos não conseguiam digitar rápido o suficiente para acompanhar o fluxo dos pensamentos, já que dava a sensação de que eu tinha acertado em cheio. Amava que toda sexta-feira Alistair pegava o metrô de Hillend até a rua Buchanan para almoçarmos fora.

Quase um ano desde a última vez em que pisei na cidade.

Quase um ano desde a festa de noivado que mudou tudo.

Só de lembrar do meu pai, Alexander, desabando na pista de dança enquanto levava a mão ao peito, eu ficava gelada. Um ataque cardíaco. Da noite para o dia, o homem mais forte que eu conhecia ficou tão frágil que parecia até uma criança e precisou se recuperar em uma cama de hospital. Eu larguei tudo. Corri para casa para ajudá-lo. Pausei minha vida e meu relacionamento. E então ele morreu, menos de quatro meses depois. E todos os sonhos que eu tinha para mim mesma morreram junto com ele.

Você está melhor sozinha mesmo, Juniper. Afinal, quem ia querer ficar com você? A voz fantasma atravessou meu peito como uma lâmina em brasa. A voz de uma mulher sem nome, sem rosto, que abandonou a filha de 1 ano no banheiro de um hospital.

Reprimi o impulso de olhar para o dedo onde antes ficava meu anel de noivado e me direcionei para o primeiro bar que vi. Treze meses. Eu já estava sem aquele anel havia mais tempo do que o usei e, mesmo assim, ainda sentia o peso dele como um membro ausente.

Um jovem me recebeu na porta, erguendo a cabeça para me olhar nos olhos. Os dele se arregalaram por um instante, quase imperceptivelmente, e meus lábios se curvaram num sorriso travesso. *Ah, como eu adoro isso*. Pena que ele era baixinho para o meu gosto. Pode me chamar de antiquada, mas, quando um homem me comia na parede, eu preferia que meus pés não tocassem o chão.

Altura era o mínimo que eu exigia ao procurar companhia para a noite. Não que eu *estivesse* procurando, mas sabe como é. Tudo o que eu queria era beber e comer o suficiente para esquecer o pequeno detalhe de que estava de volta a Glasgow, com o fantasma da minha antiga vida me assombrando a cada passo.

Escolhi uma mesa discreta no fundo do bar, interrompi um garçom antes que ele se afastasse e pedi dois martínis e um pequeno banquete de carboidratos. A comida chegou em questão dc minutos: duas porções de batata frita, anéis de cebola empanados no uísque, umas trouxinhas de *haggis* vegetariano e uma tigela de azeitonas. Peguei uma e a coloquei na boca, saboreando o gosto salgado no instante em que uma sombra pairou sobre mim. Uma mão se apoiou no encosto do sofá. Segui o braço até encontrar o dono.

Um cara mais ou menos da minha idade. Bonito, mas de um jeito genérico. O tipo de homem que você veria como modelo num catálogo de material de escritório: atraente, mas não o suficiente para te distrair da cadeira giratória com suporte ajustável na lombar.

— Isso aqui é uma festinha?

Ele sorriu do outro lado da mesa redonda, exibindo uma covinha que, com certeza, achava irresistível. Eu me perguntei se ele treinava aquela expressão no espelho do banheiro.

— Um velório, se você não sair da minha mesa.

Ele se retraiu, os olhos indo e voltando entre os meus, incrédulo.

— Um fora, assim, de cara?

Arranquei a segunda azeitona do palito com os dentes.

— *Assim, de cara.*

Um homem atrás dele, que presumi que fosse um amigo, riu no copo de bebida.

— Vaca! — sibilou ele, me mostrando o dedo do meio antes de sair pisando duro.

— Grosso! — gritei às costas dele. — Achei que queria ser meu amigo!

Mal tinha voltado a comer quando outra sombra cobriu minha mesa. Sem dúvida era outro amigo dele, pronto para tentar a sorte com a vaca sentada no fundo do bar. Quem sabe eu tivesse dado ainda mais sorte e eles tivessem apostado dinheiro.

Sem paciência, nem levantei os olhos.

— Se chegar mais perto, vou enfiar este palito no seu olho.

Então, ergui minha arma em miniatura para que ele pudesse apreciar.

— Violência meio gratuita, mas preciso reconhecer a criatividade, harpia.

Eu congelei. Cada pelo do meu corpo se eriçou ao ouvir aquele sotaque profundo. O apelido. O tom de humor de um homem que levava quase nada a sério.

Um tipo bem diferente de fantasma.

Eu me recostei devagar, forçando a voz a soar estável.

— Callum Macabe.

Ele fez um gesto na direção de meu mais novo amigo no bar. Seu sorriso revelou os caninos afiados que eu sempre invejei.

— Aquilo pareceu cruel.

Ele vestia um terno cinza-chumbo, escuro, mas não preto. Sem gravata. O cabelo castanho-claro, do mesmo tom do de Alistair, estava um pouco mais comprido do que da última vez que o vi, com as pontas encaracoladas tocando o colarinho aberto da camisa.

Cruzei uma perna sobre a outra com uma confiança que eu, com certeza, não sentia.

— Pra ele ou pra mim?

— O cara parecia devastado.

— Tenho certeza de que ele vai encontrar outra *vaca* pra diverti-lo esta noite.

O sorriso de Callum desapareceu, os ombros se retesando sob o paletó ajustado.

— O babaca te chamou disso?

Ele parecia quase… com raiva. Uma emoção que eu não sabia que Callum Macabe era capaz de sentir. Isso me divertiu o suficiente para eu ronronar:

— Por que, Callum… está pensando em defender a minha honra?

— Se você pedir com jeitinho.

As palavras soaram casuais. O olhar que ele lançou para os caras *não foi*. Eu poderia jurar que os dois se encolheram no assento.

Ficamos em silêncio, e eu girei o palito de azeitona vazio entre os lábios pintados de vermelho. Callum acompanhou a cena com uma intensidade que me pegou desprevenida, os olhos azuis iguais aos de Alistair reluzindo em um tom distinto de cobalto.

Num instante, fui levada de volta àquele dia no trem. O desejo escancarado nos olhos dele quando me viu de novo na casa de Alistair. Estava lá num segundo, e no seguinte sumiu tão rápido que eu mal tive tempo de notar. No lugar, vi o arrependimento tomar conta de seu rosto como uma máscara. Educado. Distante. Um pouco frio.

Talvez fosse assim que todo mundo devesse olhar para a namorada do irmão.

Mas ele não estava me olhando assim naquele exato momento.

Ele tirou o paletó e o jogou no encosto do banco antes de se sentar.

— O que você está fazendo? — perguntei, segurando a mesa quando ele esbarrou nela com o joelho.

— Jantando.

O punho da camisa foi puxado em seguida; ele desabotoou e enrolou o algodão branco sobre os antebraços tonificados, cobertos por uma penugem clara. Ele manteve uma distância respeitável entre nossas coxas, mas seus olhos demoraram um instante a mais no sutiã rendado que se insinuava sob minha camisa. Um músculo pulsou em sua mandíbula.

Cruzei os braços.

— Que tal pedir um só pra você?

As rugas de riso nos cantos dos olhos dele se aprofundaram.

— Você vai mesmo comer tudo isso?

— *Sim.*

Era óbvio que ele achava que eu estava blefando, mas, quando o garçom se aproximou, Callum fez exatamente o mesmo pedido — porém sem as azeitonas — e então sorveu a bebida sem desviar a atenção de mim enquanto eu fingia que ele não existia e provava um pouco de tudo na mesa.

Eu não o mandei embora. Devia ter mandado. Porque, no curto espaço de tempo em que o garçom voltou com a comida, um corpo invisível se espremeu no banco entre nós. Alistair, que naquele exato momento deveria estar a dez minutos dali, em seu apartamento chique no alto de um arranha-céu.

— O que você está fazendo aqui?

Callum pareceu aliviado com a pergunta, ou, talvez, aliviado pelo que eu *não* perguntei.

— Vim me encontrar com alguns amigos do exército. E você?

— Uma conferência de negócios na cidade.

Ele assentiu, os dedos longos traçando a borda do copo.

— Você está administrando a Casa Hera, não é? Como está indo?

Horrível, eu quis gritar. *Fiona virou uma controladora desde que Alexander morreu e se recusa a me deixar mudar qualquer coisa. Heather e eu mal nos falamos. E eu não faço a menor ideia do que estou fazendo*. Mas tudo o que eu disse foi:

— Indo.

Ele franziu a testa, sem dúvida lendo nas entrelinhas.

— *Ah*, diversão em família... Mas sinto muito pelo seu pai, eu queria ter falado com você no funeral...

Soltei uma risada curta já bebendo o martíni.

— Nem vem. Se for começar com isso, pode pedir a comida pra viagem.

— Começar com o quê?

— Pena.

Franzi o nariz.

— Não é pena, é compaixão.

— São a mesma coisa, e eu não quero nenhuma delas.

— Certo. — Ele jogou um braço por cima do encosto do banco, os dedos a um suspiro de distância das pontas afiadas do meu cabelo chanel. Da última vez que Callum me viu, ele caía em ondas longas pelas costas. — E o que *é* que você quer, Juniper?

Merda. De repente, estava abafado ali dentro. Eu não podia tirar o casaco sem que ele achasse que era uma insinuação.

Talvez eu devesse tirá-lo.

— Quero beber meus dois martínis em paz.

— Você só tem um.

— O outro vem logo aí.

Apontei para o garçom, que corou adoravelmente e levantou a mão num aceno hesitante.

— Hmm. — Os olhos de Callum deslizaram para o garçom e voltaram para mim. Então ele se inclinou para mais perto, o couro do banco rangendo sob seu peso. — Eu não acho que é isso que você quer. Acho que você adorou que eu tenha vindo aqui e estragado sua noitadinha solitária. E, quando esses dois martínis baterem, você vai me agradecer por ter interrompido uma noite de sexo decepcionante com algum garoto de 20 e poucos anos que dura no máximo duas sentadas.

Revirei os olhos. Com força.

— *Meu Deus*, eu tinha esquecido que você era assim.

— Sincero?

— Não, arrogante.

— Harpia, já espirrei por mais tempo do que aquele moleque duraria entre suas pernas.

Os olhos dele percorreram meu rosto inteiro, pousando na linha da minha mandíbula, onde meu cabelo curto roçava. Eu fiz o mesmo. Callum tinha ficado ainda mais bonito no ano em que não o vi, os traços um pouco mais marcantes com a idade, a barba um tanto mais cheia. Antes, eu o achava rústico demais, preferindo os traços mais *refinados* de Alistair.

Agora Callum parecia diferente.

Ou talvez ele estivesse igualzinho, e fosse outra coisa que tivesse mudado.

A garganta dele se moveu quando engoliu em seco.

— Gosto do seu cabelo assim — falou Callum.

A voz era áspera e baixa, como se quisesse dizer algo completamente diferente. Foi como se ele tivesse lambido as palavras na minha pele, de tanto que meu corpo reagiu. Mantendo o olhar preso ao dele, levantei a mão para chamar o garçom.

— O que você está fazendo?

— Pedindo as bebidas.

Eu ia precisar delas.

— Você trouxe casaco?

Callum limpou a garganta, me seguindo na saída do bar.

Balancei a cabeça.

Conversamos por horas. Callum, no fim, pegou minha batata frita sem dizer nada quando empurrei a tigela para longe. O rumo da conversa nunca passou por Alistair e, quando por fim nos levantamos da mesa, eu já não sentia mais o peso da presença dele entre nós.

Devia ser o efeito dos dois martínis. O último parecia mais forte do que o normal e, veja só que curioso, foi naquele exato momento que beijar o irmão do meu ex deixou de parecer um erro colossal.

Callum ainda usava apenas a camisa branca. O paletó pendia dos meus ombros, num gesto cavalheiresco, depois que o ar-condicionado do bar se tornou impossível de aguentar.

— Onde você está ficando? — perguntou ele quando paramos na entradinha do bar.

— No Grosvenor.

Ele me encarou por um longo tempo, então passou a mão pela mandíbula e balançou a cabeça.

— Eu também.

Percebi a mentira, mas estava ocupada demais lidando com o calor pulsando em cada um de meus membros para me importar.

— Que coincidência — murmurei.

Ele virou a cabeça depressa para me encarar.

— Eu posso… te levar. Só tomei uma bebida.

Nos afastamos para cantos opostos do espaço estreito, como adversários num ringue, esperando o outro ceder primeiro. A mandíbula dele enrijeceu enquanto seu olhar descia pelo meu pescoço e parava no decote da blusa, meio escondido embaixo dos casacos.

Quando a tensão ficou insuportável, desviei o olhar, baixando os olhos a tempo de vê-lo se aproximar. Só parou quando o sapato social dele roçou em minha sandália de tiras e minhas costas encontraram a porta externa. Um silêncio longo pulsava no ar.

— Me dê um fora, Juniper.

Eu não conseguia pensar. Não conseguia falar com o coração disparado.

Era tão errado, *meu Deus*, e eu sabia que isso era metade do motivo pelo qual aquilo me excitava.

Callum deslizou o dedo pelo meu pescoço.

— Nós dois sabemos onde isso vai dar. Diz que... *caralho*, diz que é para eu sair de perto. Diz que é para eu agir como um irmão minimamente decente... Diz que é para eu te colocar num táxi e ir embora sem olhar para trás. — Ele tremia, as palavras tão reais que pareciam arrancadas do fundo do peito. — Juniper. Diz que isso é uma péssima ideia. Diz... diz que você não é pro meu bico.

Quando continuei em silêncio, ele segurou meu queixo, erguendo-o até nossos olhos se encontrarem. A expressão de Callum oscilava entre desejo intenso e puro pânico.

— Preciso ouvir isso de você. Eu não consigo me afastar de você sozinho.

O silêncio ecoou por dois segundos ensurdecedores, e nele o rosto bonito de Alistair surgiu atrás de minhas pálpebras. Seu sorriso era a provocação mais cruel.

E então aquela voz deslizou por minha mente como uma enguia, sussurrando que eu não merecia nada. Que eu merecia estar sozinha.

— Vá buscar o carro.

CALLUM

Alistair: Café da manhã enquanto você ainda está por aqui?

Callum: Fica pra próxima?

Alistair: Entendido, irmão... boa noite ;)

Ela mudou de ideia, sussurrou uma voz cruel. Rosnei de volta como um lobo acuado, virando na avenida movimentada e parando na área de embarque em frente ao bar. Se ela tivesse mudado de ideia... tudo bem. *Seria melhor assim.*

Eu daria um jeito de superar. Algum dia.

O relógio continuava sua marcha.

Trinta segundos se passaram.

Um minuto.

Apertei o volante com mais força. A culpa e a esperança travavam uma batalha no meu peito. Eu precisava ir embora. Ligar a ignição e dirigir, dirigir até não estar mais engolindo grandes lufadas do perfume de Juniper, como se precisasse gravá-lo na memória. Até parar de imaginar beijar aquela maldita boca vermelha pela qual me tornei obcecado.

Ou… eu poderia aceitar o fato de que ela nunca seria minha de verdade e me agarrar a esta única noite — esta única chance — como um presente e depois passar o resto da vida juntando os cacos.

A porta do bar se abriu. Meu coração foi parar na garganta. A silhueta esguia de Juniper surgiu na luz, ainda mais alta com aqueles malditos sapatos, sensuais o bastante para alimentar todas as fantasias que eu teria pelos próximos vinte anos. De repente, eu estava exausto de lutar contra o que sentia. Desde aquele dia no trem, ela nunca esteve a mais que um pensamento de distância.

Quando estava com ela, só conseguia pensar em como deveria me afastar. Me agarrar ao último fiapo de sanidade. Durante os longos períodos sem vê-la, ficava obcecado, procurando todas as formas possíveis de forçar um encontro: uma viagem rápida para Skye, uma mensagem só para saber como ela estava. Qualquer coisa que fizesse Juniper Ross me notar, mesmo que por um segundo.

Ela virou a cabeça, procurando por *mim*. Meu corpo agiu sozinho e pisquei os faróis uma vez. *Caralho, decisão tomada*. Ela se voltou em minha direção, os passos calculados carregados de expectativa. *Alistair teve a chance dele*. Esse pensamento martelava como um tambor enquanto eu me inclinava sobre a marcha para abrir a porta, prestes a avisá-la do degrau íngreme, quando a fenda da saia de seda revelou a pele pálida de sua coxa e aquelas pernas intermináveis devoraram a distância com facilidade.

A porta se fechou atrás dela, e o carro mergulhou na escuridão. Contra o pano de fundo negro, ela parecia uma heroína de cinema *noir*, inatingível demais para existir em qualquer outro lugar que não fosse um rolo de filme. A ponta da língua deslizou sobre o lábio inferior, e ela olhou para todos os lugares, menos para mim.

— Nunca tinha entrado no seu carro.

Ela estava nervosa, percebi com um choque. Minha harpia nunca ficava nervosa. Isso me fez vacilar também, minha mão tremia quando a ergui para segurar o rosto dela e virá-la para mim.

— Callum?

Ela franziu as sobrancelhas, e me perguntei que expressão eu deveria ter no rosto. Desespero. Veneração, talvez. Eu não estava nem aí, meu nome nos lábios dela era a única coisa que importava.

Meus dedos se curvaram, deslizando para segurá-la pela nuca.

Corações não deviam bater tão rápido, pensei, me sentindo aturdido. Nunca estive tão perto dela... Nunca a toquei por tanto tempo.

No dia seguinte, eu não lembraria quem se mexeu primeiro. Apenas o choque dos lábios. O deslizar das línguas e as mãos que se procuravam. Segurei seu rosto entre as mãos, enterrando os dedos nos fios sedosos junto às têmporas, no exato momento em que ela me pegou pela camisa, amassando o tecido nos punhos e puxando com força enquanto nos atrapalhávamos para chegar ainda mais perto, os lábios se encontrando com uma intensidade quase feroz. Gemi o nome dela entre os beijos, grunhidos roucos transformaram as sílabas suaves de seu nome em algo cortante quando eu abria a boca e minha língua roçava a linha de seus lábios, buscando a dela. Cada vez que eu me aproximava, ela recuava.

— *Porra* — arfei. — Seu gosto... seu gosto...

Era igual ao que sonhei. *Melhor*.

Ela se ergueu sobre os joelhos, arranhando meu couro cabeludo de uma forma quase dolorosa, inclinando minha cabeça para trás até se elevar sobre mim no assento apertado. Eu a segurei com força pela cintura, começando a puxá-la para meu colo, bem onde eu a queria, quando uma risada cortou a urgência do momento.

Um grupo de garotos se reuniu em volta da janela. Um deles teve a audácia de me mandar um joinha. *Meu Deus*, eu fiquei cego com os beijos de Juniper, e nem sequer tinha sentido o gosto da língua dela ainda.

— Caralho... aqui não.

Não me dei ao trabalho de xingar os meninos, apenas ajeitei Juniper no assento e prendi o cinto. Precisei de três tentativas para encontrar a fivela. Tirando o batom borrado e os fios de cabelo embaraçados por meus dedos, ela parecia intacta. Aquela seria a primeira coisa que eu mudaria assim que a tivesse debaixo de mim.

— Tire o casaco — ordenei, a voz firme como a de um sargento do exército.

Ela ergueu uma sobrancelha, aquele movimento suave que nunca falhava em me deixar duro, mas obedeceu. Virei o carro em um arco e entrei na rua Argyle. Precisei me lembrar de não acelerar nas ruas estreitas.

— A calcinha também.

Eu não olhei para ela ao mandar, *não poderia*, ou estaria acabado.

— Parece que você se enganou, Macabe, se está achando que é você quem manda aqui.

Ela é quem mandava, sem dúvida. Sempre foi. Ainda assim, dei um sorrisinho.

— Veja bem, eu acredito em dar e receber, harpia. E, assim que eu te colocar numa cama, pretendo te dar muitas coisas.

Ela hesitou por tempo suficiente para me fazer pensar que talvez não fosse obedecer. Mas então abriu as pernas. As mãos sumiram sob a saia. Acompanhei o caminho delas pelas coxas, o coração martelando enquanto esperava que reaparecessem. Ela desencaixou a peça do tornozelo. Um pedaço rendado tão fino que eu poderia ter rasgado com os dentes.

— *Porra*... é branca.

Eu não sabia dizer por que importava. Mas importava.

Os lábios dela se curvaram em um sorriso travesso enquanto amassava o tecido, enfiando a renda no porta-copos.

— Gosto de manter os homens alerta.

Peguei a calcinha no instante em que ela a largou. Levei ao rosto, inspirei fundo e a estendi em minha coxa. Meu gemido exagerado a fez rir quando paramos no semáforo. O brilho vermelho fazia a pele dela reluzir como uma chama por trás de um vidro. Seu rosto inteiro estava iluminado, a empolgação ardendo nos olhos castanhos.

Perfeita demais para ser de verdade.

Quantas vezes eu a imaginei assim? Milhares? Mais?

Sem desviar o olhar, ela mordeu o lábio inferior com aqueles dentinhos quadrados. E fechou os dedos na barra da saia, puxando-a para cima. Centímetro por centímetro, numa tortura lenta.

— *Porra*.

— Você já disse isso.

— Você vai me dar trabalho, Juniper? Por favor, diz que sim.

— Sem dúvida.

Ela reclinou a cabeça no encosto, os olhos escuros brilhando, os seios subindo e descendo conforme deslizava os dedos entre as coxas. Não o suficiente para se tocar, mas o bastante para me deixar louco.

Soltei outro gemido, sem o menor controle sobre os sons que escapavam de minha boca. Se não estivesse tão excitado, talvez tivesse ficado constrangido.

— Macabe?

— O quê?

— O sinal está verde.

— *Merda.* — O carro deu um solavanco, quase morrendo enquanto eu tentava engatar a marcha certa. — Não ouse se tocar, harpia! Está me ouvindo? Nem pense em se tocar.

Ela soltou um murmúrio de prazer. Arrisquei um olhar e soltei um palavrão ao vê-la arquear as costas.

— Eu que mando aqui, lembra?

O gemido dela parecia ter saído direto de minhas fantasias.

— Você que manda. Mas, a menos que queira que eu bata o carro, me faça esse pequeno favor. — Eu crispava os dedos no volante, lutando contra a vontade de olhar de novo. De encontrar a primeira rua lateral e vê-la se tocar até se perder em si mesma. — Eu assistirei a você brincar com essa boceta a noite inteira, se é isso que quer. Mas só depois que eu te levar em segurança.

Na próxima esquina, o hotel apareceu no campo de visão. Os pneus cuspiram cascalho quando entrei no estacionamento a toda velocidade.

— Nos fundos — arfou Juniper.

Estacionei de qualquer jeito sob um poste de luz. Saltei do carro e corri ao redor do capô, com um único objetivo. Juniper já tinha aberto a porta. Eu a segurei, escancarando de vez. Deslizei a mão pela coxa dela, afastando-a ainda mais até que eu pudesse vê-la por inteiro. Pernas infinitas, coxas úmidas e a boceta mais linda que eu já tinha visto. Eu precisava prová-la ali mesmo, no couro rachado do banco.

— E então, Macabe. — Ela fechou os olhos, o corpo se arqueando sobre os cotovelos. — Vai me foder melhor que ele?

Excitado como nunca, levei um segundo para registrar as palavras dela. Quando enfim entendi, meu corpo reagiu como se tivesse sido jogado em água gelada. Primeiro, puro pavor. Depois, um frio tão intenso que pareceu me esvaziar por dentro.

Meus lábios estavam a um fio de distância do clitóris dela. Perto o bastante para sentir seu cheiro. Para prová-la, se esticasse a língua.

— Foder você melhor do que *quem*, Juniper?

Eu só podia ser a porra de um masoquista, porque já sabia a resposta.

— Esquece… — Ela apertou meus ombros com as coxas. — Só… só me fode logo.

Não pare, minha mente gritava. *Vocês dois querem isso. Nunca mais vai ter essa chance.*

Mas foram os olhos cerrados dela que me fizeram recuar. *Se eu continuasse, seria eu que estaria fodendo ela? Ou apenas a lembrança dele?*

Com o coração em frangalhos, minhas mãos tremiam enquanto puxava a saia dela para baixo.

— Me desculpa.

Um segundo de silêncio, e ela se ergueu.

— É sério isso?

Balancei a cabeça, tentando ignorar a brasa de rejeição nos olhos dela.

— Eu não posso... a gente não deveria...

Ela deu uma risada cruel.

— Você nem me fez gozar antes de decidir que tem princípios?

— Porra, harpia, só me...

— Não ouse pedir desculpas de novo.

Ela praticamente tropeçou ao sair do carro, agarrando o casaco e a bolsa. A iluminação fraca do estacionamento ainda era suficiente para revelar o vermelho intenso em seu rosto.

— Não era minha intenção... eu não devia ter feito isso... você não quer isso de verdade.

Ela parou, mas não se virou.

— Do nada você é especialista no que eu quero?

— Não. Mas sei que não é isso. — *Não sou eu.* — E me recuso a fazer algo de que vou me arrepender de manhã.

As palavras saíram todas erradas. Soube no segundo em que as disse.

O mundo pareceu parar, o som do trânsito sumiu enquanto o momento se estendia entre nós. De repente, eu estava de volta a uma plataforma de trem em Glasgow, vendo a única mulher que despertou meu interesse em anos se afastar de mim.

Só que, daquela vez, ela não disse nada. Não havia sorriso de canto. Nenhuma resposta afiada. Apenas subiu as escadas do hotel. E então desapareceu.

AGORA

Cinco anos depois, Kinleith

1
Callum

Mal: Cadê você, porra?

Mal: Heather vai jogar meu cadáver mutilado no mar se tiver que esperar mais pela comida!

Callum: Foi mal! Chego em dez minutos.

Callum: Ou melhor, em vinte!

— É sério que você decidiu usar *este* sapato em uma festa na praia, harpia?

Cada músculo do corpo perfeito de Juniper Ross se retesou ao ouvir minha voz.

Então, no melhor estilo Juniper, ela não se virou bruscamente, mas rodou devagar, calculando cada movimento, sem dúvidas enchendo de areia aquele mocassim preto tratorado, só para me encarar feio, revirando os olhos ao notar as cervejas que eu carregava debaixo do braço.

— Meia dúzia de linguiça e um engradado de cerveja não são bem uma festa.

— Mas a deixam bem divertida. — Pisquei. Outro movimento certeiro para fazer o sangue gelado dela ferver. Assim como o jeito que meus olhos desceram pelo corpo dela, passando pela sainha curta, que parecia ainda menor por causa das pernas intermináveis. — Puta merda, você está até de meia-calça.

— Minha meia é melhor do que… — Ela parou, enrugando o nariz ao olhar para o calção de banho coberto de minúsculas bananas semidescascadas que eu tinha vestido depois de sair correndo da casa dos meus pais. — Que diabo de roupa é essa?

Ajeitando as cervejas, dei uma voltinha, permitindo que ela apreciasse a visão.

— Calção pra nadar, harpia. Não se deixe enganar pelo tamanho das bananas.

Ela fez uma careta como se aquela fosse a coisa mais ofensiva que já tivesse visto na vida.

— Acho que devo agradecer por você não ter vindo com aquela sunga que sei que deve ter escondida em algum lugar.

— Anda pensando muito nela, é?

Em vez de responder, ela abaixou os óculos de sol. A armação tinha uma leve inclinação, como olhos de gato. *Charmosa pra caramba.*

— Como sempre, foi um prazer conversar com você, Macabe.

Não vou mentir, fiquei olhando ela se afastar. O quadril estreito balançando até a beira do mar, onde aceitou uma lata de bebida de April, namorada do meu irmão Mal.

— Callum!

— Callum!

Foi preciso um terceiro chamado para me arrancar do transe. *Cacete de mulher irritante.*

Atravessando o pequeno grupo, fui até onde Mal estava cuidando da churrasqueira. O cheiro de carne queimada no carvão me fez estremecer.

— Já era hora — resmungou meu irmão assim que fiquei perto o suficiente para ouvir.

Seu cabelo estava grudado na testa. Suor escorria pelas bochechas avermelhadas e com a barba por fazer.

Eu tinha prometido, na semana passada, que ajudaria a carregar a churrasqueira do chalé dele até a pequena praia particular ao lado da destilaria Kinleith.

Também tinha prometido cuidar da comida.

E pegar o bolo.

Merda, esqueci o bolo.

— Foi mal, foi mal!

Coloquei o engradado ao lado das caixas térmicas, arranquei a espátula da mão dele e o afastei das chamas que chegavam à altura da cintura, abaixando o gás antes que fôssemos responsáveis por um incêndio florestal.

Era o aniversário de April, e meu doce irmãozinho tinha quebrado a cabeça por um mês inteiro tentando planejar algo especial. A festa casual na praia tinha sido sugestão minha. Ele concordou, desde que eu ajudasse com o churrasco.

— Me enrolei com nossos pais.

Ele parou, segurando um saco de pão de cachorro-quente já aberto.

— Está tudo bem?

Todos nós tínhamos um relacionamento… *complicado* com nosso pai. Mal mais do que qualquer um de nós.

Jim Macabe era um babaca, para dizer o mínimo. Um babaca obcecado com a ideia de moldar os filhos para serem *homens de sucesso*. Como filho mais velho, fui matriculado em aulas de boxe assim que aprendi a andar. E, quando cresci, fui mandado para o Exército britânico. Assim como meu querido pai. Alistair acabou seguindo a mesma profissão que nosso pai escolheu quando mais velho, e se tornou clínico geral. Malcolm foi o único filho que ousou viver a vida que queria, e pagou o preço com anos de humilhações verbais. Nosso pai nunca perdia a chance de lembrar o caçula do quanto estava decepcionado com ele.

Naquele momento, Jim Macabe era um babaca com Alzheimer. E tudo tinha ficado muito mais… *complicado*.

A maldita palavra parecia me assombrar naqueles dias.

— Tudo bem, sim. Só ajudei a mãe a jogar fora umas roupas velhas — menti.

Se contasse que nas últimas semanas nosso pai tinha desenvolvido o hábito de sair de casa e andar a esmo, ele se ofereceria para ajudar. E a última coisa que eu queria era que Mal se sentisse obrigado a lidar com isso.

Ele assentiu, acrescentando alguns hambúrgueres à grelha em silêncio enquanto eu virava os outros.

— O hambúrguer de feijão é da June. Não misture com os de carne ou ela vai arrancar minhas bolas. — Ele estremeceu, e eu ri do medo genuíno na voz dele.

— Seria uma pena se eu comesse, né? — brinquei.

Como se houvesse alguma chance de eu fazer isso.

— Se você irritar minha melhor amiga na minha festa de aniversário, eu é que arranco as *suas* bolas.

April surgiu do nada, se enfiando debaixo do braço de Mal e o envolvendo pela cintura num abraço. Estava linda, como sempre, o cabelo ruivo parecendo chamas no vestido de verão azul-claro.

— Por favor, não fale das bolas do meu irmão.

Ri, abrindo uma cerveja muito necessária.

— Ainda não superou, é? — Enquanto April e Mal estavam naquele vai, não vai, *talvez* eu tenha flertado um pouco com ela só para dar um empurrãozinho nele. A mulher era uma atriz famosa e deslumbrante, então não foi nada difícil. Não que eu tivesse alguma intenção *real* de seguir adiante. A namorada de *um* irmão já era mais do que minha consciência poderia suportar. — Além disso, Juniper sempre está irritada.

Peguei uma espátula limpa e virei o hambúrguer de feijão.

— Ela não parece tão irritada no momento — comentou April.

Como um ímã, meus olhos buscaram Juniper e logo a encontrei, deitada em uma toalha de praia.

Não, não parecia mesmo.

Na verdade, ela parecia feliz *até demais*. Rindo de qualquer besteira que Jamie Stewart estivesse tagarelando no ouvido dela. Ele era um bom rapaz. Ótimo no *shinty*, o hóquei escocês. Mas não tinha a menor chance com Juniper. Ela o devoraria vivo.

Então por que eu estava tão incomodado?

Em vez de tentar decifrar aquele enigma, levei a cerveja à boca. Mas, antes que pudesse dar um gole sequer, um grito atravessou o ar:

— Tio Cal!

Minhas sobrinhas, Ava e Emily, rindo de pura empolgação infantil enquanto cambaleavam pela areia fofa, seguidas por Garoto e Dudley, os cachorros de Mal e April.

— Tio Cal, tio Cal!

Ava agitava as mãos como cata-ventos animados. Garoto latiu, suas enormes patas de golden retriever deixando marcas molhadas em minha camiseta branca.

— Opa. — Emily riu.

Abaixei para coçar a bochecha de Garoto.

— Oi, meninas, aprontando muito?

— A gente achou um cachorro!

Emily saltitava. Estava encharcada por causa das pistolas de água que segurava, gotas de água brilhando em seus cílios escuros.

— Um cachorro? — Franzi a testa, olhando ao redor. Só via Garoto e o pequeno Dudley. — Onde?

— Lá na grama. — As duas apontaram para o banco de areia. — Ele está machucado.

— Podem me mostrar? — As expressões delas ficaram sérias de repente. Ambas seguraram minhas mãos e começaram a me guiar. Olhei por cima do ombro para Mal. — Já volto.

— Merda. — Soltei um minuto depois.

— Isso é um nome feio. Mamãe disse que não podemos falar nomes feios.

— Mas talvez ela deixe a gente falar se o tio Cal também fala — observou Emily à irmã. — A gente pode falar, tio Cal?

— Não.

— *Mas e se eu sussurrar*? — cochichou Emily.

Tentando não assustar o animal encolhido, me abaixei, levando um dedo aos lábios para que fizessem silêncio. Ava e Emily logo se aproximaram, uma de cada lado.

— O cachorrinho está muito machucado, tio Cal? — perguntou Ava baixinho.

— Não é um cachorro. — Inclinei a cabeça, examinando o pelo marrom-escuro e o focinho com longos bigodes, procurando sinais de ferimento. — É uma lontra.

— *Merda.*

— Emily! — sussurrou Ava, em um quase grito, no meu ouvido; sempre a voz da razão. — O tio Cal disse que não pode.

Emily rebateu, mencionando uma ocasião no mês passado em que Ava soletrou a palavra *idiota* com língua de sinais para não levar bronca.

— Meninas — interrompi. — Podem me fazer um favor? É muito importante. — De olhos arregalados, ambas assentiram. — Preciso que corram de volta até a praia e peguem um cobertor para que eu possa levar esse carinha ao santuário marinho.

Por mais que eu tenha começado a estudar medicina veterinária aos 23 anos, assim que pude deixar o exército, meu conhecimento sobre mamíferos aquáticos era mínimo.

— Eu pego!

— Não, eu pego. *Emily*... eu pego! Você quer fazer tudo!

Conforme ouvia as duas se afastarem, reprimi um suspiro. Avaliei o animal trêmulo mais uma vez. Não era culpa do bichinho que eu não tivesse dormido direito na cama dobrável e barulhenta da casa de meus pais. Nem que eu não tivesse tido tempo para comer nada naquele dia. Ele precisava de ajuda, e era meu trabalho oferecer.

O centro ficava a apenas vinte minutos de carro. Se tudo corresse bem, eu poderia estar de volta em uma hora. De qualquer forma, ainda precisava pegar o bolo de April na confeitaria.

Dez minutos depois, com a lontra desolada que as gêmeas apelidaram de Finneas enrolada em uma toalha de praia, me despedi explicando o acontecido a April e Mal.

— Ele não consegue deixar de bancar o herói. — April riu, encostando no peito de Mal. — Não é à toa que a June te chama de "Ken do Bairro".

— Ela chama?

Achando graça, confuso e, para ser sincero, um tantinho excitado com aquela nova informação, não resisti e olhei para ela. Cerrei os dentes. Ainda estirada naquela maldita toalha e falando com um cara dez anos mais novo que eu, que, a propósito, fazia cara de quem ganhou o presente de Natal e aniversário tudo junto e tinha os olhos indo e voltando entre as pernas dela e o rosto. E nem dava para culpar Jamie; ambos eram espetaculares de um jeito bem irritante.

— Ei, meninas. — Acenei para as gêmeas, ainda com as pistolas de água nas mãos. — A tia Juniper está seca demais para uma festa na praia.

Elas gritaram de animação, aceitando a missão com entusiasmo exagerado.

— Merda — murmurou Mal.

— É... foi bom enquanto durou. — April se virou nos braços de Mal para assistir ao espetáculo. — Lembre-se do que eu disse sobre as suas bolas.

Bloqueei qualquer imagem de Juniper e minhas bolas antes que se formassem. Estávamos em um evento de família.

— Você se divertiu? — perguntou Mal, afundando o rosto no cabelo da namorada.

Ela apoiou a cabeça no peito dele, o rosto transbordando adoração.

— Foi um dia perfeito. Obrigada.

— Princesa...

Um grito cortou o ar. E... aquela era minha deixa. Quando passei, Juniper já torcia o cabelo curto, pegando a toalha que Jamie, igualmente encharcado, oferecia todo cavalheiro. *Tá bom, já entendemos. Você é a porra de um Príncipe Encantado.*

— Capitão — disse ele ao me ver. — Preparado para o jogo da semana que vem?

— Mas é claro.

Eu não estava. Nem sequer tivera tempo para reservar o campo, algo que, como capitão da equipe de *shinty* de Kinleith, era minha responsabilidade.

Nem perdi tempo olhando de novo para o garoto, estava ocupado demais absorvendo a expressãozinha furiosa no rosto de Juniper. Segurei Finneas mais perto no peito. *Você é doente, um pervertido*, sussurrou uma voz. Porque, se eu não podia ter o carinho dela, pode ter certeza de que eu aceitava a fúria. Qualquer coisa que mantivesse meu nome naqueles lábios vermelhos.

— Você tá meio... molhada, harpia.

— Vai se ferrar, Macabe.

Pisquei, já me afastando.

— Aproveite a festa.

2

Juniper

O livro de regras dos irmãos Macabe (segundo Juniper Ross):

1. **Não olhe para um irmão Macabe.**
2. **Não fale com um irmão Macabe.**
3. **Não ouse pensar em um irmão Macabe.**

— Juro que nunca usei tantos rolos adesivos na minha vida. — Olhei de minha camisa, toda coberta por uma camada de pelos que, por sorte, eram pretos, para Shakespeare. Minha gata tão elegante quanto traiçoeira. Esparramada bem no meio da cama, ela bocejou e se esticou de barriga para cima, espalhando ainda mais pelos no lençol. — E quais são seus grandes planos para o dia?

Olhos semicerrados encontraram os meus. Tentada pela barriguinha macia da gata, estendi a mão, mas recuei no mesmo instante, ao ganhar um novo arranhão no antebraço.

— Por que foi que eu adotei você mesmo? Pode me lembrar? — Dando a volta na ilha que separava a cozinha do quarto na minha casinha de conceito aberto, passei água fria no arranhão e puxei a manga para cobri-lo. — Você tem sido um pé no saco desde que eu te trouxe pra casa. Eu devia era ter te transformado num chapéu.

Pé no saco era pouco. Apesar da beleza, a gata era uma praga que me odiava.

A cada dia que passava, ficava mais óbvio que Kelly, a fofa enfermeira veterinária de Kinleith, tinha me passado a perna. Ela *implorara* para que eu levasse essa "fofurinha incompreendida" para casa. Um mês e incontáveis ferimentos depois, percebi que Kelly só queria passar o problema para a frente.

Despejando ração na tigela da criatura infernal só para que ela a ignorasse o dia todo, avisei:

— Não me espere acordada.

E saí de casa antes mesmo do sol nascer, sem me dar ao trabalho de trancar. Um dos poucos benefícios de morar a cem metros do trabalho.

Mudei para o chalézinho de pedra seis anos atrás, quando voltei para Kinleith. Localizada na extremidade do jardim de flores silvestres, a casa oferecia um pouco mais de privacidade do que os apartamentos que ocupavam o último andar da pousada Casa Hera.

Entrei pelos fundos, fazendo uma careta ao ouvir o rangido da porta antiga, e deslizei os dedos pelo papel de parede xadrez gasto que cobria as paredes da antiga entrada de serviço. Construída no final da década de 1860, a casa espaçosa, com o piso irregular, telhado de ardósia e paredes cobertas de hera, havia servido como a "Antiga Casa Paroquial", ou vicariato, até a igreja da vila ser desativada nos anos 1950. Foi então que meu avô, ou melhor, meu avô *adotivo*, comprou o imóvel e o transformou na primeira pousada de Kinleith.

Aquele era meu momento favorito na Casa Hera, o silêncio da manhã, quando os hóspedes ainda estavam dormindo. Quando o assoalho desgastado contava a história da minha casa, e não do destino de férias de outra pessoa. Na cozinha adormecida, o cheiro de alho e alecrim foi a primeira coisa que me atingiu. Me abaixando sob as panelas de cobre suspensas e os ramos de ervas secas, liguei o forno e a cafeteira para preparar o serviço de café da manhã. Tudo isso com um sorrisinho ao imaginar Hank, nosso rabugento chef, resmungando ao perceber que *eu* tinha chegado antes dele.

Passando as mãos pela calça, saí do mesmo jeito que entrei, me recusando a sequer olhar para a propriedade ao lado ao entrar no carro e dirigir os cinco minutos até a vila de Kinleith.

Pois isso seria uma violação direta da regra número um do manual dos irmãos Macabe.

— Bom dia, Jess — cumprimentei Jessica Brown, dona da Brown's Cafés e Bolos, com um sorriso radiante que eu reservava só para ela.

— Juniper, como vai, menina?

A pele pálida dela praticamente brilhava sob as luzes fluorescentes enquanto apoiava as mãos no balcão, aliviando o peso das pernas. Apesar da cirurgia de prótese de quadril bilateral no ano passado, ela continuava teimando em ignorar as recomendações médicas para pegar leve. Então, um banquinho acolchoado foi colocado atrás do caixa antigo, um meio-termo que eu ainda não a tinha visto usar.

— Bem. O movimento na pousada diminuiu, já que a alta temporada está chegando ao fim. Depois de um verão puxado, é bom ter um descanso.

Ficamos lotados durante junho, julho e agosto, mesmo com os chuveiros que viviam vazando e que Fiona se recusava a trocar. Em julho, tivemos que cancelar algumas reservas depois que uma privada entupiu e deixou dois quartos inutilizáveis por uma semana inteira. Depois disso tudo, tenho certeza de que consigo trocar todas as roupas de cama de olhos fechados.

— E sua mãe, como está? Ainda querendo viajar por aí? — Jess sacudiu o cabelo curto tingido de azul e deu uma risadinha debochada. — No meu tempo, a gente não saía por aí perambulando pelo mundo atrás de homem. Ficávamos aqui e nos virávamos com o que tinha.

— Que desperdício. Você teria feito muito sucesso na cidade grande, Jess.

Ela deu uma gargalhada, abanando a mão na minha direção.

— Você é doida por incentivar isso, ela vai voltar com alguma dessas doenças que vivem alertando por aí.

Segurei o riso.

— De que tipo de doenças estamos falando, mesmo?

— Você não aprendeu nada naquela faculdade chique da cidade, menina? Doenças do sexo!

O sino tilintou quando a porta abriu. Um arrepio subiu por minha nuca.

Droga. Eu sabia que seria arriscado.

— Que papo é esse de doenças do sexo?

Callum Macabe parou atrás de mim, tão perto que seu peito roçou em minhas costas.

Minhas narinas se dilataram.

Não olhe para um irmão Macabe.

Não fale com um irmão Macabe.

Não ouse pensar em um irmão Macabe.

Eu quebrava a última regra com frequência, mas a culpa era de Callum. Eu não deveria ser responsável pelo fato de *ele* me irritar.

As regras também não se aplicavam muito ao Mal, ainda mais depois que ele começou a namorar a April no verão. Já fazia seis anos que eu não via Alistair, desde que ele quebrou meu coração em mil pedaços, então, no fim das contas, era o livro de regras sobre *Callum Macabe*. Mas, mesmo dentro de minha própria cabeça, parecia arriscado demais admitir isso.

— O seu tipo favorito — provoquei, quebrando a regra dois no mesmo instante.

— Existe alguém que tenha um tipo favorito de doença? Se bem que, se eu tivesse que escolher… seria a fasciíte necrosante, uma doença rara e interessante que devora a carne.

Do que diabo ele está falando? Voltando a fingir que ele não existia, falei para Jess:

— Já estava na hora de ela se divertir um pouco, e não é nenhuma viagem sexual. Se bem que isso soa melhor do que passar um mês com a minha tia Sylvia. Fiona vai para esse cruzeiro de solteiros para relaxar, mas, se acabar conhecendo alguém, que bom para ela.

— Se divertir — resmungou Jess de novo. Eu me perguntava se, depois de certa idade, resmungar se tornava um hábito natural. — Vocês, jovens, só querem saber de diversão, diversão, diversão, sem o trabalho duro.

— Não sei não, Jess, sexo exige um pouco de trabalho quando é feito direito.

Dei risada pelo nariz. Não consegui segurar. O olhar de Callum queimava minha pele como um ferrete. Torci para que meu cabelo estivesse bonito visto de trás.

— Você considera sexo *um trabalho*? Tenho dó das pobres mulheres que vão parar na sua cama.

Ele deu a volta ao meu redor, com um sorriso... radiante. Quer dizer, *irritante*. O mesmo sorriso que ele sempre exibia quando conseguia me tirar do sério. *Droga*. O que aconteceu com a regra de "não olhe para um irmão Macabe"?

— Você já me imaginou na sua cama, harpia? Isso aquece sua carne fria à noite?

Nossos olhares se cruzaram, e eu respondi com uma doçura exagerada:

— Só quando estou com insônia. Aí imagino você e... — Estalei os dedos. — Apago na hora. — Ele sorriu de lado, e eu soube que perdera aquele embate. — Falando em trabalho, preciso ir.

— Atrasada para uma sessão espírita?

— Para lançar uma maldição, na verdade. Estou sem alguns ingredientes.

— E que ingredientes seriam esses?

— Cinco cílios e meio litro de sangue. O seu deve servir.

Os lábios dele se curvaram, revelando a única covinha que se alojava entre a barba por fazer e a maçã do rosto.

— Fico lisonjeado, harpia. De verdade. Mas, infelizmente, prefiro manter meu sangue no seu devido lugar.

— Uma pena. — Cocei a bochecha com o dedo do meio, um gesto bem infantil que o fez rir. *Mas ele vai parar de rir rapidinho.* — Vou levar doze biscoitos de aveia com uva-passa, por favor, Jess.

Callum prendeu a respiração, e as sobrancelhas finas de Jess se ergueram.

— Todos os doze? — perguntou ela.

— Você não pode comprar todos!

Deixei um lado da boca se curvar.

— E por que não? Tem alguma nova lei de biscoitos que eu não fiquei sabendo?

O olhar de Jess ia de um para o outro. Já fazia alguns meses desde nosso último embate na Brown's, ou em qualquer outro lugar, na verdade. Normalmente, eu recuava antes de chegar a esse ponto. Mas ontem Callum tinha passado dos limites com aquelas pistolas de água. Meu sangue pedia vingança.

— Bom… *não* — respondeu Jess.

— Ótimo. Pode colocar na mesma caixa, temos um hóspede que pediu.

Farejando a mentira de longe, Callum cerrou os dentes e colocou as mãos na cintura enquanto via Jess guardar cada um dos biscoitos recém-assados. Jess alternava o sabor a cada dia. Segunda-feira era o dia dos biscoitos de aveia com uva-passa. E adivinha quem era *doido* por biscoitos de aveia com uva-passa?

— Ah, você queria um? — Com a caixa nas mãos, virei para Callum, fingindo um sorriso inocente conforme abria a tampa. — Tenho certeza de que meu hóspede não vai se importar em dividir… se você me pedir com jeitinho, claro.

Ele olhou para os quitutes ainda quentes, a boca entreaberta. Tentado. *Isso!* Festejei mentalmente. Quase *materializando* o pedido dele com a força do pensamento.

Então, bem quando achei que ele ia ceder e arrancar a caixa das minhas mãos, Callum relaxou.

— Pode ficar com eles. Na verdade… — Ele puxou a carteira do bolso do jaleco azul, e eu me recusei a reconhecer como aquele tecido esticava de forma tentadora sobre seu peito largo. — Pode deixar que eu pago. Mande um abraço para o seu *hóspede*.

Merda.

— Ótimo.

Mostrei os dentes em um sorriso para lá de falso.

— Só um café para você, Callum? — indagou Jess quando saí da fila. — Temos muffins de chocolate também.

— Não, obrigado, Jess, só o café está ótimo.

Ele abriu a carteira e eu fui em direção à saída, acenando para me despedir de Jess mesmo que ela estivesse distraída.

Atravessei a porta e, na pressa, esbarrei em alguém, arrancando um *ai* surpreso. Meu cotovelo tocou em pele.

— Ah, desculpa…

— Presta atenção por onde anda… — Jill Mortimer, visivelmente irritada, soprou um cacho loiro perfeito que insistia em cair sobre seus olhos. — Você quase me derrubou.

Que ótimo. Ela e o grupinho de amigas me detestavam. Tudo muito infantil, claro, e mais um motivo para eu evitar visitar o vilarejo.

— Desculpa — repeti, tentando me desviar dela no caminho de paralelepípedos. — Eu não te vi.

Ela me olhou da cabeça aos pés, analisando meu cabelo, minhas roupas, até se fixar no piercing no septo. Seus lábios se curvaram para baixo.

— Você está um pouquinho velha pra bancar a jovem rebelde, não acha, Juniper?

O tilintar do sino da Brown's me salvou de ter que responder. Callum apareceu na porta, e Jill se transformou de megera em sereia num piscar de olhos.

— Callum Macabe. — A voz dela ficou ofegante. Não um ofegante do tipo "acabei de correr cinco quilômetros", como a minha com certeza soaria, mas um ofegante "estamos no meio do sexo". Cerrei os dentes quando o rosto dele se iluminou, oferecendo a ela o sorriso de "Ken do Bairro" que ele nunca dava para mim. — Que coincidência te encontrar aqui.

Com menos de trezentos habitantes em Kinleith e uma única rua comercial, as chances de esbarrar em Callum a três portas da clínica veterinária dele eram bem altas.

Mas, em vez de apontar o óbvio e me incriminar com meu próprio raciocínio, aproveitei o momento para sair de fininho. Consegui chegar até o estacionamento antes que ele me alcançasse.

— Mandou bem, harpia — disse Callum, piscando. — Espero que saiba no que acabou de se meter.

Ao estacionar em frente à Casa Hera, encontrei minha mãe, Fiona, travando uma batalha com sua mala lotada. Apesar do vento frio de setembro, ela usava um enorme chapéu de aba larga.

— Deixa que eu ajudo com isso.

O cascalho estalou sob meus pés. Apoiei a caixa de biscoitos num grande vaso e ergui a mala nos braços.

— Cuidado, Jurubeba. Não vai machucar as costas.

Revirei os olhos, mas só depois de virar de costas para ela.

— Não vou me machucar levantando uma mala. Quem cuidaria desse lugar?

— Melhor não pagar pra ver.

A tentativa dela de recuperar a mala falhou quando eu a apoiei no chão. As rodinhas afundaram nas pedrinhas no mesmo instante.

— Que tanto você colocou aqui dentro?

— Só roupas para um mês.

— Você sabe que o navio tem serviço de lavanderia, né?

— Mas e se eu enjoar das minhas roupas?

— Touché.

Posso até ser adotada, mas *naquele* quesito eu era igual à minha mãe. Mesmo que nossos estilos fossem diferentes, nós duas éramos exigentes com o modo como nos vestíamos.

Tremendo, ela puxou o cardigã com mais força por cima do vestido leve florido. Estaria semicongelada antes mesmo de chegar ao aeroporto de Glasgow, mas fiquei quieta, observando ela lutar contra o vento que tentava levantar a aba do chapéu. No fundo, me sentia aliviada por ela enfim ter aceitado o convite da tia Sylvia. Fiona nunca tirava férias. Dias de folga eram raros.

Afastei o pensamento e a empurrei com delicadeza em direção ao carro que a esperava. Neil, o único taxista de Kinleith, estava encostado entre os poucos veículos de visitantes no estacionamento estreito, com um livro aberto nas mãos.

— Você não vai se atrasar para servir o café da manhã, vai? — perguntou Fiona.

— Ainda tenho trinta minutos, e o Hank já está mais do que preparado.

O chef já comandava o café da manhã muito antes de eu chegar na Casa Hera como uma garotinha assustada e magricela de 7 anos. Ele era quase parte da mobília. Se a mobília tivesse costeletas enormes e xingasse como um marinheiro.

— E se alguém tiver alguma alergia?

— Eu apresento o cardápio especial de alergias.

Coloquei a mala ao lado do carro, acenei para Neil e fiz um gesto com a cabeça em direção ao porta-malas. Ele chegou lá antes de mim, saindo do banco com facilidade e, com um animado "Bom dia!", guardou tudo no compartimento.

Fiona torceu as mãos.

— Lembre do chuveiro com vazamento no quarto cinco, não coloque ninguém lá a não ser que não tenha outra opção.

— Eu estou lembrada. — Apertei o ombro de Fiona, entendendo que aquela separação não era fácil para ela. A Casa Hera era o bebê dela muito antes de eu aparecer, e mais ainda depois da morte de Alexander. — Você merece esse descanso. Me deixa cuidar das coisas por um tempo, tá bom? Pode confiar em mim.

Ela tocou meu rosto, fazendo carinho, como sempre. E, como sempre, reprimi o impulso de me afastar.

— Claro que posso, minha menina, mas eu me preocupo com você.

Engoli pela milionésima vez meu discurso de *"Sou uma mulher adulta..."* e, em vez disso, a empurrei com delicadeza para o banco traseiro.

— Você vai me ligar se algo der errado.

Não era uma pergunta.

— Juro de coração.

— E você tem todos os contatos de emergência?

Suspirei, quase murchando. Ela dizia que confiava em mim, mas, a cada segundo, ficava mais óbvio que não era verdade.

— *Sim*, estão plastificados e colados no balcão da recepção. No exato lugar em que *eu* os coloquei dois anos atrás.

— Claro.

Ela mordeu o lábio, e me senti a pior filha do mundo.

— Vai lá, se divirta. Fique bêbada todas as noites e durma com um garçom jovem e bem sensual.

Ela riu, mas a dor, aguda e familiar, apagava o brilho de seus olhos. Uma dor tão marcada em seu rosto que eu não tinha certeza se a reconheceria sem ela. Depois de tantos anos de coração partido, tudo o que restava para ela era a Casa Hera. E eu.

Mas não sei dizer se eu contava de verdade.

Dei um peteleco na aba do chapéu dela.

— Segura bem isso na balsa.

— Eu te amo.

Eu também te amo. Eu não disse, mas a puxei para um abraço rápido, esperando que fosse o suficiente.

— Pode se certificar de que alguém vai ajudá-la com a mala lá, Neil? Está pesada demais para ela levantar sozinha.

— Pode deixar, June. — Ele piscou para mim no retrovisor. — Topa uma bebida mais tarde?

— Nos seus sonhos.

Ele sabia muito bem que eu não saía mais com homens de Skye.

Acenei uma última vez para Fiona, ouvindo o som dos pneus estalando no cascalho enquanto o táxi manobrava pela estrada estreita que a levaria por Kinleith até o porto em Armadale.

No segundo em que o carro desapareceu de vista, corri para a pousada. Arranquei a jaqueta, jogando-a no balcão da recepção junto com a caixa de biscoitos esquecida, e atravessei o corredor, passando pela cozinha e pela sala de jantar dos hóspedes, até a porta dos fundos.

Gordon Murray já me esperava na varanda, acompanhado dos dois netos.

— Você chegou na hora.

Sempre tem uma primeira vez para tudo.

O velho Murray resmungou em resposta e passou por mim.

— Não gosto de ter que entrar pelos fundos. Parece que estou fazendo algo errado.

— É uma surpresa para a minha mãe, eu mencionei isso no telefone.

— Ainda assim, não gosto.

— Por aqui. — Foi tudo o que eu disse.

Hank lançou um olhar muito desconfiado quando passamos na cozinha, e eu mostrei a língua para ele. Ele não precisava dizer uma única palavra para que eu soubesse *o quanto ele reprovava aquilo*. Ele dissera isso todos os dias nas últimas duas semanas.

Eu já estava arrependida de ter contratado Gordon Murray, conhecido por ser reclamão. Mas ele era um dos três únicos encanadores da ilha, e os outros dois estavam com a agenda lotada até novembro. Aquele arrependimento ficou um pouco mais intenso quando ele parou no meio da escada, praguejando.

— Meus joelhos não vão me agradecer por isso.

Eu tinha providenciado que o serviço de encanamento começasse no segundo andar, no quarto cinco, onde o vazamento era pior. Passei mais de um ano guardando dinheiro para isso sem que Fiona soubesse.

Ela ficaria furiosa quando descobrisse.

Mas aquela era minha única chance de fazer com que a Casa Hera fosse especial de verdade. Mais do que apenas um resquício da vida à qual ela se agarrava enquanto o prédio desmoronava ao nosso redor. Fiona argumentava que a vida na cidade tinha me deixado ambiciosa demais, que não era preciso ter aparelhos sofisticados e ambientes modernos para competir no mercado hoteleiro. E eu concordava. Mas um encanamento decente era o mínimo.

Deslizando a chave pesada no bolso, acendi a luz do banheiro do quarto cinco.

— Uma caçamba vai chegar amanhã para recolher as peças velhas. E tome cuidado com os azulejos preto e branco da parede do chuveiro, quero mantê-los.

Foi Alexander quem os instalou. Outro motivo pelo qual Fiona relutava tanto em reformar.

— Pode deixar, menina.

Murray empurrou os óculos grossos para cima do nariz e me fez sair do caminho. Me afastei, sentindo um nó de preocupação na barriga enquanto observava ele e os netos começarem o trabalho.

Vai ficar tudo bem, garanti a mim mesma.

Bastaram três dias para eu perceber que estava errada.

3

Callum

Kelly: Acha que pode encaixar mais uma consulta esta tarde?

Callum: Quem é o paciente?

Kelly: Uma gata de 4 anos. Talvez seja infecção urinária.

Callum: Sem problemas. Posso encurtar minha hora de almoço.

— Como assim você não vai voltar para casa?

Virando meu carro para a estrada Bridge, passei pelo porto e pelas ondas revoltas que lambiam a praia de seixos, cobrindo-a com grandes faixas de espuma, arrastando consigo as nuvens pesadas vindas do continente. A voz de meu irmão sumiu do telefone, ele murmurava com alguém.

— Alistair?

— Desculpa… *merda*… estou ouvindo. — Papel sendo amassado. — Minha enfermeira residente está ao telefone com o hospital por causa de um paciente e eu não acho a droga do prontuário dele.

— Você prometeu que viria na semana que vem. Já faz *meses* que está prometendo.

— Eu sei e eu sinto muito. As coisas estão fora de controle por aqui. Você sabe que eu odeio decepcionar meus pacientes.

Mas decepcionar a família pode?

A culpa apertou, expulsando o pensamento traiçoeiro. Meu irmão era um homem bom fazendo um trabalho nobre. E ainda assim... eu estava muito puto. Queria partir para cima dele como fazia na adolescência, até sairmos os dois um pouco machucados.

— Eu entendo — disse por fim, contendo o rancor que ameaçava transparecer em meu tom. Estava em meu gigantesco 4x4, perfeito para as vastas estradas rurais que se espalhavam pela ilha, mas um trambolhão nos becos pitorescos da vila de Kinleith. Manobrei em uma curva apertada, mirando o pequeno estacionamento no fim da calçada principal. — Mas você precisa vir em algum momento, Alistair. Não quero contar para a Heather e o Mal ainda, mas ele está piorando a cada mês.

A cada semana. Só de dizer isso em voz alta parecia que eu estava traindo a esperança infinita da minha mãe.

— Eu não posso largar minha vida do nada.

— Mas que *inferno*, eu não estou pedindo para você largar sua vida, só tirar algumas semanas de folga. Faz anos que você não tira férias; eles devem isso a você. — Como era possível que ele não entendesse a importância disso? — Se você não voltar logo, vai se arrepender pelo resto da vida.

— Eu sei, e eu vou voltar. Talvez no mês que vem, quando as coisas se acalmarem um pouco, pode ser? — Ouvi murmúrios e me segurei para não revirar os olhos. — Olha — disse Alistair para mim —, eu preciso desligar. Mais tarde ligo pra mãe e explico.

— Não se preocupe. — Suspirei e passei a mão pela testa, tentando aliviar a tensão crescente, de repente sentindo um cansaço que ia até os ossos. — Eu aviso ela.

Eu tinha servido como socorrista no exército. Presenciei combates em guerras das quais nunca quis fazer parte. Segurei amigos e civis inocentes nos braços quando eles deram seus últimos suspiros. Vivenciei a dor e a perda inúmeras vezes. Parecia ridículo pensar que aquele momento seria o que me derrubaria.

— Sério? — Ele suspirou aliviado. — Valeu, cara.

A ligação foi encerrada antes que eu pudesse dizer qualquer coisa.

Porra, que ótimo. Soquei o volante.

A área de asfalto sem demarcação em frente à prefeitura era pequena, cabiam no máximo uns doze carros. Mas havia um trailer gigante que estava tomando três vagas.

— Malditos turistas.

Eles não sabiam que o verão tinha acabado?

De olho em uma vaguinha bem no final da barreira de corda, diminuí a velocidade, engatando a marcha à ré no exato instante em que outro carro entrou no estacionamento. Um kart elétrico preto, que parecia tão seguro quanto uma lata de sardinha. E atrás do volante... a fonte de todas as minhas fantasias.

Juniper Ross surgiu pela abertura como um foguete saído do inferno. Com os pneus cantando, ela mirou na única vaga disponível. A *minha* vaga. Se eu estivesse num dia melhor, talvez até deixasse ela pegar.

Azar o dela.

Mostrei o dedo do meio e joguei o braço livre sobre o banco do passageiro, girando o volante com a palma da mão e encaixando o carro na vaga com precisão segundos antes de Juniper frear bruscamente, o para-choque dela encostando no meu.

Nossos olhares se cruzaram como competidores na linha de largada e ela jogou as mãos para o ar, xingando em silêncio e me arrancando a primeira risada do dia. Eu pagaria caro para ouvir cada insulto que saía daquela boca venenosa.

Ainda ria quando desliguei o motor e saí do carro. Juniper abaixou o vidro, e a expectativa fez um arrepio subir pela minha barriga.

— Que porra é essa, Macabe?

Macabe. Por que eu ficava tão excitado quando a ouvia dizer meu nome assim? *Porque você é doente, sério*. O tom dela era cortante, mas, de alguma forma, ainda doce. A expressão era como uma faca mergulhada em mel.

— Ah, oi, vizinha. — Abri um sorriso. Aquele cheio de dentes que sempre a deixava puta da vida. — Não te vi aí.

— *Claro*. Essa vaga era minha, e você sabe disso.

Ignorando a acusação, lancei um olhar avaliador para o carrinho compacto dela.

— Isso aí tem marcha ou você veio como os Flintstones?

— Sai daí — disse ela.

Não era um pedido.

— Não.

E bastou isso para meu dia melhorar. Minha conversa com Alistair, a preocupação com meu pai, tudo foi afastado para o canto mais obscuro de minha mente até que eu só visse isso. Só visse *ela*.

— *Sai daí.*

Inclinei a cabeça, aproveitando um instante para observá-la sob o boné de aba curva. *Tão delicada*. Com o nariz fino e olhos castanhos enormes, ela parecia uma ninfa das águas, no mais puro contraste com o gelo e o fogo que batalhavam abaixo de sua pele.

— Pede com jeitinho. Diga: "Callum, por favorzinho, use sua habilidade superior ao volante para tirar o carro dali?".

— *Habilidade superior ao volante*?

— Eu sei, eu sei. Inteligente, bonito e excelente motorista. As cartas estão marcadas a meu favor. — Ela revirou os olhos. — É só dizer isso, harpia, e a vaga será sua.

Quando ela permaneceu em um silêncio obstinado, provoquei:

— Hoje é quinta-feira.

— E daí?

— *E daí*... que ainda faltam quatro dias para o próximo dia de biscoitos de aveia com uva-passa. Mas você já sabia disso.

— Você roubou minha vaga por causa da porra de um biscoito?

Ela agarrou o volante como se estivesse prestes a me atropelar.

Do jeito que sou idiota, era bem capaz de eu deixar.

— Um dos biscoitos da *Jess*. Guerras já começaram por muito menos.

— Você é completamente irracional.

Não. O certo seria dizer que eu era tão mesquinho que chegava a ser insuportável.

— Talvez.

— Sai daí.

Cerrei os lábios, fingindo pensar a respeito.

— Não. Acho que não vou sair.

— Eu vi primeiro. Isso é etiqueta de trânsito.

Bati os nós dos dedos no capô do carro.

— E, mesmo assim, quem ficou com a vaga fui eu.

— Eu já disse que te odeio?

Todo santo dia.

As palavras já não doíam como antes. Em vez disso, incendiavam algo dentro de mim, meu sangue fervia como se aceitasse o desafio. Ela dizia que me odiava — e tudo em que eu conseguia pensar era *quanto*? Até onde eu precisava ir para fazê-la perder o controle? E qual seria o gosto daquele ódio em minha boca?

Repito, eu era doente, muito doente.

— Não disse. Mas pode mentir à vontade, se isso te ajuda. — Olhei para o relógio, ciente de que precisava encerrar a conversa e sair dali com pelo menos um resquício de minhas defesas contra aquela mulher. — Por mais que eu adore trocar farpas com você, alguns de nós têm compromissos, harpia.

— Vai se ferrar.

Os pneus cantaram, deixando o recado pairando no ar enquanto ela dava ré e partia pelo caminho de onde veio.

De olho no carro dela se afastando, eu sabia que estava sorrindo como um sociopata ao pegar uma pequena gaiola no banco de trás, verificando através da tela de malha se o coelhinho branco e preto de orelhas caídas estava confortável.

— Bom trabalho esta manhã, Simon, as crianças adoraram você.

O coelho não desviou a atenção das fatias de maçã que eu deixara os alunos darem para ele antes de sairmos da Escola Primária Kinleith. Mordiscava com ferocidade, o narizinho cor-de-rosa balançando.

Com a gaiola na mão, mal consegui atravessar o estacionamento antes de puxar o celular do bolso e ligar para minha mãe. Ela atendeu depois de alguns toques.

— Oi, querido.

Senti um aperto no peito ao notar como ela soava cansada.

— Noite difícil?

— Mais ou menos. Ele acordou algumas vezes e foi difícil convencê-lo a dormir de novo. Ficava vestindo o casaco e calçando o sapato. Disse que queria dar uma caminhada. Tive que esconder a chave da porta no armário do banheiro.

Merda.

— O remédio para a dor na perna não ajudou?

— O médico disse que pode levar alguns dias até fazer efeito de verdade, precisamos ter paciência e esperar.

Parei no fim da rua principal e me enfiei em um pequeno vão entre o salão de beleza e o pet shop. O ar tinha gosto das folhas úmidas de outono, em contraste com as bandeirinhas coloridas que ainda bruxuleavam acima da vibrante rua comercial, mais conhecida pelos turistas como a travessia do arco-íris. O tecido desgastado pelo vento tremulava sob as nuvens melancólicas, como se ainda não estivesse pronto para se despedir do verão.

Daqui a poucos meses, começariam as comemorações de fim de ano com o tradicional Hogmanay. Os moradores se enfileirariam na rua estreita para ver Kinleith retornar às raízes pagãs, com artistas girando bolas de fogo sobre a cabeça enquanto tambores e gaitas de foles os guiavam em uma dança perigosa.

Minha época favorita do ano.

Fora de vista, me encostei no muro de tijolos e suspirei.

— Posso dormir aí esta noite, te dar uma folguinha.

— Não. Você já dormiu aqui três noites esta semana, não vou deixar isso consumir sua vida.

Típico da senhora Iris Macabe, teimosa com algumas coisas e flexível com outras.

— E *você* não pode continuar assim.

Eu não me lembrava da última vez que um de nós dormira uma noite inteira. Meu pai fora diagnosticado havia menos de um ano, mas o declínio nos últimos meses era assustador.

Isso já tinha consumido minha vida. Dormir no maldito sofá-cama não faria diferença.

— Mãe, eu sei que você não queria falar sobre casas de repouso...

— E ainda não quero. Estou me virando bem. — *Cacete.* Era por isso que eu precisava do Alistair em casa. Ele era a única pessoa a quem ela daria ouvidos. — Você ligou só pra se meter na minha vida? Achei que estivesse trabalhando.

— Estou a caminho do consultório neste exato momento. Acabei de chegar com o Simon da sessão semanal de terapia com animais na escola.

— Ah, claro, ando confundindo os dias. Já te disse o quanto estou orgulhosa de você? Você sempre foi meu menino mais sensível, desde criança.

As palavras foram como um soco na barriga. Meu primeiro instinto foi cortar o assunto, como meu pai faria. Jim Macabe e meus seis anos obrigatórios no Exército fizeram de tudo para arrancar a sensibilidade de mim.

— Obrigado, mãe. — Minha voz saiu tão baixa que quase se perdeu na brisa. — Olha, preciso ir. Só liguei para avisar que o Alistair não vai conseguir vir na semana que vem.

— *Ah*... bem, eu sei como ele é ocupado.

A decepção dela deixou um gosto metálico na minha boca.

— Pois é... — Limpei a garganta. — Ele disse que vai avisar quando remarcar.

— Tudo bem, querido. E não quero você correndo pra cá depois do trabalho. Relaxe, aproveite a sua noite.

A ideia de colocar a papelada em dia era tentadora, mas...

— Eu ia ficar em casa. Posso muito bem fazer isso aí com você.

— Ou você podia sair.

— O que tem lá fora?

— Engraçadinho. Quando eu tinha a sua idade, seu pai contratava uma babá toda sexta-feira sem falta para irmos à discoteca da vila.

— Não estamos mais nos anos 1920 — comentei, sarcástico.

— Se estivéssemos, você já teria sua própria família para se preocupar.

— Caramba, mãe. — Massageei o ponto no peito onde a alfinetada dela tinha me acertado. — Meio cedo para jogar as coisas na minha cara, não acha?

— Quero mais netos no meu futuro, e, para isso, meu filho precisa recuperar a vida social. Vá num encontro, entre num grupo de caminhada, faça alguma coisa.

— Mãe...

— Alguma coisa — repetiu, firme.

— Você promete que vai me ligar se surgir algum problema?

— Prometo — confirmou ela antes de desligar.

Encontros? Ri sozinho. *Como se eu tivesse tempo*. Deixei aquela ideia de lado, segurei melhor a gaiola do Simon e voltei para a rua. Se o Exército me ensinou alguma coisa útil, foi a arte de compartimentar.

Estava a duas portas do consultório quando uma silhueta familiar capturou minha atenção. O cabelo preto e sedoso que povoava meus sonhos muito antes de eu saber o que era passar a mão por ele. Eu poderia estar com os ouvidos tampados e de olhos vendados e, ainda assim, conseguiria reconhecê-la só pelos arrepios que me causava.

Malditos arrepios. Quando foi que me tornei tão patético? Isso não me impediu de parar de repente no meio da rua.

Juniper.

Duas vezes no mesmo dia.

O universo com certeza queria me punir.

Ela andava depressa, com passos curtos e tensos, tinha a cabeça baixa, sem dúvida vindo do estacionamento particular, que cobrava uma fortuna por uma única hora. Sim, foi uma baita sacanagem da minha parte. Aquela vaga era dela por direito e, se fosse qualquer outra pessoa, eu teria cedido. O problema era que Juniper Ross se alojara em minha cabeça. E, cinco anos antes, ela me destruiu por completo no estacionamento de um hotel e eu nunca mais consegui juntar todos os pedaços.

Uma leve provocação era um preço pequeno a pagar. E eu tinha uma leve suspeita de que ela gostava daquele joguinho tanto quanto eu.

De uma distância segura, meus olhos devoravam cada parte dela, como se tivessem se passado semanas, e não minutos, desde a última vez que a vi. Apesar do vento gelado, ela usava apenas uma regata de alças finas, e só quando percebi como o tecido grudava no corpo dela me dei conta de que estava encharcada. E ela estava deixando um rastro de pegadas úmidas como uma trilha de tesouro. A água também pingava do short esportivo, e os fios molhados escapavam do boné enquanto ela entrava apressada na pequena loja de ferragens.

Tinha chovido? *Não*.

Como eu não tinha notado a situação em que ela estava antes? Naquele momento, me senti um baita idiota. Mudei de direção sem pensar duas vezes, entrando pela porta poucos segundos depois dela. O sino tocou, e o dono, Duncan, ergueu os olhos por cima do livro de capa dura e deu um aceno discreto.

— Bom dia, Callum. Pronto para o primeiro jogo na semana que vem?

— Sempre.

Distraído, passei os olhos pelos três corredores curtos que levavam ao balcão. Prateleiras de metal simples, cheias de ferramentas, amostras de tinta e rolos de papel de parede. Para qualquer coisa além daquilo, era preciso encomendar do continente.

— Jamie teve algumas ideias de testar uma nova formação...

— Ótimo, fala pra ele me mandar um e-mail.

Um vislumbre de preto no canto mais distante e meus pés se mexeram sozinhos. *O que está fazendo aqui, querida? Você não é da turma do artesanato.*

Eu a encontrei na modesta seção de itens para banheiro, pegando coisas aparentemente aleatórias e jogando dentro de um grande balde laranja com uma pressa descontrolada que eu nunca vi nela. Rolos de fita adesiva, massa epóxi, uma chave inglesa, vários pares de luvas, cabeças de esfregão. Até uma colher de pedreiro entrou na seleção.

— O que você está fazendo?

Ela deu um salto de um metro, a mão voando para o peito. Então, me lançou a imponência total daqueles olhos redondos.

— Agora não, Macabe.

Teriam sido palavras cortantes se ela não parecesse um cachorro ferido. Apesar de eu ser alguns centímetros mais alto, ela conseguia me olhar com superioridade, a postura dura como uma tábua, os movimentos rígidos numa imobilidade forçada. Juniper sempre se portava com controle, mesmo quando achava que ninguém estava vendo. Distante. Fria. Impenetrável. Como se não confiasse em ninguém para ajudá-la a carregar o fardo. Anos atrás, eu enxergava aquela armadura como um enigma: se eu conseguisse rachá-la no ponto certo, encontraria a parte mais macia. Mas eu tinha descoberto a verdade. Se a rachasse da forma *errada*, não sobraria nada para unir os pedaços estilhaçados.

— Acho que esse é o momento certo, e se alguém tem o privilégio de testemunhar *isso*... — Fiz um círculo ao redor dela com o dedo indicador. — Fico feliz que seja eu.

Anda, meu anjo, entra na brincadeira comigo.

Em vez disso, ela me deu as costas e seguiu com sua versão de um daqueles desafios malucos de compras.

— Será que pode escolher outro dia pra me atormentar?

— Ah, harpia, isso quase soou como um convite.

— Dá pra você sumir? Só dessa vez... *por favor*, cai fora. Não consigo discutir com você agora. — Ela apertava um tubo de selante de banheiro com tanta força que achei que a tampa fosse sair voando. — Guarda essas suas gracinhas e me manda por mensagem depois. Mas, por enquanto, cai fora. *Por favor*.

Olhei para ela de novo e enfim notei a tensão em seus ombros e na mandíbula. As lágrimas frescas na bochecha. *Merda. Eu não sabia lidar com ela chorando.*

— Vai me contar o que aconteceu?

— Não.

Ela ergueu o queixo, orgulhosa.

Havia algo estranhamente satisfatório em receber toda a atenção de Juniper. Era ao mesmo tempo eletrizante e assustador. Os olhos dela me perfuravam, como se pudessem ler meus pensamentos. Como se pudessem ler tudo o que eu já pensei na vida.

— Por quê?

— Porque você vai encontrar uma forma de transformar tudo em piada.

Como assim? Sim, eu gostava de irritá-la, *amava*, na verdade. Mas ela achava mesmo que eu não a ajudaria?

— Prometo que não, juro de dedinho. — Ergui a mão, estendendo o mindinho que eu quebrei no ensino médio e que nunca endireitou por inteiro.

— Puta merda — resmungou ela, afundando os dedos no cabelo molhado. — Tá bom. Eu contratei o Gordon Murray para reformar alguns banheiros enquanto a Fiona está viajando, e ele inundou metade do primeiro andar.

Eu ri. Merda, não consegui evitar.

— *Viu?* Eu sabia que você ia reagir assim.

— Desculpa. — Apertei a barriga. — Mas sério? O velho Murray? O cara tá na fila de espera para uma cirurgia de catarata. Por que você acha que ele sempre leva os netos junto?

— E como eu deveria saber disso?

— *Todo mundo* sabe disso.

— É, mas eu não fico de fofoca por aí que nem uma velha fuxiqueira.

Sem dúvida era uma provocação, já que foi pontuada com um erguer da sobrancelha perfeitamente desenhada. *Eu queria lamber aquela maldita sobrancelha.*

— Ser uma velha fuxiqueira teria te ajudado dessa vez.

Eu não achava que fosse possível, mas a careta dela se aprofundou.

— Deviam soltar um maldito comunicado municipal falando dessa merda.

— Talvez. — Apontei para o balde com a cabeça. — Vai usar essa colher de pedreiro pra quê?

— Peguei tudo que achei que poderia servir para consertar o vazamento.

— Quer ajuda? Sou bem habilidoso com a chave inglesa.

Eu tinha uma tarde cheia de consultas, mas, por ela, eu dava um jeito.

— Para você sabotar ainda mais a situação? Agradeço, mas não.

Com os sapatos encharcados, ela deu a volta ao meu redor, fazendo barulho até o balcão sem perder a graça de uma rainha.

Cacete de mulher teimosa.

Antes que eu fizesse alguma besteira, como me oferecer para pagar cada item inútil naquele balde, saí da loja e atravessei a rua até a clínica. Entreguei a caixa de transporte do Simon para Kelly, a enfermeira, que fez festa para o coelho como se fosse um herói de guerra voltando para casa. Então, peguei o celular para mandar uma mensagem a Mal:

quando tiver um tempinho, passe na Casa Hera para descobrir o tamanho do estrago.

A resposta veio quase no mesmo instante. Antes da April, receber uma ligação semanal do meu irmão mais novo era como ganhar na loteria.

Mal: Um pouco mais de informação ajudaria.

Callum: Algum tipo de vazamento.

Mal: Merda. Passo lá em uma hora.

Callum: Leva a April.

Juniper era como um cão farejador. Devoraria Malcolm vivo assim que percebesse que fui eu que o mandei.

Kelly bateu de leve na porta e espiou dentro.

— Jill Mortimer chegou com a Biscuit.

— De novo? Ela veio aqui na semana passada. — Vestindo meu jaleco branco, enrolei o estetoscópio em volta do pescoço. — A perna dela ainda está incomodando?

— Não. — Kelly balançou a cabeça, tentando segurar a risada. — Parece que agora é problema no estômago. — *Droga.* Passei a mão pelo rosto, coçando a barba que já estava comprida demais. Jill Mortimer não sabia captar indiretas. E tinha mais mãos do que um maldito polvo. — Você parece cansado, posso tentar remarcar…

— Tô bem. Manda ela entrar.

4

Juniper

Fiona: Atracamos em Lisboa, passaremos o dia aqui.

Fiona: Tudo bem em casa?

DUAS CHAMADAS PERDIDAS DE FIONA

Juniper: Por que não estaria?

Fiona: Hank estava meio estranho ao telefone.

Juniper: Ele é estranho.

Juniper: E para de ligar pro Hank. Era para você se divertir na viagem, lembra? Conversar com Hank é tão divertido quanto uma depilação anal ou abraçar um texugo raivoso.

Fiona: Não diga *anal*, Juniper. É deselegante.

— Merda.

Mal cutucou a parte encharcada do tapete com a ponta da bota, e April encarou tudo com a expressão de um gatinho irritado de onde estávamos paradas no corredor. Não sei dizer como eles descobriram o que aconteceu, apesar de ter uma boa ideia de quem poderia ter contado. Mas não podia perder tempo com isso.

Nas poucas horas desde a inundação, entrei no modo *reparação de danos*. Afastei o máximo possível os poucos hóspedes que tínhamos da área afetada, ofereci estadias gratuitas quando necessário, tudo isso ao mesmo tempo que ignorava a enxurrada de sermões de Hank e as ameaças de ligar para minha mãe.

"Três dias, Juniper Ross. Faz três malditos dias que sua mãe foi viajar e o lugar já está caindo aos pedaços. Qual o próximo alvo, a minha cozinha?"

Sim, sim, eu tinha ferrado tudo. Não precisava que ele me lembrasse disso de forma tão explícita. E, no momento, Fiona era a menor das minhas preocupações.

— Merda define bem — concordei.

Mal se endireitou, corando como se tivesse esquecido que eu estava ali.

— Eu quis dizer...

Balancei a mão, dispensando a desculpa.

— Conseguimos desligar a água antes que o estrago fosse ainda maior, mas este quarto e o de cima já eram.

April parou ao meu lado e passou o braço ao meu redor, naquele gesto reconfortante que era tão natural para ela.

— Sinto muito. Sei o quanto você queria que isso desse certo.

Por sorte, eu não era do tipo que ficava me lamentando pelas coisas, ou já teria me trancado no chalé.

April arriscou dar um passo para dentro. Mal estendeu a mão para detê-la.

— Espera até termos certeza de que o teto está firme, princesa.

— *Você* está aí dentro — retrucou ela.

Mal olhou para mim e engoliu em seco duas vezes. Eu sorri diante daquela pequena demonstração do instinto protetor dele. Seis meses antes, eu não teria imaginado que ele pudesse ser assim. Mas, seis meses antes, eu também não sabia quase nada sobre o tímido destilador de uísque que quase tinha sido meu cunhado. Então April voltou para Skye, cheia de vida e amor e precisando de um escape. Exatamente o que ele precisava. Qualquer um que tivesse olhos conseguia ver que ele estava caidinho por ela. E, enquanto um sorriso continuasse no rosto dela, Mal continuaria na lista de pessoas que tolero.

Na verdade, eu estava começando a *gostar* dele. A ideia não me agradava muito.

— Minha cabeça é mais dura que a sua — respondeu ele.

— Não é, não. — April encostou no batente da porta e cruzou os braços. — Li todos os seus livros bizarros de anatomia e é comprovado pela ciência que as mulheres têm o crânio mais espesso que os homens.

O choque relaxou a postura dele.

— Quando?

— Leio um capítulo toda vez que você está no banho... O quê? Quero entender o que te fascina tanto.

Do alto de meus 30 anos, eu podia dizer com certeza que, apesar de todos os clichês de comédias românticas, eu nunca tinha visto um homem derreter de verdade... até aquele exato momento. Mal relaxou por completo, os olhos se enrugaram nos cantos, os lábios se abriram num sorriso torto que pertencia apenas a April.

Eu limpei a garganta.

— Não sei que preliminar esquisita é essa de vocês, mas será que dá pra focar, por favor?

O rosto dele corou de novo.

— Certo, desculpa.

Eu tinha uma leve suspeita de que o caçula dos Macabe tinha um medinho de mim.

— Ah, qual é! — April me cutucou com o cotovelo. — Nós somos uns fofos.

Eles eram fofos. Tão fofos que ficar no mesmo ambiente que os dois bastava para me dar dor de dente.

— Vocês com certeza são *alguma coisa*.

Ela mostrou a língua para mim, e eu sorri pela primeira vez em horas.

— Você tem uma escada? — perguntou Mal.

Assenti e fui buscar no armário de materiais de limpeza. Assim que voltei, April já tinha ignorado por completo o aviso de Mal, e caminhava pela poça rasa com um balde e um esfregão. Mal a olhava com um vinco na testa, entretanto não reclamou mais.

Abri a escada dupla e entreguei para ele, observando aquele grandalhão subir alto o bastante para cutucar o gesso úmido ao redor do lustre dourado.

— Você sabe o que está procurando?

— Não faço ideia.

Dei uma risada seca.

— Então somos dois.

Ele parou, franzindo as sobrancelhas.

— Você desligou a eletricidade, certo?

— Sim. Na hora que cortei a água.

— E o Murray não ficou para verificar nada disso?

Precisando ocupar as mãos, peguei o esfregão extra, absorvendo o máximo de água que consegui e torcendo no balde. Tentei não pensar nas manchas de água que maculavam o piso de madeira original.

— Ele se ofereceu, mas, para ser sincera, eu só queria que eles fossem embora.

— Compreensível.

Mal falava de um jeito totalmente diferente dos três irmãos. Fazendo pausas curtas entre as frases, como se pensasse em cada palavra antes de dizê-la. *Cuidadoso*. Era assim que eu o descreveria. Cuidadoso e confiável. O coração gentil de minha melhor amiga merecia estar em mãos cuidadosas e confiáveis.

— Não acredito que aquele velho gagá achou que podia se safar colocando os netos destreinados para fazer o trabalho. Ele devia perder a licença — disse April.

— Eu me contento em ter meu dinheiro de volta.

— Quer que eu ameace ele? — sugeriu Mal, tão sério que só o sorriso de canto denunciava a piada.

— Não preciso de ajuda. Se ele quer continuar tendo bolas, vai me devolver o dinheiro.

— Credo. — April estremeceu. — Podemos, por favor, não falar do saco enrugado daquele velho? Essa imagem ficou grudada na minha mente.

Mal desceu da escada com um salto, e o barulho das botas espremendo a água foi tão alto que todos nós nos encolhemos.

— O gesso até que parece firme e eu não ligaria a eletricidade tão cedo, mas… quem sou eu pra falar, né?

Parecia cruel pontuar que eu já tinha percebido isso sozinha. Então só fiz que sim com a cabeça. Ele coçou o lado do queixo.

— Eu poderia ajudar com o piso, talvez.

Mas April já estava balançando a cabeça, as mechas ruivas se soltando da trança.

— Lembra o que aconteceu da última vez que você quis dar uma de carpinteiro?

— Achei que você gostasse do banco.

— Eu *gosto*. Mas acho que a June não vai querer lidar com uma infração sanitária na pousada.

— Certo. — Ele assentiu. — Vamos só ficar por aqui e limpar tudo.

— Já encontrou outro encanador? — perguntou April, torcendo a água do esfregão antes de voltar a secar.

— Não. Todos na ilha estão com a agenda lotada até o outono. Foi só por isso que contratei o Murray, para começo de conversa. Talvez eu tenha que chamar um encanador de emergência do continente.

Os dois fizeram uma careta.

Só o custo com deslocamento já seria uma pequena fortuna. Mas eu não via outra opção.

— Eu não deveria ter inventado moda — soltei.

Odiava admitir o tamanho da cagada que tinha feito, até mesmo para meus amigos, mas o dia já sugara o pouco orgulho que me restava.

— Claro que deveria! — rebateu April. — Você tem se dedicado a este lugar desde que seu pai faleceu e merece ver isso prosperar.

Não sei se era bem assim. Como isso poderia acontecer, se não aguentei nem uma semana sem a Fiona? Nos últimos seis anos, achei que *ela* precisava de mim, mas e se fosse o contrário? E se eu estivesse me agarrando com força demais a pessoas que ficariam melhor sem mim?

— Não tem jeito, não vou conseguir terminar o conserto antes de ela voltar para casa.

— E daí se você não conseguir? Ela é sua mãe. Pode até ficar pê da vida, mas não vai deixar de te amar. — Continuei esfregando o chão, me recusando a ressaltar que a própria April sabia que aquela afirmação nem sempre era verdadeira. — Podemos ajudar — ofereceu ela.

— Sim, mas e o resto?

April ficou em silêncio, mordendo o lábio. Foi Mal quem me surpreendeu ao dizer:

— Você podia pedir para o meu irmão.

Ele percebeu meu espanto, porque sua expressão se suavizou diante do estranho silêncio, antes que eu disparasse, sem pensar:

— Qual irmão?

A menos que Alistair tivesse mudado de profissão desde a última vez que falamos, o que eu duvidava muito, não podia ser dele que Mal falava. Se fosse o outro? *Nem pensar.* Vai ver ele tinha um terceiro irmão de quem nunca ouvi falar.

— *Callum*...

Só o nome dele já me irritava.

— Não.

Diante da rejeição imediata, Mal olhou para April, que explicou:

— Isso seria uma quebra grave das regras da Juniper.

Regras que eu mesma já tinha quebrado naquela manhã.

Todas as minhas tentativas de calá-la com um olhar mortal falharam, porque April já estava contando nos dedos:

— Não pense nos homens Macabe. Não fale com os homens Macabe. Não olhe para os homens Macabe.

— Você não conta — interrompi, incisiva.

— Não sei se isso foi um elogio ou não.

— Ah, foi um baita elogio. — April se enfiou debaixo do braço de Mal, que a abraçou no mesmo instante. — Um elogio e tanto, vindo da Juney.

— Não me chame de *Juney*.

— Mas combina tanto com você! Igual a um gato fofinho.

Pelo amor de Deus. Me recusando a dar uma resposta àquela afirmação absurda, encarei Mal.

— Ele entende de encanamento? — *Claro que entende*. Ele ganha a vida salvando bichinhos fofinhos e ajuda todo mundo na vila. Ninguém mais conseguia ver o babaca presunçoso que ele era? — É claro que o Ken do Bairro entende de encanamento.

Pelo canto do olho, vi Mal murmurar para April:

— *Ken do Bairro?*

— Eu falei, lembra? Diz ela que Callum lembra um boneco Ken. — Lancei outro olhar fulminante, que April ignorou. — No mês passado, ele instalou uma privada e uma pia novas na sala de degustação para a gente. Fez um trabalho incrível.

Como é que eu não conhecia aquele lado dele?

Nem sei por que minha mente ficou martelando *naquele* detalhe.

Callum era o exemplo perfeito de todos os babacas que conheci na universidade. Encantador, atlético e aparentemente bom em tudo. O tipo de cara que queria transar com a garota alternativa só para ver como ela era na cama e depois sair contando vantagem para os amigos.

Eu não tinha ficado brava com ele pelo *incidente* em Glasgow... Tudo bem, eu tinha ficado brava por ele ter esperado até me ter com as pernas abertas e desesperada por ele no banco da frente, só para provar que *podia* e, do nada, decidir ter escrúpulos. "E me recuso a fazer algo de que vou me arrepender de manhã." Um movimento clássico de babaca, mas algo que eu até poderia superar.

Mas o que me deixava com raiva era o fato de ele ter deixado isso de lado, como se não fosse nada, enquanto aquela noite tinha me destruído e me feito questionar tudo.

E o que mais me irritava era que, quando o encontrei na Brown's depois que ele voltou para Kinleith, Callum me olhou de cima a baixo como se tivesse adquirido visão de raio X e disse: "Que *ótimo* ver você de novo". E depois sussurrou em meu ouvido: "Qual a cor do dia, harpia?".

Ele nunca me deixou esquecer.

Nem por um segundo.

Mas o que mais me incomodava era o fato de eu ter deixado chegar tão longe.

— Ótimo. Ainda assim, não vou pedir ajuda para ele. — Meus movimentos com o esfregão ficaram mais agressivos. — Prefiro que o teto desabe a pedir ajuda para Callum Macabe.

— Seu quarto é o de número três, no primeiro andar. — Deslizei a chave de latão pelo balcão até nosso mais novo hóspede, o sr. Damien Lewis, de acordo com a reserva. Estava grata pelo check-in tardio que o fez perder o caos do dia. Menos um hóspede para compensar. — Basta subir as escadas, é a segunda porta à direita.

Sorrindo, o homem passou o polegar sobre o arco arredondado da chave.

— Não sabia que os hotéis ainda usavam chaves de verdade. Hoje em dia é tudo cartão de aproximação e QR Code.

O cabelo preto espesso e o sotaque carregado deixavam claro seu sangue galês.

Dei a ele meu sorriso mais simpático. Aquele que a Fiona dizia ser exagerado, com dentes demais, como o de um jacaré.

— A gente gosta de fazer as coisas à moda antiga por aqui.

— Nunca disse que isso era ruim.

Ele cruzou os braços fortes em cima do balcão alto, parecendo à vontade.

Era por isso que eu costumava deixar a Fiona e nossa recepcionista de meio período, Ada, cuidarem do check-in. Eu *detestava* conversa fiada.

— Não se esqueça de mencionar isso na sua avaliação cinco estrelas.

Tamborilei com os dedos na madeira para dar ênfase e finalizar a conversa. Ele riu, como se estivesse encantado.

— Você é engraçada.

Naquele momento eu soube que ele estava mentindo. Eu já tinha sido chamada de muitas coisas na vida, mas *engraçada* raramente era uma delas.

Não era a primeira vez que um hóspede tentava flertar comigo. Apesar dos incentivos da Fiona, eu *jamais* me meteria com aquilo. Mesmo que ele fosse bonito, com cachos pretos volumosos e um sorriso de quem parecia saber quanto tempo fazia que eu não dormia com alguém. Misturar trabalho e diversão quase nunca dava certo.

A porta atrás dele se abriu e fechou, talvez outro hóspede voltando para descansar. Aproveitei a interrupção e apontei para a escada.

— O café da manhã começa às oito. Pendure o cartão com seu pedido na porta e eu aviso o chef.

Uma despedida óbvia, mas educada. Eu jurava que ele ia ignorar, até que alguém limpou a garganta. Viramos a cabeça em perfeita sincronia.

— Macabe.

O sorriso bem firme no rosto. Braços bronzeados cruzados sobre o uniforme azul-marinho. Cabelo bagunçado pelo vento ou talvez pelos próprios dedos depois de um dia longo. Callum Macabe parecia... ele parecia...

— Ouvi dizer que você estava precisando de mim, vizinha.

Convencido. Ele parecia convencido.

Ignorando-o, me voltei para o sr. Lewis.

— Posso ajudar em mais alguma coisa?

— Tem algum passeio que você recomendaria? Quero explorar a ilha o máximo possível.

— Ah.

Fiquei meio sem reação. Mais uma prova de por que eu preferia deixar aquela parte para a Fiona. Não sou bem do tipo aventureiro. Ciente demais do olhar de Callum, revirei a gaveta mais próxima e puxei a pilha de panfletos que Fiona e Ada costumavam entregar aos hóspedes. Como não lembrava das recomendações específicas que elas sempre davam, apenas estendi alguns folhetos em silêncio. O homem leu devagar, depois enfiou o maço de papéis no bolso.

— Tenha uma boa-noite, sr. Lewis. A recepção fecha às dez, mas há um contato de emergência no seu quarto, caso precise.

— E se eu ligar, é *você* quem vai atender?

Eu ri, surpresa. Devo admitir que o homem era corajoso.

— Boa noite, sr. Lewis.

Com um último sorriso torto, ele jogou a pequena mala no ombro e subiu as escadas. Callum o observou com uma ruga leve se formando entre as sobrancelhas. Quando voltou a me encarar, o ambiente pareceu encolher, como se a presença dele tivesse reduzido a metragem do cômodo em alguns metros.

— O que você está fazendo aqui? — perguntei depois de um longo silêncio. — Esta manhã não foi suficiente, você precisava de uma segunda rodada?

O sorriso presunçoso que eu tanto odiava surgiu de novo. Aquele que ele guardava só para mim. Com todo mundo, ele era brincalhão, mas sempre educado. *O Ken do Bairro. O Ken Gentil. O Ken que Faz de Tudo pra Ajudar.*

Os olhos azuis dele brilharam, tão quentes e tão pouco confiáveis quanto um dia de verão na Escócia.

— Acho que nunca será o suficiente, harpia. Mas ouvi por aí que você precisa da minha ajuda.

— Ouviu errado.

Ele fez um estalo com a língua.

— Acho que não. Minha fonte é muito confiável.

Maldita Heather. A irmã dele tinha dado uma sondada à tarde e repetiu várias vezes que era a favor do plano de "chamar o Callum para consertar isso".

— A única coisa que falta nessa vila é um grupo geral de fofoca — murmurei.

— Nós temos um. — Ele se aproximou até encostar no balcão, olhando de cima para mim. — Me pergunto por que ninguém te convidou.

Me obriguei a não reagir ao que era uma provocação óbvia e voltei minha atenção para o computador, mexendo o mouse sem propósito.

— Heather está enganada. Eu já resolvi.

— É mesmo? Quem ajudou?

Cliquei, abrindo um arquivo aleatório e fingindo ler. Odiava o jeito como ele pairava sobre mim naquela posição, mas levantar significaria admitir que a proximidade me afetava, e isso estava fora de questão.

— Ainda não decidi, mas tenho alguns candidatos promissores.

— Duvido que algum deles consiga terminar antes da sua mãe voltar.

Ele cruzou os braços ainda salpicados de sardas de verão sobre o balcão. Do mesmo jeito que o sr. Lewis tinha feito. Estávamos na mesma altura, e de alguma forma isso era ainda pior. Ignorando meus batimentos acelerados, empurrei os braços dele para o outro lado. O maldito sorriso só aumentou.

— Não vou contratar um caubói que faz reforma como passatempo.

— Caubói? — Juro que vi o momento exato em que a piada se formou nos olhos dele. — Pelo que me lembro, quem estava pronta para cavalgar era você.

Idiota.

Idiota convencido e bonito demais.

Me levantei num salto, as mãos batendo na mesa.

— Cai. Fora.

É claro que ele nem se mexeu.

— Eu posso ajudar de graça.

— E por que você faria isso?

— Porque eu sou um cara legal — disse ele, como se fosse um fato.

O céu é azul, a grama é verde e, ah, você não sabia? Callum Macabe é um cara sensacional.

— Ah, sim, o *cara* que se autointitula *legal*.

As sobrancelhas grossas dele se juntaram.

— Não sei o que isso quer dizer.

— Eles nunca sabem.

Minha voz saiu carregada de raiva, me denunciando. Eu fervia de ódio, mantendo os braços cruzados para evitar que minhas mãos voassem no pescoço dele. Se não fosse o balcão entre nós, eu já teria avançado.

Ele não pareceu perceber o perigo, porque se inclinou para mais perto, a voz baixando para um sussurro conspirador.

— Sendo bem sincero, eu fico cheio de tesão quando a gente briga.

Minha barriga apertou.

— Você é nojento.

— *Isso*. Assim. — Ele fechou os olhos e soltou um gemido baixo, ridiculamente sensual. — Finge que sou seu marido e você está brava porque eu não peguei minhas meias sujas. *Não, espera*... porque eu coloquei a louça na lava-louças do jeito errado.

— Você já é bem grandinho, já deveria guardar suas malditas meias! — Por que diabo eu estava alimentando aquele cenário ridículo? Ele estava tentando me desestabilizar, e eu tinha caído feito uma idiota. — É esse o seu relacionamento dos sonhos, Macabe? Não é à toa que ainda está solteiro, apesar de ser quase quarentão.

A crueldade cobria minha voz como a calda de um bolo.

— É só um exemplo, harpia. Eu sei cuidar de mim e da mulher na minha cama. Na verdade, eu *gosto* de cuidar. — Ele deixou a imagem conjurada por aquelas palavras se infiltrar em minha mente. — E estou solteiro porque é assim que eu gosto.

Ah, eu apostava que sim. E apostava que as mulheres com quem ele saía também gostavam.

— Acho que já está na hora de você ir andando.

Ele me avaliou, depois assentiu.

— Pensa na minha oferta.

— Por quê? O que você ganha com isso?

Ele deu de ombros.

— Não posso ser um bom vizinho?

— Ah, entendi. Algo para você usar contra mim depois.

— *Meu Deus*, como você é cínica. Encare como uma oferta de família.

— Nós não somos família.

Já chegamos perto disso uma vez, mas aqueles laços se desgastaram havia muito tempo. E se romperam de vez quando eu quase transei com ele.

— Meu irmão está praticamente casado com sua melhor amiga.

— Eles estão juntos há três meses.

— E ele já tem um anel escondido na gaveta de meias… — Os lábios dele se curvaram sobre os dentes, como se tentasse sugar as palavras de volta. Então, ele ergueu um dedo. — Guarde essa informação pra você.

— O Mal vai pedir a April em casamento? É cedo demais.

Ele fez cara feia diante da minha óbvia desaprovação.

— Eles estão felizes e, se ficarem noivos, isso não é da conta de ninguém além deles. Não se meta.

Ele achava mesmo que eu faria isso? Que só porque eu desistira do amor, eu atrapalharia minha amiga?

Eu acreditava em finais felizes para pessoas como a April. Tão leve e encantadora quanto uma margarida no verão, ela ria com facilidade e perdoava ainda mais rápido. Era impossível não gostar dela, impossível não a amar. Já eu era… *um erro*. Como um par de sapatos lindo na vitrine, mas que apertava os dedos e deixava bolhas nos pés. Uma distração emocionante por uma noite, até alguém se cortar em meus cantos afiados. O teste antes da versão definitiva. Fria demais. Fechada demais. Sempre demais e, ao mesmo tempo, nunca o bastante.

Quando criança, eu queria tanto sentir o peso de um amor inabalável que parecia carregar um sinal de desespero na testa. Passava horas praticando sorrisos no espelho até minhas bochechas doerem. Como se adiantasse alguma coisa. Minha natureza intragável era como uma maçã envenenada na fruteira, só esperando para ver quem daria a próxima mordida.

Fiz um gesto em direção à porta, me recusando a olhar para ele.

— Vou pensar na sua oferta.

— Você vai pensar? — Ele deu uma gargalhada, como se eu fosse a pessoa mais engraçada que já tinha visto. *Parece que aquela era a moda da noite.* — Harpia, você não vai encontrar uma oferta melhor que essa. Me liga quando cair na real.

5

Juniper

Pesquisa no Google: encanamento para leigos

— Que bagunça — resmungou Hank de novo. Ele tinha migalhas do bolinho de aveia recém-assado grudadas nas costeletas espessas. — Fiona não devia ter deixado você no comando.

— Você já disse isso.

Ignorei a ardência da humilhação nas bochechas e continuei minha inútil pesquisa. Nas últimas vinte e quatro horas, eu tinha entrado em contato com quase todos os encanadores ao norte da fronteira inglesa. *Mentira.* Fiz uma ligação desesperada para uma empresa em Newcastle. O riso do homem seguido de um "A Ilha de onde? Ah, nem pensar, querida" foi especialmente cruel.

A caçamba escondida nos fundos estava lotada de roupa de cama estragada, tapetes, um colchão arruinado e as peças do banheiro que eu, na maior ingenuidade, deixei o Murray arrancar. Pela manhã, enquanto eu tentava acalmar uma hóspede irritada oferecendo uma diária gratuita com café da manhã, já que o quarto com vista para o mar que ela havia reservado não estava mais disponível, Mal apareceu com as bochechas rosadas pelo vento.

Ele havia feito uma careta diante da interação desajeitada e erguido o que parecia ser um desumidificador sobre a cabeça. Quando enfim o encontrei na suíte do primeiro andar, ele estava de joelhos, desenrolando o cabo, e explicando que aquilo ajudaria a retirar a umidade do ar.

"Você também deveria aumentar o aquecimento. Vai reduzir o risco de mofo agora que as noites estão ficando mais frias."

A ideia me deixara em puro pânico. O papel de parede xadrez já parecia uma pintura abstrata de Jackson Pollock. Não era bem o clima que eu queria para uma suíte nupcial.

"Como você sabe tudo isso?"

Ele hesitou, os olhos alternando entre mim e o cabo em suas mãos enormes.

"Você vai ficar brava se eu disser que foi o Callum?"

"Não... talvez. Qual é a daquele cara, sério?"

"Do Callum?"

Ele encaixou o plugue na tomada e mexeu nos botões da máquina quadrada até que um zumbido baixo preenchesse o ambiente.

"Aye."

"Ele gosta de ajudar. E, falando como alguém que passou anos tentando forçá-lo a fazer o contrário, é mais fácil aceitar."

Não concordei nem discordei.

Deixando a lembrança de lado, me virei para Hank.

— Por que eu sou assim?

Se ele se surpreendeu com a pergunta, não demonstrou. Os sulcos ao redor da boca se aprofundaram enquanto pensava na resposta.

— Essa pergunta tem muitas respostas possíveis. Mas essa música mórbida que vocês, jovens, gostam não ajuda a melhorar o humor.

— Não era disso que eu estava falando. — Joguei uma migalha nele. — Meu gosto musical é impecável.

Ele não disse nada. Seu sinal clássico para que eu continuasse. Naquele sentido, Hank era como um padre em um confessionário, embora seus conselhos fossem, com certeza, bem mais inusitados.

— Callum Macabe se ofereceu para ajudar.

— E você recusou?

Assenti.

— Bom — resmungou Hank, empurrando o resto da comida para dentro da boca. — Aquele rapaz está sempre sorrindo. Me deixa desconfortável.

Ri, satisfeita por encontrar mais alguém na ilha que não se rendia aos encantos do Ken do Bairro.

— Você não acha que eu deveria aceitar? Deixar o orgulho de lado e aceitar ajuda quando é oferecida?

Minhas palavras morreram quando Ada entrou pela porta, já falando enquanto tirava o casaco úmido.

— Desculpa o atraso, tinham malditas ovelhas na estrada de novo. Aí um trailer cheio de turistas parou para tirar fotos. — Ela balançou a cabeça, as tranças fininhas com mechas grisalhas deslizando sobre o ombro. — Como se quem mora aqui não tivesse mais o que fazer.

Virando-se para o balcão, ela sustentou o olhar de Hank por um instante a mais do que o estritamente necessário. Nascida em Londres, ela e o falecido marido se mudaram para Skye quase trinta anos antes. Ele partira fazia sete anos, e desde então ela trabalhava meio período na Casa Hera.

A rapidez com que Hank se endireitou foi quase cômica. Assim como o jeito que ele tentou limpar as migalhas do peito e da barba.

— Faltou uma — sussurrei, apontando para uma última migalha no canto da boca dele ao mesmo tempo que me levantava para deixar Ada assumir o turno da noite.

— Ei, Ada. Pergunta rápida: você acha que eu deveria contratar Callum Macabe para ajudar com os banheiros?

— Callum? — Como toda mulher da vila, o rosto dela se iluminou ao ouvir o nome dele. — Ele é um rapaz tão adorável.

Lancei um olhar para Hank e ergui as sobrancelhas no gesto universal de *viu*?

Resmungando, ele balançou a mão antes de recuar para o refúgio na cozinha. Para me evitar ou para fugir da viúva atraente? Isso ainda era uma incógnita.

— Faça o que quiser, menina, você sempre faz. Mas me inclua fora dessa… e tome cuidado com esse rapaz, não confio nele.

Ele soltou o último comentário como se fosse um mero detalhe.

Aproveitando a chegada de Ada para escapar, coloquei o fone de ouvido e me recolhi no silêncio da lavanderia, onde uma pilha de roupa de cama limpa esperava para ser passada. Minha mente vagueou pelo trabalho monótono, revivendo as palavras de Hank.

"Mas me inclua fora dessa."

E era aquele o problema. Eu não *queria* deixá-lo de fora. Queria que alguém tomasse a decisão por mim, para que eu não tivesse que lidar com as consequências.

Queria toda a recompensa sem nenhum risco.

Mais tarde, naquele mesmo dia, eu me aninhei nas almofadas do sofá de minha aconchegante sala de estar. Shakespeare se empoleirou no braço da poltrona forrada de veludo, observando enquanto eu equilibrava o celular sobre uma pilha de livros com uma mão, tomando cuidado para não derramar o cereal com a outra.

— Pode olhar o quanto quiser, babaquinha — falei, esperando que a ligação conectasse.

— É assim que nos cumprimentamos agora?

Iluminada pelo brilho da lareira no chalé em que vivia com Mal, April parecia encantada com a ideia. Heather entrou em seguida, o rosto borrado conforme a câmera entrava e saía de foco.

— Desculpa. — Virei a tela para que elas pudessem dar uma boa olhada. — Estava falando com essa gata demoníaca.

— Ainda não se entenderam?

Ergui meu braço todo decorado como resposta, os vergões envolviam meu pulso como um bracelete.

— Por que fui concordar em adotar essa gata em vez de só oferecer um lar temporário?

— Porque você olhou para essa carinha linda e não conseguiu dizer não? — provocou Heather.

Murmurei qualquer coisa, mas Heather estava certa, eu sempre tive um fraco por coisas bonitas.

— Entendo bem disso.

April se reclinou na poltrona com uma risadinha, e parte de um roteiro apareceu equilibrado nos joelhos. Em poucos meses ela nos deixaria para gravar o próximo filme e, para ser sincera, eu estava apavorada com a partida dela.

A dimensão da fama de April costumava se manifestar nos momentos mais inesperados. Parecia tão normal ter minha melhor amiga de volta em Kinleith que eu só lembrava que ela era famosa quando os turistas começavam a apontar para ela nas lojas ou na praia. Heather e eu nos divertíamos muito vendo Mal tentando afastar alguns dos fãs mais *dedicados*.

— Como andam as coisas na Casa Hera? — Heather foi a primeira a abordar o assunto.

— Ah, sabe como é, já ofereci tantos quartos como cortesia que, a essa altura, é como se eu estivesse pagando a estadia dos hóspedes, e tive que subornar Hank com um aumento para impedi-lo de ligar para Fiona.

— É só uma pedra no meio do caminho.

— Ainda mais se você aceitar a ajuda de Callum — frisou Heather, a voz assumindo um tom exasperado. — Eu sei que vocês não se dão muito bem, mas será que não dá para tentar, só dessa vez?

— Você precisa de uma mãozinha amanhã? Eu tenho algumas horas livres. Eu me viro bem atendendo clientes — interrompeu April, mudando de assunto com facilidade.

Apesar de nunca ter dito nada, sei que ela desconfiava de algo entre mim e Callum.

— Não precisa, Ada concordou em trabalhar algumas horinhas a mais.

— O velho Murray já devolveu seu dinheiro?

— Duvido muito — respondeu Heather antes de mim. — Você podia enfiar um tridente no pescoço dele que aquele pão-duro ainda não cederia.

Eu ri tanto que quase saiu leite de aveia pelo meu nariz, então acrescentei:

— E é isso mesmo que eu pretendo fazer… assim que conseguir ficar mais do que cinco minutos longe daqui. — Heather fez uma careta enquanto prendia os fios curtos em um rabo de cavalo meio torto. — Você tá com uma cara cansada — comentei.

Ela parecia ainda mais pálida sob a luz forte da cozinha.

— Eu estou bem. — Mas bocejou, desviando o olhar do meu depressa. Eu odiava quando ela fazia isso. Era um lembrete de que, apesar de ainda rirmos e zoarmos uma à outra como amigas que, aos 7 anos, cortaram o cabelo juntas inspiradas nas Spice Girls, o fim do meu noivado com Alistair me custou muito mais do que um relacionamento amoroso. — O dia foi longo e as meninas não param de brigar. Estou pensando em colocar cada uma num quarto só para que tenham um pouco de espaço.

— Pode ser só uma fase — sugeriu April.

— Pode ser. — Ela esfregou as têmporas. — Crianças brigam, eu sei que isso é normal. Só queria ter alguém para me apoiar, sabe? Quando elas estão gritando uma com a outra e eu preciso me lembrar de que sou a adulta da casa, mesmo quando tudo o que eu queria era me trancar no banheiro e chorar. Uma ligação de uma hora a cada duas semanas do pai delas não chega nem perto de ser uma guarda compartilhada.

— Cuzão — disparei.

Ainda odiava o fato de o sumiço do ex-marido dela ter sido o catalisador para nossa reconciliação.

Nunca esperava que naquela época Heather fosse me escolher no lugar de Alistair. Mas torci para que houvesse uma *escolha*.

A vida te ensina a lidar com desilusões amorosas. *Comer chocolate, ver* Legalmente loira*, chorar no banho ouvindo Taylor Swift*. E tudo de novo. Mas ninguém te avisa que se decepcionar com uma amizade dói duas vezes mais.

— *Cuzão* — concordaram Heather e April, e eu forcei um sorriso assim que a conversa seguiu outro rumo.

Afundei na montanha de almofadas, trocando minha tigela de cereal vazia por uma taça de vinho tinto, fazendo o possível para não dormir enquanto elas falavam sobre o novo cargo da Heather como gerente na destilaria. Mas minha cabeça estava um caos, incapaz de se agarrar a qualquer pensamento, conforme o cansaço do dia inteiro enfim me atingia.

A conversa me puxou de volta quando uma porta se abriu e fechou do lado de April. Com um sorriso, ela levantou o rosto um segundo antes de Mal aparecer na tela, inclinando-se sobre ela. A imagem ficou embaçada quando os lábios deles se encontraram, as mãos dele nas bochechas dela para beijá-la intensamente. Um beijo apaixonado. Como se estivessem separados por um oceano de distância, e não por algumas simples paredes de pedra. E, puta merda, eu não conseguia tirar os olhos da intensidade do desejo deles, sabendo que ela levaria um pedaço do coração dele quando fosse embora.

— Credo.

Heather fingiu que ia vomitar. Eles se separaram num sobressalto, as bochechas de Mal ficando coradas, enquanto April ria.

— Foi mal, gente. — Ele ficou ainda mais vermelho ao perceber que nós duas estávamos ali. — Nem percebi o celular.

Porque ele não via nada além da April nos últimos tempos.

— Acho que esse é o meu sinal para ir embora — disse Heather.

— Não por minha causa — respondeu Mal, inclinando-se sobre o ombro de April para falar com a irmã. — Eu já ia tomar banho mesmo.

Heather balançou a cabeça, abafando outro bocejo na palma da mão.

— Preciso dormir. As meninas têm ginástica antes da escola amanhã.

— Me avisa se precisar de uma carona — disse ele, sumindo da tela.

Esperei em silêncio Heather se despedir. Tentei retribuir seu sorriso cansado com um que parecesse no mínimo reconfortante. Assim que a tela dela desapareceu, soltei:

— Eu quase transei com o Callum.

Como se tivesse acabado de passar horas numa sala de interrogatório. Não sei de onde saiu aquela confissão. Estresse? *Com certeza, estresse*. E o fato de ele estar me infernizando havia dias.

April piscou, mexendo os lábios, mas sua resposta foi abafada por um ruído de choque sem dúvida masculino.

Congelei, me aproximando da tela, como se fosse possível enxergar melhor o cômodo.

— Foi o Mal?

Dois segundos de silêncio. Então, uma voz fora da câmera respondeu:

— *Aham*.

— Achei que você ia tomar banho — falei.

Os olhos de April foram de mim para ele, e de volta para mim.

— Esqueci a toalha?

Soou mais como uma pergunta do que como uma afirmação, como um aluno tentando convencer a professora de que o cachorro comeu mesmo o dever de casa.

É, eu não engoliria essa.

— Dá pra aparecer na câmera de uma vez?

Outro longo silêncio.

— Eu não quero.

— Grandalhão, agora você já se enfiou nessa confusão, então aceita que dói menos.

— Eu não acho que…

— *Mal!*

Ele surgiu cambaleando, como se eu tivesse puxado uma corda invisível amarrada à sua cintura, vestindo às pressas uma camiseta escura sobre o peito largo e se jogando no sofá ao lado de April. Nossos olhares se encontraram e logo desviaram, mas me recusei a me sentir constrangida. Mesmo com as bochechas ardendo.

— Podemos voltar ao assunto principal, por favor? — April cruzou as pernas, vibrando de animação. — Você quase ficou com o Callum hoje?

— Deus me livre! Faz muitos anos já.

— Eu sabia! Eu *sabia* que rolava alguma coisa entre vocês. Foi enquanto você estava com o Alistair?

Não havia julgamento no tom de April, já Mal parecia todo duro, como um animal encurralado.

— Claro que não! Um ano depois que terminamos.

— *Puta merda.* — Mal passou a mão no rosto e se levantou. — Eu não devia ouvir essas coisas.

— *Sente-se* — falamos April e eu ao mesmo tempo.

Ele obedeceu na hora.

— É só um conversa. — April beijou o ombro dele e se voltou para mim. — Então vocês transaram?

— A palavra-chave aqui é *quase*.

Ela deu de ombros, como se isso não fizesse diferença.

— Como foi que aconteceu?

— Eu estava num congresso em Glasgow, a gente se encontrou por acaso num bar.

— E foi bom? As preliminares, quer dizer.

Ela girou o dedo no ar, e Mal soltou um gemido, enterrando o rosto nas mãos.

— O que você acha? — rebati, sarcástica, lembrando do jeito desesperado que Callum segurou minha cintura, puxando-me para o colo dele.

Ele me queria. Até que não quis mais. — Posso até não gostar dele, mas até eu admito que ele tem um corpo feito para o pecado.

— Melhor que o Alistair?

Franzi os lábios, ponderando.

— Diferente. É difícil comparar. O sexo com o Alistair sempre foi incrível, mas isso... foi, sei lá, *intenso*. De um jeito que nunca senti antes.

— Crianças, é isso que chamamos de tesão acumulado. — Ela abriu as mãos como se estivesse apresentando uma aula.

— Já chega...

— Não, fica! — implorei antes que Mal pudesse fugir. — Preciso da sua opinião.

Ele fez uma careta, apertando os olhos.

— Por favor, não peça.

— Se serve de consolo, eu sei tudo da sua vida sexual.

Ele arregalou os olhos, cravando April no lugar onde estava.

— Que foi? — Não havia vergonha nenhuma no tom dela. — Preciso me gabar pra alguém, e não pode ser a Heather. Aquele negócio com a perna que você fez na parede na semana passada...

— Então, você e o Callum?

Ele cortou o assunto com uma expressão rígida, mas seu rosto estava vermelho como um balão inflado. Nunca vi alguém tão envergonhado.

Dando um desconto para ele, segui a deixa.

— Quase e só uma vez.

— *Meu Deus*. — Mal passou a mão pelo queixo, um gesto que eu começava a assimilar como um tique nervoso. — Essa é, sem dúvida, a conversa mais bizarra da minha vida.

— E você nunca mais ficou tentada? — perguntou April.

— Não. — *Toda vez que eu quero gozar*. — Ele sempre age que nem um babaca comigo.

— Isso é o clássico caso de implicar com a garota que gosta pra chamar a atenção dela.

— Ah, é? — Disparei um olhar significativo para Mal. — Porque não foi isso que você disse seis meses atrás.

Heather tinha falado exatamente a mesma coisa sobre Mal, e April dera um fim à conversa. Sem hesitar.

— E aí eu descobri que, na verdade, o Mal ficava se remoendo feito um urso-pardo triste, noite após noite...

— Também não foi assim, noite após noite. Foi mais um leve sofrimento ocasional... sabe, um nível normal de sofrimento bem masculino — afirmou o homem que estava participando daquela conversa insuportável só por causa da mulher ao lado dele. Mas eu não ia discutir os níveis de sofrimento. — Você nunca me disse que Callum era a fim da June.

— Achei que fosse óbvio. Além disso, isso vai contra o código das amigas.

— Chega. Callum não é *a fim de mim*. — Quase engasguei com a frase infantil. — E, se fosse, não é problema meu. O que eu quero saber é, Mal... Com tudo isso em mente, você acha que posso confiar nele para me ajudar?

Ele nem hesitou antes de fazer que sim.

— *Merda*.

Afundei de volta nas almofadas.

— Não era a resposta que você queria?

Ele me deu o mesmo sorriso que tinha dado para Heather, aquele que iluminava o rosto inteiro.

— Nem um pouco. Parabéns, você entrou oficialmente na minha lista de desafetos da família Macabe.

6

Callum

Callum: Como foi?

Callum: ???

Callum: Eu sei quando você leu a mensagem, Mal. Aparece um tiquezinho embaixo do texto.

Mal: Como foi o quê?

Callum: O desumidificador. Ela aceitou?

Mal: Ela não teve muita opção, eu liguei o treco e deixei lá.

Callum: Bom.

Callum: O Murray já devolveu o dinheiro dela?

Mal: O que você acha?

Bati os nós dos dedos com força. O som foi seco, impossível de ignorar.

— Abre essa porta, Murray! — gritei para a tinta descascada, mais do que pronto para arrombar a porta se ele não aparecesse nos próximos trinta segundos.

A maçaneta girou, e o rosto simpático da esposa dele apareceu.

— Callum. — Ela sorriu, secando as mãos num pano de prato. — Gordon marcou uma consulta a domicílio?

— Hã… não exatamente. — Cocei a nuca, sentindo um leve peso na consciência por ter esmurrado a porta daquele jeito. — É mais uma visita social. — Um problema irritante o suficiente para me fazer arriscar a suspensão da caminhonete naquela estrada de terra horrorosa do Murray. E ainda precisava ver meu pai antes de ir trabalhar. — Ele está por aí?

— Está terminando de se arrumar pro café, vou chamar.

— Muito obrigado, sra. Murray.

Lancei meu melhor sorriso. Não era culpa dela ter casado com aquele rato.

Ela bateu com o pano de prato em minha coxa.

— Seu bobo, pra você é Vanessa.

Ela sumiu e voltou segundos depois, trazendo Murray, carrancudo, a tiracolo. A gola da camisa ainda estava úmida do barbear, e ele secava o queixo com uma toalha ao chegar na varanda.

— Obrigado, Vanessa, eu só preciso dele por um minuto. Ah, e lembre-se de levar os gatos para a vacina anual logo. Consigo um descontinho.

Esperei até que ela fechasse a porta antes de empurrar Murray tão rápido na madeira que as dobradiças rangeram.

— Ei, ei! Tá maluco?

— Você não precisa falar, só ouvir. Entendeu?

Meu aperto no ombro dele não chegou a machucar, mas foi o suficiente para ele saber que eu estava muito puto.

Ele assentiu, as bochechas castigadas pelo tempo ficando ainda mais vermelhas.

— Você deve uma grana bem alta pra Juniper Ross.

— É isso, então? Foi ela que cancelou o serviço, não eu. Vou dizer a você a mesma coisa que eu disse para aquela menina: aquele cano estava com defeito, não foi culpa do meu garoto.

Eu usava apelidos com Juniper o tempo todo, mas da boca dele, o "menina" soou condescendente. Como se Juniper fosse ingênua demais para entender a complexidade dos "negócios masculinos importantes".

— Juniper não é uma *menina*. — Minha voz saiu afiada como lâmina. — Eu tenho amigos no Conselho. Se você não devolver o dinheiro dela até o fim do dia, vou ser forçado a denunciar suas práticas de trabalho perigosas. É bem capaz que tenha sua licença cassada e aí, o que vai fazer depois?

— Você me arruinaria por um errinho que os rapazes teriam consertado se ela não tivesse começado a berrar feito uma alma penada? Ela jogou um sapato na cabeça do Brodie. — *Eu pagaria muito para ter visto a cena.* — Eu podia processar *ela.*

Até podia. Mas ele teria que provar, e isso suscitaria perguntas a que ele não gostaria de responder.

Dei um passo para trás, o calcanhar fazendo barulho com o cascalho da entrada, e ajeitei a gola da camisa dele.

— Eis o que você vai fazer. Primeiro, vai devolver cada centavo que deve para Juniper. — Ele abriu a boca para protestar, mas ergui a mão. — Você vai devolver. Até o fim do dia. Isso não está aberto para discussão. Depois, vai fazer seus netos receberem um treinamento de verdade. Se não fizer, Brodie ficará fora dos jogos.

Ele arregalou os olhos.

— Fora dos jogos? Você pirou? Ele é o atacante mais rápido de Skye!

Dei de ombros, como se não estivesse basicamente entregando o troféu da Taça da Liga da Divisão Norte para Portree.

— Tem outros jogadores. — *Não tinha.* Puxei a chave do carro do bolso e fui para o lado do motorista, dizendo por cima do ombro: — Resolva isso e ele pode voltar pro time, talvez até dê tempo de pegar uns jogos nesta temporada.

Nem cheguei a abrir a porta antes que a resposta dele me atingisse, baixa e carregada de arrogância.

— Sabe, tem gente nesta vila que não veria com bons olhos você cuidando tanto da garota do seu irmão.

Minha risada saiu tão quente que a garoa ao meu redor pareceu evaporar. Ele achava que tinha me encurralado. Mal sabia ele que eu já estava preso na gaiola de Juniper fazia oito anos.

— Ainda bem que eu não dou a mínima para o que as pessoas acham, Murray.

Eu o encarei, desafiando-o a continuar. Mas ele apenas cerrou a mandíbula, então entrei na caminhonete. Os pneus levantaram poeira quando parti, deixando que ele ficasse com suas ameaças vazias sobre Juniper.

Eu não dava a mínima se soubessem como me sinto. Fazia muito tempo que eu tinha aceitado isso. Qualquer culpa que um dia eu carreguei começou a se dissipar no instante em que meu irmão cometeu o maior erro da vida dele. Naquela noite, dirigi de Edimburgo a Glasgow com a visão turva de raiva, odiando-o por machucá-la. Odiando *a mim mesmo* por sentir um alívio tão grande.

Mas, então, vi o olhar vazio dele. A barba crescida, os olhos vermelhos, e o fato de que usava um único pé de meia.

Em vez de brigar, quando ele me chamou para entrar, acabamos completamente bêbados com um uísque que nos lembrava de casa. A cada gole, eu prendia a respiração, esperando o momento de clareza, a busca frenética pela chave do carro quando ele percebesse o tamanho da besteira que tinha feito.

Os dias viraram semanas. A cada ligação, esperava ouvir: "E aí, irmão, olha que engraçado, eu e a June voltamos…".

A cada dia em que nada do tipo era dito, minha culpa diminuía, até virar apenas um leve incômodo no peito. Então veio Glasgow. E Juniper deixou de ser dele para se tornar minha. Minha para provocar, amar e proteger, mesmo que de longe.

7

Callum

Prezado Callum,

Você me conhece, não sou de me intrometer, mas notei que você ainda não reservou o campo para o jogo contra Portree na próxima semana. Pode ficar tranquilo, já cuidei disso, assim como do campo de treino para quinta-feira à noite. Portree tem uma defesa forte e precisamos estar preparados, ainda mais sem a velocidade do Brodie com a bola.

Você anda bem distraído ultimamente. Se a braçadeira de capitão estiver pesando, ficarei feliz em assumir a liderança em seu lugar.

Pelo bem do time, é claro.

Duncan

Duncan,

Agradeço a preocupação, mas está tudo sob controle.

Callum

Uma batida firme na porta da sala de exames me tirou do transe de olhar o celular com irritação. Salvei o site do lar de idosos em Kyle nos favoritos e larguei o aparelho na mesa. O dia tinha sido… péssimo. Embora tentasse disfarçar, dava para ver pelo jeito cansado dos ombros da minha mãe que ela estava exausta. Havia linhas de tensão em seu rosto que não existiam um ano atrás. Ela tinha emagrecido…

Toc. Toc.

Caralho.

— Pode entrar.

Mesmo quando eu estava aqui, não estava *aqui* de verdade.

Kelly enfiou a cabeça pela porta, um sorriso radiante no rosto.

— Jill Mortimer chegou para a consulta.

— *De novo*? Não faz nem uma semana.

Kelly deu de ombros, os cachos castanhos saltando na gola do uniforme rosa.

— Dessa vez é a Coco.

Reprimi a vontade de xingar e puxei o extenso prontuário de Jill no computador.

— Pode mandar entrar.

Eu estava passando o estetoscópio pelo pescoço quando a loira impecável com quem estudei entrou desfilando como se estivesse numa passarela. A saia floral e esvoaçante, um pouco veranil demais para a onda de frio que estava fazendo, dançava ao redor das panturrilhas.

— Callum. — O sorriso dela ia de orelha a orelha, e segurava bem frouxa a guia de um lindo king Charles spaniel. — A gente precisa parar de se encontrar assim.

— Senhora Mortimer. — Me esforcei para sorrir e me abaixei para cumprimentar a cachorrinha, que eu já tinha examinado pelo menos dez vezes só naquele ano. — Como você está, gracinha?

As palavras eram claramente dirigidas a Coco, mas Jill se abanou, fingindo estar maravilhada.

— Nossa, Callum, você sempre foi um charme. Acho que minhas meninas gostam tanto de você quanto eu. *Quase* — acrescentou a última parte com uma piscadela que fingi não notar.

— Duvido muito, sra. Mortimer.

Eu me levantei no instante em que a mão dela se fechou ao redor de meu antebraço, as unhas longas e vermelhas se curvando na minha pele até as pontas pressionarem de leve. Alguma coisa naquelas longas unhas vermelhas sempre revirava minha barriga. Ou talvez não fossem as unhas, e sim *a dona* delas. Porque toda vez que eu via as unhas bem cuidadas de Juniper, sempre pintadas de preto, imaginava como ficariam cravadas em minhas costas. Ela podia deixar as unhas virarem garras, e eu ainda ia gostar. Não à toa eu a tinha apelidado de harpia.

— Callum, quantas vezes preciso dizer pra me chamar de Jill? — As unhas dela se cravaram um pouco mais antes de soltarem, arranhando de leve meu pulso num gesto, sem dúvida, pensado para ser sedutor. — Somos velhos *amigos*, afinal.

Nunca imaginei, aos 16 anos, que um único beijo bêbado numa festa de praia do colégio voltaria para me assombrar tantas vezes quanto aquele.

Tentando acabar logo com aquilo, fiz um gesto para Coco.

— O que aconteceu com essa pequena?

— Ah... Coco, *claro*. A patinha de trás dela parece estar incomodando.

Ela tinha entrado trotando sem problemas, mas cachorros eram mestres em esconder dor.

— Vamos colocá-la na mesa e dar uma olhada. — Peguei a cachorra antes que Jill pudesse fazer isso. Comecei pelas patas traseiras, alisando com suavidade o pelo em busca de qualquer sinal de desconforto. — Ela está comendo normalmente?

— Sim. Igual à mãe, ela adora comer.

A risada de Jill beirava a autodepreciação enquanto ela passava as mãos pela cintura curvilínea.

Mas que inferno.

Limpei a garganta.

— Algum sinal de dor ao urinar?

— Nenhum.

— Isso é bom.

Cheguei à frente da cachorra e examinei os ouvidos e olhos, só para garantir. Coco lambeu meu braço enquanto eu trabalhava, totalmente tranquila.

— Não vejo nenhum problema aparente — falei por fim, me afastando para lavar as mãos. — Pode ser apenas uma leve distensão muscular, mas nada com que se preocupar, a menos que persista.

— Hmm. — Jill mordeu o lábio inferior. — Acha que devo marcar um retorno para semana que vem?

— Não é necessário, mas pode ligar se ficar preocupada.

O sorriso dela se alargou, e eu me encolhi por dentro ao perceber minha cagada.

— O que eu faria sem você, Callum? Você tem um coração enorme. — *Certo*. Virei para o computador, dando as costas a ela, e digitei alguns detalhes no prontuário da Coco. — Você devia me deixar te levar para jantar, para te agradecer de verdade. — Meus dedos pararam no teclado. — Só como amigos, *claro*. Ainda não estou pronta para nada mais depois do divórcio.

Jill e o ex se separaram seis meses antes, e desde então ela vinha sendo uma pedra em meu sapato. Eu me sentia um babaca só de pensar nisso, mas sabia que, apesar do que dizia, Jill estaria na cama comigo num piscar de olhos, se eu quisesse.

— Não acho que seja uma boa ideia. Ando bastante atarefado.

A resposta soou péssima. Era quase como dizer *o problema não sou eu, é você*. Eu deveria ter cortado o assunto de forma definitiva da última vez que ela perguntou, mas me senti culpado. Preocupado demais em não magoar uma mulher solitária.

— Ah. — Ela murchou como um balão velho. — Talvez daqui a algumas semanas? Você lembra que se ofereceu para me ajudar a limpar as calhas?

Com um sobressalto, lembrei que eu *tinha* oferecido ajuda. Senti as bochechas esquentarem, a vontade de agradar quase me fazendo soltar um "É, talvez". Mas eu precisava ser honesto antes que acabasse machucando-a. Deixar tudo bem claro, sem margem para interpretação errada.

— Jill, me desculpa… — *merda* —, mas eu não estou interessado em você… *não nesse sentido*. Posso ajudar com as calhas, mas é só isso. — O rosto dela se fechou na hora, os lábios se apertando, e eu soube que tinha estragado tudo. *Droga. Eu ia direto para o inferno*. — Vem, eu te acompanho até a porta.

O celular tocou na minha mão enquanto eu atravessava o curto caminho de terra entre minha casa e a Casa Hera. Minhas botas soavam firmes nas tábuas robustas cobertas de musgo, formando a ponte sobre o riacho entre as propriedades, que tinha as margens rodeadas de samambaias viçosas e pinheiros.

Era minha mãe. Minha barriga revirou e, por um segundo, egoísta e terrível, considerei não atender.

— Oi — respondi, apertando a ponte do nariz. — Tá tudo bem aí?

Eu nem tinha ido em casa ainda. Já passava das oito da noite e eu acordara antes de o sol nascer para visitar o Murray.

Precisava tirar o uniforme, tomar um banho para me livrar do cheiro de cachorro molhado. Precisava comer. Precisava dormir. Precisava...

— Oi, meu amor. — A voz dela vacilou do outro lado. — Tá tudo bem, só queria saber se você sabe onde foi parar aquele disco do Jimi Hendrix que seu pai adora.

— *The Last Experience*? Mãe, todos os discos estão no armário do corredor. Você precisa disso neste exato momento?

A preocupação apertou minha voz, e eu respirei fundo, tentando acalmar a inquietação no peito. Isso estava virando nosso novo normal, meu pai cada vez mais agitado, minha mãe inventando novos jeitos de trazê-lo de volta para si mesmo.

— Ele está inquieto de novo esta noite. O médico disse que ouvir as músicas favoritas pode ajudar.

— A caixa com o toca-discos está na prateleira de cima. Não pega sozinha, é pesado.

— Eu uso a escada.

— *Mãe*... — Meu olhar foi direto para a porta da pousada, meu corpo inteiro se inclinando para lá. Como se conseguisse sentir a presença da Juniper do outro lado da parede. Como se previsse a provocação que ela jogaria para cima de mim e que, com sorte, salvaria aquele dia de merda. — Tenho um compromisso agora, pode esperar uma hora?

— Agora?

— Estou ajudando um amigo com uma coisa — expliquei, casual demais.

— Tá bem, meu lindo.

— Tenta colocar a música no celular até eu chegar.

— Ele não gosta assim. A gente nunca devia ter guardado o toca-discos.

Reprimi o suspiro. Meu pai não olhava para aquele toca-discos havia quase uma década.

— Vou ser o mais breve possível.

Aumentei o volume do celular, caso ela ligasse de novo, e tentei sufocar a preocupação enquanto a Casa Hera surgia à frente, a noite aveludada desenhando os contornos tortos. Eu tinha cansado de esperar a Juniper ter juízo. Estava na hora de um novo método.

Já estava quase na porta verde-escura quando o celular tocou de novo. Esperando que fosse minha mãe, parei no primeiro degrau e tive certeza de que estava alucinando quando vi o nome da Juniper na tela. Pisquei e — *puta merda*, ainda lá. Juniper. *Me ligando*.

Pelo que eu me lembrava, ela *nunca* tinha me ligado antes.

Fui atender, mas quase rejeitei a ligação com meus dedos desajeitados e grandes demais.

— Juniper? — Silêncio. — Alô?

Olhei para a pousada, meio que esperando vê-la espiando de alguma janela.

— Como você sabia que era eu?

Um arrepio correu pela minha espinha. A voz dela soava como um sopro quente na nuca. Mais baixa, mais íntima do que quando esteve colada em meu ouvido. Tive que pigarrear antes de responder:

— Existe uma invenção incrível conhecida como identificador de chamadas. Posso passar aí e te explicar, se quiser.

Ela devia estar com a mente em outro lugar aquela noite, porque, em vez de retrucar, foi direto na jugular:

— Aceito sua oferta.

Assim, sem mais nem menos, meu anjo? Tinha algo de errado.

— Que oferta seria essa?

— Você se diverte sendo um babaca convencido, Macabe, ou já nasceu assim?

Meu primeiro sorriso do dia surgiu, encostei na parede, uma mão no coração acelerado.

— Você parece intrigada, harpia. Tem certeza de que ainda me detesta? Porque isso está começando a parecer uma desculpa para chamar minha atenção.

— Não sei por que achei que conseguiríamos ter uma conversa normal.

— Não minta, você gosta das nossas provocações tanto quanto eu.

Eu via o fogo nos olhos dela toda vez que discutíamos. Ela ardia com aquilo. Um contraste gritante com a rainha do gelo que controlava seu corpo nas outras vinte e três horas do dia.

Já tinham se passado cinco anos de um intenso jogo de sedução.

— Ah, isso é provocação? Erro meu. Esse tempo todo achei que te evitava porque, sempre que nós nos falamos, você age como um babaca arrogante.

Eu adorava quando ela me enfrentava.

— Foi por isso que interrompeu minha noite? Para me insultar?

— Não. Você está me distraindo. — Ela se calou de novo, e eu quase conseguia sentir suas muralhas subindo para o que vinha a seguir. — Se a oferta de ajuda ainda estiver de pé… então…

— Tique-taque, não tenho a noite toda.

Vamos lá, meu anjo, me dê alguma coisa concreta.

— *Merda!* Eu aceito sua ajuda. *Eu aceito*, tá bom?

O alívio me atingiu em cheio. Consegui exatamente o que queria… em um piscar de olhos. Mas a chance de provocá-la um pouquinho era sempre boa demais para desperdiçar.

— Diz que precisa de mim, Juniper. Diz que precisa de mim e eu serei seu.

— Vai se foder, Macabe…

— Espera, espera, é brincadeira. Não desliga. — Sorri no escuro, sabendo que ela não podia me ver. Mas, porra, o jeito como ela dizia meu sobrenome com aquela língua afiada me deixava duro como pedra. Sempre deixou. — Ainda está aí?

— *Sim.*

E aquele tom ofegante reivindicou um órgão diferente por completo. Minhas próximas palavras saíram roucas.

— Sim. A oferta ainda está de pé.

— Qual é o preço?

— A gente discute isso cara a cara. — Eu me afastei da parede, subi os poucos degraus e bati na porta. — Abre.

— Como assim?

— Estou aqui fora, harpia.

— Desde quando?
Ignorando a pergunta, continuei batendo.
— Anda logo, não tenho a noite toda.
Foi quando ouvi atrás de mim:
— Ei! Dá pra parar de bancar o ogro gigante? Tem hóspedes dormindo!

8

Juniper

Fiona: Por que você não está retornando minhas ligações?

Juniper: Porque eu estou trabalhando.
Juniper: Achei que a bebida era liberada no navio. Se está conseguindo ligar, é porque não bebeu o bastante!

Callum se virou tão depressa nos três degraus que quase perdeu o equilíbrio. Talvez eu tivesse aproveitado mais a sensação de deixá-lo desconcertado se ele não estivesse... *daquele jeito*. Eu o via mais vezes de uniforme do que em qualquer outra roupa. Quase sempre era de longe, na vila, ou entrando no carro, e eu permitia que meus olhos ultrapassassem a linha invisível de “mantenha distância” que impus quando ele se mudou para a casa ao lado.

Nunca consegui me acostumar a vê-lo assim.

A luz da lâmpada acima da porta recortava a silhueta dele, formando um brilho quente ao redor do tronco. Ele segurava uma sacola em uma mão, mantinha o celular colado ao ouvido com a outra, fazendo o bíceps inchar de um jeito indecente. O Ken Veterinário em carne e osso. *Ele deve comprar roupas num tamanho menor, é a única explicação para estarem tão esticadas.*

Eu devia ter achado ridículo.

E eu *achava* ridículo.

Mas, ainda assim, lá estava eu, babando por Callum como qualquer outra mulher boba de Kinleith. Sua aparição não solicitada era ao mesmo tempo irritante e eletrizante, o que só me irritava mais.

Ele abaixou o celular e me observou de pijama.

— Você estava deitada?

Ajustei o cardigã grosso que tinha jogado por cima às pressas.

— Sim.

— São oito e quinze.

— Não é como se a vida noturna daqui fosse agitada.

Os olhos dele percorreram cada parte de mim. Meu rosto, meu pescoço, demorando onde o tecido do short de pijama moldava minhas coxas no vento frio. Minhas pernas brilhavam como estalactites sob o luar. O short era... *curto*. Mas, para ser justa, eu já estava recolhida no chalé e não tinha planejado sair de casa.

— Fofinha — declarou ele por fim, como se eu estivesse esperando ansiosamente pela opinião dele.

Revirei os olhos, mas voltei ao assunto da ligação, como se não tivéssemos feito aquele breve intervalo para nos comermos com o olhar.

— Eu vou te pagar.

— Não quero seu dinheiro.

— Não é assim que funciona.

Se eu concordaria com aquilo, então os limites precisavam ser bem estabelecidos. Era só um acordo de negócios. A única opção para mim.

— É sim, se quiser minha ajuda.

Ele desceu um degrau, o vento bagunçando os fios grisalhos do cabelo.

— Macabe...

— Não quero, gaste com outros consertos.

Eu me irritei.

— Não preciso de caridade.

— Um favor não é caridade.

Lá vem.

— Quer dizer que eu ficaria te devendo?

A ideia era grotesca. Ele deu de ombros, casual demais.

— Se preferir ver assim.

— Eu não vou transar com você!

Ele riu, uma risada profunda e rouca, e, apesar do que dissera, eu sabia que ele teria aquela mesma aparência na cama, a cabeça jogada para trás ao ser dominado pelo prazer. Tentei imaginar a casa dele, *a cama dele*, e logo visualizei linhas retas e tons masculinos de cinza e verde, como os picos e vales que ele tanto amava.

— Você acha que estou fazendo isso para transar com você? Harpia, se tudo o que eu quisesse fosse sexo, acredite, seria muito mais fácil de conseguir.

Minha barriga revirou.

— Você adora se gabar das suas conquistas, mas estou começando a achar que é só conversa fiada, porque nunca vejo você com ninguém.

— Alguém anda prestando atenção.

Ele piscou, e eu quis furar o olho dele.

Isso nunca, jamais, daria certo.

Cerrei os punhos, pronta para dizer exatamente isso, mas, como era típico de Callum Macabe, ele não parou de falar. Ele poderia estar amordaçado e, ainda assim, daria um jeito de ser o centro da conversa. Uma das diferenças mais gritantes entre ele e Alistair era que Callum não apenas falava, ele interpretava. Um contador de histórias nato. Quando estava empolgado, seus olhos brilhavam, e ele gesticulava como um maestro regendo uma sinfonia, tornando impossível não se deixar levar.

— Na verdade, você seria a única a ganhar com esse acordo. *Eu*... — ele pressionou as mãos no peito — trabalharia de graça, enquanto você teria o prazer de usar meu corpo como bem entendesse.

"Usar meu corpo"... não era preciso ser um gênio para entender a insinuação. Um calor traiçoeiro se espalhou pela minha barriga ao lembrar daquela noite. Em Glasgow. Minha calcinha na coxa dele.

Só sexo, lembrei. *O que você quer é uma boa foda. Não ele.*

— Nossa, como você adora ouvir o som da própria voz — alfinetei, por fim.

— Algumas pessoas consideram a conversa uma arte esquecida.

Não consegui segurar a risada. Ele parecia tão... satisfeito consigo mesmo.

— É, só que você é mais como arte moderna. Precisa de uma plaquinha de explicação para que as pessoas entendam o que está tentando dizer.

Outra risada, daquela vez formando uma nuvem branca entre nós. Só então percebi que ainda estávamos parados no estacionamento. Era fácil demais perder a noção do tempo quando Callum se dedicava a ser insuportável de propósito.

— Certo, espertinha, vai me mostrar o estrago?

— Agora?

Ele balançou a sacola até que o conteúdo tilintasse.

— Não há tempo a perder.

— Tá bom... mas fala baixo, não preciso de mais reclamações.

Desviei dele e segurei a porta aberta, esperando que Callum me seguisse até a varanda.

— Você não mora aqui? — perguntou ele, as botas acompanhando meus passos.

— Não. Fico no chalé ali atrás. — Apontei para o caminho de pedra que tinha acabado de percorrer, contornando a pousada. — Prefiro ter um lugar só para mim.

— Parece um bom esquema.

Lancei um olhar para trás, sentindo o olhar dele como um sol quente na nuca, alguns graus além do confortável. *Era assim que ele ficava de conversinha?* Nossos olhares se encontraram, minha boca secou, e eu desviei o olhar.

Essa é, de longe, a pior ideia que já tive.

— Oi, Ada — cumprimentei. A cabeça dela surgiu por cima do monitor enorme, os óculos quadrados escorregando pelo nariz. — Pode me dar a chave do quarto cinco? O sr. Macabe vai inspecionar os estragos no andar de cima.

— *Senhor Macabe* — zombou Callum, para que só eu conseguisse ouvir.

— Graças a Deus! Veio nos resgatar?

Ada juntou as mãos em um gesto de prece, o sorriso cheio de dentes e covinhas, como se o próprio rei tivesse passado para tomar um chá.

— Claro. Juney está deixando vocês em boas mãos.

Callum esbarrou de leve em meu ombro, como se fôssemos uma equipe.

— Você pode consertar a luz acima da escrivaninha também? Ela fica piscando — contou Ada, apontando para o teto. — Está deixando a Juniper com dor de cabeça.

Como diabo ela sabia disso?

— Começou a piscar há pouco tempo?

Callum franziu a testa para a luz, assumindo automaticamente o modo *faz-tudo*.

— Eu posso cuidar disso sozinha — falei antes que ele fizesse algo bem típico e arrancasse a camisa de uniforme para revelar o traje de Super-Homem por baixo.

Ele é gente feito a gente, pessoal. Só que melhor em tudo.

— Pode ser só umidade secando, mas vou dar uma olhada — continuou ele, como se eu não tivesse dito nada.

Ada parecia prestes a desmaiar.

— Vocês, Macabe, são uns santos.

Coloquei um dedo na boca e fingi que ia vomitar. O cotovelo afiado de Callum acertou minhas costelas, mas eu mal senti a dor porque, de repente, Ada questionou:

— Como está seu pai?

E todo o calor desapareceu da sala.

Por um terrível instante, o silêncio foi absoluto. Dava para ouvir um alfinete cair.

Então ele respondeu:

— Você sabe como é. — *Eu, na verdade, não sabia.* — Dias bons e dias ruins. — Ele se virou para mim, e eu nunca o tinha visto tão sério. — Vamos?

Pega de surpresa pela mudança de humor, assenti feito um daqueles bonequinhos de mola e subi as escadas.

— Murray devolveu seu dinheiro? — perguntou ele do degrau abaixo.

— Devolveu esta tarde. Acho que sou mais assustadora do que pensava. — Eu abrira o aplicativo do banco e lá estava o valor, quietinho na conta. — Nem precisei fazer uma visitinha para ele.

— É, assustadora mesmo. — O tom dele era seco.

Viramos no corredor do primeiro andar, meu chinelo estalando de um jeito irritante no piso espinha de peixe, e então joguei a cautela para o ar. Se ele podia ser intrometido, eu também podia.

— Você não gosta de falar do seu pai?

— Você gosta de falar do seu?

Touché.

— Depende de qual você está falando. Nunca conheci o primeiro, mas acho justo supor que ele era um babaca.

Não faço ideia do que me deu na cabeça para soltar aquela informação. Callum claramente não soube como reagir, porque destranquei a porta e acendi a luz em silêncio.

Fiz um gesto convidando-o a entrar primeiro, e ele passou um pouco perto demais. Meu cardigã enroscou na sacola dele. O bíceps roçou meu ombro. Uma faísca percorreu nossa pele. Nós dois ignoramos.

Pelo menos eu ignorei. A expressão dele não revelava nada ao analisar o papel de parede arruinado e o painel manchado, parando na grande janela de sacada, como se pudesse enxergar as colinas verdejantes lá fora, mesmo no escuro. O desumidificador ainda zumbia no canto, e eu, distraída, tirei o cardigã no ar abafado, pendurando-o na porta conforme o guiava até o banheiro.

Minha mente voltou para a última vez que tínhamos ficado sozinhos assim. Talvez tenha sido a forma como os pés dele fincaram no chão, os olhos me seguindo a cada passo, as pupilas dilatando até quase engolirem o azul, mas eu *soube* que Callum também estava lembrando daquela noite. Eu sabia que ele também sentia a maldita interrogação pairando sobre nós.

Por fim, ele veio atrás, soltando um chiado entre os dentes. O cômodo parecia um local de crime. Tábuas cheias de pregos empilhadas de qualquer jeito num canto. Canos ausentes e azulejos rachados. Entrelacei os dedos enquanto ele fazia uma inspeção rápida, contando cada palavrão e cada vez que ele balançava a cabeça enojado. Quando cheguei ao nove, a esperança de que *parece pior do que é* murchou e morreu.

— Está tão ruim assim?

— Murray devia perder a licença. A conexão da privada é pequena demais para estar dentro das normas — resmungou ele, agachando para examinar melhor o cano em formato de U.

— Não faço ideia do que isso quer dizer.

— Quer dizer que ele é um puta de um preguiçoso. Errou até no encanamento inicial, precisa de trinta centímetros entre a flange de vaso sanitário e a parede de trás. Ele não tem nem quinze.

Tinha uma piada sobre pau perdida aí no meio.

— Flange de vaso? Você está inventando coisas.

— Harpia, se eu fosse inventar coisas, pode ter certeza de que seria algo muito mais interessante do que conexões e flanges de vaso sanitário. A não ser que você tenha fetiche nisso. — Ele levantou e se virou para mim, um sorriso provocador nos lábios. — Posso te visitar mais tarde, se você quiser. Sussurrar safadezas no seu ouvido, tipo... normas para tubulação. — A voz caiu para um tom sensual. Sarcástico. Uma paródia do que tinha sido naquela noite no carro dele. — Sistema de condução de água fria. — Ele mordeu o lábio. — Bucha de vedação.

Engoli em seco.

— Você consegue consertar ou não?

Ele abaixou o queixo, acompanhando o movimento.

— *Aye*, eu consigo consertar.

Com o aquecedor no máximo, nós dois começávamos a suar.

— Quanto tempo vai levar?

Minha pergunta ficou sem resposta, a atenção dele desviando para o caderno aberto em cima do peitoril da janela. Por instinto, tentei agarrá-lo, mas ele foi mais rápido. As páginas rangeram no aperto dos dedos dele quando ergueu o caderno acima da cabeça.

— O que é isso?

Mordi o lábio, percebendo que era tarde demais para mentir.

— Nada. Só alguns esboços para a pousada.

Ele virou uma página, e eu me lancei de novo, sem estar acostumada a ficar em desvantagem de altura. Subi na ponta dos pés, meus dedos raspando a encadernação espiral, mas ele ergueu o caderno ainda mais, aproximando nossos corpos. Meu queixo tocou a clavícula dele, meus seios nas costelas dele. Eu sentia o atrito dos mamilos dele sob o tecido fino de nossas camisetas, então ele com certeza sentia os meus. E eu não dava a mínima.

— Devolve.

— Tem pelo menos uns doze desenhos aqui.

Um para cada quarto da Casa Hera. Aquele caderno continha mais do que esboços. Ele tinha todo o meu modelo de negócios, começando por maneiras de tornar a pousada mais sustentável, com um sistema de irrigação inteligente e a instalação de painéis solares, e terminando com meu sonho de transformar a Casa Hera em um dos locais mais cobiçados para casamentos na ilha de Skye.

Um devaneio.

— Pode rir o quanto quiser, só me devolve.

Agarrei a borda do caderno e puxei, quase rasgando as páginas ao arrancá-lo das mãos de Callum.

Ele me firmou, a mão se curvando ao redor da minha cintura. O rosto tão próximo que dava para ver reflexos prateados nos olhos dele. Ele não parecia feliz.

— Por que eu riria?

— Porque… — *Porque é besteira.* Apertei o caderno no peito até sentir as páginas amassarem. — Não tem nada aqui que possa ser feito de verdade. — Como ele não respondeu, fui direto ao ponto. — Você pode consertar ou não?

— *Aye.* — Ele coçou a barba cerrada. — Uma semana ou duas, talvez, pra arrumar a confusão que o Murray fez e instalar a nova suíte.

— Só duas semanas?

Não parecia muito tempo.

— Quantos quartos estão assim?

— Dois. É o máximo que consigo pagar por enquanto.

As palavras soaram pequenas. Prontas para serem ridicularizadas.

Mas os lábios dele nem se mexeram.

— Por que não pede um empréstimo e reforma tudo de uma vez?

— A pousada não é minha.

Fiona deixou bem claro que queria que tudo continuasse como estava. Eu já tinha ferrado tudo ao passar *tanto* dos limites assim.

Callum se recostou na parede, cruzando os braços por cima da barriga chapada.

— E deixa eu adivinhar. Você só trabalha aqui?

Juro que vi um músculo saltar na mandíbula dele.

— Isso mesmo.

— *Certo*, então… vou te ajudar.

Eu sabia que devia agradecer, mas não consegui. Fiz um leve aceno com o queixo, que foi o máximo que pude oferecer.

— Então isso é uma trégua? — perguntou ele.

— De jeito nenhum.

O sorriso dele surgiu no mesmo instante, como se eu tivesse passado em algum teste com nota máxima.

— Nesse caso, pensei em uma forma de você me pagar.

— Não.

Aquela maldita sobrancelha se ergueu, levando-o de irritante a perigosamente charmoso. Eu queria passar o dedo por ela e segurá-la no lugar.

— Eu ainda nem expliquei.

— Já sei que vou odiar…

— Você…

— Só me deixa te pagar de uma vez.

— …vai me deixar te levar para conhecer Skye.

Pisquei. Sem saber se tinha entendido direito.

— Eu moro aqui.

— E quase nunca vai para além da vila — retrucou ele, se endireitando e se aproximando. — Eu vi como você se atrapalhou com aquele hóspede na outra noite. Deixa eu te mostrar Skye. Mesmo que você só *trabalhe* aqui, pelo menos deveria saber do que está falando.

— Não… — *Espera.* — É só isso?

— Só isso. — Ele deu de ombros. — Parece uma troca inofensiva.

Era inofensiva. E não fazia sentido.

— Por quê?

— *Meu Deus,* Juniper. — Ele cobriu o rosto com a mão. — Eu não sou um vilão de livro torcendo o bigode e tramando seu fim. Eu também tenho minha própria vida, sabia? Estive ocupado durante o verão, e ainda tem toda essa situação com meu pai… — interrompeu-se, passando a mão no rosto. — Minha mãe anda enchendo meu saco, dizendo que preciso namorar.

Ele parecia constrangido, mas ainda assim não consegui deixar o assunto de lado.

— Essa é a coisa mais triste que já ouvi, Macabe. — Ele estreitou os olhos e me mostrou o dedo do meio. Sentindo que tinha marcado um ponto naquele joguinho, fingi avaliá-lo. — Você não é tão ruim de se olhar, se a gente ignorar essa vibe de nerdola de camiseta colada. Já considerou, sei lá, procurar alguém para namorar de verdade?

Eu esperava que ele risse, me mostrasse o dedo de novo ou bagunçasse meu cabelo. Mas, em vez disso, ele desviou o olhar, a mandíbula tensa.

— Vou namorar quando *eu* quiser. Não porque minha mãe manda.

— Ah, então você não quer namorar, mas está disposto a... seja lá o que for que está sugerindo para mim.

— Só preciso que ela acredite que estou tirando um tempo para mim, assim ela terá algo a menos com que se preocupar. E, quem sabe, talvez ela esteja certa. Eu amo esta ilha, mas, em algum momento do último ano... eu me esqueci disso. Preciso de uma distração, só isso. Não vou amarrar seus cadarços e te jogar no porto.

Ele me colocou no meu lugar num piscar de olhos. Talvez por ser filha única e ter passado a infância entrando e saindo do serviço de acolhimento familiar, eu nunca tenha perdido o hábito de fazer tudo girar em torno de mim.

— Certo. Mas precisamos de um limite, não posso sair por aí com você todo fim de semana.

Ele bufou.

— Estou embasbacado com a sua empolgação. Seis encontros.

— *Dois*. Não força. E não são encontros, são passeios. Você pode ir com qualquer pessoa, não precisa ser comigo.

Ele se aproximou o suficiente para que eu sentisse seu cheiro. Pinho misturado com aquele suor de quem passou o dia trabalhando pesado.

— Talvez seja porque você é a única mulher em Kinleith, além da minha irmã e da April, que não demonstra o menor interesse por mim.

— Você está se ouvindo?

— Modéstia não vai mudar a verdade. Eu não posso nem tomar uma bebida com uma mulher sem virar assunto na cidade. E a gente se deu bem... uma vez.

— Uma sendo a palavra-chave.

— Cinco encontros.

— Você é irritante.

— Bastante.

Ele deu de ombros e sorriu, daquele jeito moleque.

— Três.

Ele riu com desdém.

— Não desperdice meu tempo, harpia.

— *Merda*. Quatro.

Eu faria isso pela Fiona.

— Quatro, fechado — disse ele. — E eu escolho as atividades.

— Certo.

Com o que eu estava concordando? Não duvidava que ele era do tipo que gosta de saltar de penhascos.

— Perfeito.

Ergui o queixo, determinada a levar aquela disputa até o fim.

— Ótimo.

— *Sublime.* — Antes que eu piscasse, ele esticou a mão e pegou o caderno, enfiando-o no bolso. — Vou dar uma olhada nos seus esboços também.

Eu estava tentando pensar em um jeito de pegar o caderno de volta quando o telefone do Callum tocou. Ele tinha deixado o volume alto e ainda usava um *toque* daqueles bem barulhentos, parecendo alarme, que deviam ter sido proibidos na Idade da Pedra.

Toda a postura dele mudou. Tenso, ele tateou o bolso.

— Mãe, está tudo bem? — Ele falava com ela, mas os olhos estavam em mim. — Estou a caminho.

9

Callum

Caro sr. Macabe,

Agradecemos por entrar em contato com a Associação de Alzheimer. Em anexo, envio uma lista de grupos da sua região para pessoas com demência. Por favor, me avise se algum deles parecer adequado para seu pai, e podemos ajudá-lo a dar o primeiro passo.

— Pai! — Cheguei à casa dos meus pais, nos arredores de Kinleith, em tempo recorde. Nem desliguei o motor antes de me jogar para fora do carro e bloquear o caminho de fuga do meu pai pela entrada irregular. — O que você está fazendo aqui fora?

Ele vestia apenas um pijama com a barra da calça listrada encurtada depois de lavagens demais e revelava tornozelos ossudos.

— Pai?

Tremendo, Jim Macabe me encarou sem de fato me ver, como se eu fosse um amigo imaginário roubado pelo tempo. O olhar vago fixo no portão aberto. *Minha mãe precisa se lembrar de fechá-lo daqui para a frente. Ou talvez eu possa passar aqui depois do trabalho para garantir.*

De repente, como se o frio tivesse sacudido alguma coisa dentro dele, os olhos dele encontraram os meus, um lampejo de reconhecimento surgindo naquelas íris úmidas.

— Callum. — A voz dele saiu fraca. — Iris não me deixa sair pra caminhar.

O alívio me atingiu como um soco na barriga.

Estava cada vez mais difícil prever qual versão daquele homem eu encontraria. E, pior ainda, qual eu *queria* encontrar. Em alguns dias, eu daria qualquer coisa por aquele breve instante de lucidez, por uma prova de que a doença não estava levando embora meu pai tão rápido quanto os médicos temiam. Em outros... eu me odiava por sentir um alívio fugaz quando ele me olhava sem me reconhecer.

Meu pai. O homem a quem eu quis ser igual minha vida inteira. O homem que me amava da única forma que sabia. Exigindo a perfeição. Exigindo sempre... *mais*. Exigindo, exigindo, exigindo, até que se tornou normal viver de acordo com os planos de outra pessoa.

— É porque ela não quer que você adoeça. Tá um frio danado — falei, tentando manter o tom calmo.

Meu Deus, ele nem estava de sapato. Veias azuladas saltavam através da pele fina como papel molhado.

— Ela quer me trancar dentro de casa. Vou ligar pra polícia!

— É melhor entrarmos e nos aquecermos um pouco. Depois a gente conversa. — Eu o segurei de leve pelo cotovelo, e ele não resistiu. — A mãe quer ouvir uns discos com você. Lembra do toca-discos antigo? Todo Natal você tirava ele do armário só pra ouvir Frank Sinatra.

"É o único jeito de apreciar a voz dele de verdade", dizia ele, soprando a poeira do disco de vinil.

Meu pai não respondeu, mas deixou que eu o conduzisse para dentro de casa. Minha mãe já esperava na varanda, a expressão aflita enquanto ajustava um roupão grosso ao redor do corpo.

— Tentei ir atrás dele, mas só piorou a situação. Fui ao banheiro por um minuto, não sei como ele conseguiu destrancar a porta.

— Não se preocupe com isso agora.

Passei o braço pelas costas do meu pai e o levei até a sala, acomodando-o na poltrona favorita ao lado da lareira acesa. Ele tremia dos pés à cabeça. Minha mãe já segurava um cobertor grosso. Colocando-o sobre o colo dele, ela esfregou as mãos nos braços magros.

— Pronto, meu amor. Daqui a pouco você vai estar novinho em folha. — Ela beijou o topo da cabeça dele. — Quer um café? — A pergunta foi dirigida a mim. Parte de nossa nova rotina.

Eu queria uns cinco, mas juntar cafeína à adrenalina que ainda corria em minhas veias por causa da Juniper implicaria uma bela insônia. Balancei a cabeça.

— Chá, por favor. Vou pegar o toca-discos.

Minutos depois, eu já estava com o aparelho pesado nas mãos e uma caixa de discos na outra. A poeira irritava meu nariz quando voltei para a sala.

— Vai dormir aqui? — perguntou minha mãe, colocando uma caneca ao meu lado.

Assenti enquanto encaixava um fio na parte de trás do toca-discos e o posicionava na mesinha. Eu sempre ficava nas noites em que ele estava inquieto.

— Você dorme no quarto de hóspedes, e eu fico no sofá-cama no seu quarto. Assim, fico de olho nele.

Minha mãe sorriu, mas o cansaço deixou as sombras sob seus olhos ainda mais evidentes.

— Não precisa fazer isso — murmurou ela, sem muita convicção.

— Vai descansar, mãe.

Beijei sua testa e fui até o armário do corredor, pegando mais cobertores do que precisaria.

O toca-discos foi completamente esquecido.

10

Juniper

Resenha de uma estrela – não perca seu tempo

> Minha primeira vez na Escócia e, sendo sincero, não vi muita graça. Uma viagem longa demais para ver aquele tempo horrível, montanhas e... ovelhas. E nem me fale do sotaque. A pousada era até boa, em comparação, e a cama era confortável, mas foi impossível comer o café da manhã. Talvez eles devessem começar a servir panquecas em vez de *haggis*.

Eu estava em um duelo de olhares com minha gata. O terceiro só naquela semana.

A música tocava baixinho no som e Shakespeare, do outro lado do cômodo, semicerrava os olhos. O rabo se movia como o de um tubarão-raposa segundos antes de atordoar a presa. Me recusando a piscar primeiro, arregalei os olhos e me inclinei para a frente até a cadeira ranger.

— Pode balançar esse rabo o quanto quiser. — Eu tinha um arranhão novo no peito, cortesia da pequena demônia que me usou de almofada no meio da madrugada. — Hoje a vitória é minha.

— Então é aqui que a magia acontece.

— Puta merda… — Meu cotovelo escorregou e a colher caiu da tigela vazia, quicando no balcão. — Você quase me matou do coração, Macabe.

Shakespeare silvou e disparou para o seu esconderijo favorito: o topo da geladeira. O mesmo lugar onde ela se refugiou semana passada quando tentei passar o remédio para pulgas. O desastre rendeu um vaso quebrado, um buraco em meu cobertor favorito e uma cicatriz de doze centímetros descendo pelo antebraço.

Encostado no batente da porta, Macabe ergueu dois dedos em um cumprimento *tão casual*, os olhos percorrendo minha casa minúscula.

— Confesso que esperava mais. Não tem nem um círculo de sal pra ambientar.

— Você já ouviu falar em bater na porta?

Ele me lançou aquele sorrisinho de menino arteiro, aquele de quem acabou de decapitar a coleção de gnomos do vizinho.

— Eu bati. Três vezes.

— E, quando eu não respondi, você decidiu que podia entrar?

— Vai que você estivesse machucada.

— E se eu estivesse no banho?

Me levantei com a cadeira rangendo e levei a tigela até a pia, deixando bem ao lado da de ontem.

— Melhor ainda.

— Você leva alguma coisa a sério?

Ele me analisou por um instante.

— Quando a ocasião pede.

Olhei feio para Callum, abrindo a boca para dizer… não sei o quê, algo grosseiro e sagaz, de preferência. Mas só então reparei que ele vestia um casaco grosso e uma touca de tricô cinza. Ele parecia…

Lembre das regras dos irmãos Macabe, cutuquei a mim mesma antes que meu cérebro seguisse naquela direção.

— Foi mal. — Sacudi a cabeça. — Sei que está se esforçando pra me ajudar, então vou tentar pegar mais leve nos insultos. Mas juro que é automático com você.

— Não, por favor, continue. — Ele girou a mão no ar, como se me incentivasse a prosseguir. — Adoro começar o dia ouvindo o quanto você me detesta. Dá aquele gás de manhã.

— Bem, não é como se você gostasse de mim.

Callum apenas inclinou a cabeça, os olhos insondáveis fixos no meu rosto até eu me remexer, desconfortável.

— Por que você está aqui, afinal?

— Esqueceu do nosso primeiro encontro?

Ele franziu a testa e segui seu olhar até meus pés descalços. Um pouco envergonhada pelo esmalte preto já um pouco descascado, curvei os dedos.

— Já? Mas você nem começou o banheiro ainda.

E eu precisava estabelecer novas diretrizes internas, se ia passar mais tempo com ele. Minhas regras dos irmãos Macabe não eram mais suficientes, uma vez que eu já tinha quebrado todas nos últimos trinta segundos.

Callum abriu o primeiro botão do casaco e puxou o zíper um pouco para baixo.

— Considere isso um adiantamento. Já falei com a Ada, você só entra no trabalho ao meio-dia, e eu volto à noite para começar a reforma da suíte. A menos que ache que seus hóspedes vão curtir acordar ao som de marteladas.

Cruzei os braços.

— *Muito* bem pensado.

Ele abriu aquele sorriso de Ken, com covinhas e tudo. Mas, por trás do charme, a barba parecia um pouco mais longa do que o normal, e olheiras escuras se formavam sob os olhos.

— Isso acontece de vez em quando. — Ele bateu as mãos, animado. — Anda logo. Se agasalha bem.

Respondi com minha própria saudação improvisada e passei por ele, notando o varal ao lado do aquecedor, coberto com todas as minhas calcinhas e sutiãs. Ele com certeza tinha passado por ali para chegar à cozinha. Havia livros e controles de videogame espalhados na mesa de centro. Fiz uma careta. Eu não costumava ser tão bagunceira assim.

Com o rosto pegando fogo, juntei a pilha de roupas que estava no sofá e enfiei tudo dentro do closet, deixando Callum se virar sozinho por ali enquanto eu escovava os dentes.

— Ei, harpia… — chamou ele um minuto depois.

— O quê?

— Não quero te assustar, mas tem uma gata muito brava em cima da geladeira.

Coloquei a cabeça para fora do banheiro.

— Ah… sim, é a Shakespeare. Se quiser continuar com todos os seus dedos, é melhor não encostar nela… ou, sei lá, pode tentar. — Sorri, ainda com a escova na boca.

— Qual o problema dela?

— Está possuída por um demônio. O padre Robertson vem amanhã fazer um exorcismo.

Cuspi a espuma e voltei à sala bem a tempo de vê-lo se aproximar dela.

— O que me preocupa, harpia, é que eu não sei se você está brincando.

— Fica mais divertido assim, não acha?

Ele riu pelo nariz.

— Ela precisa de alguma coisa?

Olhei para a postura encolhida de Shakespeare em cima da geladeira e murmurei:

— Talvez de uma lobotomia.

— Carinhosa e acolhedora como sempre — resmungou ele, estendendo a mão para a gata.

Mordi o lábio, reprimindo meu aviso assim que ele parou a uma curta distância, oferecendo seu cheiro sem assustá-la. Shakespeare caiu na armadilha, ou talvez *ele* tenha caído, porque ela avançou um passo, cheirando a mão dele e, em seguida, esfregou a bochecha peluda ali.

— Oi, linda. — Ele a acariciou com cuidado. — Boa menina. — Quando ela lambeu seu dedo, ele me lançou um sorriso triunfante por cima do ombro. — Viu? Ela é meio arisca, mas tudo que precisa é de um pouco de carinho… *ah, porra!*

Callum puxou a mão de volta com tudo, uma gota de sangue se formando no dedo indicador. Shakespeare silvou, mostrando os dentes afiados. E eu caí na gargalhada. Não consegui segurar. A expressão de choque no rosto bonito dele era quase pura demais para aquele mundo.

— Ela é uma criaturinha do mal — comentou ele, com uma diversão mordaz, colocando a mão debaixo da torneira para lavar o corte.

— Esse é o modus operandi dela. Atrai a vítima e depois ataca.

— Igual a alguém que eu conheço. — Callum atravessou a sala, os olhos passeando por mim de novo. Eu não entendi o que ele estava procurando até ouvir o suspiro indignado. — *Puta merda*, Juniper. — Os olhos dele pousaram no arranhão particularmente feio na parte interna do meu braço. Ele estendeu a mão, como se fosse tocar o corte, mas desistiu no último segundo, deixando o braço cair ao lado do corpo. — Por que você adotou uma gata assassina?

— A culpa é toda da Kelly.

— Kelly? A minha enfermeira, Kelly?

Assenti.

— De vez em quando eu acolho gatos do abrigo onde ela é voluntária, só por algumas noites, até que ela me ofereceu essa "fofurinha" que ninguém queria adotar. Fui enganada.

Ele riu, surpreso.

— Caramba, eu não sabia que a Kelly era malvada assim. Mas espera... Como é que eu nunca soube disso?

Congelei, pensando em todas as respostas possíveis antes de admitir:

— A gente vai em... outro veterinário.

Os olhos dele faiscaram, e ele vociferou:

— Quem? Não me diga que é o Dennis Foster. — Permaneci calada, apertando os lábios. — Por favor, me diga que é brincadeira. Foster mal tem qualificação, o cara se formou na Universidade de Aberdeen, pelo amor de Deus!

— Ele consegue cuidar da Shakespeare.

Não era bem assim... Foster chorou na primeira vez que verificou os dentes dela.

— Conversa fiada. Da próxima vez, leva ela no meu consultório.

Revirei os olhos.

— Já terminou de bancar o mandão? Porque é insuportável.

— Se você prometer que vai me deixar examiná-la.

Meu Deus. Quase senti falta do Ken do Bairro.

— Prometo que vou pensar no seu caso. Serve?

— Nem um pouco.

Esses malditos Macabe. Endireitei os ombros e fui para o banheiro.

— Se ela é tão arisca, por que ficou com ela? — perguntou Callum.

Parei, ainda de costas para ele.

— Kelly me chantageou. Disse que nenhuma outra família ia querer adotá-la.

— Cuidado, harpia. Assim, vou acabar pensando que você tem coração mole.

— Um grande erro da sua parte, *Macabe*.

— Você é um belo de um enxerido, sabia?

Vestindo um cardigã pesado e calça jeans, encontrei Callum passando o dedo por minha coleção de jogos organizada em ordem alfabética. Ele parou, puxando o estojo de *Silent Hill* da prateleira e lendo com interesse.

— E dá para me culpar? Parece que estou espiando os bastidores.

Franzi as sobrancelhas, prestes a perguntar que diabo ele queria dizer com isso, quando seu olhar deslizou do jogo para o aparador. A caixinha com a aliança, que eu costumava manter escondida na gaveta de bagunça, estava aberta, com o diamante brilhando sob a faixa de luz que entrava pela janela. Toda a situação com Callum tinha me deixado... confusa, e na noite passada eu a tirei de lá para me torturar. Devia ter esquecido de guardar de volta.

O chão pareceu inclinar. Meus passos ficaram lentos e desajeitados conforme corria para fechar a tampa. Mas sabia que era tarde demais. O aperto nos lábios deixava claro que ele já vira o conteúdo.

Nenhum de nós falou nada por um tempo. Os segundos passaram, quase audíveis, enquanto eu evitava olhar para ele.

Então, de repente, ele estava ao meu lado, a mão grande cobrindo a minha, a pele áspera deslizando sobre meus dedos no momento em que ele pegava a caixinha e passava o polegar na tampa fechada.

— Por que você ainda tem isso?

— Para me lembrar que... — As palavras subiram pela minha garganta, mas travaram na ponta da língua. — Alguém pode jurar mil vezes que você é o amor da vida dele, mas não quer dizer que seja verdade.

Callum colocou a caixinha de volta no aparador, com cuidado.

— Ele te traiu?

A pergunta me pegou desprevenida. Ele e Alistair nunca conversaram a respeito disso?

— Isso faz diferença?

— Claro que faz.

Não, Alistair não tinha me traído. Às vezes, eu até queria que tivesse, só para poder olhar para trás e identificar o momento exato em que tudo desmoronou. Um motivo para gritar e surtar. Um motivo para queimar as fotos e rasgar as roupas dele. Quando alguém te abandona porque não te ama o suficiente, tudo fica muito... silencioso. Uma pequena ferida que nunca se fecha, infeccionando tudo por baixo da pele.

— Se eu disser que sim, você vai se sentir melhor por quase ter transado comigo?

Não sei por que eu disse isso. Para que ele se sentisse tão mal quanto eu, talvez.

— *Porra*, Juniper, não foi por isso...

Mas eu tinha cansado. Cansado de vê-lo se intrometer. Cansado de me sentir patética por causa daquelas lembranças.

— Vamos indo? Quero acabar logo com isso.

Saí da casa sem esperar pela resposta.

— Estica a mão e espera que ela venha até você — insistiu Callum ao meu lado, encostando um braço no mourão com a maior naturalidade, como se não estivéssemos cara a cara com um monstro de quase uma tonelada.

— Acha mesmo que eu vou tocar nisso?

Callum remexeu o enorme saco de cevada a seus pés, e eu juro que aquele bicho lambeu os lábios. *Ah, nem ferrando.*

Cruzei os braços e dei um passo para trás. Estávamos ali depois de uma caminhada longa e exaustiva por uma floresta densa, na qual minhas botas afundaram tanto na lama do cume íngreme da colina que senti a umidade ensopar até as meias.

— Você é maluco por achar que eu concordaria com isso.

O começo de outubro tingia o céu com tons suntuosos de roxo e azul, e o vento gelado bagunçava sem gentileza os fios de cabelo que escapavam de nossos gorros de lã. Pequenas gotas de umidade se prendiam aos cílios de Callum como pérolas minúsculas, o que era uma distração irritante. Nem queria imaginar o meu estado. A viagem de carro tinha sido curta, mas tensa — pelo menos para mim. Callum guiava a caminhonete enorme com uma facilidade irritante, tamborilando os dedos no volante no ritmo de uma música antiga de rock à medida que fazia curvas fechadas que me deixavam tremendo. Assim que ele parou, eu já estava pronta para saltar do carro antes que ele resolvesse fazer alguma besteira, tipo abrir a porta para mim. Mas então ele abriu o console central, enfiou um gorro preto de lã na minha cabeça e disse:

— Você vai precisar de um gorro.

Eu estava quase arrancando aquela coisa, porque não ia usar o gorro velho e suado do carro dele, mas então vi a etiqueta da loja que ele enfiou no bolso.

Ele comprou um gorro para mim. Dez minutos depois, eu ainda estava tentando descobrir qual era a pegadinha.

— Talvez eu tenha te dado o apelido errado, harpia. Achei que você fosse mais durona.

— Sou covarde só porque não quero pegar raiva? Não adianta tentar me provocar, não vou cair nessa.

Callum revirou os olhos, um gesto novo no primogênito dos Macabe.

— Não dá para pegar raiva de uma vaca.

Apontei para o bicho do outro lado da cerca.

— Presta atenção no brilho insano nos olhos dela. Ela está me analisando.

E tinha *chifres*. Não era possível que só eu tivesse notado aquele detalhe importante.

— Porque ela está com fome e você está demorando uma eternidade.

— Então faz você.

Podíamos ter feito qualquer coisa nessa maldita ilha. *Qualquer coisa.* Catar conchinhas na praia, nadar em mar aberto... as opções eram inúmeras! E ele escolheu isso?

— Eu já fiz. Dezenas de vezes — contou ele, e apoiou as mãos no peito. — Qual o sentido de virmos até aqui para que eu, um veterinário, dê comida a uma vaca?

— Qual o sentido de vir até aqui para que *qualquer pessoa* dê comida a uma vaca?

— Você não pode morar em Skye sem nunca ter dado comida na boca de uma vaca, é tipo um rito de passagem.

Ele rasgou o saco de grãos com as mãos enormes, espalhando os bagos como pequenos projéteis. A criatura se aproximou com todo o cuidado.

Dei um tranco, minhas botas afundando ainda mais na lama.

— Já cheguei até aqui, não cheguei?

Callum suspirou e, pela primeira vez, soou um pouco exasperado.

— Se você não quiser, de verdade, a gente pode ir embora.

Não achei que ele estivesse tentando me fazer sentir culpada, mas a culpa se infiltrou em mim de toda forma.

Olhei para a vaca de novo. Seu pelo avermelhado se agitava com o vento, brilhando como ouro queimado. Eu admitia que, à distância, ela tinha um certo… *charme*.

— Que inferno, tá bom. — Enrolei as mangas do casaco, sentindo os pelos do antebraço se arrepiarem assim que ficaram expostos. — Se essa é a sua estratégia para conquistar uma mulher, da próxima vez tente de novo.

— De novo essa curiosidade sobre a minha vida amorosa. Se quiser saber, é só perguntar.

Revirei os olhos e estendi a mão em concha.

— Podemos terminar logo com isso? Você prometeu que eu ia gostar, mas até agora só estou sentindo frio e decepção.

— É o momento errado para mandar um "foi o que ela disse"?

Não sei se havia momento errado para um "foi o que ela disse" bem colocado. Mas eu jamais deixaria que ele tivesse a satisfação de saber que era engraçado de vez em quando, então fiz a cara mais entediada que consegui.

— Eu esqueci que tinha a honra de passar um tempo com o comediante mais promissor da Escócia.

— Um grande erro da sua parte, harpia.

Ele repetiu o que eu havia dito antes, os olhos dançando.

Eu mostrei a língua.

— Vamos logo com isso?

Ele respondeu com uma piscadela e despejou um punhado de grãos na minha mão.

— Vamos começar devagar e ver como você se sai. — Apesar do frio, minha palma estava suada, e os grãos grudavam nela. — É só estender o braço por cima da cerca e ela vem até você.

— A gente pode mesmo estar aqui?

— Eu jogo *shinty* com o fazendeiro. — Claro que jogava. Social e esportista? Talvez eu devesse promovê-lo a Ken Superestrela. — E ajudei no parto de um bezerro na primavera passada.

— Achei que você só trabalhasse com animais domésticos.

— Foi uma emergência e eu era o veterinário mais perto.

Ele deu de ombros, como se não fosse nada de mais, enquanto eu ainda tentava lidar com a imagem daquele homem segurando um bezerrinho nos braços. Sem camisa, é claro.

— Tem alguém que você não conheça?

Ele pensou um instante, educado o suficiente para não apontar que eu estava enrolando.

— Não. — Deu de ombros. — As pessoas gostam de mim.

Não foi uma provocação, mas algo entalou na garganta mesmo assim. Diferente de mim, Callum era o tipo de pessoa a quem todo mundo recorria com facilidade.

— Anda, vai lá — disse ele.

Aceitando meu destino, engoli em seco e me aproximei da cerca.

— Certo, lá vou eu. Eu vou fazer isso — murmurei mais para mim do que para Callum. — Estou chegando perto da vaca.

— Sim, está mesmo — disse ele, entretido. — Não esquece de respirar.

— Fácil pra você dizer, sr. Encantador de Animais. — Joguei meu braço trêmulo por cima da cerca e os grãos caíram na grama molhada. — Assim?

— Harpia, é uma vaca, não uma granada. Segura firme… Isso, assim. — Ele empurrou um dedo de leve abaixo do meu cotovelo, erguendo-o um pouco mais. — Perfeito. Abre mais a mão, vai ficar mais fácil para ela pegar.

Obedeci, olhando bem nos olhos da vaca enquanto ela se inclinava para cheirar a comida que eu oferecia… mas não se aproximava mais do que isso. Depois de um minuto, desanimei.

— Estou fazendo alguma coisa errada?

— Não. Ela só está te analisando. Decidindo se gosta de você.

Lembrei do corte fresco que Shakespeare deixara em meus dedos naquela manhã, e um aperto subiu pela garganta. Minha mão tremeu.

Pega.

Pega.

Por favor — implorei para o animal teimoso —, *não me faz passar vergonha assim.* Contudo, ela não se aproximou e abaixei a mão de vez, a rejeição e o constrangimento ardendo no peito como fogo. Eu tinha falhado. Tinha falhado até *nisso.*

O que havia em mim que fazia com que fosse tão fácil me dispensar?

Antes que eu desmoronasse de vez, fui envolvida por calor. Callum. O peito largo colado às minhas costas. A respiração firme no ouvido. Sal, sabão e Skye preenchendo meu nariz. Ele cheirava às velas de serpão que queimávamos na pousada. Terroso e um pouco selvagem.

— Não desista. — A mão dele envolveu meu pulso, os dedos ásperos se fecharam ao redor do meu braço quando ele o ergueu e manteve firme. — Às vezes, é preciso insistir um pouco para algo espetacular acontecer.

Ele passou o outro braço ao redor de mim, os dedos agarrando a cerca. Meu peito encostou na madeira, e cada respiração dele me pressionava ainda mais na estrutura enquanto esperávamos. Acho que não respirei uma vez sequer naquele meio-tempo.

— *Vamos lá.*

Achei que o ouvi murmurar. Podia ter sido só um sussurro ao vento, porque eu já não estava prestando atenção. Não quando a vaca, por fim, se mexeu e aceitou a oferta. O focinho quente roçou em meu pulso. A língua, áspera como lixa, recolheu cada grão.

— Eu consegui — deixei escapar. Eufórica. Eu estava eufórica. — Você viu?

Os braços dele se apertaram em volta de mim.

— Pode apostar que sim.

Sacudi a mão, que tinha gotas grossas de saliva escorrendo.

— Isso foi nojento.

— Quer fazer de novo?

Sorri, mesmo sem querer.

— Com certeza.

A risada dele vibrou por meu corpo antes de ele se afastar para pegar o saco.

— Com as duas mãos dessa vez.

Juntei as mãos com entusiasmo, uma leveza infantil iluminando meu peito, uma sensação que eu quase nunca senti quando *era* criança.

— Igual a antes?

Me apoiei ansiosa na cerca, e Callum fez o mesmo. Daquela vez, segurando a madeira com as mãos. O peito colado às minhas costas. O quadril encaixado ao meu quase com perfeição.

— Igual a antes — confirmou ele, e eu senti as palavras deslizarem pela gola do casaco como uma carícia. Não havia necessidade nenhuma de ele estar tão perto, mas, por algum motivo, eu não conseguia formular uma única reclamação ao ver a vaca se aproximando de novo. — Isso... Você conseguiu.

Havia orgulho no tom dele.

Eu estava sorrindo. Não, eu estava *rindo*. E não fazia ideia de quando tinha sido a última vez que aquele som escapara de meus lábios.

— Ainda me odeia, meu anjo? — As palavras foram um sussurro na concha da minha orelha.

Meu anjo. Aquilo era novo.

Engoli em seco.

— Sem sombra de dúvidas.

— *Que bom*. Só queria me certificar.

Eu nem tive tempo de processar o que aquilo significava, já que outra cabeça avermelhada apareceu. A segunda vaca era maior e empurrou com facilidade a primeira para longe das minhas mãos.

— Ei, calma aí — reclamei, quando ainda outra se enfiou no meio, a boca tão aberta que eu conseguia sentir o cheiro da respiração dela. Contar os dentes. — Sou vegana!

Callum se desenrolou de mim, estendendo a mão para conter as recém-chegadas no momento exato em que recuei. Mas meus pés afundaram outra vez na lama, presos, grudados na terra molhada. Meus braços se debateram enquanto a cerca inclinava. Não, *eu* estava inclinando, caindo, as mãos buscando apoio. Callum gritou meu nome. Os dedos dele roçaram a manga do meu casaco. Mas não foi rápido o suficiente.

Frio. Foi a primeira sensação a voltar.

Da lama fria e molhada. Ela se infiltrou pela calça. Cobriu minhas mãos quando tentei me segurar. E então...

— Puta merda, Juniper. Você está bem? — Callum se abaixou, pronto para me erguer, mas parou, a expressão ficando sombria. — Isso é...?

— *Não* — interrompi ele na hora. — Não, não, não...

O rosto inteiro dele mudou. Foi como ver um dominó cair e derrubar os outros, o sorriso crescendo até alcançar os olhos.

— Isso *é*...

Fechei os olhos com força, bloqueando-o.

— Não diga nada. Não ouse dizer.

— Eu preciso dizer. É igual a arrancar um curativo... está pronta?

Balancei a cabeça. Fora de mim. Se ele não dissesse, então não tinha acontecido.

— Juniper... *meu anjo.* — Ouvi ele puxar o ar, como se estivesse se preparando por nós dois. — Você caiu na bosta.

As palavras foram como abrir uma comporta. O cheiro me invadiu, tão forte que eu fiquei nauseada, levando as mãos ao rosto.

— Não. — Ele segurou meus pulsos. — Não toque no rosto, só por precaução.

Senti náuseas de novo só de pensar naquilo, agradecendo por ter comido tão pouco no café da manhã, ou estaria vomitando até isso. Abri os olhos com dificuldade e enfim reparei no estado deplorável em que me encontrava. Estava coberta da cabeça aos pés, salpicada por toda parte. Meus pés continuavam atolados no buraco de lama, minhas mãos manchadas de esterco úmido, se acumulando debaixo das unhas. Pingava até do cabelo.

— Eu... eu não sei o que fazer.

Eu estava prestes a chorar. Sentia as lágrimas subindo como uma onda gigante.

— Só... fica parada por enquanto. — Os lábios dele tremeram. — Tenho um cobertor na sacola.

Callum voltou num piscar de olhos com um tecido grosso xadrez jogado sobre o ombro. O sorriso despreocupado dele ia na frente enquanto subia a colina. Com os pés de cada lado dos meus, ele passou os braços por baixo dos meus. Nossas bochechas se roçaram, e senti o contorno do sorriso dele se misturar ao leve ronco em seu peito.

— Dá pra segurar um pouquinho mais o riso, Macabe? Continue feliz assim e vai acabar cheio de rugas.

Isso pareceu ser a gota d'água, e ele explodiu numa gargalhada que sacudiu o corpo inteiro.

— Eu não disse nada.

— Nem precisou. Você praticamente flutuou de volta para a colina. — Ele riu de novo, e eu gemi. — Podemos fingir que isso nunca aconteceu?

— Ah, nem pensar. Vou me alimentar dessa lembrança por anos, Fedozinho, então é bom se acostumar.

E, antes que eu pudesse registrar o novo apelido, fui erguida no ar. Deixando para trás nada além de um som gosmento e minha dignidade.

Assim que estava firme no chão, eu o empurrei para longe. Satisfeita ao ver a marca de minha mão no suéter dele.

— Espero que você esteja feliz.

O sorriso dele nem vacilou, e Callum enxugou uma lágrima de riso no canto do olho.

— Você acha que eu te trouxe aqui só para você tropeçar *sozinha* e cair em bosta de vaca? Isso seria um exagero até para mim.

— Primeiro que eu nem estaria aqui se não fosse por você. — Apontei para mim mesma. — Olha pra isso.

Sem se abalar com minha provocação, ele me analisou dos pés à cabeça, do gorro torto até os bolos de lama no lugar dos pés, e suas narinas se dilataram. Talvez por causa do cheiro.

— Você está linda pra caralho, Juniper. Você sempre está.

— Eu deveria considerar isso como um elogio?

— Entenda como você quiser. — Ele riu, sacudindo a cabeça, sem nem fazer cara feia ao me enrolar no cobertor xadrez e me erguer outra vez nos braços. Eu soltei um grito, tão presa no tecido que nem consegui me segurar. — Você nunca acredita em palavras bonitas, ainda mais quando vêm de mim. — Abri a boca para responder, mas ele me cortou. — Vamos te levar para casa, para tomar um banho. Você está meio… *cagada*.

11

Callum

Guia da Ilha de Skye

Floresta Kinloch e Leitir Fura

Distância: 6,5 km

Duração: Aproximadamente 2 a 3 horas

Terreno: Prepare-se para trechos íngremes

Esta trilha deslumbrante, com lindas paisagens naturais, atravessa uma área florestal, oferecendo uma fauna variada ao longo do ano e vistas impressionantes do estreito de Sleat e das montanhas de Knoydart.

Eu tinha acabado com ela.

Aconchegada no banco da frente como um recém-nascido, Juniper não soltou uma única piadinha durante toda a caminhada de volta até o carro. Os dentes dela batiam a cada passo miserável, embora eu a tenha carregado na maior parte do caminho.

Desviei os olhos da estrada por um instante, diminuindo a velocidade ao passar por um mata-burro, e a observei de canto de olho. Sua mandíbula estava rígida, e ela encarava o rebanho de ovelhas pastando à beira da estrada como se nem as visse.

— Você está com frio?

Ela fez que não com a cabeça, mas um tremor percorreu seu corpo. Aumentei o aquecimento. Com os olhos lacrimejando por causa do cheiro, voltei minha atenção para a estrada. Eu conhecia aquelas curvas como a palma da minha mão, mas, ainda assim, não era prudente acelerar. A qualquer momento, a pista teria uma inclinação ou curva inesperada, ou o carro à frente poderia frear de surpresa, seu motorista hipnotizado pela paisagem selvagem.

Juniper se mexeu, e vi que os dentes ainda batiam pelo pequeno espaço que deixei para seu rosto sujo de lama aparecer. As roupas pesadas e encharcadas pareciam grudadas nela. Eu estava tentado a pisar fundo no acelerador e esquecer a maldita segurança. Droga, ela estava se divertindo... até não estar mais. Depois, ela negaria, claro, mas eu ouvi sua risada, vi o brilho nos olhos dela, e meu coração quase atravessou o peito em resposta.

Então me lembrei do horror estampado no rosto dela quando as vacas começaram a cercá-la. Do jeito que gritou "Sou vegana!" antes de cair no chão, como se os animais devessem reconhecê-la como aliada e pegar leve. E eu quase ri de novo.

Eu já tinha estacionado na garagem quando Juniper por fim falou:

— Nós estamos na sua casa.

Desliguei o motor.

— Imaginei que você não quisesse correr o risco de os hóspedes te verem assim.

E eu, egoísta que sou, queria cuidar dela.

— Certo, claro — concordou ela, distraída, como se estivesse saindo do transe, e tentou pegar a maçaneta.

— Fique aí. Eu vou ajudar.

Juniper devia estar exausta, porque obedeceu sem questionar, permanecendo onde estava enquanto eu contornava o capô, sem tirar os olhos dela por um segundo. Abri a porta e ela se virou para mim.

— Quer uma mãozinha?

Ela assentiu, a cabeça se mexendo num aceno fraco.

Meu Deus, mesmo com aquele cheiro tão forte que ardia no nariz, ela era a mulher mais linda do mundo inteiro. Segurando sua cintura pelo cobertor, levantei ela e baixei, mantendo um espaço seguro entre nós, embora tudo em mim gritasse para apertá-la em mim; lama e sujeira que se danassem. Depois a gente resolvia isso no banho. Não era lá como eu imaginava meu primeiro banho com Juniper, mas aceitaria o que conseguisse.

Assim que seus pés tocaram o chão com firmeza, Juniper pareceu voltar a si. Ela puxou o tecido xadrez dos ombros e devolveu para mim. Eu o amassei e joguei numa pilha perto da porta. Era um problema para o Callum do futuro.

Ela tirou a jaqueta com cuidado, franzindo a testa ao ver os flocos de lama caindo ao redor como confete. Já tinha batido a maior parte da sujeira das botas antes de entrar na caminhonete, mas, ainda assim, o barro continuava acumulado em seus tornozelos, formando uma crosta na barra da calça.

— Você tem uma mangueira de jardim, por acaso?

Uma mangueira? *Você só pode estar brincando, meu anjo.*

— Pode usar meu chuveiro.

— E espalhar essa merda toda no seu chão?

— Eu estou pouco me ferrando para o chão, Juniper. Dá para ouvir seus dentes batendo daqui. Nem pensar em mangueira.

Foi assustador ver como ela concordou rápido.

Anda, harpia, brigue comigo.

Com os dedos rígidos, ela tentou puxar o zíper. Afastei suas mãos com um gesto rápido, abrindo a jaqueta e deslizando-a pelos ombros.

Ela tirou as botas com um chute, e eu me abaixei para pegá-las com o casaco.

— Vou limpar isso enquanto você toma banho — disse, guiando-a até a porta.

Tirei minhas botas no hall de entrada e coloquei as dela junto, tentando não me deixar levar pela sensação de cotidiano do momento, antes de conduzi-la pelo corredor até meu quarto. Ela parou na porta, observando curiosa cada canto. Percorri o espaço arrumado com o olhar, tentando enxergá-lo pelos olhos dela. O chalé de Juniper girava em torno da cor preta. Profundo e suntuoso, como ela. Me lembrava a casa de doces de João e Maria, com a bruxa à espreita, esperando para devorar crianças desavisadas. Suspeitava que as vítimas de Juniper se sentissem bem mais à vontade.

O meu, em comparação… parecia *vazio*.

— O único chuveiro fica no meu quarto — avisei, pigarreando e indicando a porta no fim do corredor. — Mas tem uma banheira no banheiro principal, se você preferir.

Ela balançou a cabeça.

— O chuveiro serve. — E então acrescentou: — Obrigada.

Assenti.

— Certo. Obrigado. — *Por que você está agradecendo?* Minha voz saiu pateticamente rouca, e eu pigarreei de novo. — As toalhas limpas estão no cesto, deixa... deixa as roupas sujas no chão, do lado de fora. Vou colocar para lavar e encontrar algo para você vestir.

Juniper apenas me encarou. Sem saber o que dizer, retribuí o olhar. Então, ela apontou para a porta do banheiro, atrás de mim.

— *Merda*, desculpa. — Senti meu rosto esquentar e saí do caminho. Tê-la tão perto, a poucos centímetros da minha cama, estava fazendo minha imaginação disparar. — Bom banho.

E com aquela despedida brilhante, fugi.

"Bom banho"? *Nossa, genial.* Passei a mão pelo cabelo e me afastei o máximo possível, indo dar uma olhada em Simon no cercado grande, só para manter as mãos ocupadas. Me recusando a pensar que Juniper estava se despindo a duas paredes de distância. Entrando no chuveiro. Será que ela usaria meu xampu? Meu sabonete líquido? *Porra*, será que eu tinha xampu? Esqueci de passar no mercado.

Me virando para vasculhar o cesto de roupas limpas, puxei a primeira blusa preta de manga que minhas mãos encontraram. Cheirei para ter certeza de que estava limpa e a levei de volta para o quarto... e quase engasguei.

A porta do banheiro estava escancarada, e Juniper estava parada sob a luz suave, o cabelo cacheando ao redor das bochechas. *Eu amava quando o cabelo dela enrolava.* O chuveiro já estava ligado, o vapor subia e enevoava o ar. Ela lutava para abrir os botões do cardigã com os dedos rígidos.

Eu devia estar tendo um ataque cardíaco, percebi, porque o coração ameaçava estourar minhas costelas. Mas isso teria que esperar.

— Quer uma mãozinha?

Minha boca se mexeu antes que meu cérebro acompanhasse, e já era tarde demais para voltar atrás, porque eu estava andando, encurtando a distância até que o calor úmido me envolvesse.

A expressão dela era indecifrável. Olhos escuros me devoravam por inteiro conforme minhas mãos trêmulas desciam, devagar, até o primeiro botão, esperando que ela me interrompesse. Empurrasse minhas mãos para longe. Ela não fez nada disso. Tocando apenas o tecido, abri o primeiro botão. Então, parei. Esperei. Quase sem respirar. *Se acalma, porra.*

A garganta de Juniper oscilou, mas nenhuma objeção veio, então segui para o próximo, repetindo o movimento. O tecido se abriu, revelando a pele sedosa da clavícula e as alças finas da blusa de baixo. Meus olhos alternavam entre os dela e cada centímetro novo de pele que se mostrava à medida que os botões eram soltos, até que o cardigã caiu, atingindo o chão com o som macio e sensual de roupas descartadas.

Ela podia continuar sozinha. Eu sabia disso. Porra, até ela sabia disso. Mas parecia que estávamos em nosso próprio mundo, onde nada mais existia além do som da água batendo no azulejo, do vapor subindo e de Juniper. *Juniper*. Ela preenchia todos os cantos de minha visão, a pele clara com um toque sutil de sardas por baixo da sujeira que manchava seu rosto e nariz.

Você fica mais bonita a cada vez que te vejo, pensei em dizer, sem perceber que tinha me aproximado, que os nós de meus dedos traçavam uma linha pela barriga dela até parar no botão da calça.

— Isso também? — Era minha voz, mas não era. Soava diferente. Mais rouca. Faminta. Desesperada. Juniper assentiu, a cabeça balançando quase freneticamente. Não era o bastante. — Me responda… por favor.

Eu precisava de um sim. Precisava saber que ela estava nisso comigo.

— Sim.

A garganta dela se contraiu. A palavra quase se perdeu no som da respiração entrecortada. Mas eu ouvi. E foi o bastante. O botão se desfez com a menor das pressões. Minhas mãos tremiam, a cabeça girava enquanto eu puxava o zíper, caindo de joelhos conforme o tecido cedia.

— *Porra.*

O palavrão dela veio quase como um gemido, a cabeça tombando para trás à medida que eu deslizava uma meia, depois a outra.

— Olhe pra mim — pedi.

Os olhos dela se abriram em fendas estreitas, lembrando sua gata arisca conforme fixavam os meus.

Segurando o cós da calça, puxei o tecido rígido para baixo, me ajoelhando um pouco mais para trás, captando cada centímetro de pele que se revelava. Prendi a respiração, soltando apenas quando a renda rosa-clara surgiu à vista.

— Meu Deus, Juniper.

A primeira vez no carro não tinha sido um acaso. O segredinho dela estava escancarado. Juniper Ross gostava de lingerie delicada, rendada e bonitinha. Mal pausei para admirar aquelas pernas lindas, porque sabia que isso acabaria rápido demais.

Eu me levantei, deslizando os dedos pela barra da blusa de baixo.

— E isso?

— Por favor.

"Por favor." Duas palavras tão pequenas que, nos lábios dela, mexeram comigo de um jeito que eu nem sabia explicar.

— Braços para cima.

Ajudei a levantá-los, puxei o tecido de uma vez só, soltando um gemido diante da visão vertiginosa do sutiã combinando e dos seios bem moldados dentro dele. Era mais do que eu já tinha visto dela. E cada centímetro era perfeito. Das tatuagens aos arranhões salientes, alguns cicatrizando, outros novos. Presentes da gata que tanto se parecia com ela.

— Minha cor favorita. — Meu dedo trêmulo roçou de leve a alça delicada do sutiã, sem tocar a pele. Se eu tocasse, estaria perdido. — Você é linda, Juniper, mas é claro que sabe disso. Como poderia não saber?

— Você não disse isso da última vez.

"Da última vez." As palavras esvaziaram minha mente de qualquer outro pensamento, deixando apenas aquela lembrança. O estacionamento, a pele de Juniper na minha língua, suas costas enquanto ela se afastava. A caixinha de anel aberta sobre a cômoda, prova de com quem ainda estava o coração dela. *Cedo demais. Era cedo demais para isso*. Baixei as mãos, mas não adiantou. Juniper arfava, os seios rijos roçavam em minha camiseta. *Porra*. Fechei os olhos com força, cerrando os punhos ao lado do corpo.

— Tudo bem aí?

Havia sarcasmo no tom dela, como se pudesse ler cada pensamento depreciativo em minha mente.

Consegui fazer que sim. Engoli em seco.

— É melhor eu ir… *estou* indo.

— Tem certeza disso?

— *Sim.*

Foi um rosnado.

— Parece que você está prestes a me beijar, Macabe.

Meus olhos se abriram num estalo, captando o sorriso convencido que curvava os lábios dela. Como se tivesse acabado de vencer um duelo.

Isso não ficaria assim.

Eu me inclinei só um pouco para a frente, e a satisfação rugiu dentro de mim quando vi seu corpo enrijecer. O queixo se erguendo, os lábios entreabrindo.

— Você quer que eu te beije?

Os olhos dela, que antes estavam fixos em minha boca, encontraram os meus. Oscilando de um lado para o outro enquanto ela tentava focar. A língua umedecendo os lábios, preparando uma resposta que nunca veio. Eu podia praticamente ver as engrenagens da mente dela girando.

— Até essa resposta ser um sim bem claro, eu não vou te beijar, harpia.

Percebi um lampejo na expressão dela, uma vulnerabilidade que sumiu tão rápido quanto apareceu.

— É melhor esperar sentado.

— Eu sei.

Mas valeria a pena. Por mais que eu falasse, era tão apaixonado por ela que, antes do fim da semana, estaria implorando de joelhos por um beijo.

Dei um passo para trás, encarando-a por um longo momento. Ela se apoiou na pia, mas não se mexeu enquanto eu mapeava cada curva de seu corpo, rabiscando meu nome em cada uma delas na minha mente. Então, balancei a cabeça e passei a mão pela barba. *Você quem sabe*, o silêncio dela dizia.

Foi preciso mais força do que eu achava que tinha para pegar as roupas dela e me virar para a porta.

Dez minutos depois, eu terminava de colocar as roupas dela na máquina de lavar quando ouvi, atrás de mim:

— Espero que não esteja cheirando minha calcinha, Macabe.

Macabe.

O recado era claro. Do tom mordaz ao sobrenome, ela estava nos trazendo de volta para um terreno conhecido. Eu podia lidar com isso.

— Não sei o que *te* deixa excitada, harpia, mas, para mim, com certeza não é o seu cardigã coberto de bosta.

Ela deu de ombros, como se minha provocação não tivesse a menor importância. O cabelo úmido deixava manchas na blusa emprestada, a calça de moletom com o cadarço bem apertado na cintura. Será que estava usando a boxer que deixei para ela também? Minha mente curiosa precisava saber.

Atravessei a cozinha até o balcão, e o zumbido da máquina de lavar era o único som cortando o silêncio enquanto eu enchia a chaleira.

— Chá? Café? — sugeri os dois, já sabendo que ela escolheria café com um pouco de leite de coco, como sempre fazia.

Os dentes dela roçaram o lábio inferior.

— É melhor eu ir embora.

Assenti, ligando a chaleira mesmo assim.

— Levo suas roupas quando secarem.

— E eu lavo essas.

Juniper apontou para si mesma, e eu não resisti a acompanhar o gesto. Se eu já achara irresistível vê-la enrolada num cobertor no carro, a lembrança não era nada comparada àquele exato momento. Tinha algo, *algo*, especial em ver sua mulher vestindo *suas* roupas. O jeito como os dedos dos pés dela se curvavam no tapete. Como puxava as mangas sobre os dedos. Ela parecia tão confortável que eu queria arrastá-la para a cama e enterrar o rosto em seu pescoço.

Ela nem era minha. Mas meu coração rugia como se fosse. Eu estava flertando perigosamente com um instinto primitivo de posse.

— Pode ficar com elas pelo tempo que quiser.

Inferno, *pode ficar com elas para sempre*. Eu queria esvaziar meu guarda-roupa, pedir que ela vestisse cada peça de roupa que eu tinha.

Pelo canto do olho, vi quando ela pegou as botas no hall de entrada, apoiando um braço no encosto do sofá enquanto as amarrava, bem quando coloquei uma caneca no balcão.

Juniper a encarou como se fosse uma cobra venenosa.

— Eu disse que não ia ficar.

— Eu sei. Pode devolver a caneca quando devolver as roupas.

Mais um motivo para ela voltar.

Ela ergueu a caneca em um gesto de agradecimento e tomou um gole, virando-se em direção à porta. Então parou.

— Como você sabe de que tipo de café eu gosto?

— Porque eu te *conheço*, Juniper.

Os olhos dela se estreitaram, os lábios se entreabriram, prestes a dizer sabe-se lá o quê. Mas, no último segundo, ela mudou de ideia e fechou a boca com um estalo. *Não, meu anjo, assim não*. Elogio ou insulto, eu queria ouvir tudo.

— Parece que você quer dizer alguma coisa, harpia.

— Tá, beleza. Você fica falando essas coisas misteriosas, dizendo que *me conhece*, quando, na verdade… é o exato oposto.

As palavras vieram carregadas de uma raiva pessoal que me deu um arrepio de excitação. Aquele tom era *meu*, e só meu.

Tomei um gole de café.

— Por que eu sinto que não estamos mais falando do café?

— E do que mais estaríamos falando?

Daquela noite em Glasgow. Da maneira que nossos corpos se encaixaram como se já tivessem se tocado mil vezes antes… e como isso te assustou.

Mas eu não podia dizer nada disso sem que ela pegasse o primeiro objeto pontiagudo para me esfaquear. Então, apenas falei:

— Beleza, então me deixa te conhecer. Que tal se fizermos assim… Eu conto um segredo e você me conta outro.

Ela congelou; surpresa, alarme e pânico passando pelo rosto dela como o reflexo de um espelho distorcido. Juniper deu um passo para trás, pronta para fugir.

— Já combinamos quatro encontros como pagamento. Isso não é mais do que suficiente?

Dei de ombros, mas não pareceu tão despreocupado quanto eu queria.

— Então não pense nisso como um pagamento. Me conte só por contar.

Quando achei que ela ia embora sem responder, sua postura se firmou.

— Eu me diverti hoje — sussurrou como se fosse um pecado.

“Eu me diverti hoje.” Uma frase tão inofensiva, então por que fez minha garganta arder?

Porque ela disse com tanta insegurança, como se esperasse que eu zombasse dela.

Ela manteve o olhar no chão ao perguntar:

— E o seu segredo?

— Eu sempre me divirto com você, harpia.

Os olhos dela voaram para os meus, as bochechas assumindo um tom bonito de rosa.

— Está falando sério?

Ela realmente não conseguia se ver da forma como eu a via? Como Heather, April e Fiona a viam? *Essa mulher ainda vai acabar comigo.*

— *Aye* — pronunciei a palavra devagar, para que ela ouvisse bem.

Para que nunca duvidasse.

12

Juniper

Três ligações perdidas: Fiona

— Regra número um: não olhe para um irmão Macabe — murmurei entre dentes, agarrando firme o corrimão da pousada. — Dois: não fale com um irmão Macabe. Três: não ouse pensar em um irmão Macabe.

Qual parte eu não conseguia entender?

Cada degrau para descer ao segundo andar se tornou uma tortura depois da trilha matinal. Minha descida foi lenta, as coxas queimavam e tinham cãibras. Eu admitia que deixara a atividade física de lado nos últimos anos. A vida corrida no trabalho, somada à minha tendência natural a ficar dentro de casa, significava que eu dependia de subir e descer a escada da pousada umas vinte vezes por dia para me manter em forma. Pelo visto, não estava funcionando muito bem. A queimação só piorava com os saltos de dez centímetros em que eu decidira calçar os pés machucados para meu turno da noite. Fiona sempre reclamava da minha escolha de sapatos — *um risco à segurança*, resmungava pelo menos duas vezes por dia. Mas eu conseguia usá-los durante um turno de oito horas sem nem pestanejar.

Normalmente.

— Você está bem, June?

Ada espiou de trás do balcão, uma pilha de papéis pressionada no peito.

— Estou sim. — Endireitei a postura. — Só estou… fazendo uma inspeção de segurança.

As sobrancelhas dela subiram.

— No corrimão?

— *Isso*. — Tentei pensar em algo. — Para… ver se tem cupim.

Eu me arrependi no segundo em que as palavras saíram de minha boca. Ada gritou, e eu suspirei, vendo os papéis se espalharem pelo chão.

— É uma infestação? Eu tenho *pavor* de inseto!

— Não temos cupim — eu me apressei em garantir. — Pelo menos que eu saiba.

Ela gritou de novo, saltando de trás do balcão como a mocinha azarada de um filme de terror de segunda categoria. Desci o último degrau, mordendo o lábio enquanto me ajoelhava para recolher os papéis espalhados.

— Eu avisei para a sua mãe quando ela me contratou que não ia trabalhar com bichos, ainda mais insetos — resmungou, olhando para os braços. — Já tô toda me coçando.

Apesar da dor de cabeça se formando, falei:

— Que tal ir pra casa mais cedo? Eu cuido da recepção e deixo tudo pronto pra você antes do seu turno na quarta.

Meu mau humor não era culpa da Ada.

— Jura? Talvez seja bom chamar um dedetizador também, é sempre melhor garantir um ambiente de trabalho seguro para todo mundo. — Ela já estava pegando o casaco e a bolsa de debaixo do balcão. — Assim chego mais cedo no clube do livro. — Ao passar por mim, ela apertou meu ombro. — Você é um amor, June. Aquelas faturas ainda precisam ser organizadas até o fim do dia.

— *Ótimo*.

Pressionei os dedos nas têmporas. Três quartos ainda precisavam ser arrumados para receber hóspedes no dia seguinte, mas eu tinha passado a tarde arrancando o papel de parede encharcado do quarto cinco.

Tentando mexer o mínimo possível as pernas, juntei os papéis em uma pilha. Um deles estava um pouco fora do alcance. Estiquei o braço, os dedos roçando a pontinha.

— Vamos, cacete. — Me alonguei um pouco mais. — Seu maldito, *filho da mãe*.

— Pode me chamar de egocêntrico — um par de botas desamarradas parou bem perto de esmagar a fatura —, mas tive a estranha impressão de que você estava imaginando o meu rosto nesse pedaço de papel.

Como um homem do tamanho dele conseguia se mexer de forma tão silenciosa? Com ajuda ou não, eu já estava me arrependendo de ter dado liberdade para ele ir e vir quando quisesse.

— Isso implicaria dizer que eu penso em você... — Arrastando meus pés, eu me aproximei um pouco mais e puxei a fatura de debaixo da ponta da bota dele. — O que não é o caso.

Uma mentira descarada. O tom grave da voz dele me transportou direto para aquela manhã no banheiro, o vapor embaçando meus olhos, deixando minha mente confusa enquanto ele me despia com uma delicadeza inesperada. Suas mãos quentes e hesitantes deslizando pela minha cintura, queimando através da camisa, garantindo que eu estivesse firme antes de se ajoelhar. Callum parecera prestes a me devorar. E, feito uma completa idiota, eu teria deixado.

Naquele momento, os papéis estavam invertidos, e era eu quem estava ajoelhada aos pés *dele*.

Ele analisou minha posição com um olhar atento.

— Você não consegue levantar, né?

Ah, ele se achava tão engraçado e charmoso com aquele sorriso cheio de covinhas.

— Talvez eu só esteja aproveitando para inspecionar o piso de madeira.

A bota dele arranhou o chão, soltando um som agudo.

— Pensando em mais reformas, harpia? Parece que você quer me manter por perto.

Quando revirei os olhos, ele estendeu a mão. Engolindo um gemido de dor, ignorei o gesto e empurrei o corpo para cima, me erguendo com um sorriso vitorioso.

— Muito graciosa — comentou ele.

— Suponho que você esteja aqui para trabalhar? — falei por cima do ombro, acrescentando um rebolado extra ao contornar o balcão.

De repente, fiquei muito satisfeita por ter escolhido minha saia favorita, aquela que me caía como uma luva.

Ele me seguiu, dando um tapinha na bolsa no ombro.

— Em poucas horas, você vai ter um banheiro novinho em folha.

— Toda mulher sonha em ouvir isso. — Eu me sentei, jogando a pilha de faturas na mesa. — Tem alguma coisa que eu possa fazer para ajudar?

— Só se você souber usar uma chave inglesa.

— Meus talentos são outros — murmurei, folheando os papéis em vez de olhar para ele.

Não sabia dizer exatamente quando tinha acontecido, mas aqueles olhos azul-celeste dos Macabe deixaram de ser uma lembrança de Alistair e se tornaram uma marca registrada *dele*.

Ele estalou a língua.

— Uma pena.

Mas ficou parado ali, na beira do meu campo de visão, e fingi não notar. A gente estava sempre naquela dança... naquele jogo de provocações. Uma conversa em círculos concêntricos que não levava a lugar nenhum e só servia para acelerar meu coração.

— Bom, você sabe onde me encontrar — apontei, dispensando-o.

Ele ignorou a deixa e colocou uma barra de chocolate amargo sobre a mesa. O papel roxo farfalhou entre os dedos dele.

— Pra você.

Os segundos passaram enquanto eu apenas olhava para o chocolate.

— Por quê?

— Depois de hoje, achei que você poderia precisar de um agrado.

Ele deu um sorriso discreto que fez meu peito doer. O mesmo sorriso de mais cedo, que acompanhou o "Porque eu te conheço, Juniper".

Limpei a garganta.

— Obrigada.

— Sem problema. Tá... tudo bem?

Não peguei o chocolate. Apenas voltei a folhear os papéis sem de fato ler nada. As palavras podiam estar escritas em hieróglifos que eu não teria notado.

— Por que não estaria?

— Sei lá, você costuma me receber com um "Vai se ferrar, Macabe".

— Você está me fazendo um favor, então estou sendo gentil.

— Isso é ser *gentil*?

Callum deu uma risada. Custava não parecer tão surpreso? Parecia até que eu era um trasgo.

— Sim — afirmei entredentes, provavelmente piorando minha disfunção da ATM. — Estou sendo até muito simpática.

— Que sorte a minha.

Ele deu uma batidinha na madeira, cronometrando o gesto com a piscadela clássica, e se afastou. Sem dúvida, não esperava que eu acompanhasse sua saída, porque a postura mudou no instante em que alcançou a escada; os ombros caíram, a cabeça pendia como a de um fantoche sem fios. Pensei mais uma vez nas olheiras sob seus olhos e me perguntei se eu não era a única adepta da arte de fingir.

13

Callum

Heather: Livre para o jantar? As meninas estão com saudade.

Callum: Não posso. Tô ajudando na Casa Hera.

Heather: Sabia que a June ia acabar cedendo.
Heather: Seja bonzinho com ela! Ela não gosta do seu tipo de humor.

Callum: Meu tipo de humor?

Mal: Essa é a forma educada da nossa irmãzinha dizer: "Você não é tão engraçado quanto acha que é".

Heather: É algo para paladares treinados.

Mal: Tipo uísque irlandês.

Callum: Me lembrem de novo por que eu implorei à mãe e ao pai por mais irmãos?

Alistair: O que aconteceu na Casa Hera?

Uma hora depois, sentindo cada um dos meus 39 anos, aceitei que precisava da ajuda da Juniper. Eu me arrastei até a escada com a energia de um elfo do Polo Norte na véspera de Natal.

As mudanças desde minha última visita indicavam que Juniper estava trabalhando tanto quanto eu. Todos os móveis tinham sido removidos, e o papel de parede xadrez antigo, arrancado. Entre isso e administrar a pousada, quando é que ela arranjava tempo para dormir?

— Não tem nada que você possa fazer, a menos que ela peça ajuda — murmurei para mim mesmo, conferindo o relógio ao chegar no patamar entre os andares.

Sete e meia. Tempo suficiente para terminar aqui, dar uma passada na casa dos meus pais e ainda jantar antes de cair na cama. Talvez até conseguisse aquelas tão sonhadas oito horas de sono.

Encontrei Juniper exatamente onde a tinha deixado. O celular grudado na orelha, os dedos descalços à mostra após ela ter chutado os saltos para o lado... *malditos dedinhos delicados.* Eu costumava ter aflição a pés, mas os dela eram tão perfeitos quanto todo o resto. A língua dela deslizou pelo lábio inferior enquanto ouvia a pessoa do outro lado da linha, um gesto que indicava nervosismo e que ela fazia com frequência, apesar de eu duvidar que fosse consciente. Caso contrário, já teria dado um jeito de controlá-lo.

— *Sim*, estou preparada para a entrega de comida... porque é no mesmo dia toda semana... — Um som abafado a interrompeu. — Você está de férias, por que diabo está acessando o sistema de reservas?

Era a mãe dela, me dei conta, parando no último degrau, curioso.

— Pois não entre! Está tudo sob controle, vá para a praia e beba uns drinques ou coisa do tipo. *Tchau*, Fiona... *aye*, tchau!

Ela pressionou as palmas das mãos nas pálpebras, e eu pigarreei.

— Quem era?

— *Puta merda*... como você faz isso?

— Eu costumava sair bastante de fininho quando era adolescente. Você aprende a ser discreto depois de encarar a fúria de Jim Macabe algumas vezes. — Ela cerrou os lábios, como se não gostasse da ideia. — Bem diferente do seu pai, posso imaginar?

Ela inclinou a cabeça. Não sorriu, mas a expressão ficou mais suave, e os olhos brilharam como duas poças de chocolate derretido. O pessoal da vila dizia que Juniper era fria, mas eu me perguntava se algum deles já tinha parado tempo suficiente para olhar nos olhos dela. Olhar de verdade. Eram tudo, menos *frios*.

— Pode-se dizer que sim. Alexander era mais do tipo: "minha filha está mais segura se eu souber onde ela está". Deve ser por isso que eu estava sempre metida em encrenca.

Eu quase soltei algo provocante, como "que tipo de encrenca?", mas já ouvira falar que ela vivia na farra quando era mais nova. Eu jamais a julgaria por isso, visto que também nunca fui nenhum santo.

— Ele parece ser um homem inteligente.

— Era mesmo.

Ela engoliu em seco, e eu soube que estava na hora de mudar de assunto.

Apontei para a escada com a cabeça.

— Uma mãozinha cairia bem, se você tiver um tempo livre.

Ela ergueu as sobrancelhas.

— Precisa do meu talento com a chave inglesa?

— Na verdade, sim.

— Aperta bem.

— Aqui?

— Isso... espera, mais apertado, só um pouco... aí.

Empurrei as mãos dela um pouco para cima, aumentando a pressão.

— Para de me segurar assim, a menos que queira minhas mãos no seu pescoço.

— Não me ameaça com coisa boa, meu anjo.

Ajustei a mão dela mais um centímetro e dei um passo para trás, inspecionando a posição da privada que ela segurava no lugar. Uma pena que tudo que eu via era Juniper. Apoiada nas mãos e nos joelhos, aquela saia apertada esticada sobre a bunda pequena, mas perfeitamente desenhada.

Meu Deus. Comecei a morder o próprio punho, percebi que estava agindo como um completo esquisitão e me obriguei a focar a tarefa e garantir que a base ficasse alinhada com os grampos que eu fixara no chão. Um pouco descentralizado, notei.

Ajoelhando no pequeno espaço entre as panturrilhas dela, curvei meu corpo sobre o de Juniper, meu peito quase tocando suas costas, e deslizei a pesada peça de porcelana um centímetro para a esquerda.

Ela respirou fundo, encostando em mim.

— Assim está bom?

Minha pergunta rouca fez o cabelo nas têmporas dela se agitar.

— Desde que você não mexa essa mão.

Olhei para a mão em pauta. Estava quase tocando o seio dela.

— *Porra*, desculpa.

— Você costuma acabar nessas posições enquanto cuida do encanamento?

— Às vezes. Está com ciúme?

Ela bufou, mas eu notei o aperto sutil dos dedos ao redor da privada.

Peguei a furadeira e não tive muita escolha a não ser me encostar por completo nela, inclinando a cabeça sobre seu ombro para alinhar os parafusos grandes com precisão. O cabelo dela roçou em minha bochecha e o ombro se encaixou com perfeição no meu, como se tivéssemos sido feitos para isso. Prendi a respiração. Mantendo o quadril a uma distância segura, contei até dez, recebendo de bom grado o zumbido da furadeira para me trazer de volta à realidade.

— Quando você começou a se interessar por encanamento? — perguntou Juniper, quando o barulho cessou.

— Não chamaria bem de interesse. Eu só gosto de ser autossuficiente. Quando comprei o consultório, o prédio precisava de uma reforma completa. Mas, se eu fosse pagar por tudo, teria feito tantas dívidas que era bem capaz de estar pagando até hoje. Por que contratar alguém se eu podia aprender a fazer?

— Você fez tudo sozinho?

— Não tudo, mas aprendi a manejar bem uma marreta… Que foi? — quis saber, ao notar o sorriso dela.

Ela deu de ombros.

— Nada. Só não imaginava que você fosse tão… *másculo*.

— Másculo?

— Você sabe, aquele tipo de cara que é bruto, prático, que toma café da manhã só com cereal integral, acende o fogo com dois gravetos e um pouco de terra, esse tipo de cara.

Juniper estava me zoando.

Passei por baixo do braço dela antes que a tentação de dar um tapa naquela bunda falasse mais alto. Em seguida, espalhei o selante, segurando o vaso no lugar enquanto secava.

— Errou feio no cereal integral.

— E no resto?

A lateral do seio dela roçou minha bochecha.

Fechei os olhos com força, qualquer resquício de brincadeira se esvaindo quando resmunguei:

— Sou bruto quando a ocasião pede.

O clima leve se rompeu e nós terminamos o trabalho em silêncio, ela segurando as peças com firmeza enquanto eu prendia a cisterna e a fixava na parede.

— É só isso? — perguntou Juniper minutos depois, alisando os vincos da saia ao se levantar.

— É só isso. — Limpei as mãos empoeiradas e entreguei um pano quando vi a careta dela ao olhar para as próprias mãos. — Você tem fobia de sujeira? — deixei escapar, como um idiota indelicado.

Não sei como não percebi antes, mas a reação dela naquela manhã tinha sido mais do que um simples nojo de cocô animal.

— Não é a sujeira — respondeu ela, sem tirar os olhos do que fazia.

As palavras foram curtas o suficiente para soar como um aviso de *é melhor parar por aqui*.

Insistir ou recuar.

Insistir ou recuar.

Minha decisão oscilou como cara ou coroa. Eu mantinha aquela trégua frágil ou arriscava ir além?

Nunca fui bom em agir com cautela.

— Então o que é? — questionei, fingindo me concentrar em guardar as ferramentas, dando a ela um pouco de espaço. — A gente fez um trato, um segredo por outro — recordei. — Respondi a todas as suas perguntas sobre mim.

— Aquilo não valeu. Eu teria feito perguntas melhores se soubesse.

Soltei uma risada rouca, o tom provocador dela parecendo uma pequena vitória.

— Pergunte o que quiser, harpia, eu respondo.

Não havia nada que ela pudesse perguntar que eu não confiasse a ela.

— Por que você voltou para Kinleith?

Exceto isso.

— Você primeiro — desconversei. — Já que estamos trocando.

Ela suspirou, encarando algum ponto atrás de mim antes de dizer:

— Odeio ser um incômodo. No acolhimento familiar, as crianças problemáticas são realocadas mais rápido. Aprendi desde cedo que é melhor não chamar atenção.

Puta merda.

De repente, a vida inteira de Juniper se desenrolou diante de mim como um filme. Não era à toa que ela tinha ficado irritada com a minha insinuação de que a conhecia. *Cacete*, no fim das contas, talvez eu não a conhecesse mesmo, porque enfim tudo fazia sentido. O jeito como ela se moldava, se diminuía. Nunca exigia mais da família ou de Alistair, às vezes nem mesmo dos amigos, porque sabia que o amor podia ser retirado com a mesma facilidade que era dado. *Porra*, até com a maldita gata e as cicatrizes que ela carregava como medalhas de honra.

Eu sabia que minha expressão estava intensa quando me atrevi a dar um passo à frente, o autocontrole se desfazendo aos poucos. Bastaria um leve flexionar dos joelhos para que meus lábios voltassem a provar o gosto dela.

Em vez disso, encontraram sua testa. De olhos fechados, beijei sua pele de um lado para o outro.

— Obrigado por me contar.

As palavras pareceram dolorosamente insignificantes. Apenas a ponta do iceberg de tudo o que eu queria dizer.

— Você não vai me garantir que eu não sou um incômodo?

Mantendo-a perto, coloquei uma mecha de cabelo atrás da orelha, puxando de leve a ponta sedosa até que ela me olhasse.

— Passar a vida tentando ocupar o mínimo de espaço possível é uma meta impossível, meu anjo. Eu gosto de um pouco de caos.

Eu deveria me afastar. Estávamos pisando num terreno perigoso, muito mais do que apenas meu coração estava em jogo. Mas então ela relaxou com o toque, deixando que meus dedos deslizassem pelo arco delicado de sua orelha, e eu soube que não havia mais como evitar o inevitável.

— Você não respondeu à minha pergunta — disse ela depois de um longo momento, a voz um pouco sonolenta.

— Que pergunta?

— Kinleith. — Ela bocejou. — Por que você voltou?

— Queria ter meu próprio consultório. Os imóveis aqui são mais baratos do que em Edimburgo.

— *Ah*. — Sua decepção era nítida. — Você não acha chato?

— Não, meu anjo. — Meu aperto se firmou em torno dela. — Na verdade, é o contrário.

14

Juniper

Callum: O que o funcionário do fast food disse para o vaso sanitário?

Juniper: Vai me contar uma piada de cocô?

Callum: "Você pediu um número dois?"
Callum: Sacou?

Juniper: Até um recém-nascido entenderia essa, Macabe.

Callum Macabe me deu um beijo na testa e fugiu como se os sapatos estivessem pegando fogo.

Ele afagou minha orelha.

Não sei por que foi essa parte que meu cérebro ficou remoendo. Já rolaram coisas bem mais indecentes entre nós. Mas eu só conseguia pensar em como ele beliscara o lóbulo entre o polegar e o indicador, como se aquele pedacinho de pele fosse digno de adoração, e como isso dizia muito sobre o que ele faria com meu clitóris.

Não o *meu* clitóris.

Um clitóris. *Um clitóris metafórico.*

Qualquer clitóris.

Não era à toa que as pessoas gostavam dele. Um beijo na testa, um beliscão na orelha, e o *dr. Clitóris* me deixou com os joelhos bambos.

Talvez *eu* gostasse dele.

E, porque ele sabia muito bem o efeito que tivera sobre mim, mal falei com ele no dia seguinte.

Nem nos três dias depois do ocorrido.

Callum chegava na Casa Hera às sete da noite, todo santo dia, sem falta. Com duas canecas fumegantes de chá de camomila nas mãos, uma para mim, outra para ele, e fazia uma única pergunta antes de subir as escadas.

Na terça-feira, quis saber:

— Qual seu filme favorito de *O senhor dos anéis*?

— *O retorno do rei*, óbvio.

Ele assentiu como se estivesse satisfeito com a resposta e me entregou um biscoito com gotas de chocolate embrulhado num saco da Brown's.

Na quarta:

— Quantos gatos você acolheu antes da Shakespeare?

— Sete. Alguns ficaram só alguns dias. Outros, semanas. Cuidei de um gato tigrado laranja chamado Oscar por quase um ano.

No dia em que ele foi adotado, chorei no chuveiro até a água ficar gelada. Não contei aquela parte para Callum.

A informação me rendeu um muffin de banana que a Jess servia tão raramente que valia ouro em Kinleith.

Na quinta, eu estava dando recomendações de restaurantes para um casal fofo do Missouri, e ele esperou que os dois saíssem para perguntar:

— Se pudesse adicionar qualquer coisa à Casa Hera, o que seria?

— Um gazebo de madeira no jardim selvagem para celebrar casamentos no verão.

Ele sorriu ao ouvir isso. E o sorriso se espalhou ainda mais quando me pegou olhando para a bolsa dele, já antecipando a dose de açúcar. Nem esperei ele sumir escada acima antes de devorar metade do brownie numa única mordida.

O que diabo ele estava ganhando com aquele acordo? Como ele conseguia prever com tanta precisão minha vontade de um docinho no início da noite? Eu não conseguia entender. A expectativa farfalhava em meu peito como um pássaro preso quando eu via o ponteiro do relógio chegar em 18h59, parecia um corpo estranho se espalhando na corrente sanguínea. *É só o açúcar extra*, garanti a mim mesma.

Na sexta-feira, quando me peguei caprichando um pouco mais na aparência sob o olhar de desprezo de Shakespeare, fiz o que qualquer mulher racional de 30 anos faria diante do que parecia ser o nascer de uma paixonite. Eu o evitei.

Mais tarde, naquela noite, meu caderno roubado me esperava na recepção. Um post-it azul colado na capa de veludo preto.

"Fiz algumas anotações. Espero que não se importe."

E logo abaixo:

"Para Shakespeare: tente espalhar alguns petiscos no chão e deitar entre eles com os olhos fechados. É uma técnica para construir confiança."

Callum de fato tinha anotado coisas. A caligrafia bagunçada dele preenchia dezenas de post-its coloridos, como se a caneta não conseguisse acompanhar o ritmo dos pensamentos. Ele apontava o que funcionava e o que não funcionava. Pequenas mudanças que eu já podia implementar para melhorar a eficiência energética da Casa Hera. Ou ele sabia muito sobre sustentabilidade, ou pesquisou sobre o assunto. O que parecia improvável.

Um bilhete, ao lado do desenho horrível que fiz de uma composteira, dizia apenas: "Genial". Com um sorrisinho rabiscado.

Encostei a ponta do dedo naquele sorriso...

— Estou pensando em pintar o cabelo de rosa.

— O quê?

Sobressaltada, quase deixei cair a pia do banheiro que segurava.

April estava atrás de mim. De cara limpa, linda sem fazer esforço algum.

Só então entendi o que ela disse e larguei a pia no balcão para segurar minha amiga pelo pulso.

— O que foi que o Mal fez? Eu acabo com ele por você.

Mudanças drásticas no cabelo sempre eram o primeiro sinal de uma crise amorosa.

April riu.

— Dá para se acalmar, assassina?

— Desculpa. — Soltei o pulso dela. — Por que diabo você pintaria o cabelo de rosa?

— Só falei isso para chamar sua atenção. Disse seu nome três vezes. Faz tanto tempo que não tenho notícias suas que comecei a achar que você tinha matado o Murray e dado no pé.

— Acho que ninguém diz mais isso — ressaltei, secando o suor da testa.

— Estou me esforçando para fazer a expressão pegar de novo. É tão *Bonnie e Clyde* a ideia de uma paixão intensa em um carro de fuga. — Ela tocou minhas mechas curtas que escapavam da piranha. — E você ficaria incrível de boina.

— Eu fico *mesmo* incrível de boina. Tenho três no guarda-roupa.

Cobertas por uma grossa camada de poeira. Uma vez, cometi o erro de usar na vila e mal me afastei quinze metros do carro antes de alguém gritar "cadê a baguete?".

Ninguém tira sarro dos outros como os escoceses.

— Eu sabia, por isso que você é tão maravilhosa e única — respondeu ela, toda alegre.

Eu me remexi, examinando o depósito enquanto o elogio dela tomava forma e fermentava. As pessoas gostavam do diferente… até não gostarem mais. Havia um motivo para as pessoas se apegarem tanto ao que era conhecido, um livro favorito que era relido incontáveis vezes; um filme com as falas já decoradas; o mesmo biscoito com aveia e uva-passa toda segunda de manhã. Não havia surpresas desagradáveis no que era familiar.

— Como andam as coisas? — A voz de April me trouxe para o presente. — Callum disse que está pronto para montar a nova suíte.

Assenti, erguendo a pia de novo, e April segurou o outro lado.

— Parece que o drama está quase chegando ao fim.

Era como se meses tivessem se passado desde o dia em que tudo inundou, mas, na verdade, isso foi duas míseras semanas antes. Mesmo com Callum trabalhando apenas algumas horas por noite, progredimos mais do que eu esperava.

— Callum pediu para o Mal ajudar a carregar as coisas mais pesadas. É por isso que viemos pra cá.

— Ele não me contou.

Eu só tinha recebido uma única mensagem dele pela manhã.

Macabe: Termino o banheiro do quarto cinco hoje.

Foi isso. Sete palavras.

E o que eu respondi? Você pode se perguntar.

Um joinha.

Um. Joinha.

Eu nunca usava emojis. Achava vergonhoso demais.

— Ele também comentou que você estava planejando pintar, então vesti minha melhor roupa de trabalho.

Com o coração pesado na garganta, olhei para April de novo e só então reparei no macacão jeans folgado, que, de algum jeito, ainda marcava suas curvas.

— Ah, não precisa ajudar.

Eu vinha adiando aquela tarefa havia dias. Meu coração disparava num ritmo desconfortável, me deixando tonta sempre que imaginava aquela mudança tão definitiva. Claro, eu podia repintar se Fiona odiasse, mas nunca mais teria a marca de Alexander.

April ergueu as sobrancelhas com bastante autoridade ao dizer:

— Se eu tiver que passar por cima de você, eu vou, Juniper Ross. Estou aqui, vou ajudar, é melhor você aceitar.

Beleza, então.

— Você acabou de me chamar pelo nome completo?

— Você não me deixou outra escolha. Estava prestes a me dispensar com um papo furado de "eu consigo fazer sozinha".

— Eu *consigo* fazer sozinha — retruquei, guiando-a para fora do depósito ao lado da cozinha.

Hank nem desviou a atenção do que estava fazendo. *Ainda me ignorando, então.*

— Callum me disse para não aceitar um "não" como resposta.

— Ele disse o quê? — Parei no meio do caminho. April continuou andando. A pia balançou perigosamente entre nossas mãos. — Quer saber? Esquece... Esse homem é mais intrometido que a Jessica Brown. — Querendo mudar de assunto antes que começássemos a falar de Callum, perguntei: — E como estão as coisas na destilaria?

— Corridas, mas boas. — Ela ajustou o peso enquanto nos aproximávamos da escada. — Acho que vamos precisar contratar mais gente, dobramos o número de pedidos nos últimos meses. Ontem encontrei o Ewan chorando no depósito.

Ewan era o funcionário mais jovem da destilaria Kinleith. Um garoto doce, embora meio nervoso.

— Chorando de verdade? — Ela confirmou com a cabeça. — Mal não é *tão* rabugento assim.

— Hoje em dia ele não é. — O sorriso dela era pura satisfação. — Ewan cortou a mão e ficou mal por ter que sair no meio do expediente. Mal levou ele ao médico, óbvio. Além disso, Jacob já não dá mais conta do ritmo de trabalho, mas não admite.

— Parece péssimo.

Ela franziu o nariz.

— Ainda tem tanta coisa pra fazer antes do *ceilidh* no mês que vem. Talvez a gente tenha que considerar contratar alguém de fora da ilha. Você vai, né?

— Jamais perderia. — O aniversário de 70 anos da destilaria estava chegando, e, para comemorar, metade da vila fora convidada para uma noite de uísque e música ao vivo. April estava organizando tudo fazia meses. — Aposto que a April de 18 anos nunca se imaginou fazendo isso.

Até pouco tempo antes, minha amiga desfilava pelo tapete vermelho em Cannes, sem um macacão jeans à vista.

O sorriso que ela abriu era enorme.

— Na verdade, eu amo isso. Trabalhar com Mal todos os dias, estar perto de você e da Heather. O que só me deixa ainda mais triste por ir embora daqui a alguns meses.

Normalmente, eu colocaria uma barreira entre nós com um comentário sarcástico, uma piadinha para dizer que nem notaríamos a ausência dela. Mas não consegui. A volta de April tinha mudado as coisas. Fez com que eu e Heather nos sentíssemos um pouco mais inteiras, aliviando o peso de tudo o que estava mal resolvido entre nós.

Em vez disso, revelei:

— Callum acariciou minha orelha.

April quase tropeçou no degrau.

— Que tipo de carinho?

— Tem mais de um? — O olhar de pena que ela me lançou sugeria que eu sabia muito pouco da vida. — *Pelo visto*, sim — murmurei. Colocando a pia no chão, esfreguei as mãos na calça jeans. — Deixa eu te mostrar.

Eu me aproximei o suficiente para que nossas coxas se tocassem, e April riu baixinho quando enrolei um de seus cachos soltos no dedo, igual a como Callum fizera comigo. Eu tinha revivido aquele instante tantas vezes que sabia reproduzi-lo com precisão. Seus olhos brilharam, mas ela permaneceu imóvel enquanto eu prendia a mecha atrás da orelha, deslizando os dedos bem devagar, roçando de leve a curva da orelha, descendo até o lóbulo, que belisquei de leve antes de afastar a mão.

O silêncio se estendeu. Um rubor sutil pintou as bochechas pálidas dela. Então…

— Ah, Juney, você está tão ferrada.

— O que vocês estão fazendo?

Estávamos tão próximas que nossos narizes se tocaram quando viramos ao mesmo tempo. Do alto da escada, Mal nos encarava desconfiado, com uma sobrancelha erguida.

— Confirmando que June está muito ferrada — respondeu April.

Mal olhou de uma para a outra.

— E por quê?

— Callum acariciou a orelha dela.

Ele fez uma careta e desceu os degraus para pegar a pia.

Pelo amor de Deus, isso não é um eufemismo para alguma coisa, né?

— Quanto menos você souber, melhor.

Segui escada acima, dando um tapinha no ombro dele ao passar.

— Graças a Deus. — Ouvi Mal murmurar antes de dobrar o corredor.

— Reservei o campo para as cinco e meia…

A voz grave e baixa vinha do quarto cinco. *Callum.* Meu coração disparou, como se sintonizado ao som dele, e me convenci de que a breve hesitação no limiar da porta era só para recuperar o fôlego depois da subida. Nada a ver com o homem esperando do outro lado.

Pele…

Quando empurrei a porta, meu cérebro entrou em curto-circuito com aquele único pensamento. *Pele. Pele nua. A pele nua de Callum. Muita pele. Ele estava sem camisa. Sem nada, nadica de nada, despido da cintura para cima e… puta merda.*

Talvez ele tenha erguido os olhos quando entrei. Talvez tenha rido, mesmo com o celular pressionado ao ouvido. Mas eu não me importei, não enquanto meus olhos percorriam a pura magnificência do peito de

Callum Macabe. Eu precisava de uma intervenção. Alguém que arrancasse meus olhos do rosto, porque eu não conseguia parar de olhar. Sua cintura afunilava numa covinha impecável. Os bíceps tinham um contorno firme, mas descontraído. Uma trilha leve de pelos descia até o cós da calça, um caminho tentador que, de repente, parecia vital seguir até o fim. Cada centímetro dele era firme e impressionante. Real. Nada daquele visual padrão de marombeiro de academia que eu sempre achei que estivesse escondido sob as roupas dele. Callum girou o tronco, e eu tive que engolir um gemido ao ver a camiseta azul-marinho presa no cós da calça.

Eu precisava me recompor antes que ele percebesse. Uma voz sussurrou que talvez já fosse tarde demais.

Ainda ao telefone, Callum afastou o aparelho da boca só o suficiente para murmurar:

— Depois dessa, acho que preciso de um cigarro, harpia.

Merda. Meu rosto queimava como nunca antes e eu forcei minhas pernas a se mexerem, conseguindo passar por ele sem encostar.

Na pequena estação de trabalho que montei na noite passada, vesti o macacão manchado de tinta que um dia foi de Alexander. Ada estava na recepção, então eu tinha a tarde toda para repintar o painel de madeira recém-lixado. Em vez do verniz escuro que Fiona escolhera nos anos 1990, abri a lata de um verde-acinzentado terroso. Minhas mãos tremiam conforme eu despejava a tinta na bandeja. Estava seguindo meu instinto, torcendo para que a mudança deixasse o ambiente mais amplo. Que combinasse com os tons sempre mutáveis do céu que a enorme janela enquadrava como uma pintura a óleo dramática, sem perder o aconchego que os hóspedes esperavam.

O calor insistente em meu rosto denunciava que Callum ainda estava me observando mexer o pincel na tinta. Ele continuava ao telefone, e eu fingia não notar sua presença. Me levantei e, momentos depois, hesitei com o pincel pingando a poucos centímetros da parede, como se segurado por mãos invisíveis. April e Mal entraram, suas vozes animadas soando como estática em meus ouvidos no momento em que deixaram a pia no chão e saíram de novo.

— Você está encarando a parede como se tivesse rancor dela, meu anjo. — A voz de Callum veio de trás de meu ombro. Eu nem tinha ouvido quando ele terminou a chamada. — O que ela fez para te irritar?

— Nada. — Minha garganta parecia cheia de areia enquanto eu forçava um comentário sarcástico. — Eu adoro sentir rancor. Cuido disso como se fosse um jardim de rosas.

Ele não disse nada. O silêncio foi quebrado apenas pelo gotejar espaçado da tinta no plástico. Mas eu sentia o olhar de Callum como um dedo deslizando por minha coluna. A temperatura do cômodo aumentava sem parar. *Isso é demais*. Fechei os olhos com força, tentando afastar a imagem do rosto desapontado de Fiona. Ela ia odiar. E, depois, ela ia me odiar...

O pincel foi arrancado da minha mão, e arregalei os olhos, alternando entre meus dedos vazios, manchados de tinta, e o homem que o segurava. Callum roçou o ombro no meu e, sem nem olhar para mim, encostou o pincel na parede.

— Não, espera...

— Tarde demais — disse ele.

Meu coração deu um salto enquanto ele trabalhava, o pulso se mexendo de um jeito que me fez perceber que ele estava escrevendo algo. Segundos depois, ele recuou, mergulhando o pincel na bandeja mais uma vez para acrescentar um sublinhado. Não, não era um sublinhado. Uma seta.

Linda.

A palavra estava rabiscada em letras garrafais, a seta logo abaixo apontava diretamente para mim.

— Pronto. — Ele me estendeu o pincel. — Não tem mais volta.

Eu peguei o objeto, sem conseguir dizer nada.

— Você está encarando de novo. — A voz dele veio mais baixa do que eu jamais ouvira.

— Paro de encarar quando você parar.

Porque Callum estava *me* encarando. O olhar tão intenso que precisei me segurar para não apertar as coxas uma na outra.

O sorriso dele mudou de brincalhão para perverso.

— Então *nunca*?

Eu não conseguia nem começar a processar o que ele estava insinuando. Era errado. As provocações e flertes inofensivos eram uma coisa, mas estávamos chegando perigosamente perto do limite. O mesmo do qual havíamos nos afastado fazia anos, antes que fosse tarde demais.

Ele é Callum. O irmão do seu ex. Eu não podia me esquecer disso.

— Camisas são obrigatórias por aqui, Macabe. — Desci o olhar zombeteiro para aquele peito perfeito. — Não posso deixar que você assuste os hóspedes.

— Você tem muitas regras para alguém que está saindo no lucro. Afinal, eu estou aqui trabalhando num sábado.

— Te pago quando quiser, é só dizer.

Definir aquilo como um serviço em vez de um favor facilitaria tudo.

— Ah, você vai me pagar. — Ele deixou a provocação no ar. — No jogo de *shinty* esta noite.

Vê-lo correndo pelo campo, todo musculoso, suado e com aquela cara de Ken? Aposto que até aplaudia quando o time adversário fazia gol. Quem diria que espírito esportivo era um dos meus fetiches?

Não, eu precisava passar *menos* tempo com ele, não mais.

— Tenho um compromisso.

— Cancele.

— E se for um encontro? — As palavras saíram antes que eu pudesse segurá-las.

Os segundos se arrastaram, marcados pelo latejar do músculo na mandíbula dele.

— Se eu acreditasse em você, é claro que poderia levar esse... acompanhante *hipotético* para o jogo.

— Você vai ao jogo?

April entrou no cômodo de repente; Malcolm, Heather e as gêmeas vieram logo atrás. Me virei depressa, passando o pincel pela parede antes que alguém lesse o que Callum havia escrito.

— Ah, eu não...

— Você tem que ir — interrompeu Heather, enquanto as meninas cruzavam a sala correndo, as tranças longas balançando no ar, antes de se jogarem nos braços do tio.

Callum as pegou, uma em cada braço, imitando um vampiro ao estalar a mandíbula. Elas caíram na risada, soltando gritinhos animados.

— De novo, de novo! — gritou Ava, e ele girou no lugar.

Algo em minha barriga se revirou, e eu me obriguei a voltar a atenção para Heather. Ela abriu um sorriso enorme, daqueles que aquecem o peito, e disse:

— Vou levar as meninas para uma festa do pijama e prometi ficar um tempo no jogo. Assim, April não vai ficar sozinha por lá.

— Ah, claro. O povo quase se atropela pra bater papo com a Miss Skye 2008 — comentou Callum, um pouco ofegante, mas sorrindo ao mencionar o concurso ultrapassado que ainda acontecia todo ano na feira de verão.

April praticamente se derreteu com o elogio. Pegando um pincel extra, desenhou um coração enorme na parede, adicionando um M estilizado no centro.

— Sabe, de todos os prêmios que já ganhei, esse pode ser minha maior conquista.

— Como é que eu nunca soube disso? — perguntou Mal.

Heather foi quem respondeu:

— É que foi na sua fase dos quadrinhos. Você devia estar trancado no quarto desenhando.

Como sempre, April ficou derretida, como se aquilo fosse a coisa mais adorável do mundo. Lançou um olhar malicioso para o namorado e piscou.

— Ainda tenho a tiara e a faixa. Vou procurar mais tarde.

Ele se aproximou por trás dela, roubando o pincel e acrescentando um A bem ao lado do M, tão perto que as bordas se tocaram.

— Uma princesa de verdade, mas você manteve isso em segredo...

O risinho de April e o olhar carregado que trocaram aumentaram a temperatura do ambiente em mais um grau.

As gêmeas fizeram um coro de:

— Eca!

Heather limpou a garganta.

— É, gente, tem crianças aqui.

Mal, pego de surpresa, ficou vermelho, mas ainda estava sorrindo.

— Que tal a gente colocar a mão na massa? — sugeriu Callum. — Antes que o Mal tire uma tiara do bolso e coroe a moça aqui mesmo.

Isso rendeu mais algumas risadas e um dedo do meio de Mal. A leveza do momento acabou me contagiando conforme minhas amigas se juntavam, discutindo sobre tamanhos de pincéis e rolos de pintura, e os irmãos se retiravam para terminar o banheiro.

Grunhidos engraçados vazaram pela porta quando Mal instalou as torneiras da pia ao contrário, e ele tinha apertado tanto que levaram vinte minutos para consertar o erro.

No quarto, tomamos incontáveis xícaras de chá lotado de açúcar e cantamos sucessos antigos do pop que até as gêmeas sabiam de cor. E já no fim da tarde, quando o sol começou a se pôr, demos um passo para trás, cansadas e sujas de tinta, para admirar nosso trabalho.

— Você não gostou? — perguntou Heather, depois de meu longo silêncio.

Com a garganta apertada e os olhos ardendo, só consegui assentir.

— Está perfeito — consegui dizer por fim.

Heather passou um braço por meus ombros, me puxando para perto como costumava fazer antes de tudo desmoronar. E *estava* perfeito. Não porque o verde combinava perfeitamente com o piso espinha de peixe, nem porque deixou o ambiente mais amplo do jeito *certo*, mas porque fizemos juntas. Sem que eu precisasse dizer nada, minhas amigas estavam ali, sem hesitar, sem questionar.

E foi aí que entendi por que minha mãe estava tão relutante em mudar uma coisinha sequer.

15

Callum

Primeira regra do *shinty*: se você não sangrar, dá pra dizer que jogou?

O sangue escorria do meu nariz, o gosto metálico se espalhando pela boca e pingando do queixo. Cuspi, manchando de vermelho a linha branca que demarcava o campo.

Mal correu até mim no apito final, o pânico estampado no rosto suado.

— Caralho, Callum... desculpa, eu não te vi...

Passei as costas da mão pelo queixo, tentando conter o fluxo.

— Não foi culpa sua.

Aquela honra pertencia ao bonitão do Jamie Stewart. Sempre gostei do cara, mas, por Deus, como eu queria arrancar aquele sorrisinho da cara dele.

Eu estava distraído desde o primeiro apito. Era o primeiro jogo da temporada e, para além de estar fora de forma e despreparado, ainda tive a brilhante ideia de convidar a Juniper. Apesar daquela ladainha de que tinha um compromisso, ela veio, e estava vestida como se de fato estivesse indo a um encontro.

Botas pretas de salto grosso o bastante para não afundar na grama fofa do campo. Pernas nuas desaparecendo embaixo de um sobretudo que batia na altura da panturrilha, dando a impressão de que não havia nada por baixo. Ela parecia saída direto do sonho muito vívido que eu tive na noite anterior, no qual eu estava de joelhos e aqueles saltos estavam cravados em minhas costas.

E, pelo jeito, Jamie sentiu a mesma coisa, porque, assim que o desgraçado foi substituído, foi direto até ela. O que causou uma quantidade desconfortável de risadinhas vindas de Juniper. *O que caralho ele está dizendo para ela? Contando piadinhas de toc-toc? Conheço o cara desde que nasceu, e ele nunca me fez rir assim.*

E você nunca fez com que ela *risse assim.*

Com um olho no jogo e o outro neles, me joguei na partida, entrando em jogadas que, em geral, teria a inteligência de evitar. Prestando tão pouca atenção que, quando vi Juniper puxar a manga do casaco e os dedos de Jamie deslizarem pela delicada tatuagem no lado interno do pulso dela — uma andorinha em voo —, um zumbido preencheu minha cabeça e eu dei com o nariz direto no cotovelo de Malcolm.

Pelo menos não teve aquele estalo clássico de osso quebrado. E, como só faltavam cinco minutos para acabar o jogo, me esquivei das mãos aflitas do meu irmão e dos muitos pedidos de desculpa e me joguei na competição, marcando um último gol antes do apito soar. Gostaria de dizer que não fiz isso para impressionar Juniper, mas sou homem o bastante para admitir minhas fraquezas.

Fechando uma narina com o dedo, soltei um sopro forte, tentando limpar o sangue, enquanto meus companheiros me davam tapinhas nas costas e seguiam para o vestiário. O suor escorria pelo meu pescoço, mas o banho teria que esperar.

Meu irmão já tinha alcançado o pequeno círculo de April e Juniper, resmungando, mas, sem dúvida, satisfeito quando April se aconchegou no peito dele.

— Tô fedendo. — Ouvi ele sussurrar no momento em que me aproximei.

Ela passou os braços ao redor do pescoço dele.

— Que pena. Parece que nós dois precisamos de um banho.

Normalmente, ver o rosto de meu irmão tímido se iluminar era como um toque quente envolvendo meu coração. Mas, naquele momento, a felicidade do casal só aprofundava a dor da solidão que se enraizava em meus ossos.

— Bom jogo, capitão.

Jamie sorriu com aquele jeito de menino, desviando a atenção de Juniper por tempo suficiente para notar minha presença.

Vai se foder, Jamie.

— Valeu.

Mantive a voz calma, apesar de não me sentir nem um pouco *calmo*. Eu queria empurrá-lo de cara na lama, mas me contentei em me enfiar entre os dois. Meu cotovelo pode ou não ter sido usado no processo, mas quem poderia afirmar com certeza?

Pelo canto do olho, vi Mal e April me observando e depois trocando olhares. A expressão significativa de April gritava um "eu te disse". Não dei a mínima. Que os pombinhos apaixonados pensassem o que quisessem, ainda mais depois que Juniper me olhou e levou as mãos à boca.

— Meu Deus! O que aconteceu?

Ótimo. Meu irmão acertou o cotovelo em cheio no meu rosto, e ela nem percebeu.

Limpei a narina de novo.

— Nada de mais.

April puxou um lenço da bolsa e colocou em minha mão, com uma careta.

— Está quebrado?

— Que nada. — Balancei a mão, dispensando a preocupação dela. — Ferimentos no nariz sempre sangram que nem uma cachoeira.

— Mas você devia dar uma olhada nisso. — A culpa deixou a voz de Mal mais séria do que o normal. — Quem é o socorrista do time?

— Eu mesmo. Cuido disso em casa.

— Você não pode dirigir assim… — começou a argumentar Mal.

— Sou treinada em primeiros socorros. Vem comigo.

O tom de Juniper não deixava espaço para discussão, e ela já cruzava o campo como se estivesse desfilando em Paris e não atravessando um gramado cheio de lama. E, como se fosse puxado pelas rédeas, eu fui atrás.

Eu seguiria aquelas pernas até o fim do mundo, sem pensar duas vezes.

— Quer fazer um carinho na minha barriga também? — comentei, andando sem pressa, apesar da dor latejando no rosto.

— Rá! — Não foi bem uma risada, mas eu aceitava. — Ao menos já decidimos quem é o cachorro nesse cenário. Você tem um kit de primeiros socorros?

— Atrás da porta do banheiro — indiquei, apontando para a pequena construção anexa à estrutura coberta de musgo, que abrigava dois vestiários minúsculos, um para o time da casa e outro para o visitante.

Juniper chegou primeiro, abrindo a porta. Ao notar o espaço estreito do cubículo, recuou para me deixar entrar primeiro. Com o latejar enfim sumindo do nariz machucado, entrei no ambiente escuro, mas bem limpo, e puxei o pequeno kit do gancho.

Ela entrou atrás de mim e pressionou a mão no meu peito, me forçando a apoiar na pia baixa e afastar as pernas para que ela coubesse no espaço. Eu sabia que meus olhos estavam arregalados. Cada interação com Juniper era como tentar acalmar um animal arisco; nunca dava para saber se ela iria ceder ou atacar.

— Você esqueceu de mencionar que teríamos que montar um no outro para caber aqui.

As pernas dela, cobertas pelo casaco, roçavam o interior das minhas coxas. Mordi o lábio para segurar um gemido.

— Faz parte da diversão, não acha?

Ela pôs o kit ao meu lado, abriu a tampa e revirou o conteúdo até encontrar uma gaze e um par de luvas de látex.

— Se eu fosse desconfiada, pensaria que você fez tudo isso de caso pensado.

— Para ficar a sós com você?

Ela ergueu uma sobrancelha, um gesto aparentemente casual enquanto desabotoava o casaco.

— *Se* eu fosse desconfiada.

— Harpia. — O movimento dos dedos dela, abrindo aqueles botões delicados, me hipnotizou. — Eu faria uma quantidade absurda de coisas para ficar sozinho com você. Mas até eu tenho limites, e automutilação está fora de cogitação.

Eu realmente não tinha planejado nada disso, mas, convenhamos, estava funcionando muito bem.

Juniper se virou para pendurar o casaco atrás da porta. E, daquela vez, eu de fato gemi ao ver pela primeira vez o vestidinho salopete engomado.

Uma fileira de pérolas brancas rodeava seu pescoço, tão certinha e impecável que me deu vontade de substituir por algo meu.

Uma bruxinha, disse a mim mesmo. *Uma bruxinha linda demais.*

No silêncio tenso, ela arregaçou as mangas, fazendo uma pausa breve antes de perguntar:

— Você não tem alergia a látex, tem?

Porra.

— Não. — Saiu mais como um grunhido do que uma palavra.

Ela fez um gesto com a cabeça para meu uniforme, uma combinação de sangue, lama e suor.

— Tira isso.

— Duas vezes no mesmo dia? Eu é quem vou começar a desconfiar de você.

A lembrança do olhar dela em meu corpo era suficiente para me incendiar. Juniper podia não gostar de mim, mas, naquela tarde, ela *me quis*.

Ela apenas bufou e eu obedeci, tirando a camisa do time e jogando na pia.

— Quer que eu tire o short também?

Meus polegares já estavam na cintura.

— Não tenho nenhum interesse na sua cueca suada, Macabe.

A risada escapou tão de repente que uma onda de dor cortou meu rosto. Minha mão subiu a tempo de aparar um novo fio de sangue.

— Valeu por isso.

Os olhos dela brilharam, e ela puxou a luva com aquele estalo assustador de um médico vitoriano prestes a realizar uma amputação de membro.

— Isso vai te ensinar a prestar mais atenção no jogo. — *Então ela percebeu.* Juniper se aproximou de novo, colada em mim. Coxa na coxa. Meus pés envolvendo os dela. — Incline a cabeça para a frente e aperte a ponte do nariz.

— Quer que eu morda alguma coisa?

Ela suspirou, mas os lábios se contraíram em um quase sorriso.

— Você nunca se cansa de bancar o engraçadinho?

— O tempo todo. É uma maldição, na verdade. Isso e a minha beleza.

— *Esses malditos Macabe* — murmurou ela, segurando meu queixo e puxando para baixo para enxergar melhor.

Presos naquele espaço apertado, ela cuidava de um profissional da saúde sem hesitar em assumir o controle. Eu só podia torcer para que Juniper soubesse o que estava fazendo, porque, desde que continuasse me tocando, eu deixaria ela fazer o que quisesse.

Ela enrolou a gaze na palma da mão e pressionou com delicadeza debaixo do meu nariz.

— Isso vai deixar um belo de um roxo.

— Ainda bem que você gosta de bad boys.

Ela bufou de novo, chegando mais perto daquela risada completa que eu tanto queria ouvir.

— Você vai parecer mais um labrador que engoliu uma abelha.

Já tratei tantos cachorros assim que logo imaginei a cena. Dei uma risada rouca.

— *Aye*... acho que é verdade.

Juniper revirou a caixa atrás de mais suprimentos, e eu levei a mão até a dela, que ainda segurava a gaze. Minha intenção era só assumir a responsabilidade, mas, assim que meus dedos roçaram o pulso nu dela, ficaram ali, deslizando de leve sobre o osso, só para ver se ela afastaria. Os olhos dela saltaram para os meus, faiscando, e Juniper limpou a garganta.

— Parece que cortou.

— Por isso que está ardendo.

— Vamos esperar o sangramento diminuir e limpar isso. — Ela afastou a gaze, deu uma olhada rápida e pressionou de volta no lugar. — Espero que não seja profundo o suficiente para precisar de pontos.

Assenti nos momentos certos, mas só conseguia registrar o jeito como os lábios dela se mexiam. Cada mínima mudança de expressão lançava um feitiço sobre mim.

Eu poderia conhecer mil mulheres e nunca encontraria aquela energia em nenhuma delas. *Já tentei.* Encontro após encontro, sempre procurando algo que fosse minimamente comparável. Mas só existia nela. Com aquela mulher que eu não devia querer e nunca poderia ter de verdade.

Olhei para qualquer lugar que não fosse o rosto dela.

— Você é boa nisso.

Ela tinha a mão surpreendentemente leve, em total contraste com a imagem que mostrava ao mundo. Quem pensava que ela era uma rainha do gelo nunca tinha de fato prestado atenção nela. Havia um oceano de diferença entre ser fria e estar em banho-maria. Mas, quando Juniper enfim queimasse… que espetáculo seria.

— Eu pratiquei bastante, era uma criança bem autossuficiente.

— Fiona não cuidava dos seus joelhos machucados?

— Teria cuidado se eu tivesse pedido, mas nunca precisei. — Ela desviou o olhar, como se aquela confissão a deixasse vulnerável. — Aprendi a me virar sozinha muitos anos antes de eles me adotarem.

Tentei imaginá-la ainda criança. Magrinha. Assustada e sozinha, mas sempre forte. Mantendo todos à distância.

— E agora é você que cuida da sua mãe?

A mão dela tremeu por um instante em meu queixo.

— Você está me dando muito mais crédito do que eu mereço.

— Será que estou mesmo? Você está aqui, me ajudando. — Ela sabia que eu podia muito bem lidar com isso sozinho. — Posso até cometer o erro de achar que você gosta de mim…

Minha frase ficou no ar enquanto ela removia a gaze e a trocava por um novo pedaço, seus dedos voltando a se encaixar com perfeição em meu rosto. Eu sabia que devia ficar quieto, aproveitar o milagre que era Juniper Ross cuidando de mim por mais alguns minutos, mas não conseguia calar a boca.

— A gente devia conversar sobre aquela noite em Glasgow.

Ela ficou tensa. *Começamos bem.*

— Por que agora?

Porque estou morrendo de vontade de saber se você pensa nisso tanto quanto eu.

— Já passou tempo o bastante, você não acha?

— Eu aguentaria mais cinco anos.

— *Harpia.*

— *Callum.*

Porra. Fechei as mãos sobre as coxas.

— Se acha que vai me distrair com flertes, não vai.

— Eu só disse seu nome.

— *Exatamente.* Você nunca diz meu nome.

Eu não estava preparado para como aquilo me abalaria. Ou para perceber que, a partir daquele momento, soaria errado vindo de qualquer outra pessoa.

— Certo — concordou ela, com uma doçura forçada, tirando as mãos de meu rosto para cruzar os braços. — Se a gente não se conhecesse... se não fosse *eu* naquela noite, você teria me comido?

Rejeição. Atravessou o rosto dela rápido demais para que conseguisse esconder. *De jeito nenhum, eu me recuso a ser mais um naquela lista.* Segurei os braços cruzados dela e a puxei para mais perto, prendendo seu corpo ainda mais ao meu para que minhas palavras não fossem mal interpretadas.

— Deixa eu ser bem claro desta vez. — Meus olhos cravaram nos dela. — Eu queria te comer porque você é *você*, isso nunca muda. Mas também entendia *por que* você me queria. Eu não sou um homem bom, meu anjo. Já traí meu irmão na minha cabeça inúmeras vezes, e eu nunca me perdoaria se tivesse sido egoísta o bastante para aceitar o que você ofereceu quando, para você, aquilo não passava de uma vingança alimentada pela dor.

E esse é o maior arrependimento da minha vida. Bem, o segundo maior. O primeiro foi ter deixado Alistair conhecê-la antes de mim.

O silêncio se alongou. Então ela fez um gesto para a gaze.

— Acho que já deu.

Engoli a decepção e tirei a gaze, jogando-a na pia junto com a blusa enquanto ela inclinava meu queixo para um lado, depois para o outro. O tecido do vestido dela roçou no pé da minha barriga. Prendi a respiração. Só me restava torcer para que ela não olhasse para baixo e visse o volume cada vez maior em meu short. Eu já nem tinha neurônios suficientes para sentir vergonha.

— Você jogou mal, aliás — comentou Juniper, um segundo antes de passar um lenço com álcool no machucado.

— *Porra, isso arde*! Você podia ter mais jeitinho para cuidar dos seus pacientes.

Os olhos dela brilharam, a diversão voltando enquanto limpava o corte pela segunda vez.

— Posso ir embora, se quiser.

— Não. Não quero. — Seguindo o instinto, deslizei a mão até a cintura dela, apertando o tecido do vestido. — A gente ganhou, não foi?

— Se dependesse de você, não teriam.

— Então você *estava* prestando atenção.

Ela deu de ombros, um gesto incomum para Juniper. Ela não fingia indiferença. E aquilo era… um rubor subindo pelo pescoço? Abaixei a cabeça para murmurar no ouvido dela:

— Eu também prestei atenção. Sua roupinha é uma distração e tanto.

Meus dedos se curvaram, marcando a pele, e a outra mão desceu para roçar a barra curta do vestido. As mãos dela escorregaram do meu rosto, unhas raspando pela barba, descendo pelo pescoço até os pontos onde o sangue já tinha secado. Ela nem parecia notar o que fazia.

— *Juniper*.

Fechei os olhos com força, lutando para manter meu corpo hipersensível sob controle. A adrenalina depois de um jogo sempre me deixava elétrico, e estar tão perto dela, tocando sua pele, era um tipo diferente de energia. Eu sentia como se meus músculos pudessem se rasgar de tanta tensão.

Juniper afastou as mãos do meu corpo, o som do látex estalando quando descartou as luvas e, no instante seguinte, voltou a me tocar com as mãos frias e macias na pele quente. Ela podia me olhar com desprezo, mas seu toque dizia outra coisa. Os dedos longos deslizaram pelas maçãs do meu rosto, leves como asas de borboleta. Depois subiram, subiram, até os fios prateados nas têmporas do meu cabelo encharcado de suor.

Soltei um gemido baixo, tomado por uma necessidade absurda de *beijá-la*. Mas do jeito que ela me olhava, do jeito que me tocava, talvez fosse ela quem tomasse a iniciativa.

— O que estamos fazendo? — sussurrou ela naquele espaço ínfimo entre nós.

Ótima pergunta, meu anjo.

— O que quisermos.

— Suas mãos estão tremendo.

— Pois é.

Inclinei a cabeça, roçando nela meu nariz machucado, quase sem sentir a dor, e depois meus lábios na bochecha dela. Ela se afastou um pouco, não recuando, mas acompanhando o movimento.

— Juniper — murmurei de novo. O nome dela era a única palavra no mundo que importava. Ela soltou um gemido baixinho, a cabeça caindo na palma da minha mão. — Você finalmente vai deixar eu te tocar? — Lambi seu pescoço. Sentindo o ritmo acelerado de seu pulso sob minha língua. — Sentir seu gosto? — Eu me afastei da pia, empurrando meu quadril nela, e vibrei com seu aceno frenético. — Aquela noite no bar, eu só conseguia pensar nisso. Você, com as coxas nos meus ombros, gozando na minha língua.

A luz acima piscava, como se respondendo à eletricidade que explodia entre nós. Ainda nem tínhamos, em teoria, cruzado nenhuma linha, e eu estava mais excitado do que jamais estive, porque ia acontecer. *Ia acontecer, porra*. Bastava de esperar, bastava de imaginar. Juniper se arqueou em meus braços, enrolando a perna em minha cintura. Um sonho tomando forma bem ali.

Daquela vez, eu não seria honrado.

Daquela vez, ela era minha.

16

Juniper

April: June! Código vermelho!

April: Mini Macabe chegando.

Juniper: Uma ajudinha aqui! Você não conseguiu interceptar ela?

April: Se a casinha do banheiro tá balançando, melhor nem bater.

April: Ou o armazém de uísque. ;)

Juniper: E ainda dizem que o romance morreu.

— June?

Em meu delírio, confundi a voz com a de Callum. Os dedos dele se enroscaram em meu cabelo, puxando, prendendo. O polegar roçou na mandíbula, inclinando minha cabeça do jeito que ele queria. Os olhos azuis ardiam, fixos em mim com uma intensidade que parecia deslocada naquele rosto quase sempre despreocupado. Mal conseguia respirar sob aquele olhar. *Quem precisava respirar, afinal?*

Dez segundos. Eu deixaria ele ficar dez segundos no controle e depois…

— *June*?

Callum nunca me chamava de June.

Ele percebeu a interrupção no mesmo instante que eu. Cerrando os punhos em meu cabelo, soltou um palavrão, baixo e carregado de raiva, mas não me soltou. Pelo contrário, segurou firme, como uma criança agarrando um brinquedo que se recusa a dividir. Mesmo quando baixei a perna e tropecei para trás, ele veio junto, me firmando no momento em que a porta se escancarou.

— Ah, merda. Foi mal, eu estava procurando… *June*?

Callum se endireitou, abrindo os ombros, como se pudesse me proteger daquilo se parecesse grande o suficiente.

Tarde demais. Meus olhos encontraram os de Heather por cima do ombro dele. Ela segurava a maçaneta, os olhos saltando entre nós dois, cheia de expectativa, como um espectador esperando o desfecho de uma piada.

— O que vocês… — Ela molhou os lábios. — O que está acontecendo?

Callum apertou um pouco mais minha nuca. O olhar dele buscou o meu. Eu não consegui encará-lo, estava ocupada demais sentindo o desespero me engolir, com apenas a parede e as mãos dele me mantendo de pé. Estava claro que Heather já entendia, mesmo que não quisesse acreditar.

— Callum? — O nome dele saiu da boca dela exigindo explicações.

Ele nem sequer olhou para a irmã.

— Eu me machuquei. Juniper me ajudou a limpar o corte.

— Com a saia enrolada na cintura?

— *Caralho.*

Callum deu voz ao pensamento que ecoava em minha mente, afastando minhas mãos trêmulas quando tentei me cobrir. Ele me tocou com cuidado, sem pressa, alisando o tecido em minhas coxas. Enquanto isso, eu mal conseguia formar um pensamento coerente. Com o coração martelando, eu olhava para minha amiga mais antiga no mundo e rezava para não ter dado a ela um motivo para me abandonar de novo.

— Pelo amor de Deus, vocês nem vão negar? — desdenhou Heather.

O desprezo torceu os traços delicados dela.

Callum enfim se virou, pegando a camisa na pia e vestindo com um puxão.

— O que você quer que eu diga, Heather? Parece que você já entendeu tudo. Quer que eu finja? Quer que eu minta?

— Quero que você diga algo que faça sentido!

As mãos dele foram para a cintura. Cada linha de seu corpo era firme e controlada, completamente preparado para a briga que viria.

— Sem querer te ofender, Heather, mas, neste exato momento, nós não temos que te dizer nada.

Ela riu. Uma risada curta e seca.

— Alistair já sabe que vocês são *nós*? Claro que não. E você... — Dois pares de olhos dos Macabe caíram sobre mim. — Tem alguma coisa a dizer?

Minha garganta se fechou. Ela riu de novo, daquela vez, um riso cheio de desdém, e saiu.

O frio me atingiu antes mesmo de eu perceber que a tinha seguido. Passando por Callum, que tentava me segurar, fui depressa até ela.

— Heather... espera. — Toquei em seu pulso, mas ela se afastou. — Pode me deixar pelo menos...

— Um dos meus irmãos não foi o suficiente pra você? — sibilou ela, as palavras baixas e cortantes.

Foi minha vez de estremecer. Podia sentir os olhares ao nosso redor. Mesmo sem conseguirem nos ouvir, as pessoas sentiam a tensão no ar. Notei Jill Mortimer e o bando de amigas paradas junto ao enorme Range Rover dela.

— Isso não é justo.

— O que não é justo é você pular de um irmão para o outro como se fossem uma maldita lata de biscoitos sortidos. Você sabe o que está acontecendo com o meu pai... A última coisa de que minha família precisa é *você* criando mais tensão.

"Você", como se eu fosse uma estranha que ela tivesse acabado de conhecer.

— Heather, já chega... Peça desculpas. Agora. — A voz de Callum veio atrás de mim.

Que inferno, queria ter sido eu a dizer isso. A exigir um pouco mais por mim mesma. *Havia duas pessoas naquele quartinho, então por que a raiva dela era toda direcionada a mim?* Mas eu estava ocupada demais segurando o soluço preso na garganta para conseguir falar qualquer coisa.

Com as bochechas vermelhas, Heather olhou de mim para Callum, que pairava atrás do meu ombro, e depois de volta para mim. Por fim, deu uma risada seca.

— Quando o tiro sair pela culatra, não adianta vir chorar pra mim.

— Como da última vez, você quer dizer? — Eu não fazia ideia de onde as palavras estavam vindo, mas não consegui pará-las. A rejeição queimava como lava nas veias. — Quando você me abandonou depois que Alistair terminou comigo e *eu* fui a única a apoiar você e suas filhas durante o seu divórcio.

Ela estremeceu. A única prova de que minhas palavras a atingiram.

— Ei, talvez seja melhor todo mundo respirar um pouco.

Callum pousou as mãos em meus ombros como se pertencesse ali.

Os olhos de Heather seguiram o gesto, absorvendo o peso daquilo.

— Não, por favor, continuem. Eu vou embora.

Antes que eu pudesse dizer qualquer coisa, Heather cruzou a distância até o carro em passos curtos e determinados. Preocupada, April olhava de uma para a outra, gritando alguma coisa para Heather, que apenas sacudiu a cabeça e entrou no carro.

— Espere alguns dias, ela vai mudar de ideia — disse Callum, me virando de frente para ele.

Com o coração martelando nos ouvidos, mal registrei suas palavras, porque ele parecia... *feliz*? Apesar do sangue manchando o queixo, e de segurar meu casaco em uma das mãos, ele parecia feliz. Esperançoso.

— Por que você se ofereceu para me ajudar?

— *O quê?*

Era como se um véu tivesse sido arrancado e, pela primeira vez, eu pudesse vê-lo de verdade.

— Na Casa Hera — insisti —, por que você quis ajudar?

Ele engoliu em seco.

— Porque você precisava de ajuda.

Ele está mentindo, meu instinto rugiu.

— Não me venha com essa baboseira de Ken do Bairro, diga a verdade.

— Porque precisava ser eu! — Ele passou a mão pelo cabelo, frustrado. — Por mais que eu esteja atolado, eu precisava ser a pessoa a te ajudar, a lutar do seu lado, mesmo que você nunca percebesse isso.

— O que isso quer dizer?

Eu sabia que era uma pergunta idiota antes mesmo de falar. No fundo, sempre senti um... fio invisível entre nós. Como a corda bem afinada de um instrumento musical, só esperando que um de nós tivesse coragem suficiente para tocá-la.

Ele apertou o nariz, soltou um palavrão e, por fim, abaixou a mão.

— O dinheiro. Fiz uma visitinha ao Murray. Deixei bem claro que, se não quisesse perder a licença, precisaria devolver cada centavo que te devia.

— Você... — Engasguei, sem saber se queria beijá-lo ou matá-lo. Escolhi a segunda opção. — Você não tinha o direito. Eu daria um jeito nisso, não precisava da sua ajuda.

Ele deu um passo à frente, invadindo meu espaço.

— Azar o seu. Você tem a minha ajuda. *Sempre* teve.

Havia algo na voz dele, uma leve hesitação que me fez perguntar:

— O que... o que mais você fez por mim?

— Juniper...

— O que mais?

Ele passou a mão pela nuca, como se estivesse tentando ganhar tempo.

— O alvará. Aquele em que você pediu para ampliar o estacionamento da Casa Hera, dois anos atrás.

— Foi você?

Ele assentiu com um movimento brusco. O conselho em Skye era conhecido pela lentidão. Pensamos que teríamos que esperar semanas, talvez meses. Em vez disso, a licença para a pequena ampliação chegou à nossa porta em poucos dias.

— Era improvável que eles recusassem. Mas Heather me disse que você precisava disso pronto para a temporada de verão, e alguém do conselho me devia um favor. Só acelerei um pouco o processo, nada demais.

Travei o maxilar, guardando a informação para depois.

— O que mais?

Ele fechou os olhos com força.

— O leite de coco. Uma vez te ouvi comentando que queria comprar. Sharon disse que a demanda era muito baixa para justificar um pedido. Então... comecei a fazer um pedido semanal também.

— Você nem gosta de coco.

Em todos os anos em que conhecia Callum, nunca o tinha visto corar. Mas ele corou. Até a ponta das orelhas.

— Eu me acostumei com o gosto.

Eu teria rido, se não fosse pelos floquinhos de neve flutuando dentro do meu peito.

— Mais alguma coisa?

Ele suspirou.

— Quanto tempo você tem?

O silêncio se instalou entre nós, interrompido apenas pela minha respiração descompassada. Eu queria esculachá-lo por bancar o herói, mas não foi isso que saiu da minha boca.

— Você gosta de mim — disparei as palavras como uma acusação.

Ele nem piscou.

— Nunca fingi o contrário, meu anjo.

— Mas... você sempre foi legal com todo mundo, menos comigo.

A frase soou infantil até para mim, ainda mais depois de tudo que ele tinha confessado.

— Você não gosta de caras *legais* — disse ele com uma certeza irritante. "Eu conheço você, harpia."

Ergui o queixo.

— Talvez eu goste de cara *legais* de vez em quando.

— Se você quer que eu seja um cara legal, harpia, é só dizer. Serei o cara mais legal que você já conheceu.

As palavras roçaram meu ouvido, provocantes. A respiração quente dele acariciava meu pulso, fazendo-o disparar.

Ele gostava de mim. *Sempre* gostou de mim. Saber disso era eletrizante. Assustador.

Eu me agarrei àquele medo e forcei meus pés a darem um passo para trás.

— Você não devia dizer coisas assim. Não para mim.

— Por causa do Alistair? — Mal assenti antes que ele continuasse, ofegante como não esteve nem durante a partida de *shinty*. — Por causa do meu irmão idiota, que foi cego demais para perceber que tinha algo extraordinário?

— Para com isso!

Mas ele não recuou, avançando até que estivéssemos respirando o mesmo ar. Seu pescoço e a camisa ainda estavam manchados de sangue seco, mas era o desejo mal contido em seu olhar que me impedia de desviar o meu.

— Você é maravilhosa nesse nível, harpia, sabia? — Os olhos de Callum brilharam num azul frio, mas ele parecia tudo, menos irritado. — Meu irmão já te disse isso alguma vez? Ou vocês dois ficavam tão confortáveis juntos que nunca brigaram só para ter uma desculpa para passar a noite inteira transando e aliviando a tensão?

Eu não sabia o que dizer. Meu coração batia tão forte que eu sentia até na ponta dos dedos.

— Não sei por que gosto tanto desse nosso joguinho, mas sei que, toda vez que você me olha com essa cara irritada, tudo o que eu quero é te fazer esquecer dela na cama. É tudo que eu sempre quis desde aquele dia no trem, quando bastou menos de um segundo para eu ficar enfeitiçado por você. — Algo ruim se revirou em minha barriga, e ele segurou meu queixo antes que eu pudesse desviar o olhar. — Um dia, você vai me contar exatamente o que rolou entre você e o Alistair, e por que você ainda guarda aquele anel maldito, para que eu tenha certeza de que nunca mais vou ver essa dúvida nos seus olhos. *Não precisa ser hoje* — assegurou ele, quando fiz menção de protestar. — Demorou para eu chegar até esse ponto, meu anjo. Para entender que não tinha nada de errado com o que eu sentia e que você nunca deveria ter sido dele.

Os olhos dele percorreram meu rosto. Esperando.

Ele queria que eu dissesse algo. Que oferecesse alguma garantia. Mas muita coisa tinha acontecido naquela noite. Minha língua pesava. O pânico apertava meu peito, implorando por um escape.

— A gente… a gente não devia fazer isso aqui. Não agora.

A decepção passou pelo rosto dele antes que conseguisse mascará-la.

— Claro. — Callum assentiu rigidamente, abrindo um pouco de distância entre nós, embora eu percebesse que era a última coisa que ele queria. — Você vai conseguir chegar bem em casa?

Um som escapou de mim, meio riso, meio soluço. *Eu é que devia perguntar isso a ele.*

Murmurei uma resposta, aceitei o casaco sem encará-lo e fui embora. Não olhei para trás nem uma vez, mas senti o olhar dele em mim. Mesmo depois que me enfiei na cama naquela noite, com Shakespeare ronronando a meus pés, eu ainda sentia. Com as palavras dele ecoando na minha cabeça:

"É tudo que eu sempre quis desde aquele dia no trem, quando bastou menos de um segundo para eu ficar enfeitiçado por você".

17
Callum

Callum: Conseguiu marcar seus dias de folga?
Callum: Alistair?
Callum: Então vamos nos ignorar, é isso?

Alistair: Desculpa! O dia foi longo.
Alistair: Ainda estou vendo isso, te aviso.

— Essa é a última entrega da manhã?

No estacionamento em frente à prefeitura, desci do velho Land Rover do meu irmão e abri a porta de trás para Garoto. A cauda do cachorro balançou animada quando as patas tocaram o chão.

— Depois só tem o pub Sheep's Heid.

As garrafas tilintaram quando Mal reorganizou as caixas de uísque empilhadas em três camadas, presas no porta-malas com alças largas.

Ultimamente, eu estava menos disponível para ajudar meu irmão na destilaria, já que estava dividido entre meu pai, a Casa Hera e o consultório, mas encontrava tempo sempre que podia, acima de tudo porque era uma das poucas formas de vê-lo. Meu irmão mais novo conseguia ser mais viciado em trabalho do que eu.

Ele nunca reclamava, mas eu sabia que estava sobrecarregado com o *ceilidh* da destilaria chegando em poucas semanas.

O focinho gelado de Garoto encostou em minha palma, e eu deslizei a mão pelo pescoço dele, ajoelhando para fazer um carinho.

— Bom garoto.

— Não o elogie — resmungou Mal, vindo pelo caminho com três caixas lotadas nos braços. — Ele quase se recusou a entrar na caminhonete.

Peguei as caixas dele e olhei para o golden retriever angelical, certo de que aquele bichinho nunca fizera nada de errado na vida.

— E como é que um cachorro se recusa, exatamente?

Enquanto nos aproximávamos da rua principal, os dedos de Mal roçavam ansiosos uns nos outros. Um gesto familiar, mas que eu via com menos frequência nos últimos meses. Apesar das sessões de terapia semanais que ele fazia sem falta, às vezes ainda podia ser difícil para ele ir até a vila. Roma não foi construída em um dia.

— Ele se enfiou na cama ao lado da April e resmungou toda vez que tentei tirar ele de lá. Não queria deixar o Dudley para trás — explicou. — Os dois não se desgrudam mais.

Sorri ao lembrar do dachshund bravo de três patas de April.

— Isso é fofo pra caralho.

— É um saco.

Ele podia reclamar o quanto quisesse, mas eu sabia que faria qualquer coisa pela pequena família que ele e April construíram. Até mesmo usar uma bolsa para carregar Dudley quando as perninhas dele cansassem.

— Dudley vai com a April quando as gravações começarem?

A mudança em Mal foi imediata, os olhos baixaram, os ombros caíram, e eu me senti um lixo por ter tocado no assunto. Ele nunca admitiria em voz alta, mas eu sabia que o tempo se esvaindo o deixava cada vez mais apreensivo. Mal sentia orgulho da namorada, mas a ideia de April ficar meses longe não o agradava nem um pouco.

— Ele vai ficar comigo, não fazia sentido ter aquele trabalhão todo para emitir um novo passaporte de pet pro Dudley.

Encostei meu ombro no dele.

— Isso é ótimo, Mal. Se precisar de ajuda, me avisa.

Ele sorriu, ainda que de leve.

— Acho que Ava e Emily vão cuidar dessa. Estão me implorando para deixar elas ficarem com ele há semanas.

Sorri para ele por cima do ombro, distraído enquanto pegávamos o caminho de pedra e virávamos a esquina.

— Por sorte, sou o tio favorito del... uou, *harpia.*

— Ah! — Juniper ofegou, dando um salto para trás quando quase esbarramos um no outro. As garrafas chacoalharam e segurei firme as caixas, lutando contra o instinto de estender a mão para segurá-la. — Foi mal, não te vi.

Meus olhos percorreram cada detalhe dela, das botas de salto à franja perfeitamente arrumada. Eu sentia tanta saudade que chegava a doer.

Três dias se passaram desde a partida de *shinty*. Três dias desde que ela cuidou dos meus ferimentos num banheiro e, em troca, eu ofereci meu coração numa bandeja. Três dias amaldiçoando o péssimo timing da minha irmã e seguindo à risca minha promessa de dar espaço para Juniper. Quase pedi conselho para Mal, mas não queria arrastá-lo para o rolo com Heather. E, apesar de meu irmão ter muitos talentos, nunca foi bom em conversar com mulheres. Ele mesmo admitia que caiu de paraquedas no próprio relacionamento.

Um peixe pode até ensinar outro peixe a andar, mas, no fim das contas, os dois ainda teriam barbatanas em vez de pés.

Juniper me encarava impassível, sem exibir em seu lindo rosto nenhum indício do que tinha acontecido no jogo. Meu corpo esquentou, nervoso de repente, como se ela pudesse adivinhar cada pensamento indecente que tive nos últimos dias. Sendo mais específico, o que envolvia as mãos dela na parede do meu chuveiro. Mas tudo que ela disse foi:

— Belo olho roxo.

— Você devia ver o outro cara.

— Foi um acidente! — balbuciou Mal.

Um tom bonito de rosa subiu pelo rosto dela, e os olhos desviaram para Mal e Garoto, como se tivesse acabado de se dar conta que eles estavam ali.

— Oi, Mal.

Porra. Será que algum dia eu me acostumaria com o lado tímido dela? Por mais que eu adorasse o lado feroz, o rubor em seu rosto me encantava ainda mais.

— June — cumprimentou Mal.

E aquele foi o fim da conversa entre os dois.

Mas eu não tinha acabado. Longe disso.

— Que coincidência te encontrar aqui.

Mal alternou o olhar entre nós, mas eu ignorei. Se quisesse perguntar algo, ele que perguntasse, e eu responderia com sinceridade.

Um alívio viciante tomava conta de mim desde que despejei meus sentimentos sem filtro algum. Mesmo que as coisas não fossem adiante, o lacre já tinha sido rompido. Eu não ia mais fingir que não ficava todo feliz a cada vez que encontrava com ela.

Juniper ergueu um embrulho de papel.

— O tecido das cortinas do quarto cinco chegou, mas ainda precisa fazer a barra.

— Ótimo — falei, curioso para ver a escolha dela. — Eu vou com você.

De alguma forma, a reforma da Casa Hera começou a parecer um projeto *nosso*. Ainda segurando as caixas, fiz sinal para que ela me guiasse até a costureira. Mas, antes que eu pudesse dar um passo, Mal entrou no meio, tirando as garrafas de meus braços com uma facilidade que sempre invejei.

— Eu levo isso. Te encontro aqui em quinze minutos.

— Tem certeza? — Analisei a expressão dele.

Mal revirou os olhos.

— Sou um homem adulto, acho que consigo fazer uma entrega sozinho.

Agradeci com um tapinha no ombro.

— Quer que eu passe na Brown's para pegar comida?

Ele balançou a cabeça, já se afastando com Garoto.

— April fez muffins de limão.

— *O quê?*

Ele não tinha contado isso quando apareci na porta dele às cinco da manhã. O desgraçado nem teve a decência de responder, só se virou e sumiu de vista.

Soltei um palavrão e me virei para Juniper, só para vê-la se afastando também.

— Ei — chamei, apressando o passo. — Espera aí.

Ela diminuiu a velocidade. Bem pouco.

— Por quê?

Ela só podia estar brincando.

— Para eu andar com você.

— De novo, *por quê?*

Cacete de mulher teimosa. Para nossa sorte, eu tinha uma paciência de Jó.

— Porque somos *amigos* — enfatizei a palavra, e aquele rosado bonito tomou conta das bochechas dela outra vez. *Puta merda, me declarar talvez tenha sido a melhor escolha que já fiz.* — E amigos, às vezes, fazem tarefas juntos.

O menor dos sorrisos curvou os lábios dela, enquanto alternava o olhar entre mim e o caminho. Mas, um segundo depois, a expressão vacilou. De perto, consegui ver que a pele ao redor dos olhos estava vermelha e inchada, como se ela tivesse chorado. *Você está acabando comigo, meu anjo.* Encostei meu ombro no dela.

— Shakespeare mijou no seu cereal?

Ela soltou uma risada meio engasgada.

— Sabe, comer Cheerios mijado seria melhor do que a horrível constatação de que talvez *você* seja meu melhor amigo nesse momento.

Minha garota sabia como fazer um homem se sentir especial, devo admitir.

— Nada disso — retruquei. — Heather sempre teve talento para o drama, ela vai entender. — Assim que eu a lembrasse que isso não era da porra da conta dela. — E você está se esquecendo de uma certa ruiva que já foi rainha de concursos de beleza. Podemos dizer que sou o segundo melhor.

Ela estalou a língua, fingindo pensar a respeito.

— Pode ser o quinto melhor.

— Nem ferrando. Quero estar ao menos no top três — exigi. Eu me virei e comecei a andar de costas para ver a cara dela quando soltou um risinho abafado. Fez com que eu me sentisse com três metros de altura. — Mas e aí, a amizade vem com um colarzinho?

— Com certeza. Daquele de ímã, com um pingente de coração pendurado.

Juniper ficava uma graça quando entrava na brincadeira. Mais ainda quando tentava disfarçar que os olhos dela me examinavam da mesma forma que os meus a examinavam.

Ela se deteve, uma cara de poucos amigos tomando o lugar do sorrisinho tímido quando alguma coisa atrás de mim chamou sua atenção.

Eu me virei para ver. Turistas e cachorros na coleira passavam por ali, cuidando da própria vida. Mas, embaixo do toldo da floricultura, percebi Jill Mortimer e mais duas mulheres da vila. Agrupadas em um círculo fechado, cafés nas mãos, elas olhavam para nós e riam como adolescentes.

Ao notar meu olhar, Jill corou um pouco e acenou. Dei um aceno discreto de volta, mas já voltava a prestar atenção em Juniper.

— Elas estão acima de mim na classificação de amigos?

Para além de Heather, April e, de vez em quando, o Jamie, eu não via Juniper interagir muito com outras pessoas na vila.

Ela soltou um som pelo nariz, fazendo os fios curtos do cabelo sacudirem.

— *Não*. Mal conheço elas.

— Elas estão te olhando como se conhecessem.

Ela balançou a cabeça de novo, como se eu fosse um idiota por não entender a situação.

— Elas não estão olhando para *mim*. Ou melhor… não só para mim. Elas estão olhando para nós.

— *Por quê?*

— Sei lá. Porque estão entediadas e adoram fofocar. E isso aqui — ela gesticulou entre nós dois — é a fofoca perfeita. Jill estava no jogo de *shinty*, sabia?

— Estava?

Ainda não tinha entendido aonde ela queria chegar.

— E Freya sempre me odiou porque eu namorei com o marido dela por um tempinho no ensino médio. — Ela fez um leve movimento de queixo na direção da mulher de cabelo castanho que ainda nos observava. — E, mesmo que você, o queridinho da vila, não tenha notado, é difícil reabilitar a reputação por aqui.

Eu não era queridinho de coisa nenhuma, mas entendia o que ela queria dizer. Em cidade pequena, não tinha para onde fugir.

— E qual é a sua reputação?

Juniper cruzou os braços, segurando o embrulho com o tecido no peito.

— De adolescente rebelde a mulher desprezada e, nesse momento, devo ser algo perto de amante do diabo.

— Caramba. Então são os chifres e o rabo que te deixam caidinha, é? — Passei a mão pelo cabelo. — Tenho uma fantasia velha de Halloween em algum lugar, você não vai notar a diferença.

— Fala sério. Seduzir o respeitado veterinário da vila me coloca de vez na categoria de mulher devassa, onde elas adoram me encaixar.

— Mulher devassa? — Não consegui segurar a risada ao ver a expressão séria dela. — Isso está mesmo parecendo um drama adolescente.

— Algumas pessoas nunca crescem.

— Pelo menos uma coisa você acertou. Esse "respeitado veterinário" foi mesmo seduzido.

Sorrimos um para o outro, mas ela fechou a cara de novo quando o grupo de mulheres riu. Mais alto daquela vez. E consegui distinguir uma frase.

— Com tanta roupa preta, parece que ela trabalha numa funerária.

Que pessoas insuportáveis. Grande parte do tempo, eu diria que amava Kinleith e seus habitantes, que não havia lugar melhor para se morar. Mas, naquele dia, vendo os ombros de Juniper caírem aos poucos e a tensão silenciosa tomar conta do rosto dela conforme as palavras imaturas a atingiam como balas... eu queria colocar a vila abaixo. Como ousavam machucar aquela mulher, que já enfrentou mais dor em sua curta vida do que muitos aguentariam? Não era de se admirar que ela mantivesse todo mundo à distância. Eu podia tentar arrancá-la do casulo o quanto quisesse, mas isso nunca resolveria a raiz do problema.

Com os punhos cerrados, parti na direção do trio.

— Macabe. — O sussurro apressado de Juniper me seguiu, mas não diminuí o passo. Não me importava o que estavam dizendo, que desculpas dariam. A partir daquele momento, guardariam o veneno para si. — Macabe, para. — Ela já estava ao meu lado, puxando minha blusa. E então disse cinco palavras que congelaram meu sangue. — Aquele é o seu pai?

Travei no lugar, a cabeça girando como se não fizesse mais parte do corpo. Cem metros adiante, ele caminhava devagar pelos paralelepípedos irregulares. Sozinho.

— Pai! — Demorei trinta segundos para alcançá-lo. — O que você está fazendo aqui?

Pergunta idiota. Pelo brilho opaco no olhar dele, já dava para perceber que não me reconhecia. Claramente agitado, Jim Macabe sacudiu o braço para se livrar da minha mão e tentou continuar andando.

— Estou indo para o trabalho... Devo ter virado errado em algum lugar.

Soltei o braço dele e tentei guiá-lo para baixo do toldo do salão de beleza quando as primeiras gotas de chuva começaram a cair.

— Eu posso te levar no meu carro.

— Me deixa em paz, garoto, eu sei muito bem me virar.

O apelido veio carregado do mesmo desprezo de sempre, mas, ao menos, quando seus olhos pousaram em mim, senti um breve alívio no peito. Se aquele fosse um dos dias bons, seria mais fácil levá-lo para casa.

— Você veio com a mãe?

— Não. — Ele puxou o braço de novo, cambaleando tanto que precisei me lançar para segurá-lo. Os fios grisalhos e ralos caíram sobre a testa quando o apoiei na parede. — Eu vim dirigindo. — *Ele dirigiu sozinho?* Como diabo isso aconteceu? Arranquei o celular do bolso, já com o número da minha mãe na tela. — Não ligue para ela. — Ele deu um tapa no aparelho, que caiu no chão. Eu nem me dei ao trabalho de ver onde aterrissou. — Não preciso de você no meu pé. Quem foi que te criou, garoto? Quem te vestiu? Quem te alimentou? Tá na hora de me dar um mínimo de respeito.

Como se eu pudesse esquecer.

O rosnado entalado na garganta se desfez no instante em que percebi a mancha úmida na frente da calça dele. Pequena, mas impossível de ignorar.

Meu peito se partiu ao meio.

Pela primeira vez desde que aquele homem largou um garoto apavorado de 16 anos no treinamento militar — menor, mais fraco e mais jovem do que qualquer outro recruta —, sem nem dizer um "tchau, garoto", eu quis cair de joelhos e chorar.

A vontade só aumentou quando Juniper apareceu ao meu lado. Estive tão perdido na dor que nem percebi a aproximação.

— Oi, sr. Macabe. — A voz dela estava tão suave que mal parecia a mesma de antes, qualquer resquício da conversa anterior já varrido para longe. — O senhor se lembra de mim?

Demorou um momento.

— Juniper Ross. A garota do meu filho.

"A garota do meu filho." Ele falava de Alistair, mas o troglodita dentro de mim rugia para responder: *Sim, a garota do seu filho. Minha, minha, minha.*

Juniper deslizou com facilidade para o lado, me afastando com delicadeza ao estender o braço para ele.

— O senhor poderia me acompanhar até o meu carro? Estacionei logo ali na rua.

Para minha surpresa, meu pai aceitou, deixando Juniper enlaçar o braço no dele, dando a ilusão de que ele guiava. Sem saber o que fazer, só pude segui-los.

— Você fica muito mais bonita sem aquele monte de metal no rosto — comentou ele, fazendo um gesto vago para o perfil dela. — Nunca entendi o que meu filho viu em você antes, mas agora... Se eu tivesse vinte anos a menos, talvez tentasse a sorte.

Ele insultou Juniper com a mesma naturalidade de quem lê uma matéria de jornal em voz alta. Aquela era a crueldade do Alzheimer. Ele não levava só a capacidade de criar e acessar memórias, mas roubava a empatia, e Jim Macabe nunca foi um homem empático, para começo de conversa.

— Pai... — comecei, me recusando a envolver Juniper naquilo, e ao mesmo tempo me odiando por me sentir envergonhado.

Mas eu estava. A vergonha me queimava por dentro.

Juniper apenas acenou com a mão, levando tudo na esportiva. De alguma forma, isso era ainda pior. Já ia me adiantar para intervir quando ouvi minha mãe chamar meu nome.

Balançando a mão acima da cabeça, com o casaco aberto tremulando ao vento, ela veio correndo em nossa direção.

— Aí está você — disse para meu pai, ainda ofegante conforme se aproximava. As linhas de preocupação se aprofundavam nos cantos da boca dela. — Oi, Juniper. É bom te ver.

— Oi, sra. Macabe.

Porra. Eu não conseguia olhar para ela. Não conseguia suportar a ideia de ver o que estava pensando.

— Me chame de Iris, por favor. Ainda somos uma família.

— *Iris* — concordou Juniper. — Jim estava fazendo a gentileza de me acompanhar até o carro.

— Mãe, o que aconteceu?

Por mais tocante que fosse aquela reuniãozinha, eu precisava de respostas.

Ela suspirou.

— Estávamos na farmácia pegando o controlado dele. Virei de costas por um minuto, e Jim escapou. Ainda é rápido como sempre.

Ela estava mesmo tentando transformar isso em piada?

— Você devia ter me ligado.

— Eu ia fazer isso agora.

— Devia ter ligado no segundo em que perdeu ele de vista.

O tom frio em minha voz me desagradou, mas ela precisava parar de fechar os olhos para o problema. Fingir que estava tudo bem só colocava meu pai em perigo.

— Não quis te atrapalhar no trabalho.

Engoli em seco para não retrucar. Que eu já estava atrapalhado. Que caberia a mim cancelar os compromissos da tarde para levá-los para casa. Que eu teria que ajudá-la a dar banho nele, colocá-lo na cama, porque minha mãe não poderia, *não deveria*, fazer isso sozinha.

O gelo dentro de mim se espalhou, tomou conta de tudo, porque Juniper ainda estava *ali*. Ainda presenciava a confusão. Minha voz saiu vazia quando, sem olhar para ela, falei:

— Muito obrigado, Juniper. A gente cuida disso.

— Tem certeza? Eu não me importo de...

— Tenho — interrompi antes que ela terminasse, indo ocupar o lugar ao lado do meu pai. Ele se apoiou em mim, me deixando carregar parte do peso. — Se quiser ajudar, encontre o Malcolm e diga que tive uma emergência no trabalho.

Idiota. Talvez fosse eu quem tivesse perdido a empatia.

Não olhei para trás enquanto nos afastávamos.

— Callum... — começou minha mãe.

Balancei a cabeça.

— A gente conversa na sua casa.

Eu esperava que Juniper estivesse puta comigo.

Tão puta que eu já tinha até ranqueado mentalmente os doces da Brown's para meu plano Reconquistar o Perdão de Juniper Ross. Os brownies ficaram em primeiro lugar, porque ela tinha um fraco por doces bem doces, enquanto meus amados biscoitos com aveia e uva-passa amargaram o último lugar. Às vezes, era difícil acreditar que eu estava apaixonado por um monstro formiguinha daqueles.

Horas depois, observei-a pela abertura entre as árvores. Já fazia quase dez minutos que a espiava feito um maluco, parado longe o suficiente para que Juniper não me visse ali, todo suado, enquanto ela andava de um lado para o outro na entrada da minha casa. Passos curtos e viradas bruscas a levavam de um canto ao outro.

Talvez tivesse vindo me chamar de babaca na minha cara. A expectativa me deixava tonto.

O sol sumiu atrás da linha das árvores, tingindo as folhas amareladas de um dourado queimado. Olhei de novo para o relógio e soltei o machado que estava usando para cortar lenha com golpes raivosos, deixando-o encostar na minha coxa. Quinze minutos.

Na próxima virada, Juniper pareceu tomar uma decisão, endireitando os ombros e murmurando algo que não consegui captar, mas que imaginei ser "o que estou fazendo na porta desse idiota?".

Para isso, eu também não tinha resposta.

Cada músculo em meu corpo se contraiu só de vê-la, exigindo que eu jogasse fora todos os pensamentos daquele dia de merda e me entregasse à deliciosa adrenalina que discutir com ela me traria. Mas a irritação ainda queimava por dentro, uma sombra pesada apertando meu peito. Juniper era a última pessoa em quem eu queria descontar isso. E, mesmo se ela criasse coragem para bater na porta, eu ignoraria…

Então bateu, dois toques leves. Eu já tinha saído das árvores antes mesmo de piscar.

— Estou aqui.

Belo jeito de ignorar.

Ela se virou de repente, os olhos percorrendo meu corpo, assimilando o que eu sabia serem as manchas úmidas grudando minha camiseta branca na pele molhada de suor.

— Belo machado — comentou com leveza, mas eu vi o pescoço dela se mover ao engolir em seco. — Vai me deixar entrar?

É uma péssima ideia, meu anjo. Apertei o cabo de madeira até a pressão machucar minha pele.

— Foi mal, minha mãe disse que eu não posso sair para brincar.

Em vez de rosnar, como eu esperava, ela riu.

— Qual é a graça?

— Você está emburrado. Acho que nunca te vi de cara fechada antes.

Juniper então girou a maçaneta, descobriu que estava aberta e entrou sem cerimônia, deixando os sapatos na entrada como se fosse dona da casa. Eu estava tão ocupado seguindo-a até a sala que nem tive tempo de saborear aquela intimidade toda.

— Fica à vontade — ofereci, usando os pés para tirar as botas.

Ela ignorou.

— Eu não sabia que você tinha um coelho.

Ajoelhada ao lado da lareira, ela observava Simon cochilando. Enfiado no cobertor de retalhos que minha mãe fez para ele, só dava para ver seu rostinho.

O que você está fazendo aqui, Juniper?

Fiquei do outro lado do sofá, fincando os dedos no tecido como se aquilo pudesse servir de barreira.

— Ele é cadastrado para TAA — falei, como se isso fosse explicação suficiente.

— O que é isso?

— Terapia assistida por animais.

Um dos dedos dela deslizou levemente pelas costas macias dele.

— Então ele não é um coelho, é um terapeuta?

Fui me aproximando, hipnotizado pelo toque delicado dela.

— Não é tão complexo assim. É comprovado que a terapia com animais ajuda, mas não resolve problemas de saúde mental. A gente visita a escola primária uma vez por semana, quando a terapeuta humana da escola está presente, e um grupo pequeno de crianças pode acariciar e alimentar ele. Cria um espaço tranquilo para se sentirem seguras para conversar.

Ela continuou alisando o pelo dele.

— Do que elas falam?

— Do que elas quiserem falar… Da vida em casa, dos amigos, dificuldades na escola.

Minha função era só cuidar do Simon e observar, mas me pegava absorvendo cada palavra, morrendo de orgulho do coelho quando ele fazia uma criança que chegou chorando sair com um sorriso. Quase sempre tendo a percepção dolorosa do quanto meu eu de 6 anos e o Mal teríamos nos beneficiado disso.

— E o Simon gosta disso?

— Sim. Ele lida muito bem com o contato. E eu sempre estou lá para tirá-lo de qualquer situação desconfortável.

Juniper passou a mão nele uma última vez, um único dedo com a unha preta deslizando da cabecinha até o rabo, então sua atenção mudou para o copo de uísque esquecido na mesa de centro. O álcool a atraiu mais do que o coelho dormindo, pelo visto, porque ela pegou o copo, tomou um gole generoso, bem onde minha boca esteve, e se sentou na mesinha de centro.

O que diabo você está fazendo aqui?

Covarde demais para perguntar de forma tão direta, joguei outro pedaço de lenha na lareira e me sentei no sofá, na frente dela.

— Você interrompeu minha noite por um motivo específico ou só para roubar minha bebida?

Ela balançou o copo entre os dedos antes de estendê-lo para mim.

— Vim ver como você estava.

Peguei o copo, os olhos se arrastando por nossas posições. Como os joelhos dela estavam perto dos meus. Um puxãozinho no pulso e estaríamos peito no peito.

— Como pode ver… estou bem.

— Quer conversar a respeito disso?

Sim.

— Nem ferrando. Sou uma péssima companhia esta noite.

— Eu sou sempre uma péssima companhia. — Juniper pegou o copo de volta e encheu com o que restava da garrafa. — Seu pai está pior do que a Heather deu a entender.

— Acabamos de concordar em não falar disso.

Ela sorriu no copo.

— Eu estava sendo educada. Responda à pergunta.

— Você perguntou alguma coisa? — O copo escorregou dos dedos dela para os meus. E as palavras saíram sozinhas, sem que eu tentasse segurá-las. — Ele decaiu muito rápido nos últimos meses. Nem os médicos previram que seria tão rápido.

— E você está escondendo isso dos seus irmãos?

— Não estou escondendo. Só... não quero que carreguem esse peso. Alistair está do outro lado do país, Heather já está quase no limite, e Mal... — titubeei, sem saber direito como explicar. — Meu pai foi um babaca com todos nós, mas principalmente com Mal. — Minha mandíbula enrijeceu, a raiva acendendo o fogo da culpa por não poder protegê-lo. — Ele não deve nada ao meu pai.

Eu me destruiria antes de deixar isso virar problema do Mal.

— E você deve?

— Sou o mais velho.

A expressão dela era indecifrável quando pegou o copo intocado de minhas mãos e girou o líquido âmbar. Juniper costumava ser tão fácil de ler, ao menos para mim, cada pensamento se refletindo por inteiro nos olhos escuros. Minha ignorância me fez atacar.

— Está com pena de mim, harpia?

Ela inclinou a cabeça, e não consegui me livrar da sensação de que estava me enxergando por inteiro.

— Talvez eu esteja te vendo sob um novo prisma.

Depois do meu comportamento, duvidava que fosse algo positivo.

As coisas só pioraram na casa dos meus pais. Acusei minha mãe de ser egoísta. Disse que aquela tentativa desesperada de se agarrar ao passado ainda acabaria machucando meu pai. Mesmo que minhas palavras fossem verdadeiras, agi como um grande babaca.

Minhas têmporas latejaram ao lembrar da expressão devastada dela. Estendi a mão para a garrafa de uísque.

— Se importa de detalhar essa frase?

— Sempre te vi como um boneco Ken, meio superficial.

— Um boneco Ken?

Minha imaginação conjurou músculos falsos e um sorriso de plástico. *É... com toda certeza não era um elogio.*

— Até parece que você não percebe — zombou ela, gesticulando para mim com uma mão displicente. — O rosto, o cabelo, o corpo. O jeito como todo mundo nessa vila ouve cada palavra sua.

Não concordava com a parte de ouvirem cada palavra minha, mas...

— Tenho tudo isso, de fato. — Embora apreciasse ouvir Juniper listar meus atributos, ainda não tinha entendido a lógica. — Como isso me torna parecido com um brinquedo infantil?

— *Porque*... — Ela arrastou a palavra, como se eu fosse um idiota. — Você tem essa perfeição inatingível que atrai as pessoas. Isso te permite dizer e fazer o que bem entende sem medo de ser odiado. Uma vez eu disse que você era tão sincero que dava enjoo, mas estava errada... Você é um mentiroso de primeira.

Dei risada, mas soou vazia.

— Acabei com o pouco respeito que você tinha por mim, né? Mas não posso discordar desse fato.

— Não mesmo. Você só mente quando se trata de si mesmo.

— Aí é que você se engana. Você é a maior mentira que já contei.

Juniper congelou, e vi a hesitação nos olhos dela, sem saber se devia comentar o que eu disse ou ignorar.

— Enquanto você cuida de todo mundo, quem cuida de você?

A pergunta me pegou de surpresa.

— Não preciso que ninguém cuide de mim, harpia.

Outra mentira. Eu deixaria *ela* cuidar de mim. E cuidaria dela também.

Ela abriu a boca para insistir, mas já estava cansado daquela intromissão. Durante anos, imaginei como seria ser o centro da atenção dela, mas a realidade não estava nem perto da minha fantasia. Para começar, nós dois estávamos vestindo roupas demais.

Tirei o copo da mão dela.

— Você fez suas perguntas. Agora é minha vez. — Eu sempre culparia a mistura embriagante do cheiro dela em meu nariz e do uísque nas veias pelo que escapou da minha boca em seguida. Me deixava ousado demais. — Quem foi a última pessoa com quem você transou?

18
Callum

Caixa de som, toque "Black Magic Woman" do Fleetwood Mac.

Juniper tossiu, e o uísque manchou seus lábios.

— Caramba… Me dá um aviso da próxima vez.

— E então? — exigi, sem me preocupar em ser educado.

Eu precisava da resposta.

— Ninguém que você conheça.

Meus dentes rangeram. Eu não sabia se isso tornava tudo melhor ou mil vezes pior. A parte ciumenta e traiçoeira de mim esperava que ela dissesse Jamie Stewart, já outra temia que dissesse Alistair.

— E você? — O tom dela tinha um quê de curiosidade.

— Ninguém que você conheça — repeti.

Eu sabia que os boatos na vila eram de que eu pegava todo mundo, mas a verdade era que um monge teve mais aventuras do que eu nos últimos anos. A última vez que uma mulher sequer me tocou foi tanto tempo atrás que eu nem lembrava do rosto dela. Não que eu fosse contar isso para Juniper. Ainda me restava um pouco de orgulho.

— Nossa, que conversa empolgante.

Eu ri. O som pareceu estranho depois de uma tarde tão deprê.

— Tá bom, então me responde esta: por que eu nunca te vi com um namorado?

Ela franziu o nariz.

— Não saio com ninguém da ilha.

Não era bem uma resposta, mas deixei passar. Ela assentiu, indicando que era a minha vez. Escolhi bem as palavras.

— Nunca conheci alguém com quem quisesse ficar.

Juniper demorou para responder, e percebi que ela entendeu o que eu queria dizer. Mas não olhou para mim ao declarar:

— Não é como se faltassem interessadas.

Observei o rosto dela, procurando qualquer sinal de ciúme, e encontrei na leve tensão ao redor da boca.

— Acho que, quanto mais tentam, menos eu quero — provoquei.

Ela bufou, como eu sabia que faria, e pegou o copo de volta.

— Típico de homem.

— Não vou negar. — Entrando no jogo, me inclinei para a frente, minhas pernas encaixando entre as dela. — Quantos homens te tocaram desde aquela noite?

— Provavelmente menos do que você imagina.

— Só isso que você vai me dizer?

Minha voz saiu baixa. Áspera. E se Juniper olhasse para minha calça... bem, não tinha como esconder o efeito que aquela conversa estava tendo em mim.

Ela tomou mais um gole, mas o copo já estava quase vazio, só com gelo.

— É só o que você merece.

— E o que tivemos... — Engoli em seco, sufocando as lembranças daquela noite que ainda me assombravam. — Você sempre gosta daquele jeito?

Eu era homem o suficiente para admitir que Juniper me deixara desnorteado, entrando no meu carro, me provocando até eu mal lembrar meu próprio nome. Eu tinha ficado meio louco só com um gostinho dela. Se achei que aquilo me curaria da vontade que sentia dela, fui um grande idiota. Mesmo cinco anos depois, meu corpo ainda ardia de desejo. Passei noites revivendo aquela lembrança, me deixando ser consumido por ela, até acordar ofegante depois de gozar na própria mão.

— Às vezes. — O leve dar de ombros dela indicava que era sempre. — Eu gosto de estar no controle, não vejo problema nisso.

E não havia um problema. Era sensual para um caralho. A mudança na postura dela, no entanto, me mostrou que nem sempre a fizeram se sentir assim.

Afastei o pensamento antes que a imagem dela e do meu irmão *juntos* surgisse. Nem isso me faria desistir naquele momento.

— E deixa eu adivinhar, esses *rapazes* que tiveram o privilégio de ir para sua cama não gostaram de te ver no comando?

Quando sua boca se contraiu e ela desviou o olhar para a TV apagada, soube que acertei em cheio.

Puta merda.

Saber que Juniper não estava recebendo o que merecia só me deixava ainda mais desesperado por ser eu a lhe dar isso.

— O que você quiser. Eu topo — prometi. Ela se sobressaltou, os olhos castanhos parecendo quase negros na penumbra. — O que você precisar, meu anjo… Eu deixo você fazer o que quiser comigo. — Eu me aproximei, inalando a leveza inebriante do perfume dela. Não era forte nem sufocante como a maioria. Juniper Ross sabia que a verdadeira tentação estava na sutileza. — Quer que eu te beije? — perguntei, como naquela vez no banheiro.

— Não.

Mas ela não se afastou.

— Está me olhando como se quisesse.

— Tem alguma coisa no meu olho.

Tinha mesmo alguma coisa no olho dela, algo que poderia assustar um homem menos corajoso. Acho que era como o olhar que uma sereia dava a um marinheiro no instante exato em que ele percebia que tinha se fodido e ia ser arrastado para o fundo do mar.

Eu me aproximei mais um pouco. Testando o limite.

— Você já quis que eu te beijasse antes.

— Um erro colossal.

— Neste exato momento, estou achando que pode ter sido a melhor ideia que já tive. — Estudei a expressão dela buscando qualquer sinal, qualquer pista de que queria minha boca na dela, minhas mãos em seu corpo. — O que você quer, harpia? Diz pra mim e eu vou te fazer gozar melhor do que eles jamais fizeram.

— Que declaração ousada.

As pupilas dela estavam dilatadas. A voz, pouco mais que um sussurro rouco.

— Só seria ousada se eu não pudesse cumprir.

E eu pretendia cumprir isso e muito mais. Deixei um sorriso convencido se espalhar pelo meu rosto, aquele que eu sabia que ela odiava. Era um desafio.

— O Simon é mesmo um coelho de terapia?

Os lábios dela se curvaram para dentro, como se não tivesse planejado fazer aquela pergunta em voz alta.

— Sim — respondi, me esforçando para acompanhar o ritmo da conversa.

— Aff! Por que você tem que ser tão gentil? É irritante pra caralho.

Juniper jogou a cabeça para trás, expondo o pescoço, e eu me desfiz, ri baixinho, pressionando o nariz na curva da clavícula, onde senti seus batimentos acelerados.

— Você fica excitada com meu lado sensível, meu anjo?

— De jeito nenhum!

— Hmm. Então por que ficou tão derretida por mim de repente? — Lambi a pele do pescoço dela e vi seu corpo estremecer. — Posso te mostrar meu outro coelho terapêutico, se quiser.

— *Cala a boca*. Você está estragando tudo.

— Eu faço piada quando fico nervoso. — Mordi de leve a orelha dela. — Vou ficar quieto.

Ela segurou meu queixo, baixando o rosto até o meu. Tão perto que minha boca chegou a salivar com a ideia de finalmente sentir os lábios dela de novo. Mas, quando achei que meu coração explodiria, ela se levantou.

— De joelhos.

Não sei se o gemido de fato escapou de meus lábios ou foi fruto da imaginação, mas obedeci, e obedeci rápido, tão rápido que o som dos joelhos batendo no chão ecoou pelas paredes.

— Vamos brincar, harpia?

Rocei o nariz na barra da blusa dela, erguendo os olhos como um cachorro apaixonado a seus pés.

— Se você conseguir ficar quieto por tempo suficiente.

Minha língua passou pela faixa de pele entre o short e o moletom.

— Acho que você gosta da minha boca… Na verdade, acho que está prestes a *amar* minha boca.

— Você fala demais, Macabe.

— Talvez.

A mão dela passou pelo meu rosto com uma suavidade inesperada, os dedos se embrenhando no meu cabelo até agarrar a raiz e puxar minha cabeça para trás.

— Tire meu short.

Caralho.

Como se tivessem sido libertadas de amarras invisíveis, minhas mãos deslizaram para a parte de trás das panturrilhas dela, subindo pela pele suave atrás dos joelhos e avançando pelas coxas. Nossa respiração se alternava em uma sincronia quase perfeita. Quando alcancei a barra do short, precisei me lembrar de ir devagar, de não estragar tudo de novo. Meus dedos deslizaram por baixo do tecido e soltei um palavrão ao sentir o primeiro contato com a suavidade da parte interna da coxa. Juniper podia estar no comando, mas isso não significava que eu seguiria todas as regras ao pé da letra. Em vez de tirar o short, empurrei-o para cima, deixando o tecido amontoado entre as pernas dela. Haveria tempo para brincadeiras depois. Mas naquele exato momento, eu precisava vê-la. Precisava saber se ela era tão linda quanto eu…

Parei. Minha atenção foi capturada por uma tatuagem delicada, meio escondida sob um pedaço de renda rosa.

— Ora, ora, ora… isso é uma bela surpresa.

Minha mão agiu sozinha, o polegar empurrou o tecido macio para o lado, revelando metade dela enquanto eu lia a palavra por inteiro. Eu não sabia nem por onde começar. Não conseguia formular um único pensamento. A cor. A palavra, gravada para sempre na pele dela.

Sortuda.

Passei o polegar por cima e senti quando ela tremeu.

— *Quando*… — Minha voz falhou em um grunhido rouco. — Quando você fez isso?

— Não sei… Três anos atrás, talvez?

Se eu já não estivesse de joelho, o alívio teria me derrubado. Com a cabeça girando, deslizei o nariz da parte interna da coxa dela até o elástico da calcinha, roçando a ponta sobre a palavra que eu planejava adorar.

Sortuda.

— O tempo está passando — murmurou Juniper, mas eu podia sentir os músculos dela relaxando sob minhas mãos.

Minha pegada firme era a única coisa a impedindo de despencar quando minha boca se acomodou na renda entre suas pernas, gravando o cheiro na memória.

Um grunhido possessivo cresceu em meu peito.

— Isso aqui tem dentes?

Ela riu baixinho.

— Só tem um jeito de descobrir.

Lambi a tatuagem daquela vez, e ela jogou a cabeça para trás com um gemido baixo. Tirei seu short, segurei-a nos braços e a deitei no tapete diante da lareira. A luz tremeluzia em sua pele, e eu me afastei um pouco para apreciá-la, minha boca se entreabrindo em reverência. Juniper também me observava, os seios subindo e descendo em arfadas pesadas. *Isso está acontecendo. Porra... isso está mesmo acontecendo*. Mantendo os olhos nos dela, meus dedos trêmulos deslizaram do joelho dela até a pequena dobra no alto da coxa, onde parei, esperando o sinal de consentimento.

— Me toque — suspirou ela, afastando a renda com os dedos o suficiente para que eu pudesse vê-la por completo.

Juro por Deus, eu gemi alto.

— A boceta mais bonita que eu já vi, meu anjo.

Meus dedos se curvaram, assumindo a tarefa de puxar o tecido para trás enquanto meus olhos percorriam seu corpo, das coxas úmidas aos mamilos, duros sob o tecido do moletom. *Isso está acontecendo.* Eu não conseguia acreditar, nem mesmo quando apoiei a perna dela por cima do meu ombro.

— Ainda me odeia?

— Com certeza.

Sorri na pele dela.

— Então me diga em voz alta, harpia.

Assim que encostei a língua nela, ela sussurrou:

— Eu te odeio.

Porra, eu mal registrei o insulto, ocupado demais sentindo o gosto dela em meus lábios.

— Não me convenceu. Que tal dizer meu nome?

Eu a lambi de novo, e suas unhas rasparam meu couro cabeludo, puxando o cabelo como se fossem rédeas.

— Não é assim que funciona. — Outro puxão. — Eu estou no comando, lembra?

E como eu adoro isso.

Nunca imaginei que obedecer a ordens me excitasse, mas meu pau estava duro o suficiente para rachar pedra, pulsando por qualquer toque. Com uma mão, ajustei minha ereção, meio tentado a enfiá-la dentro da calça e me tocar até que estivéssemos os dois gritando. Mas isso precisava ser só para ela.

Juniper cravou as unhas em mim, e eu sorri e grunhi ao mesmo tempo.

— Eu lembro, meu anjo… Mas, quando você gozar, quero que diga meu nome.

Mergulhei de volta entre suas pernas, tomado por uma ferocidade irracional. Tentando catalogar cada mordiscada que a fazia estremecer, cada toque que a fazia me puxar mais para perto. Eu estava deslumbrado com as reações dela. Com o fato de que seus gemidos ofegantes tinham exatamente o tom que eu tinha imaginado.

— Para.

O calcanhar dela pressionou meu ombro, me afastando. Ofegante e tonto, demorei um momento para entender, para recuperar a sanidade o suficiente e perguntar se estava tudo bem… se eu a tinha machucado. Mas então Juniper deslizou a calcinha pelas pernas, enfiou o tecido na minha mão e puxou minha cabeça de volta entre as coxas.

Puta merda. Ela queria aproveitar o momento, chegar mais de uma vez até o limite antes de gozar.

— Caralho — grunhi em sua coxa úmida.

Se a perfeição existia, era aquela mulher. Aquele momento. Eu jamais me cansaria.

Minha língua encontrou o clitóris de novo, e o gemido dela se arrastou, longo, lento e tão sensual que eu poderia ter gozado só com o som.

— Olha pra mim — arfou ela.

— Já estou.

Eu não conseguia desviar o olhar, não enquanto a cintura dela se mexia e seus olhos quase se fechavam de puro êxtase. Observando com atenção, entendi o ritmo que ela queria. Entre algumas investidas, voltava àquela palavra, *sortuda*, passando a língua sobre a tatuagem ao mesmo tempo que minhas mãos a abriam ainda mais. Eu lhe dava apenas um instante para se recompor antes de levá-la outra vez ao limite.

Sortuda.

Sortuda.

Sortuda.

Eu a devorava como um homem possuído. Como um homem que sabia que tinha uma única chance e precisava fazer valer.

Pena que eu era ganancioso pra caralho. Queria mais do que isso. Queria me infiltrar na corrente sanguínea dela. Queria que o corpo dela ansiasse por minha língua e por aquele momento pelo resto da vida, mesmo que a mente e o coração dissessem o contrário.

Fora os gemidos entrecortados, Juniper permaneceu quase em silêncio, com os dentes cravados no lábio inferior, como se, mesmo no auge, o prazer pertencesse apenas a ela. Mas o aperto feroz de suas pernas ao redor da minha cabeça dizia a verdade, tão forte que quase abafava meus próprios gemidos roucos.

— Não pare dessa vez — ordenou ela, suas coxas me prendendo ainda mais.

— Não estava nos planos. Isso, Juniper, me sufoca.

Que jeito bom de morrer.

As unhas dela cravaram em minha nuca.

— Você pode calar a porra da boca?

— Esse foi o agradecimento mais esquisito que já ouvi.

Outra lambida na tatuagem.

As costas dela se arquearam, a cintura se ergueu, seguindo minha língua.

— Não vamos discutir agora. Ou faz isso direito ou cai fora.

Não me pareceu o momento certo para lembrá-la de que aquela casa era minha.

— Sim, senhora.

Eu sabia, pelo rubor em seu rosto, que nossas provocações só a incendiaram mais. *A mim também, meu anjo.*

Quando Juniper gozou, foi em silêncio, mordendo o lábio e arqueando o pescoço. A respiração irregular se enroscando em mim como magia sombria. Me afastei para observá-la, deslizando dois dedos sobre o clitóris para guiá-la pelas últimas ondas de prazer.

Com um último espasmo, o lábio dela se libertou por entre os dentes. Sua boca parecia mais macia do que nunca.

Com o coração martelando no peito, coloquei minha testa em sua pele úmida, tentando conter meu próprio corpo. Um único toque dela, e eu gozaria na cueca como um adolescente. Ainda não estava pronto para aquele nível de vergonha, então depositei um último beijo demorado logo acima do clitóris, arrancando outro arrepio dela. Ela entrelaçou as pernas ao redor do meu pescoço, como se ainda não estivesse pronta para me soltar.

— Foi melhor do que eu jamais imaginei — murmurei.

Que belo eufemismo.

Os nós dos dedos dela acariciaram meu cabelo, enredando os fios entre os dedos. Havia um tom divertido em sua voz quando perguntou:

— Você acabou de me chupar na frente de uma lareira acesa, Macabe?

— Sou romântico.

Mordi de leve sua coxa até arrancar uma risada, sem fazer ideia do que viria a seguir. A decisão era toda dela. Se quisesse mais, eu me deixaria ser usado da maneira mais perversa que pudéssemos imaginar juntos. Se quisesse que eu sumisse… *Bem*, eu daria um jeito de fazer isso acontecer também.

Um toque estridente e familiar tomou a decisão por mim. Eu congelei. Meu único movimento foi o aperto involuntário dos dedos na cintura dela. Se eu ficasse imóvel, talvez o momento também não passasse. Mas o telefone tocou de novo, e a realidade se impôs.

Sem desviar os olhos da mulher à minha frente, puxei o celular do bolso com um suspiro.

— Oi, mãe. — Ainda preso na armadilha de Juniper, mal processei as palavras dela. Alguma variação do que acontecia toda noite. — Já estou indo — respondi no automático.

Juniper me observava, imóvel, durante o curto telefonema. Assim que desliguei, pressionei um último beijo naquela tatuagem. *Sortuda*. E, sem nem tentar disfarçar o quanto estava duro por baixo da calça, me levantei.

— Eu preciso ir.

— Posso ajudar?

Era a última coisa que eu queria.

— Não… Mas obrigado.

Juniper assentiu com compreensão, mas não fez menção de se cobrir. As coxas brilhavam sob a luz do fogo, úmidas da minha boca, pelo quanto ela tinha ficado molhada por mim. *Porra*, ela era deslumbrante. Eu me obriguei a desviar o olhar, ou nunca conseguiria sair dali.

Eu sabia que ela esperava que eu dissesse algo. Eu *precisava* dizer algo. Mas como se expressa quase uma década de desejo culminando em uma experiência que destrói a alma?

Obrigado por me deixar te chupar?

Talvez a interrupção fosse um favor do destino. Pelo menos daria a Juniper um tempo para assimilar tudo sem que o desejo dominasse sua mente. Peguei o cobertor do encosto do sofá e o ajeitei sobre ela, e não consegui evitar que minha mão descesse uma última vez entre suas pernas, sentindo-a antes de soltá-la.

— Não se esqueça de mim.

— Está falando comigo ou com a minha boceta?

Ela não tinha gritado uma única vez, mas ainda assim estava rouca.

Rindo, dei um beijo em sua testa.

— Com as duas. — Então, puxei sua mão até minha boca, beijando aquelas unhas perfeitamente pintadas. — Pode ficar aqui pelo tempo que quiser.

Era delírio da minha parte esperar encontrá-la encolhida na cama quando eu voltasse? Sim. Mas isso não impediu que a imagem se enraizasse em minha mente.

A ficha do que tinha acontecido só caiu quando me tranquei dentro da caminhonete. Quando passei a mão pelo rosto e percebi que ainda sentia o gosto dela nos lábios. Meus dedos tremiam tanto que precisei de três tentativas para ligar o motor. Segurando o volante com força, dirigi o curto trajeto no piloto automático.

Aqueles poucos minutos com ela debaixo de mim mudaram tudo. Mas, para ela, talvez não tenham significado nada.

19

Juniper

Livro de regras dos irmãos Macabe: versão editada

4. **Não deixe um irmão Macabe te chupar, nem mesmo quando ele implorar direitinho.**

Baixei o pote de ração com um floreio, mexendo os dedos como uma vedete dos anos 1950.

— É essa. Eu posso sentir.

Shakespeare fez tudo no tempo dela, descendo do peitoril da janela com toda a dignidade felina, espreguiçando os longos membros sob os raios dourados da manhã antes de considerar a oferta. Jasmine, a dona animada do pet shop da ilha, tinha me garantido que nenhum gato em sã consciência resistiria àquilo.

Shakespeare se aproximou. Cheirou e depois lambeu, a língua rosada provando a textura com cautela. Prendi a respiração quando ela parou, inclinando a cabeça como se estivesse avaliando o prato de um restaurante com estrela Michelin… e então se jogou na comida com avidez.

Isso! Ergui o punho em um gesto de vitória silencioso. Com o coração na garganta, observei por um longo momento, mal conseguindo acreditar que ela estava de fato comendo. Depois fugi para o banheiro antes que minha presença estragasse a experiência dela.

Peguei o celular na mesa de cabeceira enquanto escovava os dentes, pronta para revisar a enxurrada diária de lembretes da Fiona. E quase engasguei com a pasta de dente ao ver uma mensagem de Callum.

Macabe: Que cor nesta manhã, meu anjo?

Bufei, esperando a indignação ferver na boca do estômago. Só que ela não veio. Ela *sempre* vinha. Era assim que as coisas funcionavam entre a gente.

Franzi a testa para o espelho acima da pia, procurando qualquer sinal de mudança no rosto. A franja tinha secado com perfeição e minha pele estava viçosa. Eu parecia quase… feliz. Mas isso não era por causa do Callum. De jeito nenhum. Eu já tinha tido orgasmos bons antes.

Ótimos, até.

Mas nenhum que me deixasse tentada a passar a noite. Nenhum que me tentasse a abrir a câmera e mostrar a cor da minha calcinha naquela manhã.

Nenhum desde Alistair.

Merda.

Que feitiço era aquele que os irmãos Macabe tinham, e por que eu estava viciada? *Caramba*, era melhor eu ficar longe do Mal, vai que eu acabava sentindo… *isso* por ele também? Não. Meu instinto dizia que seria impossível.

Por mais que minhas emoções estivessem tão bagunçadas quanto um pisca-pisca de Natal guardado às pressas, havia um único irmão Macabe que meu corpo queria, e não era o que comprou o anel que estava no aparador. Cuspindo a pasta de dente, atravessei o quarto em dois passos e peguei a caixinha. O diamante reluziu ao sol, espalhando reflexos de luz por todos os lados. Por mais que o corte quadrado da pedra fosse delicado, naquele momento me parecia horrível. Não passava de um talismã ruim de uma mulher desesperada e assustada demais para seguir em frente com a vida. Uma mulher com medo de se machucar de novo.

Sem querer olhar para aquilo por mais um segundo sequer, enfiei a caixinha na gaveta mais próxima, como se fosse o fantasma do namorado passado. As lágrimas escorreram por minhas bochechas, e eu as enxuguei com a manga da blusa.

Se existisse uma palavra para descrever algo ao mesmo tempo maravilhoso e uma completa tragédia, ela cairia como uma luva nesse caso, porque, pela primeira vez na vida, eu queria tomar a decisão certa e me livrar daquela coisa. Pela primeira vez, eu queria abrir espaço no coração para algo bom. Mesmo que aquele algo bom viesse com asas trêmulas, sem ter certeza de que seriam fortes o suficiente para nos fazer voar.

Eu queria Callum.

Antes de seguir por aquele caminho, no entanto, precisava resolver as coisas com Heather. Precisava me explicar direito. Na noite passada, ao andar de um lado para o outro na frente da casa dele, eu soube no instante em que bati na porta que estava prestes a ultrapassar ainda mais o limite que ela tinha colocado.

Mas eu sabia, depois do confronto com o pai dele, que Callum precisava de alguém. Era egoísmo da minha parte, mas eu queria ser aquele alguém.

E então tudo fugiu do controle e eu parei de pensar.

Olhando meu reflexo, me perguntei se Heather enxergaria a verdade estampada em meu rosto. Seria melhor ir até ela e confessar tudo de uma vez? Mesmo que isso fizesse com que ela me odiasse, pelo menos eu seria sincera.

Com a decisão tomada, peguei a chaves no aparador e resolvi passar na Brown's para comprar café e cupcakes. Não dava para odiar alguém trazendo cupcake.

Se a pequena revelação daquela manhã já tinha me feito sentir como se estivesse pendurada na beira de um penhasco, ver Callum ajoelhado na frente da clínica veterinária, segurando o focinho de um cachorro entre as mãos habilidosas, foi o suficiente para me fazer despencar de cabeça nas rochas abaixo.

Até… eu ver para quem ele estava sorrindo.

Senti um aperto no peito.

Jill Mortimer. *Porra, tenha piedade de mim.* Ela era nove anos mais velha que eu, mas eu jurava que aquela mulher ficava mais bonita com o tempo. Pele lisa como vidro, um sorriso tão bonito e despreocupado quanto o de uma miss prestes a anunciar que seu único sonho era a paz mundial. Mas, pior do que toda aquela baboseira superficial... ela sempre fazia eu me sentir inferior.

Os lábios de Callum se mexiam, o rosto irritante de tão bonito parcialmente escondido atrás das curvas dela, que dava uma risadinha, satisfeita, jogando o cabelo longo e brilhante por cima do ombro.

Eu queria arrancar meus próprios olhos.

A risada dele sempre teve aquela aspereza quase obscena? E aqueles lábios, os mesmos que me chuparam na noite anterior, sempre foram tão hipnotizantes? *Caramba, será que ele vai chupar ela em seguida?*

Ele deveria. Os dois ficavam perfeitos juntos. Cruzei os braços ao redor do corpo, me sentindo ridícula de repente.

Baixei a cabeça e passei rápido por eles, só diminuindo o passo quando cheguei à fila que se estendia para fora da Brown's e invadia a calçada. O dia estava gelado e claro, mas nem o vento frio afastava os clientes das mesas de ferro do lado de fora. Um grupo de mochileiros se apertava sob o toldo, ombro a ombro, rindo enquanto dividiam as guloseimas.

— Ai. — A palavra roçou o cabelo na minha têmpora, me fazendo estremecer. Não me virei quando Callum deslizou para a fila com a maior naturalidade do mundo. — Meio cedo pra me ignorar desse jeito, não acha?

Graças à elevação da calçada, ficamos exatamente na mesma altura, perto o suficiente para eu ver a luz refletindo nos fios grisalhos que começavam a aparecer nas têmporas dele. Sem casaco, Callum usava apenas a camisa cirúrgica verde-oliva, que destacava o bronzeado que nenhum escocês tinha direito de possuir.

Suspirei e endireitei os ombros, apontando com o queixo para as pessoas atrás de mim.

— Tem fila.

— A gente pede junto.

Ignorei e avancei mais um espaço na fila, me aproximando mais da porta.

— Voltamos a isso, harpia?

— A gente não voltou *a nada*.

A expressão dele deixava óbvio que eu não estava enganando ninguém.

— Então não vai se importar de pagar. Acho que vou pegar um daqueles cupcakes caros com confeitos por cima.

— Você odeia cobertura de buttercream.

O calor subiu pelo meu pescoço quando ele sorriu, os cantos dos olhos se franzindo. *Pode me chamar de sra. Celofane, porque eu sou transparente até demais.*

— Isso conta como um dos nossos "encontros"? — Fiz aspas com os dedos.

Callum me acompanhou, subindo na calçada e roçando o ombro no meu.

— Vamos pegar uma mesa?

Eu não tinha tempo para isso, mas não foi por isso que resmunguei:

— Nem pensar.

— Então não conta.

Por que só ele podia decidir as regras daquele acordo?

— Conta, sim. Tira uma foto e manda pra sua mãe, diz que foi ótimo se encontrar com amigos, e pronto.

Ele estalou a língua.

— Acho que nós dois sabemos que minha mãe não tem mais nada a ver com isso.

A indignação deu lugar ao pânico. Por que ele tinha que ser sempre tão direto?

— Vamos nos ater aos termos do acordo — falei, com mais frieza do que pretendia.

— Tudo bem. — Ele deu de ombros, tranquilo. — Eu pago o meu café.

— Então vai pro final da fila.

Eu sabia que estava agindo como uma idiota ciumenta.

Odiava ser o tipo de mulher que muda de humor de uma hora para outra, quando nada mudara desde a noite passada, exceto pela risadinha irritante da Jill rodando sem parar na minha cabeça. De todas as mulheres de Kinleith, por que tinha que ser ela?

Ele jogou a cabeça para trás, meio resmungando, meio rindo.

— Meu Deus, será que algum dia você vai parar de pegar no meu pé, meu anjo?

— Você pega no meu pé desde o dia em que nos conhecemos. As outras mulheres da sua vida podem gostar do seu joguinho, Macabe, mas eu não.

Meu Deus, cala a boca!

— Você acabou de se incluir no grupo de mulheres da minha vida?

— Foi isso que você entendeu de tudo que eu disse?

Bati no braço dele. E ele segurou meu pulso, deslizando o polegar sobre o osso.

— Sinto dizer que minha mente só funciona numa única direção.

Revirei os olhos para o mel que quase escorria da boca dele.

— Não repita isso para a população de Kinleith, que confia em você para cuidar dos bichos deles, ou pode acabar causando uma rebelião. E, só para constar, Dennis Foster também é um veterinário muito competente.

Ele me puxou para mais perto, até o calor do corpo dele atravessar minhas roupas. Como um verdadeiro montano, mesmo vestindo só um uniforme fino, ele irradiava calor como uma fornalha.

— Já conversamos sobre suas idas a Portree.

— Ele é muito bem recomendado.

Se é que era possível, ele me puxou ainda mais para perto. Até que minha única opção era olhar para cima ou enfiar o rosto no peito dele.

— Pelo visto, não me fiz claro o suficiente, Juniper. Fico feliz em obedecer a você, quando e onde quiser. — Os dedos dele subiram por meu pulso, deslizando até as articulações. — É só estalar os dedos e eu sou seu. — A voz dele ficou mais baixa. Grossa como fumaça de chaminé. Precisei respirar fundo. — Mas, se eu descobrir que você voltou naquele charlatão, a gente vai inverter os papéis nessa brincadeira.

Meu corpo pegou fogo. Algo quente e insistente se revirou na minha barriga. Não podia ser desejo. Eu *não* gostava de caras mandões. Nunca gostei.

— Não tenho o menor interesse em seja lá o que *você* tiver para oferecer.

Ele riu.

— Suas coxas quase me decapitaram na noite passada, harpia. Você queria tanto quanto eu.

— É óbvio que sim. Foi sexo oral, Callum. Mesmo quando é ruim, ainda é bom.

— Foi bom pra *caralho* — resmungou ele. Bastou um olhar para o meu rosto e ele gemeu. — Puta merda, mas essa cara me deixa louco. Desde o momento em que te vi.

Alguém atrás de nós tossiu, e de repente me dei conta dos olhares que estávamos atraindo. O grupo de mochileiros nos observava por cima das xícaras de café, como se fôssemos o maior entretenimento do ano.

— É melhor não sermos vistos juntos.

— Com medo de que a Jess descubra que eu estava com a língua dentro de você na noite passada?

Minhas pernas quase cederam. A mulher atrás de nós se engasgou e tapou os ouvidos da criança ao lado dela. Mas eu mal percebi, porque os olhos de Callum foram parar na minha boca. Ele não tentou me beijar na noite anterior, mas parecia mais do que pronto para corrigir o erro naquele exato momento.

— Agora estou.

Ri, imaginando a cara de horror da Jess se ela descobrisse.

Ele riu também, a garganta vibrando com o som.

— Jess sempre teve a mente suja... — continuou Callum, mas as palavras dele sumiram quando vi uma figura alta e conhecida caminhando pela rua.

Todo grande, cabeça e ombros acima de todo mundo.

Igual aos irmãos.

— Alistair?

O nome soou ao mesmo tempo estranho e familiar na minha boca.

A cabeça dele se ergueu de imediato, os passos decididos vacilando ao me notar com facilidade apesar da rua movimentada, como já tinha feito mil vezes antes. Uma dança antiga que nossos corpos decoraram muito tempo atrás, mas esqueceram de avisar nossas mentes quando o ritmo mudou.

Não sei por que disse o nome dele, por que chamei atenção para mim. Talvez fosse pelo choque, porque, no instante em que ele mudou de direção, vindo até mim, a expressão se transformando de pensativa para radiante em um segundo, tive certeza de que aquilo era uma experiência extracorpórea bizarra. Quase me esqueci de Callum. Quase. Até o cotovelo dele encostar no meu, e então tudo em que consegui pensar foi no pequeno espaço entre nós.

— June? — Alistair disse meu nome como se falasse com uma velha amiga que esperava reencontrar um dia, mas não tão cedo.

Por trás dos óculos redondos, ele me devorou com os olhos, analisando cada mudança, do sapato de solado grosso até o cabelo quinze centímetros mais curto do que da última vez que nos falamos. Quando ele me ligou por vídeo, se sentindo culpado e com os olhos marejados, para dizer que eu não precisava devolver o anel de noivado. Como se um diamante de quatro quilates fosse uma compensação justa por perder o homem que eu amava.

O cabelo dele também estava mais curto. Mais curto do que eu jamais tinha visto. Os ombros, mais largos, prontos para estourar a costura do suéter azul-marinho.

Ele estava bonito.

Odiei o fato de me dar conta disso e tecer comparações, porque Callum era *mais* bonito.

Alistair parou a um passo de distância, um sorriso hesitante suavizando a linha dura dos lábios.

— E aí?

"E aí?"

Seis anos de silêncio quebrados com três letras. E nem foram boas letras.

Eu tinha planejado aquele momento, ensaiado a conversa na cabeça incontáveis vezes. Como o faria implorar. Como o faria rastejar. Naquele instante, ele estava bem na minha frente, e eu não conseguia dizer uma única palavra.

O sorriso dele vacilou, se transformando em uma cara meio confusa quando percebeu Callum.

— Cal, bom te ver.

Se Alistair achou estranha nossa proximidade, não demonstrou. Apenas puxou Callum para um abraço forte, dando tapinhas nas costas.

A postura de Callum ficou um pouco rígida, mas, quando se afastou, ele estava sorrindo, segurando o rosto de Alistair como se o irmão ainda tivesse 7 anos.

— Por que não avisou que vinha?

Alistair se remexeu, desviando o olhar para baixo, e eu me lembrei do motivo pelo qual ele sempre se recusava a jogar baralho. Ele não sabia mentir nem que a vida dependesse disso.

— Consegui tirar uns dias de folga de última hora. Achei que seria uma surpresa legal.

— Você parece cansado — comentou Callum, observando a barba um pouco maior e as olheiras do irmão.

E foi com um alívio inesperado que percebi que a vontade de confortar Alistair, de envolver meus braços em sua cintura e beijar a ponta de seu queixo não existia mais.

— Estou bem — mentiu ele de novo.

Falando com Callum, mas olhando para mim.

Meu coração disparou.

— Heather vai surtar quando te vir, as gêmeas também... Espera, onde você vai ficar?

— Ainda não decidi. Talvez na casa dos nossos pais...

As vozes deles se dissolveram em um zumbido distante no momento em que uma sensação diferente se instalava em mim, apertada e sufocante, como uma trepadeira que se enrolava ao redor do peito. Os olhos de Alistair continuavam encontrando os meus, buscando algo que eu não sabia como dar. E Callum... Callum não me olhou nem uma vez.

Um calor subiu por meu corpo, o couro cabeludo parecia formigar. Minha respiração ficou irregular. Rápida demais. Cada inspiração se dobrando, como se o espaço de uma se transformasse em duas.

Você está hiperventilando, alertou a parte minúscula e consciente do meu cérebro, incapaz de estabelecer conexão com meus pulmões.

Preciso cair fora daqui.

As bordas da minha visão escureceram. Eu me virei e tropecei, sentindo os pés pesados à medida que cambaleava pela rua sem dizer uma palavra.

— Juniper! — gritou Callum.

Continuei andando. Lutando para abrir o zíper da jaqueta. Virei a esquina. O asfalto dando lugar ao cascalho. O salão de festas da vila, de arenito, se erguia imponente, como uma bandeira branca proverbial.

Cinco passos. Meu carro estava a cinco passos de distância.

Mergulhei a mão na bolsa, tateando freneticamente em busca da chave.

Quatro passos.

Callum surgiu na minha frente. Com a mãos erguidas como se estivesse lidando com um animal ferido.

— Juniper, espera aí... Você está... — Ele empalideceu. Um músculo pulsou na mandíbula. — Você está chorando?

Eu estava? Passei a mão pelo rosto, surpresa ao perceber que meus dedos estavam molhados.

— Eu não estou chorando — rebati, embora estivesse claro para nós dois que as lágrimas ainda marcavam meu rosto.

Eu odiava cada uma delas.

Odiava a dor estampada no rosto dele quando seus olhos foram dos meus para o carro, como se não fizesse ideia do que dizer. *Ótimo. Melhor assim.* Tentei passar por ele, mas Callum me segurou. Quando me afastei do toque, ele levantou as mãos num gesto apaziguador.

— Você não pode dirigir desse jeito.

— Eu estou bem. Sai da minha frente. — Revirei o outro bolso, desesperada, depois vasculhei a bolsa de novo. — Onde caralho está a porra da minha chave?

— Está na sua mão. *Merda*, meu anjo... — O rosto dele desmoronou, devastado por mim. — Não tem problema em ficar chateada por causa disso.

— Não me chame assim. — Me esquivei dele. — E eu não estou chateada, estou *puta*.

Mas isso também não parecia certo. Era como se uma cicatriz antiga tivesse se aberto bem no meio do meu peito, uma que eu descobrira só naquele momento que nunca tinha cicatrizado direito.

— Não tem problema também.

Dei uma risada trêmula, patética.

— Desde quando você é terapeuta?

— *Não sou.* Se fosse, não estaria me segurando para não voltar lá e socar meu irmão por ter feito você ficar assim.

Enterrei o rosto nas mãos. A pressão no peito diminuiu um pouco.

— Eu não quero isso. Nunca quis...

Nunca quis ficar entre os dois.

Ele envolveu meus ombros com as mãos.

— Eu sei.

Era tão errado, tudo isso era tão errado. Mesmo assim, me permiti afundar no abraço dele por um segundo.

— É por isso que a noite passada nunca deveria ter acontecido. — Eu me afastei, limpando o rosto de novo. — Considerando o Alistair e a Heather, isso tudo fica complicado demais.

— Não precisa ser — disse ele, como se fosse simples.

— Alistair…

— Alistair é um idiota. — Num piscar de olhos, ele estava outra vez na minha frente, a respiração instável enquanto sibilava: — É o que eu acho agora e foi o que eu disse pra ele na época. Ele poderia ter… — Callum balançou a cabeça, as pupilas dilatadas, me encarando com uma intensidade que arranhava meu coração como garras afiadas. — Ele nunca te mereceu.

"Ele nunca te mereceu." Quantas pessoas já me disseram aquelas mesmas palavras? Mas, como sempre, soaram vazias dentro de mim.

— Se quiser falar com ele…

— Eu não quero falar com ele. Na verdade, acho que não devia falar com você também.

Ele engoliu em seco.

— Me deixa te levar pra casa? Por favor?

Balancei a cabeça.

— Eu consigo me virar.

— Se é isso que você quer — concordou ele, mas parecia que cada palavra doía ao sair.

— Não precisa se preocupar comigo.

Daquela vez, passei por Callum sem olhar para trás. Se olhasse, cederia a qualquer coisa que ele oferecesse. Uma carona para casa. Um abraço. Eu já estava por um fio.

Estendi a mão para a maçaneta do carro. Ele foi mais rápido.

— Esse é um hábito impossível de largar. Não me peça isso.

Tirando a chave da minha mão, ele abriu a porta do motorista e esperou que eu entrasse. Quando sentei atrás do volante, ele se inclinou, pegando o cinto de segurança e encaixando a fivela no lugar. Deu um leve puxão para garantir que estava firme.

Minhas mãos tremiam no colo. Callum as ergueu e as colocou sobre o volante, na posição dez e dois.

— Respire, meu anjo. Respire bem fundo. — Obedeci, sentindo o aperto do cinto no peito antes de soltar o ar. — Outra vez. — Fiz de novo. — Mais um. — Ele repetiu as palavras dez vezes. Até que minhas lágrimas secassem. Até que minha mão ficasse firme. — Me avisa quando chegar?

Assenti, girando a chave para dar partida no motor. Ele enfim se levantou, fechando a porta antes de sair do meu campo de visão, esperando enquanto eu manobrava o carro para fora da vaga e seguia em direção à saída. Ao ligar a seta para a esquerda, olhei pelo retrovisor e o vi, ainda observando. As mãos firmes na cintura, os cachos balançando ao vento. Ele ficou ali até meu carro sumir de vista.

20
Callum

Callum: Vá para a Casa Hera.

Heather: E por que eu faria isso?

Callum: Podemos continuar essa briguinha depois. Alistair está aqui.

Heather: O quê?? Desde quando?

Callum: Desde cinco minutos atrás.

Heather: Merda. June encontrou com ele?

Callum: Eles se esbarraram na rua principal.

Heather: Você não podia distrair ela até ele ir embora?

Callum: Com o quê? Minhas habilidades de malabarismo?

— Ela está bem?

Alistair esperava imóvel como um sentinela sob o toldo da Brown's, os traços rígidos como mármore esculpido. Os doces que antes ocupavam minha mente já não passavam de uma lembrança distante enquanto eu me aproximava.

Ele parecia preocupado.

Ele parecia exausto.

A expressão devastada de Juniper, as lágrimas, tudo obscureceu minha visão, e eu senti a raiva homicida surgir de novo.

— Um aviso teria sido legal.

Enfiei as mãos nos bolsos, sem saber se a vontade que crescia dentro de mim era de socá-lo ou de bagunçar seu cabelo.

Não que ele tivesse muito cabelo para bagunçar.

Ele fez uma careta.

— Já te disse, foi uma decisão de última hora. Eu não esperava encontrá-la tão cedo e não achei que ela fosse… — Alistair se interrompeu no meio da frase, passando a mão pelo maxilar, um gesto que me lembrou demais de Mal.

O charme impecável do meu irmão do meio facilitava esquecer as semelhanças entre os dois. Mas, enquanto eu o encarava pela primeira vez em quase dois anos, não encontrei nem sinal desse encanto.

— Você não esperava que ela fosse ficar chateada? — debochei, sem nem tentar conter a fúria pulsando dentro de mim.

Ou será que era ciúme? Uma sensação enorme, egoísta, escorregadia. Juniper tinha gozado na *minha* língua na noite passada; um momento tão erótico que queimou todas as minhas experiências passadas até virarem cinzas e, doze horas depois, era o nome do meu irmão que ela chamava, conforme as lágrimas que *ele* causou escorriam pelo rosto dela. Era o anel dele que ainda estava no aparador dela.

Alistair se remexeu, passando a mão pela cabeça, parecendo surpreso ao perceber que não havia nada para agarrar.

— O que você quer que eu diga? Que uma partezinha de mim esperava que ela ficasse feliz em me ver? — Ele nem precisava dizer. Eu tinha visto com meus próprios olhos o alívio quase patético dele quando percebeu que era *Juniper* chamando por ele. — Apesar de tudo, eu ainda me importo com ela. Sempre vou me importar.

Cada palavra foi como um soco na barriga, arrancando de mim a pergunta estúpida e reveladora que veio em seguida:

— Você a traiu?

Eu não sabia por que a resposta importava tanto.

Não, eu sabia.

Como curar uma ferida sem saber o tamanho dela?

— Claro que não. — Ele teve a decência de parecer indignado. — *Pelo amor de Deus*, Callum, eu posso ter agido como um babaca, mas gosto de pensar que não sou completamente sem caráter. Foi a June que disse isso?

— Não.

Ele franziu a testa.

— Desde quando você virou o protetor da Juniper?

Meus músculos travaram, a vontade de contar tudo tão forte que parecia que eu segurava aquelas palavras na ponta da língua desde que a conheci no trem e, naquele exato momento, elas enfim encontrariam uma saída.

Na verdade, é uma história engraçada, irmão. Acontece que me apaixonei pela sua namorada uns seis meses depois de você. E, quando ela virou sua noiva, em vez de vê-la como mais uma irmãzinha, como eu deveria, passei a planejar todas as maneiras que eu poderia roubá-la de você. Pensava nela de todas as formas mais depravadas possíveis, como eu tocaria nela, como eu a amaria, como faria ela gemer mais alto do que você jamais conseguiria.

Talvez fosse melhor deixar de fora aquela última parte.

— Não sou o protetor dela. Ela não precisa de um — constatei com certeza.

Juniper não deixaria meu irmão idiota afetá-la por muito tempo. E eu mandara mensagem para Heather no instante em que o carro da Juniper sumiu de vista.

— O que você está fazendo aqui?

Ele fez uma careta com o tom da minha voz, e na mesma hora me senti um merda. Passei meses implorando para ele voltar. Ele enfim estava aqui, e eu agia como um grande babaca.

— *Cacete*, desculpa, é que eu…

— Eu entendo. Eu devia ter avisado a June que estava vindo. Acho que fiquei com medo de ela não se importar. Ou, pior, de se *importar*, e eu me sentir um lixo de novo.

— Vocês dois não se falaram nem uma vez nesses seis anos?

Eu queria poder dizer que minha curiosidade era por ele. Ou por ela.

Ele balançou a cabeça.

— Você acha que eu devia ir atrás dela?

Porra, não. A resposta rugiu dentro do meu peito, mas, por Juniper, respondi:

— Dá um ou dois dias pra ela. — Se Juniper quisesse vê-lo depois, era um direito dela. Mas, naquele momento, ela precisava de tempo para reforçar as defesas. — Você já viu o pai?

— Não. — Ele indicou a mochila abarrotada sobre o ombro. — Acabei de chegar. Achei que deveria passar no consultório pra te ver primeiro.

Dei um tapa no ombro dele daquela vez, tentando recuperar nossa velha cumplicidade.

— Perfeito. Então meu irmãozinho prodígio pode pagar o almoço.

Ele riu, mas o sorriso não chegou aos olhos enquanto entrávamos na Brown's. Todas as cabeças se viraram quando passamos pela porta estreita, incluindo a de Jess, que arregalou os olhos ao ver Alistair. Como estava ocupada demais no caixa para sequer nos cumprimentar, pegamos o cardápio e sentamos na única mesa vaga, perto da janela. Coloquei o celular sobre a mesa, com a tela virada para cima, para não perder nenhuma mensagem de Juniper.

— Você se alistou no Exército e esqueceu de me avisar?

— O quê?

Fiz um gesto com a cabeça para o cabelo raspado dele.

— Ah. — Ele passou a mão, meio sem jeito. — Só quis mudar um pouco.

— Ficou bom. Como está o trabalho?

Ele ficou tempo demais olhando o cardápio plastificado, a ponto de um silêncio esquisito se instalar entre nós, como se um gato tivesse deitado no meio da mesa.

— Não vim aqui pra falar de trabalho.

Franzi a testa. Normalmente, era difícil fazê-lo parar de falar sobre isso. Alistair não era um narcisista, longe disso, mas sempre foi apaixonado pela medicina.

— A gente não pode colocar o papo em dia? Mal nos falamos nos últimos meses.

— O trabalho… é, sei lá, o mesmo de sempre… — Ele mexia nos talheres, alinhando o guardanapo com a borda da mesa. — *Chato*. Nada de interessante pra contar.

— Não acredito nisso nem por um segundo. — Tinha alguma coisa errada. Alistair estava dando mais indícios de dor do que um cachorro com um espinho na pata. — Quanto tempo você vai ficar por aqui?

— Não sabia que isso era um interrogatório. — Fiquei quieto, só esperando. Ele suspirou, irritado. — Não sei. Algumas semanas, talvez mais.

Mais?

— Ah. — Baixei o cardápio e olhei bem para ele. — Se tivesse alguma coisa errada, você me contaria, né?

— *Claro* — respondeu ele depressa.

Depressa demais.

Meu celular vibrou ao lado do cotovelo, e eu peguei na mesma hora.

Harpia: Cheguei.

A tensão no peito diminuiu um pouco. Uma única palavra. Mas foi o suficiente.

Eu me virei para perguntar algo a Alistair, mas Jess apareceu antes, bem mais rápido do que alguém que se recusava a usar a bengala recomendada pelo médico deveria.

— Meus olhos cansados estão me enganando ou é você mesmo, Alistair?

— Jess.

A expressão dele mudou na hora, de incerta para encantadora. Se eu não tivesse visto os últimos dez minutos, até poderia acreditar que tinha imaginado tudo. Ainda mais com a facilidade com que ele guiava cada uma das perguntas de Jess de volta para ela mesma.

— Está com uma boa aparência, menino. Arranjou alguém que cuide bem de você?

— Ninguém chega aos seus pés, Jess. Como estão suas filhas?

— Aff! — Ela fez um gesto com a mão. — Um bando de pentelhas querendo que eu me aposente. E a vida na cidade?

Ele riu, se recostando na cadeira.

— Nem se compara a Skye. A vila anda mais movimentada do que nunca, imagino que os negócios estejam indo bem.

Fiz meu pedido no automático, lutando contra o impulso de sacudir meu irmão até ele me contar o que estava acontecendo para que eu pudesse resolver. Mas então as palavras de Juniper voltaram à minha mente: "Quem cuida de você?".

Afrouxei o aperto no talher.

Se Alistair precisasse de mim, ele falaria. Deus sabia que eu já tinha coisas demais para lidar. E não era como se eu também não tivesse meus próprios segredos.

Então, quando ele perguntou:

— Como está o pai?

Eu respondi, sem desviar nem um pouco do assunto.

21

Juniper

Alistair: June… me desculpe por hoje. Não era para ter sido assim.

— É por isso que você tem aquelas malditas regras.

Desferi um soco no travesseiro, conseguindo espancá-lo com mais eficiência do que estava conseguindo trocar a roupa de cama.

O quarto de hóspedes estava um caos depois que o muitíssimo encantador sr. Lewis foi embora. Havia toalhas sujas espalhadas pelo chão, pilhas de recibos antigos ao lado da cama. Quando tirei os lençóis, um papel higiênico com uma aparência suspeita fez uma aparição triunfal, como se ele tivesse deixado aquilo como presente de despedida. Usei as luvas de borracha específicas para "fluidos corporais" para me livrar dele.

Aquelas luvas viam mais coisas do que eu estava disposta a admitir.

Em geral, eu odiava a limpeza de quartos, mas, naquele dia, eu ansiava pelo trabalho físico. Aumentei o volume da música no fone de ouvido e golpeei o travesseiro de novo, a imagem oscilando entre os rostos bonitos de Callum e Alistair.

Alistair estava de volta a Kinleith.

Era como se ele tivesse ultrapassado um limite invisível, bagunçando todo o controle que eu construíra com tanto esforço. O controle que Callum vinha desgastando havia semanas, para ser sincera.

Eu deveria ter previsto isso... Na verdade, *previ*, desde o momento em que Heather me contou sobre o diagnóstico do pai deles. Alistair nunca ficaria longe com um parente doente. Passei semanas olhando por cima do ombro toda vez que pisava na vila. E, como ele não apareceu, comecei a relaxar.

Culpa minha.

Soquei o travesseiro de novo, sentindo uma satisfação perversa com o som abafado que reverberou em minha mão.

Eu não sabia o que tinha mexido mais comigo: se era encontrar Alistair pela primeira vez desde que ele partiu meu coração ou reconhecer o leve inclinar de cabeça que ele fez ao me ver com Callum. Eu conhecia aquele movimento. Era sua inclinada de cabeça quando precisava resolver um problema, eu sabia que a mente dele estava revirando todas as possibilidades até encontrar a mais provável. Será que algum dia imaginaria que o irmão mais velho dele me devorou com tanta intensidade que, por um momento, achei que fosse morrer de prazer?

Eu não sentia aquele tipo de pânico desde a noite em que Alexander morreu, quando minhas emoções transbordaram com tanta intensidade que pareciam grandes demais para caber no corpo. Depois, Alistair terminou comigo, e eu me desconectei delas. Voltei para Skye de vez, como uma filha obediente, e, desde então, vinha apenas seguindo o fluxo.

Até a noite passada, zombou uma voz em minha cabeça. *E naquela noite em Glasgow.*

Eu odiava admitir, mas Callum tinha razão. De algum jeito, ele *sabia* do que eu precisava, sabia como me levar à loucura. Não podia ser coincidência que, nas duas únicas vezes em seis anos que senti algo além de uma fúria vazia, Callum Macabe estivesse em contato direto com meu clitóris. Eu não acreditava em coincidências. E isso era um problema, porque, apesar do que aconteceu naquela manhã, apesar do fato de que eu não o suportava grande parte do tempo, eu queria sentir aquilo de novo. Eu já sabia como seria bom. Era minha vez de dar prazer a ele, e eu queria vê-lo sem controle, de boca aberta por minha causa.

Eu estava colocando o travesseiro em uma fronha nova quando uma mão pousou no meu ombro.

— *Ai, merda*! — Arranquei o fone. — Heather, você quase me matou do coração!

Ela era a última pessoa que eu esperava ver ali.

— Desculpa. — Ela parecia sem graça. — Hank disse que você estaria aqui. Ele parecia prestes a entrar em guerra.

Soltei o travesseiro e desabei no colchão.

— Hank? — Ele tinha me lançado um olhar de cima a baixo quando entrei feito um raio pela porta dos fundos, os olhos grudando por causa das lágrimas secas. Eu nem pensei se ele juntaria as peças. — Você viu o Alistair? — perguntei, começando a entender a presença dela.

Um sorriso solidário retorceu os traços bonitos dela.

— Não. Foi Callum quem me contou. Disse que vocês estavam na fila da Brown's quando ele apareceu e que talvez você precisasse de alguém para conversar.

Merda, isso foi bem fofo da parte dele. E me embrulhou o estômago.

— Ele não devia ter te incomodado. Eu estou bem.

Caí de costas na cama, deitada na diagonal. Se ela tinha vindo me dar outro sermão, que fosse. Eu não tinha energia para discutir.

Depois de um momento em silêncio, senti o colchão afundar ao meu lado.

— Esse colchão é confortável.

— Obrigada. Troquei para um de espuma de memória no ano passado.

Ficamos assim por alguns minutos, observando a luz no quarto mudar conforme as nuvens passavam, até que ela disse:

— Quer saber quem você me lembra?

— Mortícia Addams? — propus, esperançosa.

Ela riu.

— *Sim*… mas não. Você me lembra o Malcolm.

Horrorizada, virei a cabeça para encará-la.

— Seu irmão Malcolm?

— Não faz essa cara. Mal é incrível.

Eu concordava, mas…

— Mal é… *gentil.* Tão doce que dá diabetes. Eu não sou nada disso.

Merda. Será que outras pessoas pensavam isso também?

Heather riu da minha descrição do irmão.

— Ele é tudo isso, mas por muito tempo não sabia demonstrar. Guardava tudo para si e mantinha as pessoas que amava a uma distância segura.

— Você acha que eu faço isso?

O rosto dela se contraiu, o cabelo loiro formando um halo em volta da cabeça.

— Vai ficar brava se eu disser que sim?

Mordi o lábio.

— Não ficaria brava. Mas diria que você está caçando problema onde não tem.

Ser reservada sobre o que sinto não fazia de mim uma pessoa reprimida. Eu só preferia lidar com minhas merdas sozinha, como sempre fiz.

Olhei para ela de novo e a encontrei me observando, os olhos dos Macabe vagando suavemente por meu rosto, como se, depois de vinte e cinco anos de amizade, estivesse me vendo pela primeira vez e não gostasse do que via.

— Tudo bem, June. — Heather voltou a encarar o teto. Achei que fosse embora até que… — Me desculpa.

Engoli em seco, cruzando os dedos ao redor do travesseiro apertado no peito.

— Por que você está se desculpando?

— Porque eu fui uma tremenda babaca. Não devia ter caído matando em você aquela noite…

— Você tinha todo o direito…

— Não, não tinha. Você e Callum são adultos e podem fazer o que quiserem. Eu só fui pega de surpresa e reagi mal. Igual quando Alistair terminou com você. — Ela respirou fundo. — Você ficou tão furiosa com ele… e eu não sabia como estar ao seu lado e ainda amar meu irmão. Parecia que tinha que escolher. Mas é uma desculpa de merda, eu sei… Eu deveria ter ficado do seu lado.

Pensei na maior discussão que tivemos. Como gritamos uma com a outra na cozinha dela quando Heather se recusou a ouvir qualquer crítica contra Alistair. Passamos meses sem nos falarmos depois disso, o maior período que já passei longe dela. E, mesmo quando fizemos as pazes, nunca mais recuperamos a leveza que eu sempre dei como certa.

— Ele é seu irmão.

Eu fiquei magoada, mas, no fundo, nunca a culpei. *É óbvio que ela escolheria a família e não eu.*

— Ele é. Mas você é minha irmã, a irmã que eu escolhi para mim. Alistair partiu seu coração e eu deveria ter ficado do seu lado… Meu Deus, como fui ingênua. — A voz dela falhou, os olhos brilhando com lágrimas não derramadas. — Eu não entendia a sensação de quando a pessoa que prometeu te amar acima de tudo *escolhe* ir embora. Como isso muda completamente tudo o que você achava que sabia sobre si mesma. Sabe, eu pensava: "Ele é só um homem, ela vai superar". Mas, no fim das contas, não é sobre o homem, né? É sobre em quem a dor te transforma. A autoestima quebrada, os cochichos, os olhares de canto na vila, te fazendo questionar se todo mundo já sabia e só você estava cega demais para enxergar. E, se sabiam, por que ninguém te avisou? As perguntas que não saem da cabeça: "O que há de tão errado comigo para ele ter ido embora?" "Quanto tempo até todo mundo perceber e me abandonar também?". — Tentei abraçá-la, mas Heather ergueu a mão, enxugando as lágrimas que caíam. — Tudo que eu quero dizer é que sinto muito, Juniper. Eu não teria sobrevivido aos primeiros meses depois que Mike foi embora sem você. É a minha vez de retribuir. O que você precisar enquanto Alistair estiver aqui, eu faço.

Ela estava me escolhendo. Era isso que queria dizer.

Minhas lágrimas brotaram, tão grossas que eu tinha certeza de que não conseguiria falar. Cheguei mais perto e apoiei a cabeça no ombro dela. Ficamos em silêncio por um longo momento.

— Droga… Acho que estou ficando doente.

Minha garganta estava arranhando desde que vi Alistair. Sem falar no tanto que eu chorei.

— Então… Você está tipo namorando o Callum?

— Não — disparei na hora, mas a palavra não parecia certa. — Quer dizer, não exatamente… A gente, bom… É complicado.

— Afff — gemeu Heather. — Preciso arranjar amigas novas que não sejam a fim dos meus irmãos. É nojento.

Eu ri, e ela afastou meu cabelo do rosto de um jeito que só uma mãe faria. Então me lembrei:

— Heather… acho que um cara bateu uma nesses lençóis.

Heather soltou um grito horrorizado, e nós duas pulamos da cama, sacudindo as roupas como se tivéssemos assistido de camarote a um show de esperma. Depois caímos na risada. Rimos tanto que precisei enxugar outro tipo de lágrima.

A raiva ajudava a aliviar minha dor. Mas eu tinha esquecido que rir também tinha aquele poder.

— June! Você está bem?

Horas depois, a porta da casa de April foi escancarada. Os olhos da minha amiga estavam arregalados, cada sarda mais evidente na pele pálida.

— Posso entrar? — perguntei, mas ela já estava se afastando para abrir espaço enquanto eu atravessava a porta da casinha aconchegante que ela dividia com Mal.

Ele me cumprimentou com um aceno discreto do sofá. O mais novo dos Macabe segurava um livro com uma mão e deslizava a outra distraidamente pelas costas de Dudley.

— Eu ia te ligar agora — disse April, me seguindo até a cozinha e pegando uma caneca. — Mal me contou do Alistair. Quer conversar?

— Na verdade, não foi por isso que eu vim. — Lancei um olhar nervoso para Mal, mas pensei: *foda-se, ele já faz parte disso.* — Callum me chupou na noite passada.

April se engasgou, cuspindo café na blusa.

— Ele *o quê*?

— *Puta merda.* — Mal se levantou, passando a mão no queixo. Dudley ergueu a cabeça, choramingando com a falta repentina de carinho. — Eu não posso saber disso. Vou ver o Alistair daqui a uma hora.

April bufou, indignada.

— Alistair não tem nada a ver com isso.

— Vou estar com *os dois*, e sou péssimo em guardar segredos. Da última vez, acabei tendo uma crise de urticária.

— Tá bom, chega disso.

Abanei a mão enquanto April se jogava no sofá e encolhia os pés debaixo do corpo.

— E aí? Foi bom? Com o Callum, quero dizer — perguntou ela.

— Precisa mesmo perguntar? Você já viu o homem.

Ele tinha uma boca feita para o pecado.

— Tô caindo fora — declarou Mal.

Ele pegou o livro, enfiando-o debaixo do braço, e deu um beijo na testa de April antes de sair.

— Foi tão bom, April — gemi, escondendo o rosto nas mãos assim que a porta se fechou. — O momento mais sensual da minha vida, mas estou ferrada.

— Por quê?

— Porque eu quero de novo. E de novo. E de novo.

Eu o desejava tanto que nem o retorno de Alistair tinha sido o suficiente para abafar a vontade.

— *Tão* bom assim? — Ergui uma sobrancelha e ela sorriu. — *Puta merda*. Isso muda tudo, né? Quando alguém sabe do que você precisa e como te dar aquilo.

— Não pode mudar.

— Por quê?

— Porque isso não pode dar em nada.

E, quanto mais tempo durasse, mais perigoso se tornava o jogo que estávamos jogando.

April cruzou os braços.

— Correndo o risco de soar repetitiva, mas, de novo, *por quê*?

— Alistair! Eles já estão cheios de problemas com o Jim. Eu sou um contratempo adicional que eles não precisam.

— Alistair não tem o menor direito de dar palpite na sua vida amorosa. E eu já vi o jeito que o Callum te olha. Você é tudo, menos um contratempo pra ele.

— E como ele me olha?

Eu me encolhi no mesmo instante. Parecia uma adolescente apaixonada implorando para ser notada.

Patético.

April sorriu de leve.

— Eu fiz essa mesma pergunta pra Heather uma vez, falando do Mal.

— E o que ela disse?

— Que ele me olhava como se eu fosse uma revelação.

Meu coração ficou quentinho ao ver o amor no olhar dela. Era assim mesmo que Mal olhava para ela.

— E você acha que o Callum me olha desse jeito?

— De jeito nenhum. — Ela riu. — Ele te olha como se o mundo estivesse prestes a pegar fogo e você fosse a única pessoa que ele salvaria. Não sei como ninguém percebeu isso ainda… — April se interrompeu ao ver minha expressão atordoada.

As palavras dela ecoaram dentro de mim, junto com a imagem de Callum ajoelhado, a língua deslizando em meu clitóris, a intensidade faminta no olhar enquanto me assistia gozar, como se fosse a missão mais importante da vida dele.

— Está tudo bem gostar dele — garantiu April, depois de um momento.

— Eu não gosto dele — menti, ainda sem coragem de admitir em voz alta. Ela revirou os olhos. — O que foi? Que cara foi essa?

Ela deu de ombros.

— Parece-me que a dama faz demasiados protestos.

— Ah, pelo amor de Deus, de Shakespeare basta a minha gata — resmunguei. — E a dama protesta na medida certa!

22

Callum

Callum: Você pode levar o pai para a consulta de manhã? Tenho umas coisas para resolver em Portree.

Callum: Tem uma rotina diária colada na geladeira. Siga à risca, isso ajuda a diminuir a ansiedade dele. Posso te explicar se precisar.

Alistair: Acho que dou conta.

Callum: Foi mal, foi mal, esqueci que é do *doutor* Macabe que estamos falando.

Alistair: Não vou nem responder essa provocação. Já estou arrumando minhas malas enquanto escrevo.

— Não me admira que você não ria há anos, se é esse tipo de música que você escuta, harpia. É deprimente pra cacete.

A voz melancólica do cantor ecoava pela pequena cozinha da Casa Hera enquanto eu observava Juniper do batente da porta. Por um momento, achei que tinha passado dos limites. Mas então ela levantou os olhos da tigela que misturava com uma enorme colher de pau. Seu sorriso malicioso tinha eletricidade suficiente para reiniciar meu coração.

— Posso colocar Phil Collins, se preferir.

Aí está ela. Sempre pronta para a próxima.

Eu me aproximei e apoiei as mãos no balcão de aço inox.

— Quantos anos você acha que eu tenho mesmo?

— Velho o bastante para pensar em comprar uma daquelas correntinhas de prender a carteira na calça.

— Você acordou afiada, hein, meu anjo?

Eu devia botá-la no colo e dar umas palmadas depois daquela. Mas, para falar a verdade, se alguém aqui fosse levar uns tapas, era bem mais provável que fosse eu.

— Parece que sim.

Por fim, olhei para o corpo dela. De legging e uma camiseta larga, estava mais despojada do que eu jamais a vira. Ainda assim, me tirou o fôlego. Era pura bruxaria, juro.

Aquela era a diferença entre paixão e amor. Juniper sempre seria a mulher mais deslumbrante que eu já vi, isso era um fato indiscutível, mas o que a tornava *linda* naquele momento era sua força. Os olhos ainda estavam levemente inchados, assim como o nariz ficou vermelho depois do golpe emocional que Alistair lhe dera e, mesmo assim, lá estava ela, do jeitinho que eu tinha previsto.

Ela ergueu o olhar da tigela mais uma vez.

— Você não devia estar aqui.

— Bom dia pra você também, raio de sol. Vamos sair em dez minutos, coloque uma roupa mais quente. — Havia surpresa no olhar dela. — Você disse que queria manter o acordo. Ainda temos três encontros, lembra?

— Estou doente.

— Você não parece doente.

Lancei um olhar sarcástico para o dedo que ela lambia, coberto de massa crua.

Ela parou, o dedo ainda entre os lábios.

— Não é contagioso.

— Ótimo. — Bati as mãos. — Então vamos.

Vamos lá, implorei em silêncio. *Vem comigo, meu anjo. Não deixa isso mudar as coisas.*

— Não.

— Não? — A voz áspera de Hank atravessou a porta um segundo antes de ele aparecer, já abotoando o dólmã sobre o peito largo. — O que você está fazendo na minha cozinha?

— *Ajudando*. Já comecei a preparar os bolinhos de aveia.

Afastando as mãos dela, ele pegou a tigela, enfiou o mindinho na massa e provou. Fazendo uma careta, acrescentou mais uma pitada de açúcar.

— Não preciso da sua ajuda. Pode muito bem aceitar a oferta do rapaz.

— Viu? — Pisquei para Hank, que me lançou um olhar furioso. — Podemos ficar nesse vaivém o dia todo, harpia, mas, no fim das contas, você vai sentar no banco da frente do meu carro.

Me ignorando de todo, ela se voltou para Hank.

— E quem vai cuidar do café da manhã?

— Ada, ela já está na recepção.

As sobrancelhas de Juniper se ergueram.

— Vocês vieram juntos?

Eu achava que era impossível, mas o homem corou.

— Não é nada *disso*, o pneu dela furou. Eu só ofereci uma carona — murmurou ele.

Juniper parecia tão radiante que um sorriso surgiu em seus lábios.

— Você consegue sobreviver sem ela? — perguntei a Hank, contornando o balcão para tapar a boca de Juniper antes que ela protestasse.

O bigode dele se mexeu.

— *Aye*.

— Então está decidido. — Com uma leve pressão no ombro, eu a guiei porta afora. — *Ai,* caralho. — Recuei quando uma dor ardente atravessou a parte carnuda da minha mão. — Você me mordeu.

— Me solta — sibilou ela, enquanto eu encarava, fascinado, a marquinha dos dentes.

— Será que seria estranho tatuar isso?

Estendi a mão para ela ver.

Ela segurou um sorriso, exatamente como eu esperava.

— Você é um homem estranho, Callum Macabe.

Em vez de responder, beijei sua bochecha e já fui recuando pelo corredor.

— Estarei no carro, você tem dez minutos. Ah, e não esquece o maiô… ou esquece.

Ela me mostrou o dedo do meio.

Eu mostrei o meu de volta.

Alistair: Você sabe onde estão as anotações médicas do pai? A mãe não consegue encontrar.

A mensagem de Alistair tinha sido enviada cinco minutos atrás.

Callum: Na gaveta de cima da escrivaninha.

Alistair: Que rápido. Achei que você estivesse indo pra Portree.

Merda.

Callum: Parei para abastecer.

Eu odiava mentir. Não era algo natural para mim, mesmo com aquela voz gritando que, por enquanto, era o caminho mais seguro, dado o passado complicado. E me sentia ainda pior por aproveitar o tempo que Alistair estava em casa para sair com Juniper.

Callum: Deixei alguns panfletos na cozinha sobre um centro dia, o local de suporte diurno, e grupos de apoio para cuidadores. Pode pedir para a mãe dar uma olhada? Acho que vindo de você pode ajudar.

Alistair: Deixa comigo.

A porta do carro se abriu, e eu larguei o celular no porta-copos. Todos os pensamentos sobre meu pai e Alistair desapareceram assim que Juniper se sentou no banco do passageiro. O gorro que eu comprei escorregava um pouco na testa, e os óculos de sol, que eram tão escuros que dava para confundi-la com uma agente secreta, descansavam no nariz levemente arrebitado.

— Com medo de ser vista comigo?

— Você não está?

— Não.

Estendi um copo de café para viagem da Brown's e liguei o motor.

— Você trouxe café pra mim?

— Não, está vazio. Sei o quanto você gosta de colecionar copinhos.

— Você fica ainda mais engraçado de manhã, Macabe. — O sarcasmo escorria da voz dela. — Quer dizer… você mora bem ali. — Ela apontou para o arvoredo. — Por que dirigir até o vilarejo só pra pegar café?

Porque eu sei que você adora o café da Jess. Com as bochechas quase esquentando, empurrei o copo na mão dela.

— Chega de perguntas. Bebe logo.

Ela tomou um gole e fez uma careta.

— Está frio.

— É… — Fiz uma careta também, tomando um gole do meu próprio café. — Se você tivesse ficado pronta na hora certa, estaria quente. Agora, nós dois vamos sofrer. — Liguei o motor e apontei para o painel central. — O caminho é longo, pode colocar aquela música triste que você tanto ama.

23
Juniper

Guia da Ilha de Skye

As águas das fadas

Distância: 8 km.

Tempo estimado: 3 horas.

Terreno: Trilha irregular pela charneca. Pontes estreitas entre as piscinas. Subidas e descidas leves.

Os visitantes podem aproveitar uma caminhada deslumbrante, cercada por arbustos floridos e turfas. A trilha segue um riacho de águas cristalinas, aos pés das montanhas Cuillin. É possível explorar as inúmeras piscinas e cachoeiras encantadoras, e quem for corajoso o bastante pode até se aventurar na água gelada.

— Você não avisou que a gente ia fazer trilha.

E os tênis idiotas que eu escolhi, mais bonitos do que práticos, escorregaram numa pedra lisa, jogando meu corpo para o lado.

Callum segurou meu cotovelo, me equilibrando antes de continuarmos.

— A gente ainda consegue ver o carro.

Olhei por cima do ombro e… sim, lá estava ele.

— Só porque ele está no morro — retruquei, descendo devagar a ladeira íngreme.

Bom, *eu* descia devagar. Macabe parecia estar flutuando; mesmo com as botas de trilha mal amarradas, ele descia como se estivesse caminhando sobre a água.

— Esquece a caminhada por um segundo e olha isso aqui.

Ele nos fez parar, apontando com as mãos a cadeia de montanhas ao longe, seus picos nevados cortando o céu límpido como uma cena saída de *O senhor dos anéis*.

Aquela era a cordilheira Cuillin, ou pelo menos foi o que ele me contou no carro, logo depois de quase bater de frente com outro veículo ao descobrir minha *absurda ignorância sobre a terra onde cresci*. Ou algo naquele sentido. Eu estava distraída demais com o modo como o suéter de tricô esticava sobre os ombros largos dele.

— Até que é bonito — falei num tom entediado só para irritar, mas foi difícil esconder o deslumbramento.

Ao longo do estreito caminho de pedras, a água serpenteava em riachos, dançando e caindo sobre as pedras ancestrais, cortando o terreno como vidro. O fluxo se ramificava como um mar de teias até desaguar em dezenas de pequenas cachoeiras, que caíam em piscinas rasas de um azul-turquesa cristalino. Rochas cobertas de musgo num verde vibrante ladeavam o caminho, tão grandes que pareciam colocadas ali por gigantes.

Callum, obviamente enxergando além da minha pose desinteressada, disse:

— Eu também fiquei sem palavras da primeira vez que vim aqui.

Comecei a entender por que o lugar se chamava águas das fadas. Não devíamos estar a mais de dez minutos do carro, e eu sentia como se tivesse tropeçado e caído em outro mundo. *Como foi que eu mandei tantos turistas para cá sem nunca ter vindo?*

— Tem uma lenda antiga sobre essas terras — anunciou Callum, com aquela voz grave de contador de histórias nato. — Dizem que aqui aconteceu uma das batalhas mais sangrentas da Escócia, *Coire na Creiche*, entre os MacLeod, de Dunvegan, e os MacDonald, de Sleat.

Ele se virou para me ajudar num degrau mais íngreme, segurando minha mão. Eu poderia ter dito que minhas pernas eram quase tão compridas quanto as dele. *Poderia*, mas não disse. E também não reclamei quando ele deixou nossos dedos ainda meio entrelaçados.

— E por que eles entraram em guerra?

— Por que alguém entra em guerra? Dinheiro, terra, recursos. Uma mulher, talvez — respondeu, encostando o ombro no meu. — De qualquer forma, foram os MacDonald que venceram depois de muitos dias de luta. Dizem que o sangue foi tanto que as piscinas ficaram vermelhas. Tanta morte e destruição da terra que eles prometeram que nunca mais se repetiria. E, cumprindo a promessa, foi a última guerra entre clãs na Ilha de Skye.

Passando os dedos da mão livre pela grama alta, achei difícil imaginar aquele lugar tão pacífico da forma que Callum descrevera.

— É uma boa história.

— Sabia que você ia gostar, bruxinha sanguinária.

Mostrei os dentes num sorriso e ele riu.

— Você gostava de estar no exército? — Todo o ar descontraído sumiu, e foi minha vez de ampará-lo quando ele tropeçou. — Desculpa, não precisa...

— Não. Não tem problema, eu só fui pego de surpresa. As pessoas sempre perguntam sobre meu tempo fora, mas nunca me perguntam como eu me sentia.

Fiquei em silêncio, dando espaço se ele quisesse mudar de assunto. Mas eu devia saber que Callum não era do tipo que fugia.

— Eu odiava.

— Que parte?

— Tudo. O treinamento, o deslocamento, as coisas que vi e que vão me assombrar para o resto da vida. — A voz dele tinha um tipo de amargor que jamais imaginei ouvir dele. — Desde pequeno, minha mãe me chama de "meu menino sensível". Eu não me achava mais sensível que os outros, mas eu gostava de arte, como minha mãe, e amava os animais. E ela sempre incentivou esse meu lado. Mas, quanto mais eu crescia, mais ficava claro que ele... *ele* odiava todas as partes de mim que ela mais amava. — Não precisei perguntar quem era *ele*. — Ele queria que os filhos fossem homens de verdade e, sendo o mais velho, cabia a mim dar o exemplo. Acabei odiando aquele apelido e todas as partes mais gentis de mim... até que me vi do outro lado do mundo, só mais um corpo numa guerra que eu detestava, segurando amigos jovens demais para entender no que tinham se enfiado, enquanto eles morriam. Fazendo o que podia para os civis inocentes que *devíamos* proteger, e tudo o que eu conseguia pensar era: se isso era corresponder às expectativas do meu pai — ele balançou a cabeça, a voz embargada —, eu não quero mais.

Alguma coisa se alojou na minha garganta. Não consegui falar. Então apertei os dedos dele. Callum retribuiu, usando a outra mão para cobrir a minha, segurando como se eu fosse uma âncora. Nunca tinha sido isso para *ninguém*. Durante todo o meu relacionamento com Alistair, ele foi o epítome de manter as aparências. Sempre controlado. Quase nunca falava do trabalho em casa. Nunca pareceu precisar de mim. Foi só por isso que eu disse:

— Não acredito que demorei tanto para perceber.

Ele me olhou enquanto andávamos.

— Perceber o quê?

— A gente. Sempre achei que éramos opostos, mas, na verdade... é como me olhar no espelho. Uma versão muito mais centrada de mim mesma, mas... — Senti o rosto esquentar, percebendo que estava me enrolando toda. — Só quis dizer que entendo. Tentar atender às expectativas.

Ele ficou em silêncio por um tempo.

— De quem?

— De todo mundo. — Mal deu para ouvir as palavras em meio ao som da água, mas me pareceu que eu tinha gritado do alto de um penhasco. — Já percebeu que a primeira coisa que pais de primeira viagem dizem é que só descobriram o que era o amor de verdade quando seguraram o filho nos braços? Bom, os meus pais biológicos não me amaram. — Dei de ombros como se saber daquilo não tivesse me despedaçado por dentro inúmeras vezes. — Reprovei logo no primeiro teste. E acho que, desde então, tenho corrido atrás do prejuízo.

— Que teste? — *Ótima pergunta*. Quando ficou claro que eu não responderia, ele fez outra. — Por que você não chama Fiona de mãe?

De todas as coisas que ele poderia perguntar, aquela me pegou desprevenida.

Chutei uma pedra.

— Porque ela nunca me pediu.

— E você acha que ela não gostaria?

— Não… tenho certeza de que ela não se importaria. Mas sempre foi mais fácil manter essa separação. Porque vai que… — A voz sumiu antes que eu conseguisse nomear meu maior medo. — Eu tinha 7 anos quando conheci Fiona e Alexander. Morava com uma família temporária perto de Inverness, que já tinha três filhos pequenos. Lembro da voz da Fiona tremendo quando ela me deu um coelhinho de pelúcia, que eu já era velha demais para ter, e disse: "Oi, Juniper, você vai morar com a gente, tudo bem?". E eu perguntei: "Quanto tempo eu vou ficar?".

A expressão devastada me dizia que Callum entendia.

— Quem nasceu para estar na sua vida não vai te deixar por causa de imperfeições, Juniper. E, se deixarem, é porque nunca foram *suas* pessoas de verdade.

— Saber disso não faz o medo desaparecer. — O pavor que eu sentia era tão constante que acabei me encolhendo e fazendo dele um lar. — Espera umas semanas e você também vai enjoar de mim.

— Isso é impossível. — Ele me fez parar, o rosto tomado por uma determinação feroz. — Você se lembra do que te contei outro dia, do que sinto por você? — Com o coração disparado, assenti. — Eu não vou te pressionar pra responder neste momento, com tudo o que está acontecendo, mas você precisa saber: eu sinto como se tivesse passado os últimos anos da minha vida no piloto automático. Os únicos momentos que ainda tinham brilho eram quando você aparecia… Eu via aquele seu sorrisinho e alguma coisa adormecida dentro de mim reacendia, como se me desafiasse a conquistar outro. — Permaneci imóvel, e ele segurou meu rosto entre as mãos grandes com delicadeza. — Correndo o risco de parecer ridiculamente brega, meu anjo, mas e se um dia eu me cansasse mesmo de você? E daí? Você soltaria um belo "foda-se" e seguiria com essa bunda maravilhosa pra algo muito melhor. *Juniper Ross* não implora pelo amor de ninguém. — Ele encostou a testa na minha. — E eu sei que essas palavras não significam nada se você não enxergar isso por si mesma. Você precisa se ver, se defender. Só assim vai parar de se importar com quem não vale nem o ar que você respira e decide sair da sua vida.

As palavras dele fizeram meu peito estremecer.

— Preciso me defender como você faz? — perguntei, e ele apertou os olhos, tentando conter o riso. — Você carrega o mundo nas costas, como se fosse sua responsabilidade cuidar de todos... inclusive de mim.

Eu vejo através da sua fachada, pensei em silêncio, *assim como você vê através da minha.*

O sorriso dele foi discreto, diferente daquele sorriso simpático de Ken do Bairro. Senti como se tivesse conquistado aquilo.

— Podemos ser um trabalho em andamento, juntos.

Não entendi exatamente o que ele queria dizer com aquilo, mas precisava admitir que soava bem.

— Acho que talvez eu goste de você, Macabe.

Com a testa ainda colada na minha, ele riu de novo.

— Quer um saquinho pra vomitar?

Dei um soco de leve no ombro dele.

— E sem mais nem menos, estou curada.

Ele passou o braço por meus ombros, me puxando para perto enquanto continuávamos pela trilha.

— Nada de voltar atrás, meu anjo. Você. Gosta. De. Mim.

Pior que sim. E isso era um problemão.

— Eu não vou entrar.

— Vai, sim.

De pé sobre uma pedra plana, eu estremeci, envolvendo o casaco ainda mais no corpo. O biquíni que peguei às pressas parecia a ideia mais estúpida do mundo.

— A água parece suja.

As ondas límpidas escolheram aquele exato momento para lamber meus dedos dos pés, me desmentindo na hora.

— Harpia, minhas bolas estão tentando voltar pra dentro do corpo, então faça um favor para nós dois e traga logo essa bunda gostosa pra cá.

Callum estava dentro da piscina, com água até a cintura, e bateu na superfície para enfatizar o argumento.

O vento congelante fazia um bom trabalho desviando minha atenção do calor que o corpo dele, sem camisa, provocava em mim. E, claro, eu aproveitei a oportunidade para dar uma olhada no peitoral, até o calção ridículo de banho azul, com aquelas bananas minúsculas.

— Existem dois tipos de problemas, os *seus* e os meus.

— Cinco minutos. Só isso que eu tô pedindo.

Droga. Odiava quando Callum usava aquele tom, meio mandão, meio esperançoso, fazendo parecer que ele *precisava* viver aquele momento comigo.

— Tá bom. — Puxei o zíper do casaco com força. — Não olha.

— Não ousaria olhar.

Esperei ele cobrir os olhos com a mão, tirei um segundinho para admirar cada gominho da barriga dele refletidos na superfície espelhada e joguei meu casaco na pedra mais perto, junto com o resto da roupa.

Assim que a água gelada tocou meu tornozelo, soltei um chiado. Callum espiou por entre os dedos e soltou um assobio baixo, aprovando.

— Você disse que não ia olhar!

— Eu menti. — O olhar dele queimava. — Tá tentando me matar? Quem usa isso para nadar num lago?

O biquíni preto, simples e de cordinha, revelava quase tudo.

— É o único que eu tenho.

Ele só resmungou e eu entrei um pouco mais até a altura das panturrilhas, cruzando os braços para esconder meu peito pequeno.

— Tá congelando.

— Mais dez passos e eu te esquento — disse Callum, como se fosse uma ameaça deliciosa.

E, droga, funcionou, porque acelerei o passo, atravessando a água até ficar perto o bastante para ver meu reflexo nos olhos dele.

— E agora? — perguntei, os dentes batendo.

— O que você quiser, essa é a beleza do lugar.

Ele tapou o nariz e mergulhou, desaparecendo por um instante antes que sua mão envolvesse meu tornozelo e puxasse. Gritei ao perder o equilíbrio, o frio fazendo meu corpo pular quando a água me engoliu. Bolhas escapavam por minha boca enquanto eu golpeava a primeira parte do corpo dele que alcancei, as costelas, e emergia ao som de uma risada leve, quase infantil. Fui arrastada de volta para oito anos antes, para a noite em que dividimos uma pizza no sofá do Alistair, e me vi encarando, mais de uma vez, o homem mais descontraído que já conheci.

Afastei o cabelo colado no rosto.

— Eu te odeio.

Ele passou o polegar no meu lábio inferior.

— Seus mamilos discordam, meu anjo. — O foco dele estava todo naquele gesto, observando enquanto puxava meu lábio e o via voltar ao lugar. Aquilo foi tão erótico que um gemidinho escapou, e os olhos dele voaram para os meus, confirmando minha excitação. — Eu vou te beijar, tudo bem?

— Sim — sussurrei, mais gemido do que palavra.

Não teve preparo. Nenhum roçar de narizes, nenhuma hesitação entre lábios se explorando.

Callum segurou firme meu rosto, e a boca cobriu a minha, enquanto a barba por fazer arranhava minha pele de um jeito quase bom demais. Pele molhada roçou em pele molhada, minhas pernas encontraram as dele, e meus lábios se entreabriram, puxando sua língua, saboreando os últimos ecos do riso dele.

— *Caralho* — murmurou na minha boca antes de se jogar para mais um, me beijando como se quisesse tatuar meu gosto em seus lábios. — Não foi por isso que eu te trouxe aqui.

— Não?

— *Não*. — Ele apertou minha cintura. — Te trouxe pra te animar.

— Missão cumprida.

— É mesmo?

Merda, havia tanta esperança naquele sorriso.

Assenti, e o nariz dele deslizou pelo meu até terminar em mais um beijo daqueles de arrepiar a espinha, selado com um gemido abafado entre nossos lábios.

— Nunca vou me cansar disso.

Enlacei os braços no pescoço dele, agarrando o cabelo molhado enquanto dizia:

— Que bom. Não quero que se canse.

Sob a água, ele contornou minhas coxas com as mãos, ergueu-as e as enrolou ao redor da cintura dele. Em seguida, nos mexemos, deslizando na água até minhas costas baterem na pedra fria. Um som abafado encheu meus ouvidos e, no meio da vertigem, percebi que ele havia nos levado para trás da queda d'água, onde a espuma branca dançava em volta da nossa cintura.

— *Juniper*.

Callum se afastou só o suficiente para me olhar, o olhar indo do meu rosto até o lento, quase imperceptível, movimento de nossos quadris. Ele balançou a cabeça, tentando se controlar.

— Não para — supliquei, puxando o cabelo dele, viciada na sensação do pau grosso dele roçando minha coxa.

Uma das mãos saiu da minha cintura e percorreu com reverência minha barriga, parando logo abaixo do meu seio.

— Tão macia… Eu amo a sua pele, caralho. Já imaginei tantas vezes te dizer isso.

— Então diz.

Ele explorou mais, começando pela ponta do queixo, descendo aos poucos pelo pescoço até alcançar aquela covinha no meio.

— Sua pele é perfeita. Mais macia que seda. E você cheira bem demais, é tudo em que consigo pensar quando estou perto de você.

As palavras saíam meio arrastadas enquanto ele mexia na alcinha amarrada atrás do meu pescoço.

— Tira — implorei, deixando a cabeça encostar na pedra.

— Não me provoca, não aqui — rosnou ele em meu pescoço, respirando fundo antes de continuar com a língua, ao mesmo tempo que o polegar acariciava meu mamilo por cima do tecido.

— Por favor.

O pedido saiu num gemido constrangedor quando minha cintura se chocou na dele.

Mas foi a vez de Callum gemer, encostando a testa na minha.

— Jesus… isso é o que eu acho que é?

Desnorteada com a sensação, demorei a entender do que ele estava perguntando, até o nariz dele roçar sobre o mamilo dolorosamente duro. Minha respiração falhou e ele empurrou as cortininhas do biquíni para o lado, me expondo por completo.

E então ficou só encarando, com um misto de reverência e sofrimento.

Eu sabia o que ele estava vendo: dois piercings dourados de barra fininha, cada um com um pequeno brilhante na ponta.

— *Puta merda* — murmurou ele, passando a mão pela mandíbula. — Quando?

Eu entendi o que ele queria dizer.

— Uns meses depois que voltei pra Skye.

Quando percebi que cortar o cabelo bem curto não parecia uma mudança suficiente.

— Posso tocar?

— É melhor que toque.

Perdi o fôlego quando a parte áspera do dedo dele percorreu um piercing, depois o outro. Os olhos, com as pupilas engolindo todo o azul, estavam cravados em meu rosto, completamente obcecados com cada suspiro e gemido meu.

— Você é tão linda… Mal consigo aguentar. — A mão dele tremia, o polegar deslizava pela curva onde meu seio encontrava as costelas, onde uma fileira de flores marcava minha pele. — E isso aqui?

Demorei um momento para responder:

— Essa é mais antiga… Uns seis, sete anos.

Alistair tinha ido comigo até o estúdio de tatuagem e quis segurar minha mão, mesmo eu já sendo veterana nisso.

Callum soltou o ar, com uma expressão que eu nunca tinha visto nele antes. Séria. Cheia de intenção. E então sua língua estava lá, roçando o mamilo num toque quente, puxando o piercing para dentro da boca.

— Eles são sensíveis? — sussurrou ele em minha pele.

— *Sim.*

Fechei os olhos com força.

— Juro por Deus, meu anjo, é a coisa mais sensual que já vi na vida. Posso colocar meus dedos em você?

Assenti freneticamente, a cintura se mexendo por conta própria. Como ele sempre sabia o que eu precisava ouvir? Como sabia o que eu estava sentindo? Homens já tinham me chamado de gostosa antes… de todos os jeitos que uma mulher pode imaginar. Mas nenhum deles tinha me olhado como Callum. Como se eu fosse uma deusa digna de adoração. Como se aquelas palavras estivessem presas na garganta por anos e, ao enfim serem ditas, trouxessem alívio.

— Preciso te levantar um pouco — murmurou ele, os bíceps contraindo sob a minha bunda. Tonta, demorei a ajustar as pernas ao redor da cintura dele, apoiando as costas na pedra enquanto ele lambia meu esterno. — Tão perfeita.

E por que só ele estava tocando?

Soltei o braço e me estiquei um pouco até conseguir envolver com a mão o volume impressionante dentro do calção. Consegui deslizar a palma uma única vez antes que ele me afastasse.

— Merda! Não... não. Não faz isso. — A voz dele estava tão carregada de tesão que eu mal podia acreditar que ele não queria aquilo. — A gente só... *porra*, a gente não vai transar, só vamos brincar um pouco.

— Isso está parecendo bem unilateral.

A mão dele encontrou o cós abaixo do meu umbigo e desceu, tateando por cima do tecido.

— Eu vou gozar no segundo em que você me tocar, meu anjo.

Minha resposta foi engolida por um gemido rouco de apreciação que ele soltou quando roçou de novo o polegar em minha tatuagem.

— *Sortuda* — murmurou ele, os dedos formigando como eletricidade pela parte interna da minha coxa, descendo mais.

Soltei um gemido agudo e alto com a primeira carícia no meu clitóris.

— Me toca direito.

Eu queria que ele puxasse meu cabelo, que me segurasse até eu gritar.

— *Não*. Hoje vai ser devagar e doce — respondeu ele, me presenteando com um movimento torturante de vaivém sobre o tecido molhado. Meu corpo se arqueou com o toque, o prazer disparando por minha espinha. — Olha pra mim, Juniper. Eu sonho com isso faz tanto tempo... Quero ver seus olhos quando você gozar nos meus dedos.

As palavras se agarraram em algo rasgado dentro do meu peito. Não vieram suaves, mas trouxeram alívio. Como um bálsamo silencioso numa cicatriz antiga. Ele tinha pensado em mim. Por *anos*, Callum me carregou na mente. Abri os olhos devagar e o observei, os olhos dele estavam cravados em mim, atentos, e o cabelo úmido caía sobre a testa. Parecia um sonho, com os ombros largos que bloqueavam a luz da manhã, a ereção tocando minha coxa, enquanto os dedos afastavam a calcinha do biquíni e me penetravam.

Arqueei o corpo.

— Estou aqui — sussurrou no meu ouvido, desenhando um círculo lento na entrada antes de colocar mais um dedo.

Callum empurrava fundo e recuava num ritmo lento e enlouquecedor. Meu corpo despertou sob o dele, tomado por sensações até eu me contorcer, presa entre ele e a pedra.

— Eu… eu tô quase lá — ofeguei menos de um minuto depois, as palavras tingidas de pânico quando o prazer me atingiu de surpresa.

— *Porra*, isso… isso mesmo. — A atenção dele estava toda voltada para o espaço entre minhas coxas, onde eu me mexia sobre ele. Mas os olhos nunca saíam do meu rosto. — Confia em mim, meu anjo. Estou aqui com você, vou te dar tudo o que você precisa.

Era para ter demorado uma eternidade para eu gozar assim, só com a boca dele no meu peito e dois dedos me provocando. Mas a sensação da água gelada batendo em cada ponto da minha pele sensível me fez explodir em espasmos e gemidos agudos, meu corpo tremia sem parar enquanto ele continuava a me tocar. Não sei se gozei mais de uma vez, com os orgasmos se fundindo um atrás do outro, ou se o que ele fazia com os dedos tinha suspendido o tempo, me prendendo naquele êxtase até que eu tivesse certeza de que a morte esperava do outro lado.

Quando enfim desabei no peito dele, ofegante e exausta, fiz a pergunta mais idiota da história.

— Você quer gozar?

Claro que ele queria. Os dentes estavam cerrados, o corpo todo tremendo para se segurar.

Ele assentiu com urgência, abrindo e fechando as mãos em minha cintura.

— Posso? — Consumida pelo desejo de vê-lo perder o controle, puxei a cordinha do calção dele assim que ele assentiu. — Você disse que pensa em mim, então me mostra como.

Com um palavrão abafado, os dedos dele, apressados, se juntaram aos meus, e ele xingou de novo quando embolamos os cordões ainda mais.

— Porra. — Ele puxou o cós para baixo o suficiente para liberar só o pau, lindo, duro, erguido na barriga. Nem tive tempo de passar o polegar pela ponta antes que Callum agarrasse minha mão, estremecendo. As bochechas coraram, e ele balançou a cabeça, como se a própria pressa o envergonhasse. — Tô perdendo a cabeça. Se eu entrar em você, acabou. Não vou desperdiçar a nossa primeira transa assim.

— Mas eu quero…

— Não desta vez. Eu só quero olhar para você. — Ele prendeu minhas mãos com uma só, acima da minha cabeça. Com a outra, segurou meu seio, o polegar brincando com o piercing até deixá-lo quase sensível demais, ao mesmo tempo que se empurrou entre minhas coxas abertas e encaixou o pau entre o meu clitóris e o tecido da calcinha. — Tive muito tempo pra pensar nisso, tenho tantos planos pra nossa primeira vez, meu anjo. — Ele girou a cintura, as palavras se transformando em grunhidos. — Todos eles incluem te foder devagar e por tanto tempo que você vai esquecer até o próprio nome.

Apesar do tremor desesperado na voz, cada movimento do corpo dele no meu era lento. Controlado. A boca se entreabriu, deixando-o de queixo caído enquanto o olhar alternava entre meu rosto, meus seios e minha boceta meio escondida.

— Porra… Isso parece mentira. Sempre soube que você seria esse corpinho gostoso, harpia. Mas você é mais do que isso… — Sem conseguir conter um gemido, arqueei as costas, deixando ele ver tudo. — Olha pra mim. Morde o lábio. Faz aquela cara brava que me deixa louco.

Obedeci, lançando um sorrisinho de canto enquanto o encarava. Os braços dele se retesaram ao meu redor.

— Porra, isso… assim mesmo — arfou ele, o ritmo vacilando antes de acelerar, deslizando pela minha boceta de novo e de novo.

Ele usava meu corpo para se satisfazer, e era a coisa mais excitante que eu já tinha vivido. Comecei a gemer, me mexendo junto a cada investida dele, levando-o cada vez mais longe. O fato de eu nem estar tocando nele só me fazia sentir ainda mais poderosa. O controle tem muitas formas, e eu sabia, sem sombra de dúvida, que cada segundo daquilo estava nas minhas mãos.

Callum parecia um homem possuído, ofegando, rosnando, se chocando em meu corpo como se fosse dono dele. Tinha deixado de cuidar de *mim* para se entregar ao próprio prazer, sem freio.

— Juniper… Juniper. *Porra*, posso gozar na sua barriga?

Assenti com vontade, mal conseguindo sussurrar meu sim antes que ele fizesse exatamente isso.

Callum disse meu nome em silêncio enquanto gozava, os olhos arregalados e vidrados encontrando os meus, como se o prazer o tivesse surpreendido e quisesse confirmar que eu ainda estava ali, com ele.

E foi naquele instante que eu soube que isso *ia muito além de uma transa casual.*

Era uma promessa de nós dois. Promessa de algo a mais. E mesmo sem saber direito o que aquele *mais* significava, soltei as mãos dele e envolvi seu pescoço com os braços, me agarrando como se minha vida dependesse daquilo.

24
Callum

Pesquisa no Google: macular um lugar histórico dá cadeia?

Assim como nos tempos bíblicos (acho eu), foi só meu gozo esfriar na pele dela que a chuva começou a cair. A água rompeu a superfície espelhada da piscina, transformando o azul cristalino em cinza ao cair em rajadas geladas. Juniper meio gritou, meio riu, o corpo se contorcendo e grudando no meu peito enquanto tentava fugir do frio.

Sem fôlego, meio atordoado, beijei sua testa suada e puxei o sutiã do biquíni de volta para o lugar. Quase fiz um bico de frustração ao passar a mão molhada pela barriga dela, limpando os fios brancos ali.

— Acho que o que a gente acabou de fazer conta como sacrilégio.

Ela tremeu e mordeu o lábio.

— *Aye*.

Foi o mais perto de uma experiência religiosa que eu já tive. Mal conseguia falar ao tirá-la da água, meio esperando encontrar árvores caídas e pedras em ruínas. *Isso aconteceu mesmo?* Parecia improvável e, ainda assim, meu pau meio saciado continuava firme, desafiando o frio e implorando por mais uma rodada.

Enrolei uma toalha grossa nos ombros dela e esfreguei seus braços até os dentes pararem de bater. A chuva caía forte, sem sinal de que fosse parar.

— Se veste. Vamos ter que correr pro carro.

Ela assentiu, em silêncio, enfiando as pernas na calça, sem nem tirar o biquíni. Me apressei também, as roupas colavam e arranhavam nos piores lugares. Abri mão do meu grosso cachecol de lã e o enrolei na cintura da Juniper, puxando-a para perto antes de colocá-lo na cabeça dela, deixando as pontas molhadas do cabelo dela para dentro e amarrando tudo debaixo do queixo. *Merda*, os lábios dela estavam ficando azuis.

— Pronta? Cuidado nas pedras, estão escorregadias.

Ela assentiu rápido, aceitando minha mão estendida enquanto eu jogava nossas mochilas no ombro e a guiava pela trilha, levantando-a sobre um riacho que havia transbordado morro acima.

— O que diabo está acontecendo? — gritou Juniper por cima do barulho da água, os olhos fixos nos próprios pés à medida que a gente se equilibrava entre as pedras traiçoeiras. As nuvens passaram de cinza a um preto ameaçador. As cachoeiras corriam como se estivessem fugindo de um inimigo, espirrando espuma branca. — Você sabia que vinha uma tempestade?

O tempo na ilha de Skye podia virar num piscar de olhos, às vezes oferecendo as quatro estações num único dia. Mas *aquilo* estava em outro nível.

— Não.

Nem cheguei a olhar a previsão, estava mais preocupado em conseguir umas horas a sós com ela. Eu não era melhor que um turista inconsequente, despreparado para a selvageria escocesa.

Apertei mais a mão dela.

— Quase lá, já dá pra ver o carro.

O único veículo no estacionamento parecia um farol em meio ao mar revolto.

Destravei as portas antes mesmo de chegarmos, abri o lado do passageiro e levantei Juniper pela cintura, colocando-a lá dentro, antes de correr para o lado do motorista.

— Tá tudo bem?

Eu me joguei para dentro, ligando o aquecedor no máximo até o ar quente soprar com força de todas as saídas.

A água se acumulava nos cílios dela e descia pelas bochechas.

— Talvez eu fique sem dedos, mas, fora isso, tô ótima.

Juniper riu, levantando os dedos vermelhos. Aproximei as mãos dela da saída de ar, esfregando meus próprios dedos rígidos nos dela, apesar da careta que ela fazia.

Eu me senti um merda.

— Teria sido uma boa ideia checar a previsão do tempo.

— Talvez. — Mas o tom dela era leve, as bochechas estavam coradas e havia o brilho da adrenalina nos olhos. — Você parece ter um dom pra me deixar molhada.

Engasguei. Aqueles encontros sempre acabavam em desastre. Se eu tinha alguma intenção de impressioná-la, tinha fracassado miseravelmente.

— Queria poder dizer que é sempre de propósito.

— É divertido mesmo assim.

Surpreso, tirei os olhos dos dedos elegantes dela, ainda entrelaçados nos meus, e encarei seu rosto, seus lábios. Parte de mim achava que Juniper se arrependeria do que aconteceu na piscina, que justificaria tudo como um momento de loucura.

— Posso te beijar de novo? — perguntou ela, tímida.

Meu coração quase foi parar na garganta. Depois de tudo o que tinha acontecido, ouvir aquilo dela era como me jogar de um penhasco.

Assenti em silêncio, e ela se aproximou, o alívio tornando o momento ainda mais doce quando os dedos dela afundaram no meu cabelo molhado. E tudo em que consegui pensar foi: *por favor, não parta meu coração.*

Os lábios dela eram cuidadosos, se mexendo com uma gentileza surpreendente, como se estivesse bebendo da minha boca. Levei alguns segundos para acompanhar, mas, quando consegui, quis mais. Mordi o lábio inferior dela com força, o suficiente para fazê-la soltar um chiado.

Eu poderia tê-la ali mesmo. Sob a cortina de chuva, ninguém jamais saberia. Mas ela estremeceu, e eu engoli o desejo.

— É melhor te levar pra casa.

— Você está esquisito.

Franzi a testa, encarando o balcão de mármore da cozinha, e empurrei a caneca de chá até onde Juniper estava sentada, no banco do outro lado.

O cabelo dela já tinha secado, formando cachos caóticos, quando paramos em frente ao meu chalé. Ela fez uma careta ao se ver no espelho do corredor, tentando domar os fios com os dedos até eu dizer, sem rodeios: "Eu amo o seu cabelo assim".

Ela me mostrou o dedo do meio, mas notei que parou de tentar arrumar os cachos. Por mim, perfeito. Um pouco de imperfeição caía como uma luva em Juniper.

— Talvez eu esteja agindo um pouco estranho — admiti, enchendo minha caneca com água fervente.

Na verdade, eu estava abusando da sorte. De algum jeito, durante o trajeto de trinta minutos de volta para Kinleith, consegui convencê-la a entrar no meu chalé para tomar alguma coisa antes do início do turno dela na Casa Hera.

Chá.

Só isso, era o que eu prometera a mim mesmo. Chá e conversa.

Só que Juniper tinha o dom de me fazer perder todo e qualquer bom senso assim que se aproximava. Ela me dera livre acesso ao corpo dela lá nas piscinas das fadas, e eu sabia o quanto era difícil para ela acreditar que eu daria a *nós dois* o que precisávamos. Mas eu queria mais do que confiança com o prazer dela.

Eu queria que ela confiasse em mim com o coração.

Queria que acreditasse que cada frase brega que saía da minha boca era mais do que uma tentativa de levá-la para a cama.

Por isso… chá. A confiança começaria com chá.

— Você tem um filme favorito?

Ela me olhou como se eu tivesse criado uma segunda cabeça.

— Acho que não.

Ótimo começo.

— Estação do ano?

— Primavera.

— Esporte?

Ela soprou o chá.

— Odeio esportes.

É. Disso eu já sabia.

— Profissão dos sonhos quando era criança?

— Vampira. — Ela arqueou uma sobrancelha. — Essas perguntas têm algum propósito além de hackear meu e-mail?

Suspirei.

— Estamos nos conhecendo.

— Ah, então, por favor, continue. — Ela cruzou uma perna sobre a outra, se ajeitando. — Mal posso esperar para te contar minha posição sexual favorita.

Travei na hora. Minha boca abriu, depois fechou.

— Qual é a sua posição... *não*... — Levantei as mãos, recuando até esbarrar a cintura no balcão. — Não quero saber. Essa é uma conversa não sexual.

Ela sorriu, dentes à mostra.

— Mas é uma posição muito boa.

Porra. Quebrei como um galho seco sob a bota dela. Contornei a ilha da cozinha e a puxei para os meus braços.

— Me conta.

A palavra mal tinha saído da minha boca quando meu celular acendeu. E a câmera da porta da frente detectou movimento. Abri o aplicativo e o rosto do Alistair apareceu na tela. De capuz erguido, a água escorria do casaco verde-escuro dele em filetes.

Parei de respirar. Levei um dedo aos lábios e mostrei o telefone para Juniper. O único sinal visível da reação dela foi o arregalar dos olhos. Mas eu sabia que aquilo era só a ponta do iceberg.

Alistair bateu.

— Callum, abre! Tá caindo o mundo aqui fora. — A voz ecoou pelo corredor.

Eu tinha deixado a porta destrancada. Tínhamos segundos até ele descobrir isso sozinho. Ainda entrelaçados, nós nos encaramos como num maldito jogo de quem pisca primeiro.

A maçaneta girou.

Nenhum dos dois piscou.

A porta rangeu.

Juniper sorriu de canto.

As botas bateram no azulejo da entrada.

Meus dedos apertaram a bunda dela.

— Callum?

Não aguentei. Peguei ela no colo e joguei sobre o ombro, indo direto pela porta nos fundos da cozinha, que levava ao meu quarto e ao escritório. A risada sapeca dela era abafada, quente, provocante em meu pescoço. No quarto, coloquei no chão, prensando-a na parede ao lado da porta.

— Acha que consegue ficar quieta, harpia?

— Cal? — A voz do meu irmão vinha da cozinha.

— Se me der o motivo certo.

Aquela mulher. Por mais que a situação fosse um caos, aquelas palavras causaram um arrepio direto no meu pau. Minha mão bateu na parede, os lábios colidindo com os dela, saboreando-a como se fosse a última vez. Juniper correspondeu com uma urgência quase chocante. A língua invadiu meus lábios, acariciando, até minhas mãos se enroscarem sob a blusa dela.

Não se passaram nem dois segundos quando ela me afastou.

— Você tem que ir.

— *Aye*.

Roubei mais um beijo.

Ela riu na minha boca.

— *Vai*.

— Fica aqui. — Tentei acomodar a ereção pulsando na braguilha, dei um último beijo na testa dela e um tapa na bunda, empurrando-a na direção da cama. — Deita na minha cama. Quero que meus lençóis fiquem com o seu cheiro.

25

Juniper

Surpresa. Eu não deitei lá.

Com as costas pressionadas na parede, ao lado de uma série de fotos em preto e branco da paisagem melancólica de Skye, uma coleção que eu adoraria pendurar em minha própria casa, fiquei ouvindo os irmãos se movimentarem pela cozinha.

— Desculpa. — Callum parecia sem fôlego. — Eu estava… estava quase entrando no banho quando ouvi você.

Estremeci com as palavras dele. Devia doer mentir assim para o próprio irmão.

— Por que você está todo molhado? — perguntou Alistair, direto como sempre.

— Fui fazer uma trilha de manhã. Acabei tomando chuva no meio do caminho.

Ouvi o tilintar das xícaras e soube que Callum estava dando um jeito nas evidências da minha visita.

— Pensei que você ia para Portree — comentou Alistair, e pude imaginar a ruguinha de concentração que sempre surgia entre suas sobrancelhas quando tentava resolver uma questão.

— Eu fui. Depois fiz uma trilha. O que você está fazendo aqui?

— Fui ver a Juniper.

Meu coração parou, um batimento se estendendo até o próximo. O silêncio do cômodo ao lado se alongou junto com ele.

— *Ah é?* — Callum tentou soar casual e falhou. — Ela não estava?

Puta merda. E pensar que dias atrás eu o acusara de ser um mentiroso de primeira. Seria mais fácil eu abrir a porta e anunciar minha presença.

— Ada disse que ela voltaria à tarde.

Caramba, Ada. Eu precisaria ter uma conversinha séria com ela sobre sair distribuindo aquele tipo de informação por aí.

— Pensei que você estivesse dando um tempo para ela.

A tensão escorria das palavras de Callum. Ele quase soava com ciúme.

— *Eu dei.*

Não consegui conter um risinho irônico. *Um único dia.*

— Um dia não conta. — Meus pensamentos e as palavras cortantes de Callum caminhavam lado a lado. — Espere que ela venha até você. Estou falando sério, Alistair. Ela merece isso.

Ao imaginar a expressão ameaçadora no rosto de Callum, fechei os olhos, e meus dedos voaram até o coração acelerado. *Se acalme*, pedi ao órgão gelado e murcho, que ameaçava bater asas sob minhas costelas. *Não se precipite.*

"Os únicos momentos que ainda tinham brilho eram quando você aparecia." Lembrar daquelas palavras só fez meu coração bater mais forte, como se uma mão quente o envolvesse, derretendo sua crosta de gelo.

Escorreguei devagar pela parede até me sentar no chão.

"Juniper Ross não implora pelo amor de ninguém." Mas eu talvez implorasse. Mais uma hora na presença ensolarada de Callum e era bem capaz de eu implorar.

Abracei os joelhos no peito, enquanto as palavras *Perigo! Perigo!* piscavam como sirenes atrás das pálpebras fechadas.

Amar Alistair tinha sido fácil. E, ainda assim, me destruiu. Eu *permiti* que me destruísse.

Eu o transformei num monstro em minha cabeça. Um ogro culpado por toda a minha infelicidade. Ainda não estava pronta para perdoá-lo, mas ao menos enxergava com clareza que a culpa não era *só* dele.

O que eu sentia por Callum não era amor… ainda. Era pior, era esperança.

Droga.

Passei as mãos pelo cabelo ainda úmido, enquanto uma lembrança de Alexander, meu pai, em seus últimos dias de vida surgia em minha mente.

"No fim, tudo é dor, pequena, então é melhor fazer a jornada valer a pena."

Mesmo naquela época, ele já tentava me alertar, como se pudesse ver o muro que eu começava a erguer ao meu redor. Já sabendo que a morte dele colocaria o último tijolo.

— Como está o pai? — A voz de Callum escapou pela fresta da porta, e eu soube que era hora de ir.

Com as pernas trêmulas, me levantei, rabisquei um bilhete, deixei sobre o travesseiro dele e saí pela janela do quarto.

26

Juniper

Juniper: Deixei meu sutiã debaixo do seu travesseiro. A cor do dia é verde.

Callum: Sério mesmo?

Mensagem de voz de Callum: Você adora provocar, harpia.

Juniper: Rá! Nem trinta segundos entre uma mensagem e outra. Você foi correndo ver?

Callum: Sou rápido quando tenho motivação.

Juniper: Eu sei ;)

— O que você fez com a minha gata?

Com a escova de dentes na mão, observei Shakespeare e Callum da porta do banheiro. Shakespeare, percebendo que estava sendo observada, virou de barriga para cima e esticou as pernas demoníacas, permitindo que os dedos ilesos dele deslizassem pela barriga dela. *Um absurdo*. Cadê os silvos? Cadê o banho de sangue?

— Ela parece chapada! — acusei.

— Costumo causar esse efeito nas moças — disse ele, no mesmo instante em que Shakespeare ronronou alto, como se estivesse provando o argumento dele.

— Ela faz esse som quando dou erva-de-gato pra ela.

— Não precisei drogar ninguém. Algumas mulheres gostam da minha companhia.

Ele me lançou um sorriso preguiçoso, seu cabelo estava um pouco amassado atrás por ter sido esmagado nas almofadas do sofá. Tirando algumas mensagens flertando, não tínhamos nos falado o dia todo desde a interrupção do Alistair, algo incomum para Callum, cujas mensagens, como eu estava começando a perceber, vinham com a mesma frequência e velocidade dos pensamentos dele.

Eu tinha ficado tão agitada que Ada voltou a ficar preocupada, achando que tinha alguma "infestação" de cupins. Acabei enfiando o celular na gaveta da escrivaninha e prometi não pensar naquele rosto irritante de tão bonito pelo resto do dia.

O restabelecimento das regras dos irmãos Macabe durou só algumas horas, porque, no fim do meu turno, quando saí pela porta dos fundos para caminhar os cinquenta metros até meu chalé, uma voz rouca sussurrou:

— Posso te acompanhar até em casa?

Já era tarde, mas mesmo assim o convidei para ver um filme. E, apesar de ter que acordar cedo para ir ao consultório, ele aceitou.

Enrolados sob um cobertor, com Shakespeare formando uma barreira perigosa entre nós, assistimos a um filme de ação dos anos 1990 em um silêncio confortável. A respiração de Callum era tão estável que pensei que tivesse adormecido, até que ele estendeu o braço e entrelaçou os dedos nos meus, puxando minha mão para debaixo do cobertor, deixando-a sobre a coxa dele.

Já passava da meia-noite, os créditos rolavam na tela silenciada. Callum não dava sinal de que iria embora e, por mais que eu soubesse muito bem onde isso ia acabar, e quisesse que acabasse nisso, hesitei. Levei o dobro do tempo no banheiro, aplicando quase todos os tônicos, hidratantes e cremes noturnos que eu tinha, até ficar parecendo que eu tinha feito uma hora de hot yoga. No dia seguinte, eu estaria cheia de espinhas e a culpa seria toda da minha covardia.

— Você demorou para voltar — comentou ele, girando minha caneca preferida, em forma de caveira, nas mãos.

O sorriso dele era uma linha perfeita entre o charme e a timidez.

— Eu… *ah*. Minha rotina noturna é bem rigorosa.

Uma das sobrancelhas subiu com minha estupidez.

— É mesmo? Me explica.

— É um processo complexo. — Acenei com a mão enquanto ele se levantava. — Não importa.

— Bem, estou fascinado.

— Com a minha rotina noturna?

— Com tudo. — Ele deu um passo na minha direção, parando quando dei um passo para trás e bati na porta do banheiro. — Você está nervosa — observou, como se fosse impossível.

Do mesmo jeito que alguém poderia dizer: "Renesmee é um ótimo nome para um bebê".

— Isso tudo é novidade para mim — admiti.

Ele assentiu, entendendo o que eu quis dizer sem precisar de mais nada.

— Para mim também.

A confissão só serviu para deixar o ar ainda mais denso, então fui direto para a cama, mais do que pronta para o alívio que nós dois precisávamos.

— O banheiro é todo seu.

Ele voltou antes mesmo de eu terminar de desabotoar a camisa. Ajoelhado sobre mim, segurou meus pulsos, prendendo-os ao lado do meu corpo.

— *O que você está fazendo?*

— Tirando a camisa. Não foi por isso que você veio aqui?

— Não. — Com os olhos bem fechados, ele apoiou a cabeça no meu ombro. — *Caramba, não.*

— Ai… *essa doeu.*

— Não quis dizer desse jeito e você sabe disso. — Callum recuou, o olhar percorrendo meu corpo com desejo. As mãos ainda presas nas dele, minha camisa aberta, mal cobrindo os mamilos. — *Puta merda*, Juniper. — Ele me soltou e fechou os botões da camisa com dedos estabanados. — Eu vim aqui pra dizer que a gente devia ir com calma… mas eu não sabia que você vestiria *isso*.

— Estou de pijama.

— Por isso mesmo. — Um músculo saltou no maxilar dele. — Nunca te vi assim. Está despertando todo tipo de fantasia cotidiana na minha cabeça.

Fantasia cotidiana? Eu ri.

— Preciso saber do que se trata?

Caindo sobre os calcanhares, na cama, ele passou a mão pela barba por fazer.

— E correr o risco de revelar o quanto sou completamente obcecado por você? Acho que não.

— Agora você *tem* que contar... Minha mente já está criando todo tipo de montagem de filme no estilo *Esposas em conflito*. — Fingi me arrepiar. — Que é cheio de vestidos floridos e mulheres dizendo "Tenha um bom dia no trabalho, meu amor"... Eu fico péssima de vestido florido. Você quer que eu te receba na porta às cinco da tarde com uma bandeja de mini bolinhos recém-assados? Porque esse é o meu limite.

Quando ele nem sequer riu, dei uma cutucada com o pé descalço. Callum o segurou e puxou para o colo.

— Conta.

— Você é um perigo, mulher. — Ele suspirou. — Deita de lado, vou te mostrar. — Obedeci, lançando um olhar atrevido por cima do ombro quando ele se acomodou atrás de mim. — Para de pensar besteira, harpia. Olha pra parede.

— Mandão — murmurei, mesmo enquanto um arrepio percorria minha espinha com aquele lado dele que eu via tão raramente.

— Essa noite, quem está no comando sou eu.

Ele se aproximou, minhas costas encaixando no peito dele, minha bunda se acomodando em seu colo e *olá*... um pau bem grosso e duro pressionado nas minhas costas. Mexi a cintura, sem conseguir evitar o reflexo. Callum apenas envolveu meu corpo com o braço, me puxando para junto dele até nossos peitos subirem e descerem no mesmo ritmo.

— *Essa* — segredou ele no meu cabelo, com a voz rouca. — Essa é a minha fantasia preferida. Só te segurar assim.

— Nada mais? — Meu tom deixava claro que eu não acreditava.

— *Nada mais*.

— Por quê?

A pergunta saiu como um sopro. Eu não conseguia entender o sentido por trás das palavras dele. Nenhum homem nunca quis ir devagar comigo. Eles costumavam pular depressa para o final.

— Quando algo é importante de verdade, não é preciso ter pressa.

O significado atravessou minhas veias como fogo: *você é importante, Juniper.*

— Então a gente não vai transar?

O beijo suave na minha nuca fez meus olhos arderem.

— Ainda não, meu anjo.

— Quando?

Esperei que Callum risse. Em vez disso, ele beijou meu pulso.

— Quando você confiar que estou por inteiro nisso. — Um aperto na minha cintura. — Quando eu tiver certeza de que você está confortável com a ideia de nós dois.

Nós. Éramos um *nós*.

E *nós* nunca tinha dado certo para mim. Jamais.

De repente, me senti como um nervo exposto. Fechei os olhos, sentindo o cérebro voltar para o modo de sobrevivência enquanto estendia a mão para o travesseiro gelado.

— Seria melhor você não dormir aqui.

— Não lembro de ter estabelecido essas regras.

Antes que eu pudesse retrucar, ele me virou de frente, o braço musculoso passando entre minhas pernas, segurando minha bunda e me puxando meio de lado sobre o peito dele, como se eu fosse um gato de dois quilos, e não um ser humano adulto.

Fui relaxando, deixando os braços fortes dele me envolverem, seu nariz enterrado no meu cabelo conforme respirava fundo. Callum estava me *aconchegando*. Bem no fundo, na parte esquecida e trancada do meu coração, existia uma mulher que queria ser cuidada — e, de algum jeito, ele tinha percebido isso.

Se ao menos eu conseguisse desligar meu cérebro.

— Você está indo devagar por causa do Alistair?

Ele segurou minha nuca com delicadeza, o polegar desenhando um círculo lento.

— Não. — Outro círculo. — Eu detesto guardar segredos, então preferia contar logo. Mas quem decide é você. Contamos quando você estiver pronta.

— Por que eu decido? Você também devia ter voz nisso.

— Porque eu já estou pronto, Juniper. Desculpa se isso te assusta, mas, *caramba*... é só você dizer uma palavra e eu saio anunciando no meio da rua com um sino na mão, igual a um maldito arauto.

— Um sino?

Sorri na camiseta dele, me aproximando mais um pouco.

— *Sim*, um sino — rosnou, o som nada condizente com ele vibrando em seu peito. Ele me soltou por tempo o bastante para apagar o abajur. — Vá dormir antes que meu autocontrole vá para o espaço.

— Sim, senhor.

Em resposta, ele deu um tapa na minha bunda, então belisquei o mamilo dele, arrancando um grunhido.

— Callum?

— *Aye*?

A mão dele subia e descia pelas minhas costas.

— Eu gosto de você.

Prendi a respiração enquanto o corpo dele enrijeceu e então relaxou sob o meu.

— Eu também gosto de você, meu anjo.

27

Callum

— Sou eu! — gritei, chutando as botas no corredor da Juniper.

Eu as alinhei com cuidado ao lado dos saltos dela, como vinha fazendo todos os dias nas últimas duas semanas desde nosso encontro nas águas das fadas, desde que decidimos levar as coisas com calma, e segui o cheiro de torrada queimada até encontrá-la na cozinha. A franja caía nos olhos enquanto ela franzia a testa na direção de uma panela estalando no fogo. Frascos de temperos e potes abertos cobriam cada centímetro da bancada.

— Está tudo bem?

Ela estava linda demais. Usando uma camiseta justa enfiada dentro da calça jeans, que fazia as pernas dela parecerem intermináveis. Presilhas douradas prendiam a parte de cima do cabelo.

— Estou cozinhando pra você. — O molho espirrou e soltou fumaça. — *Merda.* — Ela rodopiou, abaixando o fogo de repente. O nariz se enrugou. — Tentando cozinhar, pelo menos... Isso aqui está uma bagunça dos infernos.

Se eu achava impossível ficar ainda mais viciado em Juniper Ross, estava enganado. Depois de passar quase todas as noites das últimas duas semanas com ela nos braços, eu estava de todo obcecado.

Consumido.

Ela era toda, *quase* toda, minha. Não que eu fosse dizer isso em voz alta para Juniper. Eu podia esperar ela chegar àquela conclusão sozinha. E ela chegaria… *algum dia*. E, quando chegasse, eu estaria pronto, para consolá-la e logo depois lembrar o quanto éramos incríveis juntos. Porque, porra, a gente era *incrível* junto. Juntos no chalé dela, vivíamos em uma bolha perfeita que ameaçava estourar a cada dia que adiávamos contar para Alistair.

Um gosto estranho sempre me vinha à boca quando eu pensava nisso. Não chegava a ser culpa, era doce demais para isso. Era mais como… inquietação.

Ciúme.

Toda vez que meu irmão perguntava por ela ou o nome dele aparecia no celular dela, aquilo crescia.

O passado de Juniper e Alistair ditava que ele merecia saber por mim, mas toda a minha lealdade era dela. Até que Juniper me autorizasse, eu ficaria de boca fechada. Quando Alistair soubesse da verdade, eu encararia toda a raiva dele de frente, e depois lembraria com muito prazer que ele não podia querer ter tudo. Não dava para se separar e ainda decidir com quem ela ficava depois.

Até lá, eu continuaria sendo egoísta, aproveitando cada minuto que Juniper me oferecesse.

Fiel à minha promessa, estávamos mantendo as coisas leves. Nós nos beijávamos no sofá como dois adolescentes, com a filmografia inteira da Meg Ryan servindo de paisagem. Uma vez ela gozou na minha coxa. Foi glorioso… e totalmente acidental. Juniper ficou tão chocada quanto eu quando gritou com o orgasmo. Fiquei tão excitado que inventei uma desculpa e fui correndo me aliviar no banheiro dela, cercado por frascos de perfume e loções corporais que tinham o mesmo cheiro dela.

Ciente da minha crise, Juniper tinha ficado rondando do lado de fora, soltando provocações. Mal tinha sussurrado: "Quer que eu engasgue com ele, garotão?" e, pronto, gozei com um gemido rouco.

Depois de me recompor às pressas, abri a porta e a encontrei mordendo o lábio, com aquele brilho provocador nos olhos.

"Nunca mais me chame de *garotão*", rosnei, carregando-a de volta para o sofá, passando direto pela cama tentadora que ficava a poucos metros dali.

Quando as coisas esquentavam entre nós, eu não saía daquele sofá. Se a tivesse debaixo de mim numa cama, estaria ferrado.

Naquele momento, envolvi a cintura dela com o braço e dei uma espiada por cima do ombro dela para a gororoba marrom e pastosa antes de perguntar:

— O que é isso?

A colher bateu na bancada quando ela largou com força.

— Era pra ser falafel.

— Está mais pra *haggis* — provoquei. A careta dela ficou ainda mais intensa e eu soltei a mão dela do cabo da panela com cuidado, dei uma mexida e acrescentei um pouco mais de óleo. — Por que resolveu cozinhar, do nada?

Juniper comeria cereal em todas as refeições, se pudesse.

— Porque você cozinhou pra mim todas as noites esta semana.

Coloquei a panela de volta no fogo, abaixando a temperatura.

— Eu gosto de cozinhar para você.

As mãos dela foram direto para a cintura.

— Vai ver eu estava gostando de cozinhar para você.

— Estava mesmo?

— *Não!* Odeio fazer isso.

Ela esfregou as têmporas.

Rindo, coisa que eu estava fazendo muito ultimamente, a levantei pela cintura, algo que descobri que ela adorava porque a fazia se sentir delicada, e a sentei no balcão, no meio dos temperos. Assim, ela ficou uma cabeça mais alta do que eu.

— Então não cozinhe. Vamos pedir uma pizza.

Sem precisar que eu repetisse, ela pegou o celular para mandar mensagem para a única pizzaria da vila.

— Onde você aprendeu a cozinhar, afinal?

— No exército, eles te treinam para ser bem autossuficiente. Não dava para ser... como foi que você me chamou mesmo? "Um crianção que contrata alguém para lavar as próprias roupas."

— Isso foi tipo... uns sete anos atrás. Nem acredito que lembra disso.

Belisquei a cintura dela.

— Eu me lembro de tudo o que você diz.

Os olhos escuros dela vasculharam meu rosto, ponderando as palavras. Quando ela não disse nada, passei um dedo pela dobra do cotovelo dela, franzindo a testa ao ver a marca recente deixada por Shakespeare.

— Você lavou isso?

Juniper assentiu, e eu beijei o machucado. Ela enfiou a mão no meu cabelo, com um carinho tão absurdo que eu senti como se estivesse passando as últimas semanas numa dimensão paralela. Só podia ser isso. Ninguém tem tanta sorte assim.

Apoiei uma das mãos no balcão e notei alguns livros empilhados de qualquer jeito. Esperando ver receitas, virei as lombadas na minha direção.

A verdade sobre a demência.

O que ninguém te conta sobre a demência.

Como apoiar um cuidador.

Li os títulos três vezes, sentindo como se alguém tivesse aberto um buraco no meio do meu peito.

— Onde você conseguiu isso?

— Na biblioteca.

— Por quê?

No fundo, acho que eu já sabia a resposta. Mas precisava ouvir da boca dela.

Juniper me encarou com atenção, medindo o tamanho do abismo que as próximas palavras poderiam abrir.

— Porque quero ser seu apoio.

O que mais havia a dizer?

Agradeci com um beijo, fazendo questão de deixar que Juniper sentisse cada pedacinho da minha gratidão. Depois desci para a mandíbula dela. O pescoço. Não consegui resistir e levantei a camiseta dela, pressionando os lábios na curva da tatuagem ao lado da costela. *Boa demais pra mim*, pensei. *Doce demais.*

Eu estava prestes a dizer isso em voz alta quando ela puxou meu cabelo.

— Precisamos levar a pizza conosco. Tenho uma surpresa para você.

28

Juniper

Juniper: Chega de falar de trabalho, me conta do cruzeiro. Como está o tempo?

Juniper: Na verdade, dane-se o tempo. Quero saber é dos homens… Tem algum que você gostou? Está aproveitando alguma coisa?

Fiona: Você é tão terrível quanto a sua tia.

Juniper: Sylvia sabe se divertir. Não fuja da pergunta!

Fiona: Uma dama não conta vantagem.

Juniper: Isso quer dizer que existe alguém.

— O chuveiro está vazando de novo?

Callum segurava meus dedos com firmeza entre os dele enquanto subíamos de mansinho as escadas da Casa Hera. Na outra mão, carregava a caixa de pizza ainda soltando vapor.

— Não. Parece que você fez um trabalho muito bom… para um caubói.

— Você é uma mulher cruel, harpia. — Ele levou a mão à minha cintura, impedindo que eu desse o primeiro passo no patamar. Sua voz veio baixa, roçando meu ouvido. — O jogo vai virar direitinho quando for você cavalgando em mim.

Meu Deus. Eu nem sei como conseguíamos nos segurar por tanto tempo. Eu não tinha sequer encostado em um homem por quase um ano antes daquela história com o Callum, e estava bem. *Um pouco tensa*, talvez, mas bem.

Mas, de repente, sexo, *sexo com ele*, era a única coisa em que eu pensava.

Devagar. Repeti a palavra para mim mesma. A palavra que virou uma espécie de talismã para Callum naquela semana, sempre que as coisas avançavam demais, bem perto do ponto irreversível.

Mas era o limite dele, e eu respeitava.

— Quando eu estiver cavalgando em você, *Macabe*, essa discussão vai ser a última coisa passando pela sua mente. Agora cala a boca antes que acorde alguém.

Destranquei o quarto cinco, sem nem me dar ao trabalho de acender a luz.

Ele deu dois passos para dentro. E parou.

— O que é isso tudo?

Fechei a porta atrás de nós, deixando apenas o luar entrar pelas cortinas abertas, junto com o brilho dourado dos pisca-piscas que encontrei na caixa de Natal.

— Achei que estava na hora de te levar para um encontro.

Eu me senti boba de repente, vendo-o observar em silêncio meu esforço para ser romântica, da cama bem-arrumada para a pilha de mantas no chão diante da janela, ladeada por velas ainda apagadas. Parecendo esquecer da pizza, os braços dele caíram ao lado do corpo e as fatias deslizaram pela caixa com um barulho úmido.

Ele odiou.

— Eu ia subir antes e acender as velas, mas você me distraiu — expliquei rápido. — E posso pegar mais cobertores, se não estiver quente o suficiente. — Callum apenas engoliu em seco, então tirei os sapatos e fui até as mantas macias. — Olha, a gente pode fazer outra coisa se isso foi uma péssima...

— Não é. — Os olhos dele brilhavam. — É só que... me deu uma vontade ridícula de chorar.

Meu coração disparou, sentindo o gosto doce daquele instante. Um momento ao qual eu voltaria mil vezes, até que as lembranças começassem a se desfazer: quando Callum Macabe olhou para mim como se eu fosse feita de estrelas.

— Então chore.

Com os olhos ainda brilhando, ele apontou para meus pés descalços que estavam debaixo do cobertor.

— Isso é uma das coisas que sempre gostei em você, sabia?

— Minha habilidade de planejar um encontro barato?

Esperei ele se sentar e então cobri nossas pernas com outro cobertor.

— *Não.* O fato de que uma das primeiras coisas que você faz em qualquer lugar é tirar os sapatos.

Era um detalhe que poucas pessoas notavam. Alexander sempre dizia que era porque eu me sentia em casa em qualquer lugar, mas, para mim, era o contrário; me ajudava a controlar a vontade de sair correndo.

Debaixo do cobertor, Callum puxou minhas pernas para o colo e passou o polegar pela sola do meu pé com uma pressão deliciosa.

— Para uma mulher que diz não gostar muito da natureza, você com certeza é do tipo que anda descalça na grama. — Ele repetiu o gesto e eu não consegui conter um gemido. — Toda vez que via esses dedinhos pintados de preto, tinha que me segurar para não morder um por um.

— Também tem fetiche por pés? Achei que você fosse menos depravado.

— Está mais para um fetiche por Juniper Ross. — Ele inclinou a cabeça e mordiscou meu queixo, o nariz roçando até parar na pequena marca de nascença na base do meu pescoço. — Essa marquinha que eu só via quando o tempo estava quente o bastante para você usar uma blusa de alcinha. Nunca me viu procurando por ela? — Balancei a cabeça. — E a sua boca? — Os dedos dele contornaram meus lábios, que formigaram como se tocados por eletricidade. — Toda vez que você falava, comia, sorria… você me ganhava, meu anjo, eu estava na palma da sua mão e nem tentava disfarçar.

Aquela confissão me desarmou. Eu precisava que Callum me beijasse, precisava dele embaixo de mim e, como ele sabia me ler como ninguém, voltou a massagear meus pés. Me torturando com cada toque.

Eu me joguei de costas nas almofadas.

— Vai me contar o que está acontecendo com você? — Abri os olhos de repente, e ele continuou: — Você estava quieta esta manhã. E na noite passada também.

— Usar massagem nos pés para fazer eu me abrir é sacanagem.

Ele enrugou o nariz.

— Por favor, nunca mais fale "se abrir" e "sacanagem" juntos se não estivermos em casa.

— Muito explícito?

Sorri.

— O que você acha? — Ele puxou meu pé ainda mais para o colo, só para eu sentir o efeito das palavras. — Agora fala.

Hesitei, mordendo o lábio.

— Vai parecer bobagem.

— Se está te incomodando, não é bobagem.

Soltei o ar devagar.

— Fiona não liga faz mais de uma semana. Ela sempre liga.

Os polegares dele não pararam o carinho.

— Por que você não liga pra ela?

— Porque, assim que eu falar com ela, vou ter que contar tudo. Acho que enfim está caindo a ficha de que ela vai voltar logo. E pode ser que não goste do que vai encontrar.

— Já pensou que talvez Fiona não tenha ligado porque, em vez de se preocupar, ela está aproveitando o tempo livre do jeito que você queria?

— Será?

Ele deu de ombros, apertando meu pé com mais firmeza.

— Talvez não fosse só você que precisasse perceber que consegue administrar este lugar sozinha, talvez ela também precisasse descobrir que ainda existe uma vida para ela fora da Casa Hera.

Ficamos em silêncio enquanto eu pensava sobre isso. Tinha passado tanto tempo vendo a pousada e Kinleith como uma espécie de prisão autoimposta que nunca parei para pensar se Fiona sentia o mesmo. Será que ela se agarrava com tanta força ao passado porque tinha medo de soltar sem saber se teria algo para segurá-la depois?

— Eu não a conheço como você, meu anjo. Mas *eu sei* que você foi muito corajosa, que se arriscou e ralou pra caramba para fazer tudo isso dar certo. Não tem a menor chance de a Fiona entrar neste quarto e não ver o amor e a dedicação que você colocou em cada centímetro dele.

— *Mas que caralho*. Às vezes você é tão fofo que chega a irritar. Não é à toa que toda mulher nesta ilha é caidinha por você.

Ele riu, se acomodando ao meu lado até ficarmos na mesma altura.

— Caidinha por mim? Quem, exatamente?

— Quem você acha? Jill Mortimer. — Franzi o nariz. — Só de pensar nas curvas dela e naquele cabelo loiro todo, *até eu* sinto vontade de sair com ela.

Callum parecia encantado.

— *Ah*, entendi.

— O quê?

— Isso... — Ele fez um gesto com a mão. — Ver você com ciúme é muito divertido.

— Eu não estou com ciúme!

Com os olhos brilhando, ele engatinhou por cima de mim.

— Está morrendo de ciúme. Fica tão fofa. Se serve de consolo, eu já estive nesse lugar... muitas vezes.

Ignorei aquela pequena confissão e disse:

— Eu nunca fui chamada de fofa por nenhum homem antes.

— Idiotas. Todos eles. — Callum abriu espaço entre minhas pernas com o joelho e se encaixou ali. — Você é muito fofa. *Ainda mais* quando está com ciúme.

— *Eu não estou com ciúme.*

Ele depositou um beijo no meu pescoço. Depois outro, bem na minha pulsação.

— Anotou tudo no diário? Tacou fogo nas minhas fotos durante uma lua de sangue?

— *Vai se foder*, Macabe.

Ele deu uma gargalhada.

— Voltamos ao Macabe, então?

— Sim!

Sentindo minha vulnerabilidade transbordar, cruzei os braços sobre o rosto, escondendo minha expressão.

— Juniper, meu anjo... — Callum aninhou o rosto no meu peito, me dando a privacidade de que eu precisava. — Nunca aconteceu nada com a Jill. A não ser que você conte um beijo bêbado quando eu tinha 16 anos... O que eu não conto.

Meu corpo, que estava prestes a relaxar, enrijeceu de novo, e fiquei aliviada por não poder ver o rosto dele quando disparei:

— Isso conta.

Ele subiu os dedos pela minha cintura.

— Então estou me sentindo um merda, porque foi meu primeiro beijo e eu tinha virado uma garrafa inteira de sidra barata cinco minutos antes. Vomitei tudo no sapato dela assim que acabou. Com toda certeza não foi meu melhor momento.

Baixei os braços e encontrei o olhar firme dele.

— Me desculpa. Estou agindo que nem criança.

— Você é humana. Acha que eu não fico com vontade de arrancar as bolas de todo homem que já ficou com você? Porque fico. E já tive tempo de sobra para imaginar exatamente como faria isso.

— Como?

Ele arreganhou os dentes.

— *Com violência.*

— Doeria muito?

Minhas pernas se apertaram ao redor da cintura dele.

— *Meu Deus*, você é uma bruxinha sanguinária. Alguém já te disse isso?

— Muitas vezes.

Callum enterrou as mãos no meu cabelo, me forçando a olhar para ele.

— E só pra deixar tudo em pratos limpos, não teve mais ninguém... desde que terminei com a Beth.

Beth. Eu me lembrei da gentil professora com quem ele saiu por alguns meses depois que Alistair e eu ficamos noivos.

— Por quê?

— Porque não existe solidão maior do que estar com a pessoa errada.

Senti um aperto no peito.

— Então você está dizendo que quer viver a experiência completa de Juniper Ross?

Ele afastou meu cabelo com carinho, os olhos brilhando de diversão.

— Sem a menor dúvida. O que exatamente isso inclui?

— Bom... — Meus dedos tamborilaram nervosos na borda do cobertor. — Gatos demoníacos, pra começo de conversa.

— Perfeito. — Ele acariciou minha orelha com o polegar. — O que mais?

— Mudanças de humor intensas — acrescentei.

— Mudanças de humor intensas são o meu tipo favorito de humor.

— Há quanto tempo? — perguntei.

Eu sabia que Callum tinha entendido minha pergunta vaga, porque seus dedos pararam. Então ele se virou de lado, me puxando para perto até minhas costas encostarem no peito dele, cobrindo a gente com o cobertor e deixando só nossas cabeças ficarem de fora, como se precisássemos estar confortáveis para aquela confissão.

— Desde o começo. Quando te vi na plataforma da estação.

— *Espera*... Na plataforma? Você quer dizer no trem?

— Não. Eu te vi pela janela enquanto corria pela plataforma. Na hora não soube explicar, mas alguma coisa me puxou até você antes mesmo do meu cérebro entender o que estava acontecendo.

Acariciei a parte de trás do braço dele, envolvida pelo cenário que ele retratava.

— E o que você pensou quando se sentou?

Senti a risada dele vibrar nas minhas costas.

— Que você era jovem demais para mim.

— Ainda é verdade.

Ele beliscou minha cintura.

— Pensei... que você era linda, brilhante e tão intrigante que eu não podia deixar você apenas ir embora quando chegássemos na estação final.

Era tudo muito louco. Mas, mesmo ouvindo aquelas palavras doces, eu não conseguia me enxergar na imagem que Callum descrevia.

— O quê? — quis saber ele depois de um tempo, levantando a cabeça por causa do silêncio.

— Eu não sei... é só difícil de acreditar, acho.

— Que alguém pensaria isso de você?

— *Sim.* — A confissão soou alta demais naquele quarto silencioso. — Você parecia tão brincalhão e confiante, achei que era tudo uma piada pra você. Por isso não contei quem eu era logo de cara, queria te vencer no seu próprio jogo.

Ele gemeu e começou a encher meu pescoço de beijos rápidos.

— O que você deve ter pensado de mim...

Inclinei a cabeça para trás.

— Achei que você era engraçado. E bonito demais. Mesmo eu estando apaixonada pelo seu irmão. — Callum enrijeceu. E eu segurei o braço dele antes que ele se afastasse. — Me desculpa...

A gente não tocava no nome de Alistair desde aquela primeira noite. Covarde que sou, estava esperando que Callum tomasse a iniciativa.

— Não peça desculpas. — Senti o suspiro longo dele. — Nunca te culpei por amar Alistair. Morria de ciúme, sim, mas nunca te culpei. E quando tudo acabou entre vocês… eu culpei *ele*.

Fiquei mexendo num fio solto do cobertor.

— Achei que você estava feliz porque eu não era boa o bastante pra ele.

— Você é *tudo*, Juniper. Nem acredito que vou dizer isso, porque não me favorece em nada… Odeio até pensar nisso, mas foi real para ele, meu anjo. Não sei os detalhes do que rolou entre vocês, mas, por pior que tenha sido o fim, ele também saiu de coração partido.

Aquela revelação foi como um alívio inesperado. E, ao mesmo tempo, tudo que senti por Alistair era uma dor ausente, porque uma verdade bem mais aterrorizante estava se encaixando dentro de mim. Eu teria que arriscar meu coração de novo.

Ele apertou o abraço, como se quisesse me ancorar ali.

— Estava aqui pensando… no *ceilidh* da destilaria, semana que vem. Talvez a gente possa usar como uma espécie de anúncio discreto.

— Anúncio discreto? — perguntei.

Callum começou a enrolar a ponta do meu cabelo nos dedos, revelando o nervosismo.

— Podemos dançar juntos, deixar as pessoas nos verem conversando. Eu sei que não vou conseguir não olhar pra você de todo modo, então… vamos deixar no ar.

— Para que as pessoas saibam que estamos juntos. Tipo juntos, *juntos*?

— Isso, juntos, juntos. Posso até perguntar em um bilhete, se quiser: marque A para sim, B para não.

— Idiota. — Alcancei a perna dele para dar um beliscão. Ele se encolheu, rindo forte em minha nuca. — Assim eu não vou mesmo.

— Você me ofereceu a experiência completa de Juniper Ross, e eu estou cobrando.

— As pessoas vão fofocar — avisei, mais preocupada por ele do que por mim.

Callum tinha muito mais a perder, e não só com a família. Algumas pessoas em Kinleith ainda tinham visões antiquadas; namorar a ex-noiva do irmão não passava a imagem de "respeitável membro da comunidade" que ele sempre manteve.

— Não estou nem aí. A gente conta para quem importa. O resto que vá pro inferno.

A firmeza dele fez meu peito se aliviar.

— Tá bom.

— "Tá bom"? Só isso? Tá bom? Que bom saber que minha companhia é tão empolgante assim.

— Ainda posso mudar de ideia.

— Não pode, não. Sem voltar atrás.

Ele me puxou para mais perto, murmurando de satisfação.

Nós íamos mesmo fazer isso. Eu me senti enjoada de repente.

— Precisamos contar para Alistair — falei.

Eu sabia que não dava para ficar naquela bolha para sempre, mas tinha esperança de que a gente tivesse mais algumas semanas.

Tentei imaginar eu e Callum de mãos dadas na rua principal. Sentados frente a frente com Alistair nos jantares da família Macabe. Um sonho que ainda parecia distante demais.

Era a permissão que faltava, mas a hesitação no silêncio de Callum foi clara.

— Eu sei. Só... não quero estragar a noite do Mal e da April. Vou contar depois da festa. Ele merece saber isso por mim.

Afastei a preocupação para o fundo da mente e me aconcheguei na dobra do braço dele, enquanto olhávamos o céu cintilante pela janela grande e aberta.

— Foi por isso que me trouxe até aqui? Esperto da sua parte. Um alvo fica mais vulnerável quase congelado.

— Harpiazinha malvada — resmungou ele, reorganizando nossos corpos até a perna dele se enroscar na minha. — Foi você que me trouxe aqui, lembra? E nem comi a pizza... Estou começando a achar que foi só para você se aproveitar de mim.

Era bem tentador, mas não era por isso que eu tinha planejado tudo aquilo.

— Tenha paciência, você vai ver.

E não demorou muito.

29

Callum

Guia da Ilha de Skye

No folclore gaélico escocês, a aurora boreal é conhecida como *Na Fir Chlis*, "Os homens ágeis". Nas ilhas, talvez você a ouça ser chamada de "Mirrie Dancers", "as dançarinas cintilantes", porque esse espetáculo natural impressionante parece dançar no céu. Os melhores meses para ver a aurora boreal em Skye são os próximos aos equinócios: março, setembro e outubro.

— Ali está, olha...

Juniper sacudiu meu ombro com gentileza, bem quando eu começava a pegar no sono.

Piscando, me apoiei num cotovelo.

— Aquilo é...?

— É.

As cortinas finas esvoaçavam com a leve brisa e nós dois olhávamos, maravilhados. Como se a hora avançada tivesse afinado o véu entre este mundo e o outro. Um caminho etéreo piscou de repente no céu. Luzes se ramificando em centenas de direções. Verde, rosa e roxo brilhantes pareciam cintilar, tão próximos que Juniper estendeu a mão, desenhando no ar os traços brilhantes, como se pudesse tocá-los.

— Isso é… — Minha voz soava tão constrangedoramente úmida quanto meus olhos. — Pela primeira vez na vida, estou sem palavras.

— Eu também.

Ela soava modesta. Humilde.

— Como você soube que isso aconteceria?

— Ada tem um aplicativo que informa sobre a aurora boreal. Recebeu um alerta esta tarde.

A poluição luminosa em Skye era tão pouca que eu já tinha tido a sorte de vê-la algumas vezes… mas nunca com outra pessoa. *A* pessoa.

Depois de um minuto, Juniper beliscou meu queixo, me fazendo olhar para ela. Só ela seria capaz de desviar minha atenção daquele encanto celeste. E, quando ela me beijou, gemi dentro do beijo, como se ela tivesse enfiado a mão no meu peito e apertado meu coração com força. Segurei seu rosto.

— Obrigado por me mostrar isso.

— Quando quiser, Macabe.

Ficamos um bom tempo olhando para o espetáculo de luzes antes que eu cedesse ao impulso de tocá-la, tirando aquele casaco grosso de lã e a puxando para meu colo, desesperado para tocá-la naquele instante. Sob *aquele* céu. A camiseta veio logo em seguida, e eu gemi em aprovação.

— Acho que azul-bebê é minha cor favorita por enquanto.

Os mamilos dela despontavam através da renda com detalhes em concha, quase implorando pela minha boca.

— Que bom. Porque eu vesti isso pra você.

Porra, meu anjo. Minhas mãos tremiam de ansiedade enquanto eu levava seus seios até a boca, traçando um beijo molhado pelas curvas perfeitas.

— Cuidado, harpia. Se continuar sendo boa assim comigo, vou acabar me acostumando.

Ela se arqueou sob meu toque, guiando minha boca, minha língua, mais para baixo, até encharcar a renda.

— *Tudo bem*. — Segurando minha cabeça em seu peito, ela mexeu a cintura, seu corpo envolto na legging deslizando sobre a dureza que crescia sob minha calça jeans. — Você merece um pouco de doçura.

Ela me abraçou pelo pescoço, um pouco desajeitada, um pouco desesperada.

Meu coração acelerou.

Eu amo essa mulher. Amo de um jeito que me faz entender por que alguém morreria por isso, sem pensar duas vezes.

Devagar o caralho, nem mesmo um terremoto conseguiria me impedir de vê-la perder o controle nos meus braços.

— Brinque com você mesma — murmurei rouco. Com os dedos firmes na cintura dela, me recostei nas almofadas. — Senta no meu peito… me mostra como você se toca no banho, imaginando que sou eu.

— Você tem certeza?

Não consegui conter a risada abafada.

— Sim, tenho certeza pra caralho. Ainda não vamos transar, mas eu quero isso… se você quiser?

Juniper assentiu com entusiasmo e eu abri espaço para que ela se ajoelhasse, estendendo a mão para ajudá-la enquanto descia a legging e a calcinha pelas pernas. Tirei minha camisa, sentindo meu pau quase arrebentando a calça quando ela montou em mim.

O cobertor xadrez se acumulou ao redor da cintura dela, e eu o afastei com dedos trêmulos, revelando suas coxas abertas, olhando para ela, quente e nua em minha pélvis. *Minha*, a fera no meu peito queria rugir.

— Você está encharcada, meu anjo. — Estávamos ofegantes, nosso peito em um vaivém ritmado. — Você esteve assim a noite toda?

Ela assentiu. E a fera rugiu de novo, prometendo apagar todas as lembranças do meu irmão da mente dela, até que não restasse mais nada além de mim.

— Anda… *porra*, Juniper, quero ver você se tocando.

Minhas palavras pareceram despertá-la, os lábios passando de entreabertos a pecaminosos num único suspiro.

— Um segundo.

Ela desabotoou o sutiã, deslizando as alças pelos braços. Mal tive tempo de apreciar os seios lindos antes que Juniper me beijasse. Um gemido suave e gostoso que vibrou em sua garganta, e ela empurrou aquele som para dentro da minha boca com a língua. As mãos delicadas contornaram meus ombros e eu arfei quando as unhas se cravaram em mim, *sem delicadeza alguma.*

Era tão gostoso, tão intensamente primitivo, que meu corpo arqueou sob o dela.

— Como você consegue ser tão perfeita?

Ela era um sonho... não, *melhor* do que qualquer sonho. No começo, ela se tornara uma espécie de deusa na minha mente. Linda, sarcástica, ferina. Um rosto angelical e uma ternura imensa por quem ela amava e, *puta merda*, como eu queria ser uma daquelas poucas pessoas.

Mas a mulher de carne e osso nos meus braços era *de verdade*.

— Talvez eu só seja perfeita para você.

As palavras dela, somadas à pressão firme em meu pau, me arrancaram um gemido; apertei os olhos enquanto implorava pela força que não tinha.

— Porra, meu anjo... Não se mexa ou eu vou gozar.

— Achei que você queria que eu me tocasse.

A mão dela já estava *lá*, os dedos mal roçando a pele sensível no momento em que ela se acariciava. Ela gemeu e eu ergui a cabeça... Precisava ver, mesmo que isso me custasse a dignidade de gozar feito um adolescente.

Não me mexi, não respirei conforme a observava deslizar a mão entre nós, posicionando-a de forma que um dedo tocasse seu clitóris e os nós dos outros dedos roçassem meu comprimento a cada vez que passavam por suas dobras. A outra mão subiu ao seio, acariciando e provocando.

— Isso, meu anjo... *puta merda,* isso, enfia os dedos, finge que são meus.

Gemendo, ela começou a rebolar. Incapaz de desviar o olhar do ponto entre suas coxas, me mexi com ela, segurando sua cintura com mãos desesperadas, hipnotizado enquanto ela cavalgava como uma deusa sombria.

— *Callum*...

Eu me sentei, segurando-a contra o meu peito.

— Do que você precisa?

Seus olhos saltavam entre os meus, tão escuros quanto criaturas devoradoras de mundos, contornados por um pânico que eu não conseguia compreender.

— Só... fica comigo, por favor, fica comigo.

— Claro. Não vou sair daqui.

Mordi sua orelha e lambi a mandíbula. Mordisquei seu queixinho orgulhoso e depois o beijei. Seus seios receberam toda a atenção que mereciam, dividi meu foco entre os dois, sugando até que estivessem inchados e brilhando. E, o tempo todo, ela se mexia por nós dois.

— Vai dizer meu nome quando gozar, Juniper?

Ela assentiu freneticamente, e eu soube que não duraria muito. Contei até dez na minha cabeça. Aguentei até o nove.

— Agora, Juniper. — Puxei a mão que ela usava para se tocar e a deixei em meu pescoço, substituindo-a pela minha própria mão. Deslizei o dedo sobre seu clitóris molhado como se fosse meu por direito. — Crava essas garras e goza pra mim.

Meu corpo inteiro doía com o esforço de segurar meu prazer, as coxas em chamas, cada centímetro de mim encharcado de suor.

Juniper ergueu os olhos no instante em que as unhas dela se enfiaram nas minhas costas, me puxando para si até eu sentir o contorno das barrinhas douradas em seus seios, suspirando meu nome do jeito que sempre sonhei. E, quando achei que não podia querer mais nada... Juniper gritou, tremendo nos meus braços, cada linha perfeita do seu corpo tensa de prazer. *Meu* prazer.

Aquilo era meu.

Meu nome nos lábios dela foi o empurrão final e eu disparei como um maldito tiro, me arqueando descontrolado a cada puxada, a cada contração.

Eu te amo.

Eu te amo.

Repetia as palavras em silêncio, a cada gemido sufocado no pescoço dela.

Aquela mulher já tinha me quebrado havia muito, muito tempo. Fraturas finas, quase invisíveis, que podiam ser remendadas, fundidas. Escondidas atrás de sorrisos e charme até que eu parecesse algo semifuncional. Mas naquele exato momento... ela me arruinou por completo.

Ignorando o gozo esfriando na cueca, meus gemidos viraram beijos.

— Isso foi perfeito. *Você* é perfeita — murmurei ao tirar as mãos da cintura dela, enfiando-as em seu cabelo para mantê-la junto de mim. — Você manda em mim, meu anjo. Por inteiro.

Ela afastou um cacho solto da minha testa suada.

— Talvez você também mande em mim, um pouquinho.

30
Callum

Heather: Alistair passou lá em casa pra perguntar por que você está agindo tão estranho. Você precisa contar pra ele!

Callum: Esse é o plano.

Callum: E ele disse que eu estou agindo estranho? A gente se encontrou essa manhã e ele mal falou comigo.

Heather: Acho que ele deve estar emburrado porque Juniper não atende as ligações dele.

Callum: E quantas vezes ele já ligou pra ela?

Heather: Deus do céu, espero, pro bem dele, que não tenham sido mais do que duas.

— Tem certeza de que esta noite é uma boa ideia?

— É uma ideia perfeita.

Levando em consideração a vista que eu tinha naquele momento, largado na cama da Juniper, talvez aquela tenha sido a melhor ideia que já tive.

Com a bunda empinada, ela atirava lenços e sapatos por cima da cabeça ao revirar o guarda-roupa bagunçado.

— Eu sei que eles estão aqui em algum lugar… Arrá! — Ela se virou, triunfante e ajoelhada no chão, erguendo os sapatos pretos que eram iguaizinhos a todos os outros que ela tinha.

Mas a euforia durou pouco, porque Juniper franziu a testa ao ver Shakespeare enroscada no meu colo.

— Eu odeio vocês.

Pisando firme, foi até a mesa, e eu a segui, pegando Shakespeare no colo. A gata se afeiçoara a mim nas últimas semanas, o que só aumentava o aborrecimento da tutora dela.

— Você está sendo fofinha de novo.

— "Você está sendo fofinha de novo" — zombou ela, provando que eu tinha razão conforme adotava uma voz que, em tese, era uma imitação sarcástica da minha, mas que só me fazia pensar na voz rouca dela antes de gozar.

Não foi surpresa alguma descobrir que tudo em Juniper me atraía. Da forma que ela comia o cereal no café da manhã, com uma colherada de leite para cada colherada dos aros açucarados, até os cinquenta e sete passos do ritual noturno dela.

Ela largou os sapatos com um suspiro trêmulo. Eu coloquei Shakespeare no chão e fui segurar suas mãos.

— Talvez seja melhor a gente ficar em casa, não vão notar nossa ausência — falei com cuidado, a preocupação começando a me corroer por dentro.

Era sábado, e eu teria uma partida de *shinty* à tarde, antes do *ceilidh* naquela noite. Combinamos de chegar separados para não levantar suspeitas, o que queria dizer que eu nem teria como checar como ela estava antes de tudo começar.

Meu tom deve ter me entregado, porque ela enfim me olhou, mordendo o lábio inferior carnudo.

— Você desistiu de contar para o Alistair?

Passei o polegar na marquinha de dente que ficou no lábio dela.

— Claro que não.

E era verdade.

Eu e Juniper estávamos juntos. *Pra valer*. Era tudo o que eu sempre quis. Mas, uma vez que eu a tinha, o medo de perdê-la era um peso físico, um que me tirava o sono. Se alguém tivesse me perguntado um mês antes, eu teria sido arrogante ao dizer que aceitaria tudo ou nada quando se tratava de Juniper Ross. Mas, naquele exato momento, eu sabia que mentiria para todas as pessoas que amava pelo resto da vida, se isso significasse manter comigo aquele pedaço de perfeição.

O fato de que *ela* estava disposta a correr aquele risco comigo me deixava sem palavras. Beijei sua testa. Seu nariz. Seus lábios.

— Não mudei de ideia.

Além disso, mesmo morrendo de vontade de divulgar nosso status de relacionamento com um alerta no celular de todo mundo na Escócia, eu prometi à Juniper um anúncio discreto, e era o que eu faria. Ela ainda não tinha declarado nenhum sentimento avassalador ou duradouro. Mas topou tentar de verdade. Em público. Por enquanto, isso era o bastante.

— Que bom. Então nós vamos?

Com um aperto no peito que eu decidi chamar de ansiedade pré-jogo, eu a puxei para meu peito.

— Vamos.

— Me promete uma dança? — sussurrou ela.

— Todas já são suas.

Cheguei cedo ao *ceilidh*, e dizer que eu estava com um humor de merda seria pouco.

As costelas ainda gritavam de dor por causa da pancada que levei nos primeiros vinte minutos de jogo, culpa de um moleque do time de Inverness que me marcou. Eu deveria ter aceitado a derrota e saído de campo, como exigiria de qualquer um dos meus companheiros, mas o "desiste, velhote" que aquele merdinha sarcástico disse me manteve no jogo até o fim amargo. Já vi costelas quebradas demais para ter consciência de que as minhas estavam só machucadas. Nem quis colocar gelo depois do jogo. Fui direto para a casa dos meus pais, só para descobrir que Alistair já tinha saído para ajudar o Mal. Dali, só tive tempo de correr para casa, trocar de roupa e sair de novo, se quisesse chegar antes da Juniper.

Na sala de degustação, enquanto April, Mal e Heather zanzavam de um lado para o outro, arrumando a comida, ajudando os músicos com os equipamentos e recebendo os moradores da vila que iam chegando, eu estava para lá de satisfeito em deixar que o balcão, construído com tanto carinho pelo avô já falecido de April, me sustentasse. Fingindo saborear um copo de uísque, mantinha um olho fixo na porta enquanto os minutos se esticavam até virarem uma hora.

Ela estava atrasada.

Perdido nos próprios pensamentos, Alistair ficou em silêncio ao meu lado, parecendo exatamente o escocês charmoso que era, com seu kilt no mesmo xadrez verde-escuro e roxo que o meu.

A agitação que exalava dele era um reflexo da minha. Seus dedos tamborilavam no tampo do bar, o pé batia no chão num ritmo irregular, completamente fora de compasso com a música. Em outras ocasiões, eu o provocaria até Alistair me contar o que o estava incomodando, mas não naquela noite, não quando eu suspeitava que a resposta tinha tudo a ver com o motivo das minhas mãos estarem suando.

A cada novo convidado que chegava, o riso e o cheiro sutil de suor se faziam mais presentes. Minha cabeça girava e eu esfregava o peito apertado, imaginando o lampejo do cabelo escuro da Juniper, o sorriso malicioso, aquela confirmação silenciosa de que ela não tinha mudado de ideia.

É assim que o Mal se sente o tempo todo? Puta merda. Agora eu tinha consciência da força que ele deve precisar reunir só para conseguir colocar os pés fora de casa toda manhã.

Eu estava a um solo de violino de distância de pedir mais uma bebida quando senti aquele arrepio na nuca que indicava a presença de Juniper. Virei o rosto por instinto, e o salão inteiro sumiu num desfoque, todas as pessoas se tornaram sombras em preto e branco, enquanto ela parecia saída de uma pintura a óleo, densa e vibrante.

Eu já a tinha visto vestida para matar umas centenas de vezes. Ela usava roupas como um cavaleiro medieval empunhava a arma. Por isso, eu não devia ter ficado tão deslumbrado, quase engolindo a própria língua ao encarar aquele vestido colado ao corpo, o mesmo que quase me fez cair de joelhos uma vez. Na festa de noivado dela.

Até que enfim. Devo ter dito em voz alta, porque as palavras soaram como um palavrão. Deixei meu copo no balcão e decidi ir na direção dela. Mas, *espera*, aquela voz não era minha. Aqueles ombros decididos cortando a multidão não eram *meus*.

Os olhos arregalados de Juniper encontraram os meus quando Alistair se aproximou, uma interrogação visível na escuridão do olhar.

Balancei a cabeça com força. Não. *Eu não contei. Não quebrei o nosso acordo.*

O sorriso dela vacilou de alívio. Esfreguei a mão no cabelo, impotente diante da cena, sem conseguir fazer nada além de ler os lábios dele quando disse:

— Ei.

Estavam a uns dez metros de mim, bem no meio da pista de dança. Eu não podia ouvir uma palavra sequer, mas estava tão sintonizado com Juniper que era como se ele estivesse gritando pelo corredor.

— Vai me bater se eu te chamar pra dançar?

Será que ele reconheceu o vestido?

O olhar de Juniper encontrou o meu por cima do ombro de Alistair, e eu retribuí com uma intensidade inabalável.

Sim, você me pegou, harpia. Estou com ciúme pra caralho. Vem aqui antes que eu caia de joelhos e comece a implorar.

As sobrancelhas dela se ergueram com o que quer que tenha visto no meu rosto, e ela se enrijeceu de repente ao perceber que todos na sala observavam a interação dos dois.

Alistair também percebeu e fez uma careta, mas estendeu a mão, dizendo algo que fez os lábios dela se curvarem para baixo antes que... *porra,* Duncan, da loja de ferragens, parou bem na minha frente, com aquela cabeça grande demais, bloqueando minha visão.

Vai se ferrar, Duncan.

Estiquei o pescoço, apertando as costelas ao sentir a dor do ferimento, bem a tempo de vê-la segurar a mão de Alistair.

31
Juniper

Guia da Ilha de Skye

Ceilidh: (pronuncia-se quêi-li) vem da palavra gaélica *céilidhe*, que significa "visitar". Historicamente, o termo se referia a qualquer tipo de encontro social. Hoje em dia, é uma ótima desculpa para uma noite animada, com muita música e dança tradicional. Não se preocupe, você não precisa saber os passos para participar!

A música era rápida demais para o dois-pra-lá-dois-pra-cá desajeitado em que Alistair e eu acabamos nos enfiando. O violino e a gaita pareciam se alimentar da energia um do outro, numa perseguição eletrizante que vinha do pequeno palco improvisado num canto da sala de degustação. De todos os lados, palmas e pés batendo com força no chão faziam o recinto vibrar, nos empurrando ainda mais para perto.

— Este lugar é mesmo muito bonito — comentou Alistair por cima da batida da música, tagarelando todo nervoso, como se eu fosse uma completa desconhecida, e não a mulher que já aplicara uma pomada diária na bunda dele durante uma crise de alergia. — Fico pensando por que o Kier escondeu isso por tanto tempo. Trabalhei aqui um verão quando era adolescente e nem sabia que esta sala existia.

Do bar, Heather me lançou um olhar preocupado.

Precisa de ajuda?, ela articulou com os lábios. Balancei a cabeça. Era melhor acabar com aquilo de uma vez.

Apoiei a mão, leve, no ombro dele, virando as costas para a sala e para aqueles olhos azul-claros que me queimavam da cabeça aos pés, fixando minha atenção no nó da gravata de Alistair.

— Vamos direto ao ponto?

— Você não atendeu às minhas ligações. — Um sorriso autodepreciativo surgiu por entre a barba por fazer. — Eu devia saber que você não pegaria leve comigo.

Seu tom era tão seco quanto o sorriso, mas ainda assim conseguiu me irritar. Eu sentia os olhares. Ouvia os sussurros. Meu nome estaria na boca de toda a vila antes do amanhecer, então não, se ele queria fazer aquilo com plateia, eu não pegaria leve.

— Já é mais do que você merece.

Ele segurou minha cintura com mais força, como se temesse que eu virasse fumaça e desaparecesse antes que ele conseguisse dizer o que queria.

— Eu sei. Sinto muito por enrolar… e por ter te encurralado logo que você entrou. Não foi certo. Passei algumas vezes na pousada, mas em todas Ada disse que você tinha saído.

Inclinei a cabeça. Por mais que eu não o visse havia seis anos, conhecia Alistair de um jeito que poucos conheciam. Ele sempre fora… sereno. Mas, naquele momento, por trás do sorriso tranquilo, havia algo mais. Algo que eu não conseguia identificar de imediato. Pânico, talvez? *Desespero.*

Não é problema meu.

— Por quê? Kinleith é grande o bastante pra gente se evitar.

Não seria tão simples assim, considerando que, tecnicamente, eu estava namorando o irmão dele. *Espera, eu estava namorando o irmão dele?* Era para isso que esta noite deveria servir, mas Callum ainda não tinha se aproximado.

— Eu queria esclarecer as coisas entre a gente, e como você não respondia às minhas mensagens, eu…

— Eu não te devo resposta alguma. — Reprimi o impulso de cravar o salto pontudo no pé dele quando Alistair me afastou com um giro, só para me puxar de volta em seguida. — Você terminou tudo por videochamada,

Alistair — sibilei, lançando um olhar ao redor para garantir que ninguém nos escutava. — Disse que eu era o amor da sua vida, se ajoelhou e me pediu em casamento. E seis meses depois, *logo depois da morte do meu pai, vale lembrar*, você terminou comigo numa conversa de *dois minutos*. Por que, de repente, isso importa?

O violinista batia o pé com força e as notas curtas ganhavam velocidade. Uma mulher próxima ergueu os braços com um grito animado. Alistair nos girou sem dificuldade para evitar a colisão.

— Eu devia ter voltado para casa antes. — A garganta dele subiu e desceu. — Fui covarde.

— Covarde é elogio.

Alistair assentiu, parecendo um boneco de mola, me conduzindo com precisão a um novo ritmo, mantendo uma distância respeitável entre nós. Sempre foi um bom dançarino.

— Quando tudo aconteceu, achei que um término rápido seria melhor para nós dois. Mesmo naquela época eu sabia que agi como um idiota, mas convenci a mim mesmo de que você não ia querer me ouvir. — Ele balançou a cabeça com força, parecendo tomado pelo arrependimento. — Callum tentou me convencer do contrário... e a cada dia que passava, cruzar essa linha parecia impossível.

— Você agiu como um moleque medroso, fugindo no instante em que as coisas ficaram difíceis. — Minha voz açoitou como um chicote. Durante anos, eu me imaginei jogando a verdade na cara dele e, uma vez que o momento tinha chegado, não sentia um pingo de satisfação.

Alistair apertou os lábios.

— Eu merecia ouvir isso.

— E você foi egoísta.

— Sim. — Os olhos dele se fixaram nos meus, e ele inclinou a cabeça ao completar: — Eu mereço cada um desses insultos e, se você quiser que eu passe a noite inteira te ouvindo gritar comigo, eu aceito.

Eu nem me atrevi a dizer que mal tinha começado, com medo de libertar o fogo de dragão que eu engolia havia mais de meia década.

— Naquela época, a carreira era tudo pra mim. Eu era tão egoísta que não conseguia enxergar além do medo de perder tudo pelo que tinha trabalhado. A ideia de voltar pra Skye me parecia um retrocesso nessa escalada... vários degraus para baixo, sendo bem sincero.

Procurei por aquele fogo, surpresa ao encontrar o poço no meu peito só meio cheio.

— Eu nunca te pedi para voltar.

— *June*. — Meu nome saiu como um suspiro áspero, como se Alistair o tivesse prendido desde nossa última conversa. — Você ainda mora aqui, e eu continuo em Glasgow. Um de nós acabaria tomando a decisão de terminar, mais cedo ou mais tarde.

— *Ah*... então você fez isso por consideração?

— Não.

A palavra cortou como uma lâmina enquanto ele nos girava mais uma vez, o suficiente para que eu visse o bar pelo canto do olho. Callum continuava exatamente no mesmo lugar, e eu não consegui me impedir de devorá-lo com os olhos. Quase alcançando as luminárias pendentes, ele se destacava sobre todos os outros homens ao redor, com exceção do Mal. Tinha deixado os cachos ao natural, um pouco bagunçados. Ainda não tinha conseguido ver tudo, mas, pela experiência, eu sabia muito bem o quanto o kilt lhe caía bem.

Eu queria que esse momento com Alistair acabasse. Queria estar nos braços de Callum, onde tudo parecia melhor.

Callum sorriu, e meu coração se apertou. Os dedos brincavam com o copo gelado em sua mão, mas... o sorriso não foi para mim, e sim para a loira baixinha ao lado dele. *Jill Mortimer*. Aquela mulher era tão insistente quanto mofo, mas, devo admitir, era muito mais atraente.

Eles ficam muito, muito, muito bem juntos.

A voz de Alistair me trouxe de volta à conversa:

— O que estou tentando dizer é que, naquela época, eu era um idiota arrogante. Mesmo que a gente não tivesse dado certo, eu devia ter ficado ao seu lado, como você teria feito por mim sem nem pensar duas vezes. A gente era mais do que um casal, June, éramos melhores amigos. E eu falhei nisso.

Senti como se tivesse sido lançada para outro planeta. Se tem uma coisa em que Alistair sempre foi constante era na convicção de estar certo e, em noventa e cinco por cento das vezes, ele *estava* mesmo. Sua inteligência e confiança foram grande parte do que me atraiu no começo. E ali estava ele, diante de mim, não só admitindo que *errou*, mas também pedindo desculpas. Aquela honestidade apagou qualquer chama que ainda restava em mim. Como carvão em brasa afundando na neve, eu quase chiava sob o peso daquele olhar.

Murchando sob a vontade de esquecer tudo aquilo.

Continuei me mexendo por alguns segundos, os pés deslizando de um lado para o outro enquanto uma música se fundia na outra, avaliando os dois caminhos possíveis à minha frente. Um, onde eu continuava envolta na segurança de meu ressentimento por mais seis anos, e o segundo... eu nem sabia se tinha coragem para seguir. Guardei aquele rancor por tanto tempo que já nem sabia quem eu era sem ele.

— Se eu decidisse te perdoar, o que aconteceria depois?

O sorriso dele carregava um fio de esperança.

— Nesse caso, acho que poderíamos ser amigos outra vez... mas só se você estiver pronta pra isso.

— Ainda não tenho certeza.

Meu ombro encostou no peito dele quando Alistair me girou por baixo do braço.

— Não estou te pedindo pra me perdoar. Nem espero isso. — Quando voltei a encará-lo, a tristeza no rosto dele me pegou desprevenida. — Sei que não tenho o direito de te pedir nada, mas... sinto como se houvesse um buraco enorme no meu peito e você fosse a única pessoa capaz de preenchê-lo.

— Alistair... eu não... — *Droga, não acredito que tenho que dizer isso.* — Eu não estou mais apaixonada por você. Não estou há muito tempo.

O que doía era o jeito como as atitudes dele me fizeram sentir inferior, descartável. Aquilo não era amor. Era exatamente o que a Heather dissera, a perda do meu próprio valor.

— Eu sei disso — esclareceu ele, com a voz um pouco vazia. — Eu já te falei, quero passar um tempo com você. Voltar a ser seu... amigo. — Os olhos dele, quase idênticos aos de Callum, desviaram no meio da frase. Estava nervoso. Hesitante. — Você acha que isso é possível?

Tão cheio de esperança.

Merda. Não podíamos contar para ele naquela noite.

Enquanto dançávamos, procurei Callum com o olhar. Será que ele entenderia o pedido em código Morse piscado?

— Se eu disser que sim, você pega o anel de volta? — perguntei a Alistair.

O ritmo dele vacilou, e eu soube que o surpreendera.

— Combinado.

Mas a palavra pesava. Como uma pedra jogada na água.

32
Callum

Callum: Quer que eu passe lá na sua casa mais tarde?

Mãe: Os remédios novos parecem estar funcionando; ele adormeceu em frente à TV. Não se preocupe, vai se divertir um pouco.

Callum: Eu sempre me preocupo.

Mãe: Quem é o responsável aqui, afinal?

Callum: Difícil dizer. A dona Brodie costumava dizer que a ninhada dos Macabe foi criada por lobos.

Mãe: Ela sempre foi uma velha ranzinza, por isso a escola mandou ela embora.

Callum: Acho que ela se aposentou depois que a Heather encheu a gaveta da mesa dela com minhocas e disse que era o projeto de ciências.

Mãe: Sua irmã era muito inventiva aos 7 anos.

— Aí eu disse pra ele: "Marcus, se você quer o jogo de porcelana da minha avó, vai ter que falar com o meu advogado". — Jill

Mortimer enfim fez uma pausa para respirar, sugando alto pelo canudo.

— Dá pra acreditar na audácia daquele homem?

— Parece uma situação complicada.

Com a cabeça latejando devido à música e ao detalhezinho de que meu irmão girava a mulher da minha vida em seus braços fortes demais, eu estava espremendo até a última gota da minha educação.

Jill bufou e fez um sinal para April, que pairava atrás do balcão, para pedir mais bebida. April completou o copo de Jill em silêncio, seus olhos verde-musgo deslizando até mim ao apertar o gatilho do refrigerante com um pouco mais de força do que o necessário. Ergui uma sobrancelha em questionamento, e ela estreitou os olhos. Como nunca fui bom em ler sinais, mostrei a língua para ela, completamente empenhado naquela conversa silenciosa sem fazer a menor ideia do que estava sendo dito. A doce April podia estar dizendo qualquer coisa, desde "pare de bancar o dramático ridículo" até "seu kilt está preso nas costas e todo mundo da vila está vendo sua bunda".

Passei a mão nas costas e vi que o tecido estava onde deveria estar. Não seria a primeira vez que eu seria pego desprevenido. Usar kilt não era para qualquer um.

Com um olhar final de reprovação, April seguiu pelo balcão até o próximo cliente, e Jill tirou um pequeno cantil prateado do sutiã. Desviei o olhar para confirmar que Juniper e Alistair ainda dançavam e comentei, um pouco mais amargo do que queria:

— Trouxe seu próprio uísque?

— Céus, não. — Ela desenroscou a tampa e despejou uma dose generosa de um líquido transparente no copo. — É gim. Talvez eu tenha que abrir mão da minha cidadania escocesa ao dizer isso, mas não suporto uísque.

— Então por que veio?

O jeito como Jill apertou meu bíceps me pegou de surpresa, e percebi que ainda estava encarando Juniper. O corte reto do cabelo dela era afiado como a lâmina de uma faca, uma das laterais fora presa atrás da orelha quando ela se inclinara para ouvir melhor Alistair, exibindo a fileira de pequenos aros dourados que, naquela manhã, eu traçara com a língua.

Parecia um castigo por ser um covarde. *Eu devia ter contado para ele sobre meus sentimentos semanas atrás. Anos atrás. Ela estaria nos meus braços naquele momento.*

Como alguém consegue estragar tudo assim, de forma tão espetacular?

— Eu esperava ter uma chance de falar com você.

Jill escorregou os dedos do meu bíceps até o antebraço.

— *Jill*... — Comecei a me afastar.

— Depois. — Com uma piscadela maliciosa, ela se encostou no bar, ao lado do meu cotovelo, olhando para a pista de dança enquanto bebia. — Ah, veja só — ela me cutucou —, seu irmão e a Juniper Ross estão bem íntimos.

Não consegui dizer se ela estava tentando me provocar de propósito, mas aquela sensação amarga se intensificou e fechei os punhos, fincando os dedos no balcão. Ou Jill tinha uma habilidade sobrenatural de perceber a tensão que escorria de mim, ou era pura ignorância que a fazia continuar:

— *Pobrezinha*, isso não vai durar.

Ela não parecia nem um pouco pesarosa.

Eu me lembrei da expressão de constrangimento no rosto de Juniper quando ouvimos Jill e as amigas fofocando na vila, e soltei, com os dentes cerrados:

— E por que não?

Jill revirou os olhos, como se estivesse condenada a ser a única pessoa capaz de ler nas entrelinhas.

— Ora, Alistair é médico. Se quiser ser respeitado na vila, vai precisar de uma mulher decente ao lado, não de uma cobrinha que já dormiu com metade da ilha e se veste como se estivesse pronta para pegar todo o resto.

A indignação me sacudiu com tanta força que senti os ossos tremerem. Mas, em vez de cair na armadilha óbvia, soltei um assobio baixo.

— Me impressiona ela achar tempo para pular de cama em cama e ainda tocar um negócio de sucesso.

Jill bufou.

— Uma forma bem generosa de avaliar aquela espelunca. Não brinque comigo, Callum, é impossível que você ache que ela é boa pra você... *pro seu* irmão — titubeou ela ao concluir.

Tarde demais. Eu já percebera o deslize.

Observei o rubor em seu rosto. O jeito como os olhos dela saltavam entre o meu rosto e o copo na mão.

"Se quiser ser respeitado na vila, vai precisar de uma mulher decente ao lado."

Alistair nem morava em Kinleith.

O problema de Jill com Juniper não tinha nada a ver com Alistair ou com quem Juniper decidia levar para a cama... Tudo o que importava para ela era que não fosse eu.

E, naquele instante, fiquei de saco cheio.

Curvei o corpo, olhando bem dentro dos olhos de Jill, para evitar qualquer possibilidade de mal-entendido.

— Eu só vou falar uma vez e preciso que você leve a sério esse aviso. A partir desse momento, você não vai mais abrir a boca para falar mal de Juniper. Aliás, esquece isso... não fale dela de jeito nenhum. Está me entendendo?

Ela abriu a boca, chocada, mas disfarçou com uma risada nervosa.

— Callum, eu não quis te irritar...

— Quis, sim. Você sabia muito bem o que estava fazendo. Juniper não precisa de mim para defendê-la, mas eu me recuso a ouvir mais um segundo desse seu veneno de merda. Diga que me entendeu — exigi, já virando o corpo em direção à única pessoa com quem eu queria de fato passar aquela noite.

Mesmo balançando completamente fora do ritmo, cada momento em que Juniper dançava com outra pessoa fazia meu sangue ferver mais. Irmão ou a porra de um desconhecido qualquer, não importava. *Eram os meus dedos que ela devia estar massacrando.*

— Callum... — Jill tentou me tocar. Eu me afastei, decidido a nunca mais deixar aquelas mãos chegarem perto de mim. — O que está acontecendo? — Os olhos dela vasculharam os meus, e eu vi o momento exato em que ela entendeu. — *Você e ela?* — sibilou. — Eu sabia. Não queria acreditar, mas *eu sabia.*

A inveja no tom dela me fez estremecer; era como me olhar num maldito espelho. Foi só por isso que tentei falar num tom mais suave.

— Sinto muito pela minha parte nisso, eu devia ter sido claro desde o começo. Apesar do que sinto por Juniper, nada nunca teria acontecido entre nós. Continuo à disposição como veterinário, desde que a Kelly esteja presente na sala do consultório. Senão, posso te indicar alguém...

— Vai se foder, Callum. — Os lábios de Jill se curvaram num rosnado. — Você é mesmo burro o bastante pra achar que tem alguma chance com ela? Acorda! Está na cara que Juniper ainda ama ele.

Ela largou o copo no balcão com um baque e pegou a bolsa, indo direto para a porta.

Feito um verdadeiro masoquista, meus olhos buscaram Juniper no mesmo instante. Ainda dançando com meu irmão, eles conversavam de maneira quase amigável enquanto a música lenta preenchia o salão. Alistair a olhava como se ela mesma tivesse pendurado a porra da lua, absorvendo cada palavra que saía de sua boca. Eu não sabia o que esperava do reencontro dos dois, mas com certeza não eram palavras sussurradas e sorrisos fáceis. Pedi outra dose a April, e meu cérebro fez uma viagem tortuosa até outra noite, igual àquela, desde o vestido até o copo de uísque na mão, enquanto eu observava os dois dançarem de longe, consumido pelo ciúme.

Desta vez, eles não dançaram nem duas músicas, mas foi tempo suficiente para desenterrar todos os pensamentos mesquinhos que eu já tivera. Não era a parte de mim que eu mais gostava, aquela besta possessiva que se debatia atrás das grades toda vez que Alistair chegava perto dela, mas estava lá mesmo assim.

— A conversa pareceu tensa.

A voz grave de Mal me interrompeu na hora certa, antes que eu fizesse alguma besteira.

— Dentro do esperado — respondi, seco, sem convidá-lo a se juntar a mim. Teimoso como só, Mal ficou ali do mesmo jeito, os dedos tamborilando nos braços cruzados. Por que, justo naquele momento, ele decidia se meter? — Fala logo.

— O quê? — tentou disfarçar, com uma pose relaxada.

Sorte a dele que April era a atriz entre os dois.

— Deixa de enrolação, Malcolm. Eu sei quando você quer dizer alguma coisa. Você é transparente demais.

— Tá bom! Eu já sabia de... — A vermelhidão subiu do colarinho até as orelhas, enquanto ele fazia um gesto com a cabeça na direção da Juniper. — O tempo todo.

Mas que porra?

— Como?

— A Juniper contou pra April. Eu ouvi sem querer. — A careta dele foi tão dramática que eu não segurei a risada. — Não tem graça. Ela me fez de cúmplice.

Caí na gargalhada, atraindo alguns olhares.

— E por que não disse nada?

— Porque eu preferi me manter bem longe disso. — Virando, ele apoiou uma mão no balcão. — Se Alistair vir problema nisso, você vai parar?

— Não era você quem queria ficar fora disso?

— Responde à pergunta — retrucou ele.

— Não — declarei. — Serei da Juniper enquanto ela me quiser. Fim de papo.

— *Merda*. — Ele lançou um olhar sombrio para a pista de dança. — Espero que você saiba o que está fazendo.

Eu não sabia. Estar com Juniper era a única coisa na vida que me tirava do controle. Que quebrava aquela rotina vazia, dia após dia. *A porra do Ken do Bairro,* era como ela me chamava, sempre fazendo o que os outros esperavam. Mas com Juniper… eu me sentia impulsivo. Não do tipo impulsivo que dá perda total, mas aquele impulsivo que a quer ao lado o tempo todo, só para continuar em alerta pelo resto da vida.

— Me diz uma coisa, você teria feito diferente se fosse a April? — rosnei. — Se ela tivesse sido minha primeiro? Isso teria te impedido ou você teria aceitado qualquer migalha que ela quisesse dar e ainda se sentiria agradecido por isso? Olha nos meus olhos e diz que não teria mentido, que não teria traído todo mundo da sua vida por uma única noite com ela. Sabendo que talvez nunca tivesse outra chance. — Ele não precisou responder. O jeito que a mandíbula dele tremia já dizia tudo. — Pode pensar mal de mim, se quiser. Mas não me pede para parar, porque eu não vou.

No canto da visão, vi a April parada do outro lado do bar.

— Pode falar o que você acha também, Murphy.

Ela não hesitou.

— Você está apaixonado pela minha melhor amiga?

— Sim.

E odiava não ter dito isso para Juniper primeiro.

— Há quanto tempo?

— Anos — falei, e April sorriu. — Que foi?

Ela deu de ombros, colocando uma fileira de copos numa bandeja.

— É só que... Juniper merece esse tipo de amor. — Ela fez um gesto com a cabeça na direção da pista de dança. — Talvez você devesse dizer isso pra ela.

Ergui o olhar a tempo de ver a cabeça de Alistair se inclinando na direção de Juniper. Sussurrando em seu ouvido. Me mexi sem pensar, como deveria ter feito no instante em que ela apareceu. No instante em que a vi naquele trem. Usando os cotovelos como armas, abri caminho pela multidão. Alguém protestou, pisei no pé de outra pessoa, mas não dei a mínima. Meus olhos estavam grudados na mão de Alistair nas costas nuas de Juniper, onde o vestido afundava, guiando-a para fora da pista de dança. Juniper riu quando ele afastou o cabelo de seu rosto, e o som foi como um raio correndo nas minhas veias, me queimando por dentro. Destruindo qualquer pensamento sensato que não significasse acabar com aquele momento ridiculamente íntimo.

Quatro passos. Foi só isso que precisei para chegar até eles. Para envolver o braço dela com a minha mão e puxá-la para o meu lado.

— Callum...

Alistair soava quase jovial, como se enfim tivesse se livrado do peso que vinha carregando.

— O que você está fazendo? — Empalidecendo, Juniper puxou o braço de volta. Mas eu estava farto de ficar à margem, engolindo as palavras que queria dizer só para manter os outros felizes. — Callum...

Eu a ignorei, encarei Alistair nos olhos e disse:

— Estou namorando a Juniper. Desculpa se isso é estranho pra você.

A confissão escapou da minha boca como uma granada, mas ele nem sequer piscou.

Durante dois segundos, tudo o que meu irmão fez foi me encarar.

A banda continuava tocando, mas nós três prendíamos a atenção de todas as pessoas no salão. E quer saber? Eu não dava a mínima.

— E aí? — insisti. — Se quiser me dar um soco, não vou te culpar.

— Eu não vou te bater — respondeu ele, inexpressivo, com um tom tão controlado que parecia até ter passado por treinamento militar. — É verdade? — perguntou para Juniper.

Ela ficou paralisada ao meu lado, com o queixo erguido e os olhos ardendo em desafio.

— A gente devia conversar lá fora — sugeriu ela, a voz fria como gelo.

A própria rainha do gelo que eu já a tinha acusado de ser. Eu quis puxá-la para perto, respirar seu cheiro doce e picante e derretê-la com minha boca, mas soube na hora que tinha estragado tudo.

Eu já sabia disso antes mesmo de abrir a boca, para ser sincero.

O olhar de Alistair se desviou para trás de nós e depois para os convidados de olhos ávidos, como se os notasse pela primeira vez.

— Muito bem.

Com um aceno contido, ele se virou e partiu. Juniper foi atrás, o passo lento, o balanço da cintura uma bela encenação de quem não estava nem aí.

Cerrei os punhos, a única coisa que podia fazer para não estender a mão e tocá-la enquanto seguia atrás deles como um maldito intruso, segurando a porta quando ela a deixou bater na minha cara. Soltei uma risada amarga, em sintonia com o ar gelado da noite que castigava minha pele quente demais.

— Touché, hein, harpia?

— Cala a boca. — Se virando para mim, ela cravou um dedo afiado no meu peito. Com as narinas dilatadas, em uma fúria gloriosa, Juniper parecia uma deusa iluminada pelo luar. — Acho que você já falou demais por uma noite.

— A gente combinou que contaria pra ele — lembrei com calma, bem ciente de Alistair a dois passos de distância, com as mãos na cintura, como se precisasse ver Juniper e eu juntos para acreditar. — Achei que era isso que você queria.

— Não finja por um único segundo que aquilo teve qualquer coisa a ver com a gente! — gritou ela, cada linha do corpo tensa de raiva. — E aquele papo de "anúncio discreto"? Essas palavras foram suas, e aí você simplesmente me reivindica como se eu fosse um móvel usado no brechó! Isso foi só por causa do seu ego ferido!

Com um gesto de desgosto, ela virou de costas, como se nem valesse o esforço de continuar me olhando.

Nem fodendo, meu anjo.

Fui atrás dela, como sempre iria, mas Alistair foi mais rápido. Tão rápido que eu nem vi acontecer.

Num segundo, eu estava em pé, o pânico me roubando o ar ao vê-la se afastar; no seguinte, estava no chão, com o rosto em chamas e o gosto de sangue no lábio, o rosto sombrio do meu irmão tampando até as estrelas.

33
Juniper

April: Precisa de ajuda pra enterrar um corpo?

Juniper: Ainda não, mas fica de prontidão.

April: Sim, senhora. Sei manejar bem a pá.

Juniper: Espero que isso esteja listado como habilidade especial no seu currículo.

Três coisas aconteceram ao mesmo tempo.

Eu gritei.

Alistair rugiu como um animal ferido, sacudindo a mão.

O corpo de Callum enrijeceu e despencou no chão com a força de um carro batendo em uma árvore. Poderia ter sido cômico se eu não fosse uma maldita marionete no meio daquilo tudo.

— Ei, ei, ei! — Tentei correr até eles, mas o salto afundou no cascalho, me atrasando. — Cacete, o que você fez?

Mal chegou primeiro. Eu nem tinha notado que ele nos seguira até ver os braços dele envolvendo o peito de Alistair.

— *Se acalma, porra* — dizia ele.

Quase não consegui ouvi-lo ao me ajoelhar ao lado de Callum, que já se apoiava nos cotovelos.

— Achei que você tinha dito que não ia me bater — comentou Callum, cuspindo um pouco do sangue que escorria de um pequeno corte no lábio.

Alistair flexionou os dedos.

— Mudei de ideia.

— Tá se sentindo melhor? — perguntou Callum, limpando o sangue do queixo.

Alistair arreganhou os dentes.

— Longe disso.

Callum assentiu, como se já esperasse aquela resposta, e então olhou para a mão que Alistair amparava.

— Você guardou o polegar? Deve ter quebrado.

— *Filho da puta.* — Alistair avançou de novo, mas não chegou nem a dar dois passos antes de Mal agarrá-lo por trás, murmurando frases apressadas na tentativa de apaziguar a situação. — Há quanto tempo você está fodendo ela?

— *Cuidado com o que fala.* — A voz de Callum era puro veneno, as narinas infladas como as de um dragão recém-acordado de um sono centenário.

— Por quê? É verdade, não é? Aposto que você planejou isso por anos pelas minhas costas. — Os olhos dele se voltaram para mim, mais selvagens do que eu jamais vira. — Ou talvez tenha sido ideia sua. Só para se vingar de mim.

E se tivesse sido? Eu queria gritar. Aquela exibição ridícula de testosterona me dava vontade de explodir. De agir tão infantil quanto eles. Mas a fúria que emanava de Callum prometia bem mais do que um simples soco.

— Vai pra dentro e se acalma — falei para Alistair. — Esse seu complexo de vítima está começando a ficar patético.

Provavelmente só piorei a situação ao dizer isso, mas não me importava. Passei semanas resistindo ao Callum por aquele exato motivo, disse com todas as letras que eu não queria confusão. E ele teve a ousadia de armar um circo bem no meio da festa da April e do Mal.

Depois de dar uma última checada rápida para garantir que Callum não cairia morto ali mesmo, me levantei.

— Desculpa, Mal. — Eu não conseguia olhar nos olhos dele. — Pode dizer à April que eu sinto muito por ter arruinado a noite de vocês?

— Você não estragou nada — garantiu ele. — Eu vou chamá-la, ela te leva pra casa...

— Prefiro ir andando, obrigada.

De queixo erguido, adotei uma expressão entediada e comecei a descer a longa entrada da casa.

Dei cinco passos antes de sentir Callum atrás de mim.

— A gente precisa conversar, só nós dois.

— Ah, agora você quer privacidade? Por que não convida Alistair para assistir à gente brigando como um casal *de verdade*? Aliás, por que não me fode enquanto ele assiste também?

As palavras saíram quentes e cruéis, borboletas raivosas se agitavam em minha barriga.

— Não me provoca — rosnou ele, acelerando o passo e me parando no meio do caminho.

Gotas de umidade dançavam no ar, sem conseguir esfriar a febre que começava a crescer entre nós. Sempre foi assim, existíamos naquele meio turvo, onde o desejo e o desprezo se sobrepunham. Se ele desse mais um passo, o equilíbrio ruiria e eu imploraria para que me fodesse na árvore mais próxima.

— Toca em mim e vai se arrepender — avisei, o ódio vencendo conforme a lembrança da traição dele cravava garras no meu peito.

— É mesmo? Acho que você é uma mentirosa, harpia. Uma bela mentirosa.

Mas ele não me tocou. Apenas cerrou os punhos e me deixou passar. Agradecida pela minha habilidade com saltos, continuei pelo caminho desnivelado sem vacilar.

— Vamos a pé, então? — falou ele, depois de um instante.

Continuei com os olhos fixos nos postes de luz à frente.

— Isso é perseguição.

— Desde quando? Eu só estou indo pra casa. Acontece que a gente mora a uns cem metros um do outro. Além disso... a vista que eu tenho neste momento é impecável. Dá pra me culpar por te seguir como um cachorro perdido?

— Não começa! — rosnei, girando para cutucá-lo no peito, bem no lugar onde meu próprio coração estava se partindo. — Você não pode fazer aquele show todo lá atrás e depois vir brincar e flertar como se nada tivesse mudado.

Callum me segurou pelo pulso, me mantendo ali.

— Isto não muda nada entre nós, harpia. — De volta a "harpia", assim, sem mais nem menos. Tentei não deixar a dor transparecer no rosto. — *Aye*, eu não devia ter dito daquele jeito, eu estraguei tudo. Estraguei porque estou tão fora de mim por sua causa que metade do tempo nem consigo pensar direito...

— Não tente colocar a culpa em mim!

Que se foda ele.

— Não estou te culpando! O que estou tentando é explicar, do pior jeito possível, que não consigo mais disfarçar. Achei que conseguiria bancar o indiferente e esconder meu jogo. Porra, eu que te pedi para anunciarmos de um jeito discreto! Como é que vou fazer isso quando não tem nada de discreto no que eu sinto por você? — Ele passou a mão pelo cabelo, os olhos selvagens sob o luar. — Eu sei muito bem o que quero de você, Juniper, o que *sempre* quis. Você pode dizer o mesmo?

"Não tem nada de discreto no que eu sinto por você." O que eu deveria dizer depois disso?

Minha boca ficou seca, qualquer palavra engasgou na garganta quando uma música começou a ecoar da destilaria, mais adiante na estrada. Um clarão de luz quando a porta se abriu e fechou, depois o rugido de um motor ligando.

— Não devíamos falar disso aqui.

Engoli em seco, voltando a descer pela estrada.

— Certo. — Ele riu, a voz suave de repente, como se não estivéssemos gritando um com o outro trinta segundos antes. — Não vamos querer que os arbustos escutem a nossa discussão, são grandes fofoqueiros.

Meu Deus, era como se ele tivesse transtorno dissociativo de identidade. O Callum brincalhão acabara de entrar em cena, mas havia um fio de tensão por baixo da fachada animada. Ele transbordava energia inquieta, as mãos abrindo e fechando ao lado do corpo enquanto andávamos.

Estava me deixando tonta.

Então, como qualquer adulta perfeitamente equilibrada, mantive minha fúria por perto, alimentando o fogo e o ignorando durante o caminho de volta para casa.

Como foi que a noite saiu tanto dos trilhos? De manhã, estávamos rindo e nos beijando na minha cozinha, ousando imaginar nossa vida com o relacionamento às claras. Eu estava com medo, mas do melhor tipo possível. Observando com uma esperança silenciosa e tímida minha vida começar por fim a se escrever para além da página em branco com a qual eu evitava preencher havia anos. Mesmo que viesse cheia de advérbios de intensidade e interjeições, cantos dobrados e rabiscos nas margens. Cheia, caótica e, quem sabe, até digna de releitura.

E naquele exato momento... estávamos de volta à estaca zero, a um comentário ácido de distância de um sexo barato movido a ódio.

Quando chegamos à minha casa, eu já tinha me recolhido à bolha defensiva de sempre.

Como ele ousa invadir minha vida e bagunçar tudo com aqueles olhos gentis, aquela risada safada e frases ainda mais safadas? A velha Juniper sabia muito bem que não se deve deixar um homem enlaçá-la em um emaranhado de nós.

— Você não vai entrar — alertei por cima do ombro, vasculhando a bolsa atrás da chave.

Callum sem dúvida tinha outros planos, porque uma das mãos encontrou minha cintura enquanto ele roubava a chave dos meus dedos.

— Claro que vou.

— Não me agarre desse jeito.

— Continue encostando essa bunda em mim e vamos descobrir se você gosta quando te agarro assim.

Ele reforçou o argumento com uma carícia lenta na minha bunda.

Não consegui conter o gemido, mesmo sabendo como era patético quase ceder daquele jeito. Ele me humilhara, mas bastavam algumas palavras tentadoras para me deixar quase arfando em minha própria porta.

— Eu te odeio.

— *É mesmo?* — Callum passou o braço por mim, destrancando a porta, mas me mantendo colada nele. — Às vezes acho que também te odeio. — A voz dele estava mais rouca do que eu jamais ouvira. — E o poder que você tem sobre mim... Acho que você não se dá conta de como pode ser perigosa ao usá-lo.

Foda-se ele. Fodam-se ele e aquela voz rouca.

Empurrei a porta com força e entrei direto pelo corredor até a sala, jogando minha bolsa no sofá. Ao nos ver, Shakespeare interrompeu o próprio banho, soltou um chiado e mergulhou na segurança do guarda-roupa.

Senti quando ele hesitou no limiar. O tique-taque do relógio era nossa única companhia enquanto a tensão se adensava. Eu me recusava a ser a primeira a falar, mantendo as costas voltadas para ele, encarando a escuridão pela janela. O nada me encarava de volta.

— Se quiser gritar comigo, essa é a sua chance, meu anjo.

Foi o apelido que me quebrou. Esse jeito de oscilar como se eu fosse duas pessoas diferentes. Virei de repente.

— Não me chame assim.

— Por quê?

— Porque passa a mensagem errada. Uma hora sou Juniper ou meu anjo, e eu me sinto... — *Eu sinto*. Minha risada saiu amarga. — Esquece.

— Esquece, uma ova. Já passamos há anos do ponto de esquecer! — Callum atravessou a sala até preencher todo o meu campo de visão. Maçãs do rosto angulosas, sobrancelhas pesadas, aquele nariz lindo e reto e a barba manchada de sangue. Olhos azuis intensos, tomados por uma fúria que ele nunca tinha direcionado a mim. — Se, por um segundo que seja, você acha que eu não quero saber cada maldito pensamento que passa nessa sua cabeça, então que porra a gente está fazendo?

— Exatamente isso! Você me chama de meu anjo e diz essas coisas absurdamente românticas, e na hora em que deixo de ser a pessoa perfeita que você inventou na sua cabeça, volto a ser a harpia, a rainha do gelo que você não suporta.

— Você acha que eu não sei exatamente quem você é? Que eu não te enxerguei de verdade esse tempo todo, mesmo quando você não queria ser vista? Eu te conheço... E, apesar do seu nome, sei que você nunca vai carregar o calor fácil do verão de junho. — As mãos dele seguraram meu rosto, impedindo que eu me virasse. — Você... meu anjo... harpia, é como os campos selvagens desta ilha. É igual à sua maldita gata demoníaca, cravando as garras nas minhas costas e deixando sangue na minha boca. Mas não passa um único dia sem que eu deseje essa sensação doce e dolorosa.

Nós dois arfávamos. Ele alternava o olhar entre meus olhos, afastando os fios de cabelo que tinham se embaraçado em seus dedos.

— Se tudo isso é verdade, por que você fez aquela merda toda lá atrás?

— Porque eu estava com ciúme! — rugiu ele. — Porque você estava nos braços dele, usando este vestido, quando deveria estar nos meus. Porque ele não conseguia tirar os olhos de você. Se estava usando *esse* vestido para torturá-lo, acho que funcionou no irmão errado. Ele ao menos reconheceu?

— Não, não reconheceu — respondi, seca.

E aquela nem era a razão de eu ter escolhido o vestido. Mas eu não imaginava que Callum fosse reconhecê-lo.

Ele grunhiu de novo, como se o som fosse uma frase completa.

— Se eu colocasse a mão debaixo desse vestido neste exato momento, sentiria você molhada, harpia? — Não respondi, mas meus dedos traidores se agarraram à camisa dele. — *Sim* — murmurou ele por mim. — Imaginei que sim. Mas estaria molhada por *mim* ou pelo Alistair?

— Vai se foder.

Mas o xingamento perdeu toda a força no instante em que apertei as coxas. A mão grande dele segurou minha cintura.

— Depois. Você ainda não respondeu.

— Qual era a pergunta mesmo?

— Sobre o Alistair. — Ele inclinou a cabeça, o cabelo caindo sobre a testa. — Quando eu disse que ele não conseguia tirar os olhos de você.

— Isso nem é uma pergunta.

Os olhos dele ardiam enquanto continuava:

— Uma vez eu ouvi vocês transando, sabia disso?

O quê?

— Você foi a Edimburgo pouco antes de um Natal, um ou dois anos depois de começarem a namorar. Ele te surpreendeu com jantar e teatro para comemorar o aniversário de namoro de vocês, mas a reserva do hotel deu errado, então vocês dormiram no meu apartamento. — Eu me lembrava disso, *puta merda*, eu lembrava. O apartamento estiloso do Callum em New Town. E a cama barulhenta no quarto de hóspedes. — Vocês tentaram ser discretos… mas estavam um pouco bêbados, e você sufocava os gemidos enquanto ele te chupava no quarto ao lado. — A voz dele parecia torturada, os dedos se embrenhando no meu cabelo, encostando minha testa na dele. — Foi ali que eu descobri os sons viciantes que você faz. Você sussurrava o nome dele, de novo e de novo e de novo. Achei que fosse enlouquecer com aquilo.

As palavras dele… não deviam ser tão absurdamente excitantes. Cada parte do meu corpo tremia quando a boca dele chegou ao meu ouvido, os dedos deslizando para a barra do meu vestido.

— Vai sussurrar o meu nome, Juniper?

Quantas vezes ele já repetira aquela mesma pergunta? E, aquele tempo todo, estava tentando reescrever a história.

Meus olhos se arregalaram. Não. *Não*.

Eu o queria tanto que meu corpo formigava, como se fosse um fio desencapado. Mas não daquele jeito. Não como reação ao Alistair. Empurrei o peito dele, e Callum me soltou na mesma hora, os dedos se abrindo devagar, um por um.

— Não tenho o menor interesse em… seja lá o que isto for.

Um músculo saltou no pescoço dele, e ele afrouxou a gravata.

— Tudo bem. Então me responda com sinceridade: você ainda está apaixonada por ele?

34

Juniper

Aquela pergunta foi como um tapa.

— Você está falando sério?

A distância entre nós me gelava, mas contornei a mesinha de centro cambaleando, aproveitando o espaço necessário.

— Você parece a porra de uma rainha com o vestido *dele*. E ainda deixa o anel *dele* no aparador como se fosse um maldito troféu. O que é que eu deveria pensar, Juniper? Eu repeti mil vezes pra mim mesmo que isso não importava, contanto que eu ainda pudesse ter você. — Callum me encarava com uma honestidade que homem nenhum jamais me ofereceu, como se tivesse disposto a alma dolorida em cima de um balcão de açougue e me entregado a faca. — Mas *importa*. Com você, tudo importa. Cada emoção ganha um peso absurdo, maior do que deveria ter. — O pomo de adão dele subiu e desceu. — Se antes eu achava que a tortura de te querer e nunca te ter já seria suficiente para me destruir, agora, porra… eu nem cheguei a te ter de verdade, e você já me arruinou. — Ele passou a mão pelos lábios machucados. Eu nem sabia se ele sentia o corte. — Se eu for para a sua cama, meu anjo, preciso saber por que estou lá… ou estou fora dessa.

Ergui as sobrancelhas num estalo, sem conseguir conter o espanto.

— Isso foi um ultimato?

Callum assentiu com um movimento curto, como se não pudesse acreditar que dissera aquilo em voz alta.

— *Aye*... sim. Acho que sim.

Eu devia ter dito onde ele deveria enfiar aquele ultimato. Devia tê-lo despachado para a noite fria e seguido com minha vidinha solitária, como se ele não tivesse deixado um buraco impossível de preencher do tamanho de um Ken do Bairro... porque eu sabia, sem sombra de dúvida, que Callum Macabe também tinha o poder de me arruinar.

E, lá no fundo, eu sabia que desejava a reconstrução que só vem depois da destruição total.

— Você tem muita coragem, hein, Macabe — afirmando, continuando o trajeto lento em volta da mesa, saboreando o jeito como ele seguia cada um dos meus movimentos com os olhos. Callum fora honesto comigo. Merecia o mesmo de mim. — Eu só coloquei esse vestido porque fico maravilhosa nele e, graças a você, enfim cheguei ao ponto de olhar para ele sem me sentir um lixo. Eu nem imaginei que você fosse reconhecer.

Os dentes dele brilharam num meio-sorriso, e eu soube que estava se segurando para não me tocar.

— Você nesse vestido é uma fantasia bem específica minha.

Cada centímetro do meu corpo esquentou, da ponta dos dedos aos seios, e até os dedos dos pés, mas segui em frente.

— Eu dancei com o Alistair hoje para ouvir o que ele tinha a dizer. Para poder enterrar o passado, para que *eu e você* tivéssemos um começo em pratos limpos. Ele se desculpou e eu aceitei, contanto que ele aceitasse levar o anel de volta. Mas, a essa altura, isso não quer dizer mais nada. — Soltei o ar com força, me preparando para a confissão seguinte. — Você não estava tão errado assim quando disse que eu mantinha aquele anel como um troféu, mas não era pelos motivos que você pensava.

— Me conta — pediu ele, num tom baixo. — Pode me contar qualquer coisa, mesmo que seja algo que eu não queira ouvir.

— Nas últimas semanas, eu percebi que... — me interrompi, nervosa, passando a língua pelos lábios. — Quer saber? Que se foda. *Você* me ajudou a perceber que eu usava aquele anel como uma representação física do quanto eu não me sentia digna de ser amada.

Se fosse possível ver um coração se partindo nos olhos de alguém, eu estaria assistindo ao de Callum se despedaçar bem na minha frente.

— *Meu anjo…*

— Só me escuta, por favor? — Embora parecesse doer nele fazer isso, ele assentiu. Os músculos retesados deixavam claro que estava se forçando a ficar parado. — Durante todo esse tempo, eu enxergava o Alistair, até mesmo meus pais biológicos, como os vilões da minha vida. Gênios do mal torcendo os bigodes enquanto tramavam os jeitos mais cruéis de me destruir. Mas agora consigo ver que eu estava dando crédito demais a eles. Porque a verdade é… — As palavras saíram distorcidas dos meus lábios trêmulos, mas eu precisava dizer. Precisava que Callum entendesse tudo que me ajudou a curar. — A verdade é que… eles só não me amaram o bastante.

— *Que se foda…* amor. — Ele me alcançou em dois passos. Braços fortes me envolvendo até eu sentir o coração dele martelando no meu. E, no mesmo instante, me senti mais forte. — Eles não te mereciam. Nem por um segundo…

— Está tudo bem. — Minha mão roçou o peito dele, me aquecendo no calor do seu corpo. — É isso que estou tentando dizer. Isto não é um filme. É a vida real, cheia de decisões confusas e de merda. Eles não agiram de uma forma calculista nem maliciosa, foi… coisa da vida. — Enxuguei meus olhos molhados. — Não foi certo. Mas, por causa disso, eu encontrei a minha família… e encontrei você.

— Nada vai me impedir de lutar por você — prometeu Callum, as palavras sopradas em meus lábios. E então, como se não aguentasse mais um segundo, minhas costas bateram na parede. Ele ergueu meu queixo, e o que vi no rosto dele foi puro deslumbramento. — Eu te amo. Mesmo quando doía, eu te amava. — Por um instante, enxerguei o homem desesperado e sem esperança que se escondia sob todo aquele charme. — Eu te amo tanto que nem sei se essas palavras querem dizer algo de verdade.

— Elas dizem tudo.

Os lábios dele roçaram minha testa.

— Tive muito tempo pra pensar em outras formas de confessar isso. — Comecei a responder, mas ele levou um dedo à minha boca. — Minha vez, pode ser? Esperei muito tempo para dizer isso a você. — Ele esperou até que eu assentisse, segurando meu rosto com cuidado. — Eu te amei desde o momento em que pus os olhos em você, mas foi naquela noite em Glasgow que tudo se firmou. Quando eu soube que precisava ser mais do que um tapa-buraco para a sua vingança. — Quando fiz uma careta envergonhada, ele beijou meu nariz. — Eu queria sua amizade e seu tempo, o quanto você pudesse me dar. — Um beijo no meu pescoço. — Queria me tornar íntimo de você, da sua mente *e* do seu corpo. Queria saber quais músicas você canta no chuveiro e os programas idiotas a que assiste quando ninguém está por perto.

Os lábios dele roçaram os meus, tão rápido que mal senti, por isso tentei alcançá-los de novo.

— Passei noites em claro, cheio de dúvidas a seu respeito. Quais livros estariam na sua mesa de cabeceira? Qual era o ritmo exato do seu coração? Qual seria a sensação da sua língua no meu pau?

Era uma tragédia eu ainda não o ter provado.

— Eu queria ouvir você sussurrar meu nome e depois gritar. Já risquei alguns itens dessa lista, mas sou um egoísta do caralho quando se trata de você, eu sempre quero mais. Quero que a minha voz seja o seu som favorito no mundo. Quero que você seja tão viciada no meu gosto quanto eu sou no seu. Quero te levar num encontro de verdade, ver você toda molinha pra mim e, quando chegarmos em casa, quero que você me xingue, puxe meu cabelo e depois rasteje por mim. E, se você não puder me dar isso, então saiba que estou desesperado o suficiente para aceitar apenas a sua amizade… Mas vou precisar de um tempo pra conseguir chegar lá.

Ele se calou, e o silêncio caiu entre nós, espesso, palpável, opressor. O peito dele subia e descia como se tivesse passado anos correndo até chegar àquele exato momento. Tudo o que ele disse soava perfeito demais, e todos os alarmes dentro de mim me diziam para não acreditar naquilo.

Mas aquele era Callum.

Então, inclinei a cabeça e perguntei:

— Você quer que eu rasteje?

O maxilar dele se contraiu, como se estivesse se arrependendo do que dissera.

— De vez em quando.

— E quando eu não estiver de quatro?

— Então serei eu quem vai rastejar.

Meu pulso martelava nos ouvidos e, num único segundo, o momento passou de doce a sensual.

— Prove.

As narinas dele inflaram, mas ele não emitiu uma palavra sequer enquanto, segurando as costelas, se ajoelhou diante de mim, os olhos grudados nos meus. Cada segundo daquilo me acendia por dentro, a certeza de que nenhuma outra mulher o veria assim, daquele jeito.

— Você se machucou?

Apontei com o queixo para a mão dele.

— Caí durante o jogo. — Callum ergueu meu pé até o peito e desabotoou a tira da sandália. Primeiro uma, depois a outra. — Não se preocupe. Vou acompanhar seu ritmo direitinho.

Minhas sandálias bateram no chão do corredor com um estalo seco, e ele recuou, esperando meu próximo passo. Lutando para manter a respiração sob controle, afastei o cabelo grosso da testa dele, maravilhada com o grunhido carnal que escapou dele ao menor toque.

Callum me queria.

Vinha dizendo isso havia semanas, mas só naquele momento a verdade estava se enraizando: aquele homem gentil, generoso, queria apenas a mim.

— Eu estrago tudo — sussurrei, sem saber se era um desabafo sincero ou só minha última tentativa de o afastar. — Foi em parte minha culpa que as coisas com Alistair deram errado... Depois que meu pai morreu, eu me fechei. Parei de me comunicar. Ele cansou de tentar. Talvez eu estrague essa coisa entre nós também.

As mãos dele subiram pela parte de trás das minhas pernas e apertaram com firmeza.

— Então estrague. Só não me deixe.

— Tira a camisa — pedi com a voz áspera.

Ele entendeu a promessa nas minhas palavras antes mesmo que eu terminasse de falar, porque arrancou rápido o paletó. Em seguida vieram a gravata e a camisa, que ele puxou da cintura do kilt, amassou e jogou de lado. Quase soltei um palavrão ao ver o peito nu. Callum era uma obra de arte, linhas firmes, músculos definidos. Deixei meu olhar percorrer cada pedaço de pele, sem pressa. Não fazia muito, eu o tinha chamado de bonitinho. Que piada. Nada nele era delicado. O V afunilado na cintura, apontando para a trilha de pelos abaixo do umbigo, era a definição de masculinidade. Ainda mais com o hematoma escuro se espalhando pelas costelas, combinando com o corte no lábio.

— Isso parece dolorido — murmurei, passando as unhas na beirada do machucado. — Não acredito que o Alistair bateu em você.

— Valeu a pena — respondeu ele, a voz espessa, os olhos famintos. — Tira a calcinha.

Segurando o cabelo dele, do jeito que ele pediu, puxei sua cabeça para mais perto. Callum sorriu para mim e, daquela vez, pareceu um sorriso quase selvagem. Sexy e feroz.

— Você está enganado, Macabe. Quem manda aqui sou eu, lembra?

— Você está no comando — concordou ele, apesar de suas mãos subirem firmes pelas minhas coxas, apertando minha bunda com força.

— Ótimo, vai pra cama.

Dei um passo para fora do alcance dele, e Callum se levantou, sem desviar os olhos de mim por um segundo sequer, enquanto nós dois recuávamos até o quarto. Ele ainda segurava as costelas machucadas com a mão ao se sentar na ponta do colchão.

— Talvez você precise ficar por cima.

— Prometo ser delicada com você — garanti, arranhando o mamilo dele, com força suficiente para fazê-lo estremecer e gemer.

— Não seja — rosnou ele, os dentes cerrados, o olhar percorrendo meu corpo. — O vestido. Tira. — Como não me mexi, ele pegou a barra, puxando o tecido com firmeza. — Eu sou do tipo que dá e recebe, e até agora, harpia, fui eu quem cedeu a porra do tempo todo. Essa é a minha vez, não aguento mais te ver nesse maldito vestido de outro homem nem por mais um segundo. — Outro puxão, mais forte daquela vez. — Tira isso. Ou eu rasgo. Você escolhe.

Considerei a proposta só o suficiente para torturá-lo, depois recuei, saindo do alcance dele. Com toda a calma do mundo, encontrei o zíper na lateral e o desci, centímetro por centímetro. Callum nem respirava. O olhar tão carregado de desejo que parecia capaz de incendiar o vestido enquanto esperava pelo que viria a seguir.

— *Vermelho* — gemeu ele, passando uma mão distraída pela boca, quando o tecido caiu abaixo do meu sutiã. O tecido escorregou até a cintura, depois deslizou pelo corpo e caiu no chão com um suspiro suave. — Porra… você está linda demais assim. Dá uma voltinha pra mim.

Não dei, apenas mordi o lábio.

Os punhos dele se fecharam, e eu soube na hora que era o esforço de continuar sentado.

— Você vai me dar trabalho, Juniper? Por favor, diz que sim.

Trocamos um olhar carregado de eletricidade, ambos se lembrando da noite em Glasgow.

— Sem dúvidas. — Cedi ao impulso de tocá-lo, me aproximei até segurar os ombros dele. Ele abriu as pernas no mesmo instante e eu subi no colo dele, me encaixando no volume de seu pau pressionado no kilt. — Sem tocar… ainda não.

Como elásticos estalando, as mãos dele se prenderam na minha cintura. Caí na risada, empurrando-as de volta para o colchão.

— Para alguém que já foi do exército, você não é muito bom em seguir instruções.

— Harpia, estou quase explodindo só de olhar pra você. Não consigo nem lembrar meu nome, quem dirá seguir instruções.

A declaração dele fez um arrepio gostoso se espalhar pelo pé da minha barriga. Eu devoraria aquele homem incrível, mas ainda não tinha terminado a brincadeira. Escorreguei do colo dele, fui até a pilha de roupas no corredor e peguei a gravata. Eu me ajoelhei entre as coxas musculosas de Callum, levando as mãos dele para trás e enrolando o tecido uma vez, então parei, esperando para ver o que ele ia fazer.

Os olhos dele se arregalaram e encontraram os meus no exato momento em que suas narinas se dilataram de forma tão evidente, tão cheias de desejo, que precisei apertar as coxas uma na outra.

— Algum problema?

Ele balançou a cabeça, parecendo incapaz de falar. Aquilo não bastaria. Desenhei um círculo com o dedo ao redor do pulso dele.

— Preciso que me diga se está tudo bem com isso, Callum.

Ele assentiu depressa, com entusiasmo.

— Estou bem… *mais* do que bem.

Pela reação dele, presumi que não tivesse uma palavra de segurança. Mesmo assim, perguntei se tinha.

— *Não*. Eu deveria ter?

Enrolei o tecido duas vezes ao redor dos pulsos dele e amarrei com um laço confortável enquanto distribuía beijos suaves em seu peito.

— Diga "para" e eu desamarro você na hora. Ou pode escolher outra palavra… qualquer uma que quiser.

No meio-tempo em que ele pensava, deslizei um dedo entre a pele dele e o tecido, conferindo se não estava apertado demais.

— *Hera.*

As coxas dele se contraíram ao meu redor.

— Perfeito. — Passei os dedos pelos músculos definidos da barriga dele, sentindo quando ele prendeu a respiração. — Se apoie nos cotovelos.

Ele me observava com um desejo quase maior que o meu. Levantei a barra do kilt com um gesto rápido e quase perdi um olho quando o pau dele saltou livre do peso do tecido xadrez, a cabeça já inchada e brilhando. Olhei para Callum por baixo dos cílios e dei um sorriso.

— Escocês de verdade, Macabe. Gosto disso.

E então eu o coloquei na boca.

— *Juniper.*

Ele fechou os olhos com força e a cintura avançou de uma vez, preenchendo minha boca mais do que eu esperava. Engasguei um pouco e gemi, apertando com força o que ainda restava do comprimento magnífico dele. Era tão grosso que meus dedos nem se encontravam no meio.

Eu o levei até o fundo da garganta, me deliciando com o som da respiração entrecortada dele e com a visão dos dedos se retorcendo nos lençóis.

— Você tem um pau lindo, Macabe — murmurei com a boca cheia, ainda envolvendo a cabeça.

— Assim eu fico tímido.

Bastou um olhar para o rosto dele para confirmar que era verdade. Passei as unhas pela parte interna das coxas e soltei um som gutural. Os movimentos dele vacilaram, a barriga se contraindo enquanto Callum lutava para não perder o controle. Eu o envolvi com os lábios, deixando a marca do meu batom vermelho ao soltá-lo.

— *Porra…* olha pra mim quando fizer isso, Juniper, caralho, *devagar…* — implorou ele. — Preciso que vá devagar.

Ele desabou de costas na cama, mal percebendo que os braços estavam esmagados debaixo do próprio peso. Callum estava desmanchando, os "porra, porra, porra" escapando como um mantra, quase delirante. Eu absorvi cada instante, torturando-o com a lentidão que ele pediu até ver as costas dele se arquearem.

— Harpia... sobe aqui com essa bunda gostosa, preciso provar de novo aquela tatuagem.

Murmurei ao redor dele:

— Estou me divertindo demais aqui.

— *Porra*... está bom demais. Vou perder o controle. — As coxas dele me apertaram com força. — Não posso gozar ainda.

— Por quê?

— Porque não existe um maldito plano de existência em que eu me permita gozar antes de você.

Dei risada, lambendo-o por inteiro uma última vez.

— O orgulho masculino é uma coisa linda. — Apertei as coxas uma na outra, o latejar entre elas berrando em concordância, mas continuei provocando-o. — Peça.

— *O quê*?

Ele ergueu a cabeça, sobressaltado.

Ainda de joelhos, beijei com doçura o interior da coxa musculosa dele, em completo contraste com a ordem maliciosa que acabara de dar.

— Eu mandei você pedir. — Outro beijo. — Se quer me comer, vai ter que implorar.

— Por favor. — A palavra escapou dele sem qualquer vestígio de orgulho conforme ele erguia o tronco. — Sobe aqui e me coloca em você, me deixa te tocar, me deixa... me deixa fazer você sentir prazer também.

Minhas pernas estavam trêmulas quando me levantei. Apoiei as mãos nos ombros dele para ganhar equilíbrio e, com um movimento lento, montei sobre a cintura dele, hipnotizada pela boca cheia e máscula que implorava por algo que só eu podia dar. Cruzei os tornozelos nas costas dele, um arrepio percorrendo meu corpo ao sentir as mãos atadas tocarem minhas panturrilhas, e os dedos calejados acariciando o dorso dos meus pés.

— Ainda está tudo bem?

— Sim. — O peito dele, arfando, roçava o meu. — Mas essa resposta pode mudar se eu não estiver dentro de você nos próximos cinco segundos.

Segurei a nuca dele e capturei seus lábios com os meus, saboreando o arranhar da barba na minha pele.

— Você está se saindo tão bem, lindo.

Eu me mexi no colo dele, deixando o pau se encaixar em meu clitóris, separados apenas pela renda úmida da calcinha.

— Preciso te foder, harpia.

Passei os dedos pelos mamilos dele.

— Implore mais uma vez. Acho que pode fazer melhor.

— *Por favor*.

O gemido que saiu dele não se parecia com nada que eu já tivesse escutado antes. Se antes eu ainda não tinha certeza de que Callum era inteiramente meu, naquele exato momento não havia mais dúvida.

Inclinando o corpo, abri a gaveta da mesa de cabeceira e de lá peguei a caixa de camisinhas, quase esquecida. Rasguei uma com os dentes, empurrei o kilt sobre a barriga dele com uma mão e, com a outra, desenrolei o preservativo. Ele tremia, a cabeça pendida entre nós para assistir a cada movimento.

— Você fica tão bem embaixo de mim — falei, tirando a calcinha.

Eu me afastei um pouco mais, só para poder admirar o corpo dele.

— Vou ficar ainda melhor dentro de você. — Ele passou a língua pelos lábios. — Anda logo com isso.

— Quem é que manda aqui?

Callum puxou os pulsos atados enquanto nos alinhava.

— Quem está amarrado aqui sou eu, meu anjo. Agora cavalga nesse pau, sei que está tão desesperada quanto eu.

Nós dois gememos quando o primeiro centímetro desapareceu dentro de mim. Ele era tão grande, tão perfeito. Naquela posição, foram necessárias três investidas lentas até acomodá-lo direito.

— *Juniper* — suspirou ele. — Feita pra mim, porra.

Quando me afundei por inteiro nele, dei um beijo suave em seus lábios, como um "olá", acompanhado de um pequeno rebolado de "prazer em te conhecer".

— *Até que enfim* — rosnou ele, com um beijo bem no centro do meu peito.

Totalmente entregue, enrosquei os braços ao redor do pescoço dele e comecei a me mexer, rebolando devagar, gemendo com a pulsação quente e profunda que ele provocava dentro de mim. "Feita pra mim", as palavras ecoaram, e meu coração doeu com elas. Aquele homem que cuidava de todo mundo e pedia tão pouco para si.

Sem poder usar as mãos, Callum se endireitou e flexionou os joelhos, me posicionando com firmeza no colo, me tomando com toda a intensidade que os limites permitiam.

— Tira isso. — Ele apontou com a cabeça para o meu sutiã. — Quero na minha boca.

Desabotoei na hora, arfando e agarrando a cabeça dele quando um dos seios foi puxado para sua boca, sugando com vontade, a língua circulando o piercing. Ele adorava meus seios com a mesma entrega com que adorava cada pedacinho de mim.

— É tão perfeita, porra — sussurrou ele em minha pele, como se não falasse comigo, mas fizesse uma prece de gratidão. — Como é que isso pode ser tão perfeito?

— Porque somos nós, e isso basta.

Encostei minha testa na dele, já perdendo completamente o controle daquela cavalgada. Era quase impossível manter o ritmo quando Callum me adorava com a boca. Mas quando fazia isso com as palavras... era impensável esconder sequer um pedacinho de mim.

— Me dá essa língua cruel.

Não hesitei. Esmaguei minha boca na dele, adorando o som dos dentes se chocando, a invasão deliciosa enquanto ele explorava cada canto, como se quisesse fundir nossas almas num único beijo.

Respondi na mesma intensidade, nos encaixando, sem culpa nenhuma pelo prazer que dividíamos, inclinando a cintura para que ele me preenchesse ainda mais.

— Diz meu nome, meu anjo.

— Callum — suspirei na hora.

— Quero ver você se tocando.

Comecei a descer a mão, e cheguei até minha barriga tensa antes que eu percebesse que não era meu toque que eu queria.

— Preciso que você me toque.

Bastou um puxão no laço e eu já estava deitada de costas. A dor nas costelas dele parecia já não importar diante daquele prazer, porque as mãos de Callum estavam em toda parte, no meu cabelo, entre minhas pernas, na curva da cintura, dedilhando meus mamilos como se fossem seu instrumento favorito. Respondi a cada toque, me contorcendo nos lençóis enquanto ele entrava e saía de mim, levando minhas coxas ao redor de sua cintura até ele acertar o mítico ponto G.

Um grito rouco escapou de mim e ele sorriu, selvagem, e acertou de novo. E de novo.

— Callum — murmurei o nome dele como se fosse uma pergunta, sem nem saber o que estava pedindo.

Mas ele sabia. Ele *sempre* sabia.

— Está quase lá. — O sopro quente no meu ouvido se misturava ao corpo dele me esmagando no colchão, por fim. O peso dele ameaçava me dominar por completo, e ainda assim eu me agarrava com mais força, prendendo-o com as pernas. — Estou sentindo você apertando meu pau, meu anjo, e é a porra do paraíso, nunca senti nada assim. — Arrepios explodiam por onde os lábios dele passavam, as palavras me levando direto à beira do abismo. — Você é perfeita. Tão linda, porra. — Ele segurou minha coxa, empurrando para cima, me abrindo ainda mais para ele à medida que me tomava, de novo e de novo. — Faz pose de garota má, mas conheço seu segredinho... você é tão... — beijou minha mandíbula — doce. — Os lábios roçaram meu nariz e minha coluna arqueou — Porra.

— *Callum.*

— Isso... isso mesmo, meu anjo. Rebola, pega tudo o que precisar. Eu sou seu. Eu vou te fazer gozar... eu sempre vou te fazer gozar. — Fechei os olhos com força, escutando apenas a voz dele acariciar cada terminação nervosa do meu corpo. — Ninguém nunca me deixou duro assim, nunca me fez gozar como você faz. Um olhar e eu já era.

Eu gemi. Talvez tenha sido o nome dele. Não importava. Eu estava ocupada demais flutuando.

Ele nem precisou usar os dedos. Bastaram as palavras e o pau dele. Eu nunca tinha gozado só com penetração... mas aquilo, ele estava me guiando, me *amando* até o fim.

— Estou perto... tão perto, Callum.

— Eu sei... eu estou com você. Eu te amo pra caralho, Juniper. — A mão dele apertou firme embaixo de minhas costas, a voz tensa, lutando para não gozar primeiro. — Minha Juniper... *minha*. Eu vou ficar ao seu lado. Vou continuar te amando. Agora goza pra mim. Continua engolindo meu pau e goza pra mim. Goza pra mim.

As palavras se desfizeram em sílabas entrecortadas, seguidas de murmúrios sem sentido que só ecoaram dentro da minha cabeça, enquanto eu colava meus lábios aos dele e o orgasmo me atravessava como uma onda do mar, lenta para crescer, lenta para ir embora. E fiquei presa ali, bem na beira, e quando os lábios de Callum se afastaram, o palavrão áspero dele se misturou aos meus gemidos. Nossos corpos se recusavam a parar, o kilt dele roçando nas minhas costelas enquanto ele me fodia de novo e de novo, ainda inacreditavelmente duro dentro de mim.

— Que porra é essa… que porra… *Juniper*.

— Não para.

— Porra… Porra, porra, porra.

As mãos dele se firmaram de cada lado da minha cabeça, os olhos arregalados de puro espanto enquanto acompanhava meu ritmo até o fim do prazer.

Só quando meu corpo ficou mole, entregue, foi que ele desabou sobre mim, e logo rolou de costas, nos mantendo unidos e me arrastando junto até que eu me espalhasse sobre o peito dele.

Afundei nele, o ouvido colado no coração disparado, e nos agarramos um ao outro como sobreviventes de um apocalipse que acabaram de descobrir que eram as últimas duas pessoas no mundo.

35
Callum

Heather: Onde o Alistair e o Callum se enfiaram? Nem tivemos a chance de conversar.

Mal: Eu não sei de nada!

Heather: Gente?

Alistair: De repente me senti mal, então estou indo pra casa. Acho que o Callum está ocupado com outra coisa.

Mal: Talvez o Callum também esteja doente. Ele com certeza estava com uma cara meio esquisita.

Alistair: Ué, achei que você não sabia de nada?

Heather: Que diabo está acontecendo?

— Você está bem? — perguntei à Juniper assim que consegui.

O sorriso no meu rosto devia estar visível até do espaço. Ela riu, o corpo inteiro tremendo, relaxado.

— Que porra foi essa?

— Eu esperava que você pudesse me dizer. — Beijei sua testa suada, roçando meus lábios de um lado para o outro. — Você chupou meu pau tão bem que eu achei que estava sendo exorcizado.

— O poder de Cristo o obriga. — Ela riu de novo, o som era música para meus ouvidos. Juniper mantinha as pernas abertas em volta da minha cintura e eu gemi, meu pau ainda enterrado fundo no meu lugar preferido, dentro dela. — Eu não consigo explicar... — Ela apoiou o queixo nas mãos, tão absurdamente satisfeita e estirada sobre o meu peito, que eu só conseguia balançar a cabeça, sem acreditar. — Isso nunca aconteceu antes.

Presumi que ela não estivesse falando do orgasmo em si, eu já a tinha feito gozar várias vezes. Nem de ter amarrado minhas mãos. Ela sempre esteve no controle de um jeito que parecia mais seguro para minha sanidade não analisar.

— Explica melhor.

Juniper lambeu meu mamilo e eu sorri. Aquela bruxinha adorava meus mamilos quase tanto quanto eu amava os dela.

— Você me fez gozar sem nem tocar no meu clitóris.

Surpreso, tentei lembrar, mas falhei miseravelmente. O melhor sexo da minha vida, mas, desde o momento em que ela manchou meu pau com o batom, tudo pareceu uma experiência extracorpórea. Mesmo assim, tive vontade de bater no peito como um homem das cavernas por ter sido o responsável por aquele sorriso satisfeito no rosto dela.

Apesar de isso fazer meu pau escorregar de dentro dela de forma nada elegante, a agarrei pelos braços — rindo enquanto ela gritava — e a arrastei para cima do meu peito. Eu precisava olhar nos olhos dela para isso.

— Você, Juniper "Callum, cala essa boca" Ross, acabou de gozar com o som da minha voz?

— Acho que você está subestimando o taco de beisebol que tem entre as pernas.

Abri um sorriso idiota.

— Eu sabia. Esse tempo todo você ficava excitada quando eu importunava você, meu anjo.

— Também não é assim *o tempo todo*...

Apertei a cintura dela, adorando a descoberta de que eu podia fazê-la rir debaixo de mim sempre que quisesse.

Tentando escapar, ela rolou para longe, parando nos lençóis amarrotados.

Fui atrás, ignorando a fisgada nas costelas machucadas, e prendi os braços dela acima da cabeça.

— Admite que você gosta.

O sorriso dela era largo, bobo e tão lindo que eu não resisti e a beijei.

— Talvez eu não odeie.

— Mentirosa. — Estalei a língua. — Na verdade… acho que você *ama* o som da minha voz.

— Você está tentando me arrancar uma declaração de amor?

As pernas longas dela envolveram minhas coxas. Eu gemi, desabando no encaixe da cintura dela quando manter meu corpo erguido se tornou, de repente, impossível. Aquela mulher era meu ponto fraco. De um jeito quase impossível.

— Talvez.

Era isso mesmo que eu estava fazendo.

— *Putz*, agora é que eu não vou dizer mesmo.

— Peste. — Mordi o pescoço dela e Juniper soltou uma risada rouca. — Diz.

— Não.

— *Diz.*

E dei uma leve puxada no piercing que atravessava o mamilo dela.

Ela arfou, mas ainda assim ergueu uma sobrancelha perfeita, desafiadora.

— Me obrigue.

Ah, com o maior prazer.

Eu me levantei primeiro e puxei ela junto, dando um tapa rápido naquela bunda perfeita.

— Pro chuveiro. Agora.

Virando-se no mesmo instante, ela passou os braços ao redor do meu pescoço, colando os lábios nos meus num beijo que me fez perder o chão. Eu nunca me cansaria dela. Deslizei as mãos por suas coxas, meio que a levantando, enquanto eu ia aos tropeços, no escuro, em direção à porta do banheiro.

Alcancei o interruptor por trás dela e acendi a luz, rindo na boca de Juniper quando ela reclamou do piso frio.

— Está gelado pra caralho.

— *Aye* — concordei. A temperatura de nossos corpos deve ter caído. — Entra, eu vou te esquentar.

Ela mal tinha aberto a porta do boxe quando um estrondo veio do outro cômodo. Nós franzimos a testa, trocando olhares.

— Deve ser a Shakespeare destruindo minha coleção de sapatos de novo — disse ela.

Liguei o chuveiro, e outro baque soou logo em seguida. *Gata maldita.* Olhando para o corpo nu e molhado da Juniper, eu quase chorei.

— Se aquece, já volto.

Beijei a testa dela e fechei a porta do boxe, voltando para o espaço aberto da casa. Roupas e sapatos estavam espalhados do quarto até a sala, como uma caça ao tesouro ao contrário.

Acendi a luz do guarda roupa, empurrei as roupas dos cabides mais baixos, procurando por Shakespeare. Nada. Refiz os passos até a cozinha. Às vezes ela gostava de se empoleirar em cima da geladeira e, talvez, tivesse caído ali atrás.

Bam.

Parei na hora, virando a cabeça em direção à porta da frente. Meus pés já percorriam o corredor estreito, que parecia esfriar a cada passo. Encontrei a porta entreaberta, rangendo na moldura enquanto o vento a empurrava de um lado para o outro.

Sem me importar nem um pouco com o fato de estar pelado, enfiei a cabeça para fora, lançando um olhar pelo jardinzinho vazio da frente. Vendo que tudo estava em ordem, fechei e tranquei a porta, voltando apressado para o banheiro. Juniper enxaguava o xampu do cabelo quando deslizei o vidro embaçado. Segui o rastro da espuma com os olhos até chegar aos dedos dos pés.

— Está tudo bem?

Procurando o primeiro pedaço de pele que consegui alcançar, eu a empurrei para o canto do chuveiro, entrando junto com ela sob a água quente.

— A porta da frente estava entreaberta, acho que esquecemos de fechar mais cedo.

Ela assentiu, tranquila. Então, seus olhos arregalados encontraram os meus.

— A Shakespeare! Você viu ela?

Balancei a cabeça.

— Ela não costuma sair?

— *Não.* — Ela se esgueirou por mim, saindo do boxe num pulo, quase escorregando ao puxar a toalha do gancho. — Kelly recomendou esperar até que ela se adaptasse antes de deixá-la sair.

— *Merda.* — Fui atrás dela no mesmo instante. — Não se preocupe, vamos encontrá-la.

Eu me sequei com movimentos rápidos e bruscos. Tive de vestir de novo o kilt e a camisa ou perderia tempo indo até minha casa trocar de roupa. Talvez eu devesse trazer algumas coisas para cá, ou a Juniper podia levar as dela para a minha casa... *Não era hora para pensar nisso.*

Juniper sumiu nas portas do guarda-roupa naquele mesmo momento, xingando e fazendo barulho enquanto se apressava. Quando voltou — o rosto tenso de preocupação, o cabelo ainda ensaboado pingando no suéter de tricô —, fui até ela e segurei seus ombros com as mãos.

— Você não pode sair assim, vai morrer de frio.

Ela nem calçava os sapatos do mesmo par, mas não parecia o momento certo para comentar isso.

— Eu preciso. — Ela estava segurando minha camisa, os olhos marejados, retorcendo o tecido com as mãos trêmulas. — Ela pode estar em qualquer lugar. Deve estar apavorada. Eu preciso achá-la.

— Meu anjo, gatos são espertos. Ela vai ficar bem. — Espremi as pontas do cabelo dela, tirando o excesso de água, e depois ajeitei atrás das orelhas. — Só coloca algo na cabeça, tá bem? Assim eu não preciso me preocupar com você também.

— Tá.

Ela pegou o gorro que eu tinha comprado para ela enquanto eu procurava duas lanternas. De mãos dadas, saímos na escuridão da noite.

— Shakespeare!

— Shakespeare!

Os gritos da Juniper já tinham virado súplicas desesperadas havia muito tempo, cortando as árvores e as sebes que cercavam nossas casas com uma urgência obstinada. Eu seguia um caminho mais *metódico*, vasculhando cada canto, cada possível esconderijo em que uma gata apavorada poderia se enfiar.

Durante todo o tempo, a lógica martelava na minha cabeça — as palavras que eu mesmo diria a qualquer tutor, como veterinário: gatos têm uma habilidade espantosa de voltar para casa, mesmo depois de dias, semanas, às vezes meses. Mas Juniper não era *qualquer* tutora. E Shakespeare não era *qualquer* gata. Ela era arisca, desconfiada. Será que já via este lugar como lar? Eu não tive coragem de perguntar isso em voz alta.

— Achou? — perguntou Juniper, a luz da lanterna tremendo enquanto ela corria até mim.

Balancei a cabeça.

— Sinto muito, meu anjo. — A expressão devastada dela me destruiu. Seus dentes batiam de frio, e eu a puxei em meu peito, esfregando os braços dela para aquecê-la. — Não vamos desistir. Prometo pra você, ela vai voltar até de manhã, do jeitinho irritante de sempre.

— E se não voltar, Callum? Ela literalmente fugiu na primeira chance que teve. Eu estava tão distraída que nem percebi. Foi crueldade trazer ela aqui, quando está claro que me odeia. Eu devia ter deixado com a Kelly… ou num abrigo. Pelo menos estaria segura. — As lágrimas dela molharam meu pescoço. Eu a embalei devagar, beijando o gorro dela, mesmo que ela não sentisse. — Ela me odeia — repetiu, com uma voz tão jovem e perdida que, de repente, senti as lágrimas queimarem meus olhos. — Nem culpo ela.

"Eles não me amaram o bastante."

Ela estava falando de muito mais do que a gata. Se Shakespeare nunca voltasse, será que Juniper veria isso apenas como mais um ser que ela amou e que a abandonou? A compreensão vem muito antes da aceitação. Lá no fundo, ela talvez entendesse que o amor de alguém não definia o próprio valor, mas quanto tempo ainda levaria para que acreditasse mesmo nisso? Para não se culpar, para não se odiar a cada rejeição, por menor que fosse?

— Impossível — rebati com firmeza, desejando poder gravar aquele sentimento dentro da alma dela. — Seria, literalmente, mais fácil arrancar meu próprio coração do peito do que te odiar.

— Olha como ela se apegou depressa a você. Eu tentei de tudo que consegui imaginar… por meses e… — As lágrimas brilhavam nas bochechas pálidas. — Eu também não voltaria pra mim.

Caralho.

Segurei o rosto dela entre as mãos, olhando para aqueles olhos que sempre me devoraram. Um dia, eu os chamei de devoradores de mundos, quando, na verdade, devia ter dito: *meu mundo inteiro.*

— Vamos encontrá-la. Você confia em mim? — Eu vasculharia cada centímetro desta maldita ilha, se fosse preciso. Juniper assentiu com um movimento fraco e a pressão no meu peito aliviou só um pouco. — Precisamos manter a calma e traçar um plano. Sair por aí sem pensar não vai nos levar a lugar nenhum. Primeiro, ela tem chip, certo? — Juniper assentiu de novo. — Ótimo. Se alguém a encontrar, provavelmente vai levá-la direto para a clínica. Tenho uma armadilha para gatos guardada no consultório. Vou até a vila…

O barulho dos pneus me interrompeu, e viramos os dois ao mesmo tempo quando os faróis iluminaram a estrada, fortes demais para enxergarmos o motorista. Eram quase duas da manhã. Quem diabo apareceria aqui àquela hora?

Cobri os olhos com a mão, desviando da luz, e me posicionei na frente da Juniper.

Não tivemos que esperar muito. O vidro abaixou e a voz de Mal cortou o silêncio:

— Sabia que encontraria você aqui. Estou tentando ligar há mais de meia hora.

Tateei o peito até encontrar o celular no bolso do casaco. Cinco chamadas perdidas piscavam na tela.

— Acho que botei no silencioso — falei.

Abaixei a cabeça e olhei para dentro do carro. Mal ainda usava sua roupa tradicional, e April estava ao lado dele, com o rosto e o vestido verde-escuro todo amassado.

— O que está acontecendo?

Ele fez uma careta.

— É o pai, ele caiu…

O resto virou ruído branco. Meu cérebro se esforçava para processar o que eu ouvia. Que Alistair o encontrou caído à beira da estrada, a quase um quilômetro de distância da casa dos nossos pais, quando voltava da festa. Que ele tinha um corte aberto na testa. Que o pai saíra escondido enquanto a mãe dormia. Quase não percebi as mãos de Juniper me empurrando em direção ao carro, até que ela disse meu nome, e a voz dela soou como um sino ao qual eu sempre responderia.

Ela beijou meus dedos frios.

— Callum, você precisa ir.

Minha garganta estava apertada demais para formar palavras.

— Mas… a Shakespeare…

O rosto de Juniper, manchado de lágrimas, se suavizou, mesmo com o lábio inferior tremendo.

— Não se preocupe com isso neste momento.

— O que aconteceu com a Shakespeare? — perguntou April, se inclinando sobre o painel do carro.

— Ela escapou mais cedo, e ainda não conseguimos encontrá-la — respondi.

— Merda, June, sinto muito. Vou ficar e ajudar a procurar — disse April, já soltando o cinto de segurança, mas Juniper balançou a cabeça.

— Vocês precisam ir para a clínica, Iris e Jim estão esperando por vocês. Eu continuo procurando.

— Sozinha? *Nem a pau.*

Eu sabia que precisava ir. A razão me dizia isso. Minha mãe devia estar em pânico, assim como Heather e as gêmeas. O peso da responsabilidade pendia sobre meus ombros, e o momento perfeito que eu tinha vivido na cama de Juniper, apenas uma hora antes, já parecia uma lembrança distante. Minha família precisava de mim. Mas Juniper era minha família também. Era minha responsabilidade. Ela merecia ser a prioridade de alguém. Dividido ao meio, puxei-a para o lado, olhando nos olhos dela, que já carregavam a resignação.

— Eu vou ficar.

— Não seja ridículo, isso não é importante…

— Claro que é importante — repliquei, apertando ainda mais as mãos dela. — Você não vai passar por isso sozinha. Eu não vou deixar.

Só de imaginar ela procurando a gata sozinha pela noite, se sentindo abandonada, sem amor, me dava vontade de quebrar alguma coisa.

Caralho. Era a primeira vez que ela precisava de mim, e eu já estava tropeçando no começo.

Passei a mão pelo rosto, tentando pensar em uma saída.

— Você pode vir com a gente. A gente vê como meu pai está e volta direto pra cá.

— Não. — Ela decidiu por mim, me empurrando em direção ao carro. — Você sabe que a minha presença só vai complicar as coisas com o Alistair. Você precisa estar com a sua família. Vai se odiar se não for.

Merda, ela estava certa. Ainda assim, hesitei, encostando minha testa na dela.

— Vou levar o celular. Me mantenha informado. Se em uma hora não tiver sinal dela, deixe comida do lado de fora e entre para se aquecer. — Acariciei seu rosto, fazendo com que ela me encarasse. — Promete?

— Eu prometo.

Apesar de toda a pose, Juniper não sabia mentir nem por um segundo.

Beijei-a com força, puxando seu lábio inferior entre os meus.

— Eu te amo. Acredita em mim?

Se ela não acreditasse que eu voltaria direto para ela, simplesmente não conseguiria entrar naquele carro.

— *Aye* — respondeu, com um sorriso tímido, mas verdadeiro.

O alívio foi tanto que minhas pernas quase cederam.

Mesmo com os outros olhando, eu a beijei de novo. Não consegui evitar.

— Quando eu voltar, quero ouvir você dizendo o mesmo. — Outro beijo, lento, profundo, como uma promessa de que logo nos veríamos. — Se cuida.

— Acho que você gosta de me manter alerta, Jim.

Uma voz suave do interior da Escócia cortou a tensão da sala de cirurgia como gaitas de foles num maldito funeral.

— Não esperava te ver aqui, dra. Redford — disse, me levantando para apertar a mão da médica do meu pai.

Ela parecia cansada, o uniforme um pouco amassado, o coque loiro começando a desmanchar. Mas o sorriso era o mesmo de sempre, gentil e caloroso. Ela tinha um jeito raro e delicado que conseguia acalmar meu pai.

— Sou voluntária a cada dois sábados — explicou ela, juntando as mãos em volta da prancheta enquanto olhava ao redor. — A casa está cheia.

Heather e as gêmeas estavam a caminho. Mas todos os outros Macabe se enfiaram em dois carros e ocupavam praticamente todo o cubículo de um metro quadrado da ala de lesões leves da Ilha de Skye. A viagem de uma hora de Kinleith até Portree tinha sido uma tortura, um arrastar de joelhos nervosos; meus pensamentos indo de meu pai para a Juniper sem parar. Fiz Mal repetir a mensagem do Alistair palavra por palavra tantas vezes que perdi a conta: meu pai estava bem, com alguns machucados, mas consciente. Só acreditei mesmo quando o vi com meus próprios olhos, deitado na cama estreita, com a mão entrelaçada à da minha mãe. Quieto, mas alerta, apesar do corte longo na testa. Uma enfermeira o examinou primeiro, mas chamou um médico para avaliar uma possível concussão e fazer os pontos. Isso tinha sido horas antes.

A dra. Redford se aproximou, dando um aperto reconfortante no ombro da minha mãe.

— Parece que teve um acidente aí, Jim. Estava dançando de novo, foi?

Meu pai não respondeu, e Alistair se levantou de um salto, imponente diante da jovem médica ao dizer ríspido:

— Posso costurar o ferimento eu mesmo, se me derem uma sala e o equipamento necessário.

Franzi o rosto, recostado na parede. Alistair não tinha me dirigido uma única palavra e, para ser honesto, eu nem podia culpá-lo. Juniper tinha razão... Deixei o ciúme me dominar e me comportei como um idiota possessivo, quase batendo nela com um porrete e a arrastando de volta para minha caverna. Além disso, faltei com respeito a ele como irmão. Sim, eu não achava que ele tinha o direito de opinar na minha relação com Juniper, mas ele merecia, no mínimo, uma conversa. Uma explicação. Não era de se estranhar que tivesse me socado.

Mas isso não lhe dava o direito de descontar a frustração na médica gentil.

— Vai costurar um ferimento com a mão quebrada? — perguntei, indicando com um gesto os dedos inchados da mão esquerda, a pele já ficando roxa.

Ele tinha levado a pior. Quando tudo isso passasse, eu teria que lhe ensinar como dar um soco de verdade. Alistair fez cara feia e enfiou a mão no bolso do casaco, enquanto a médica olhava de um para o outro como se estivesse esperando uma briga a qualquer momento.

A tensão já começava a afetar todo mundo. Malcolm não conseguia ficar sentado por mais de alguns minutos e, naquele exato momento, estava ocupado reorganizando um pote de balinhas sobre a mesa. April estava ao lado dele, sussurrando sugestões de cores. O pote naquele momento estava perfeitamente classificado: roxas, depois vermelhas, então verdes. Até minha mãe, mesmo distraída, lançava olhares preocupados de Alistair para mim.

A dra. Redford lançou um sorriso doce demais para Alistair.

— Acho que ainda não fomos apresentados.

— Sou o *doutor* Alistair Macabe.

— Prazer em conhecê-lo, dr. Macabe. Sou Amy Redford e estou à frente desta unidade. Pode ficar à vontade para vir comigo e observar o procedimento. Posso dar uma olhada nessa mão também.

Alistair franziu a testa, mas logo pareceu perceber que estava sendo um idiota arrogante com aquela mulher sem motivo algum. Corou, limpou a garganta e deu um passo para trás.

— Não será necessário.

Eu me aproximei da maca, beijei o topo da cabeça da minha mãe e passei a mão pelo ombro do meu pai, apertando de leve.

— Nós vamos esperar aqui — prometi a eles.

Minha mãe apenas assentiu, em silêncio, os olhos fixos no marido enquanto o seguia junto com a dra. Redford para fora da sala, como se pudesse mantê-lo naquele raro momento de lucidez apenas com a força da própria vontade. Eu não conseguia desviar o olhar, mas, em vez do meu pai, vi Juniper naquela cama, daqui a quarenta anos. Será que eu faria escolhas diferentes das da minha mãe? Ou me agarraria do mesmo jeito desesperado? A dúvida me fez esfregar as têmporas, onde uma dor de cabeça começava a se instalar.

— *Cacete.*

— Olha a boca. — O sussurro cortante de Heather veio antes mesmo de ela aparecer na curva do corredor, com Emily pendurada na cintura e Ava quase dormindo, de mãos dadas com a mãe. — Tem crianças aqui.

— Oi, amendoim — disse Mal, sem dúvida aliviado por ter algo para fazer, pegando Ava no colo e a acomodando no peito largo.

Aproveitei o momento de abraços e explicações para tirar o celular do bolso e reler minhas mensagens para Juniper ainda sem resposta.

Você encontrou ela?

Me avisa que está bem, pelo menos.

Por favor, meu anjo.

Escrevi mais uma, logo abaixo das outras, e vi os dois risquinhos aparecerem. Depois, fiquei ali parado, esperando que eles ficassem azuis. Que ela pelo menos lesse.

Ainda estava com o olhar grudado na tela quando Heather, tirando o casacão e o cachecol, disse:

— É melhor vocês me explicarem logo o que está pegando. Esse clima tenso está me dando nos nervos.

Eram quase cinco da manhã. Com sorte, Juniper tinha parado de procurar e ido dormir. Mas eu duvidava. O sentimento pesado e pegajoso se espalhando pela minha barriga duvidava também.

Estava tão distraído pensando em Juniper que nem ouvi a conversa que se desenrolava ao redor, até que Alistair disparou:

— Callum está trepando com a Juniper.

Malcolm soltou um ruído ofegante, com certeza se preparando para nos separar de novo.

April engasgou num "ah!" exagerado demais até para uma atriz.

E Heather não disse uma palavra.

Fitei meu irmão, lutando contra o impulso de sacudi-lo.

— Eu entendo que você esteja puto, mas vou dizer só mais uma vez: deixa ela fora disso. Uma *trepada* não é nem metade do que existe entre nós.

— Ah, então você está apaixonadinho por ela? — retrucou ele com um sorriso cínico.

— Sim.

Minha voz saiu como um chicote. Se ele fosse qualquer outra pessoa, eu nem teria me dado ao trabalho de responder.

— Não me faça rir, Callum. Você não leva nada a sério.

Não era o que eu esperava ouvir, e doeu mais do que eu estava disposto a admitir. Absorvi o impacto e devolvi na mesma moeda, com palavras das quais eu sem dúvida me arrependeria depois.

— E você saberia disso como, hein? Para começar a entender, implicaria visitar a família de vez em quando, ou fazer uma ligação sem estar com a cabeça em outro lugar. Ava e Emily mal sabem quem você é...

Alistair se encolheu com o golpe, e Heather se meteu entre nós num pulo.

— Ei, chega. Acho que está na hora de baixar o tom.

— Como se você estivesse de boa com isso — atacou Alistair, apontando para Heather.

Com a mão boa, notei; a outra continuava escondida no bolso do casaco.

— No começo, não estava, mas...

— Espera aí, espera, espera... — Foi como se uma chave tivesse virado. Num instante, toda a raiva sumiu do semblante dele, o olhar saltando entre nós dois. — Você já sabia disso? Desde quando?

Heather apertou os lábios. Eu podia quase ver as engrenagens girando, pensando se deveria mentir ou dizer a verdade. Ela optou pela honestidade.

— Descobri há algumas semanas — confessou, sem rodeios. — E percebi logo que não cabia a mim ficar brava.

Abri a boca para intervir em defesa da Heather, quando Mal limpou a garganta.

— Acho que este é um bom momento para dizer que eu também sabia.

Puta merda, cara, dava pra ter guardado isso.

A expressão de Alistair mudou de surpresa para traição em uma fração de segundo. Ele era do tipo que se orgulhava de sempre ter a resposta certa, e ser o último a saber de algo tão grande deve ter machucado.

E saber que era *eu* quem estava causando aquela dor também me machucava.

Suspirei, passando a mão pelo rosto.

— Alistair, eu sinto muito...

— Todo mundo sabia?

Alistair respirava pesado, como se carregasse um enorme peso no peito. A tensão se espalhou pela sala, densa, sufocante.

— Não foi de propósito.

Ele assentiu devagar, com um riso seco escapando dos lábios.

— Claro.

— Não foi — insisti, me aproximando.

Os olhos dele, vidrados, encontraram os meus, feridos, furiosos, prontos para atacar de novo.

— Já que você decidiu ser tão sincero, então esse é um bom momento pra contar a verdade sobre o diagnóstico do nosso pai.

Minha barriga se revirou. Abri a boca, depois voltei a fechá-la, a resposta morrendo na ponta da língua.

Do que ele está falando?

A voz da Heather soou baixa de repente, como quando ela tinha 7 anos.

— Não. — Apontei o dedo para Alistair, sem conseguir olhar para minha irmã mais nova. — Nem pense em usar o pai como forma de se vingar de mim.

A mandíbula dele se contraiu.

— Eles iam descobrir uma hora ou outra.

— Descobrir o quê? — perguntou Mal, com o rosto inexpressivo como mármore, perfeitamente neutro, mesmo ainda segurando Ava adormecida com o maior cuidado.

Heather se abraçou, mais pálida do que nunca. Pela primeira vez em muito tempo, eu me vi sem chão, sem saber o que dizer aos meus irmãos.

As palavras da Juniper voltaram à minha mente, do dia em que ela encontrou meu pai na vila: "Quem cuida de você?".

Sentada na mesinha de centro, com um copo de uísque na mão, ela soube a resposta sem que eu precisasse dizer. *Ninguém. Ninguém cuida de mim.* E, até então, isso nunca fora um problema. O que eu não conseguia aceitar era saber que esta noite provavelmente não teria acontecido se eu tivesse sido mais aberto com meus irmãos.

Heather sussurrou meu nome outra vez, e enfim encarei todos.

— O pai… — Respirei fundo, com dificuldade. — *A doença* avançou muito mais rápido do que os médicos previram. A perda de memória está bem grave, e ele anda ficando agitado, por isso começou a sair de casa sozinho. Foi isso que aconteceu esta noite.

— Não. — Heather balançou a cabeça, erguendo o queixo num gesto teimoso. — Eu teria percebido. Almoçamos juntos todo fim de semana, eu teria notado.

— A mãe e eu ficamos bons em disfarçar.

Sem contar que, nos últimos tempos, ele ficava perdido em ambientes com muitas pessoas. Já não conseguia acompanhar nenhuma conversa e quase não falava quando estávamos todos juntos.

— Mas por que esconder isso? Você não tinha o direito de nos manter no escuro.

Havia um tom cortante na voz de Mal. Talvez fosse culpa, justamente o que eu menos queria que ele sentisse. April passou um braço pela cintura dele, tentando acalmá-lo em silêncio.

Andando até a janela, passei a mão pelo cabelo.

— Porque eu não queria sobrecarregar vocês.

— Conversa fiada — retrucou Mal, e o tom duro na voz dele me pegou desprevenido. — Isso é a sua cara. Você tem esse complexo gigante de herói, sempre procurando algo para consertar, um novo problema para resolver só para não encarar o que está faltando na sua própria vida.

Não era preciso ser um gênio para entender do que, *ou de quem*, ele estava falando. Dizem que os introvertidos são os mais observadores. Eu só não tinha percebido que o meu irmão mais novo me enxergava tão bem assim.

— Chega — disse ele, por fim. — A partir de agora, tomamos essas decisões juntos. Em família.

Assenti, os ombros relaxando de alívio. Foi fácil concordar. Eu não queria mais fazer isso sozinho.

— Em família — repetiu Heather, vindo até mim e me abraçando.

A concordância de Alistair veio por último. Ele ficou afastado de todos nós, com o tom frio, o corpo rígido. Mas disse as palavras mesmo assim — em família — e, naquele momento, eu soube que, no fim das contas, ficaríamos bem.

36

Juniper

Recibo digital:

Hora: 02h13

Número do pedido: 27310

Pedido: 1000x pôsteres de gato desaparecido

Algo cutucou minhas costelas. Um dedo. Ou talvez a ponta afiada da pata de Shakespeare. Estava aproveitando tanto o sonho que me virei de lado, me enterrando ainda mais no travesseiro.

— Hora de acordar.

Uma voz familiar, que reconheci como irritada, cortou a névoa do sono. Mas estava longe demais para que eu entendesse por que aquela voz estaria no meu quarto.

O dedo cutucou de novo. Daquela vez, com força suficiente para me forçar a abrir os olhos.

Com o cérebro noventa por cento derretido, demorei um pouco para perceber que o teto acima de mim não era o da minha casa, mas sim o céu salpicado de nuvens, num tom entre o preto e o cinza, à medida que o dia começava a nascer, sombrio e úmido. O cheiro de terra molhada e ar frio irritava meu nariz.

Pisquei.

Uma vez.

Duas.

Esfreguei os olhos e pisquei de novo.

Pairando acima de mim, com as mãos na cintura e costeletas exageradamente espessas, parecendo chifres do diabo naquela posição de cabeça para baixo... estava Hank.

— Não me faça ter que te arrastar lá pra dentro, menina, minhas costas velhas não aguentam isso.

Ada estava ao lado dele, as mãos cobrindo a boca como se estivesse assistindo à cena de abertura de um filme de catástrofe.

Percebi algumas coisas em rápida sucessão:

Algo havia entrado na minha boca e morrido lá enquanto eu dormia.

Não era um dedo me cutucando, mas a ponta da bota de Hank.

O travesseiro que eu abraçava como se fosse um amante era o capacho da Casa Hera.

E eu não tinha encontrado Shakespeare.

Sentando de repente, passei a mão pelo rosto encrustado de sujeira, tentando entender como fui parar ali. Os postes da rua ainda brilhavam fracamente e o estacionamento estava silencioso. Dei um pesado suspiro de alívio.

Se Hank nem sequer começara a trabalhar, isso queria dizer que ainda era cedo demais para algum hóspede ter me visto desmaiada na varanda. *Meu Deus, imagina se tivessem que pular por cima de mim para entrar? Eu nunca me recuperaria de uma humilhação dessas.*

O que aconteceu, mesmo?

Quando vim morar com Alexander e Fiona, cheguei a desenvolver um leve hábito de sonambulismo, mas isso não me afetava desde a adolescência.

— Você está bem, querida? — perguntou Ada, se aproximando devagar. — Deve estar congelando.

— Estou bem — respondi, afastando-a com um gesto.

Fisicamente, eu me sentia bem. Mas minha mente... Juntei os pedaços da noite anterior. Jim Macabe tinha se ferido. Callum saiu às pressas para o pronto-socorro e, me sentindo impotente e culpada depois de recusar de forma categórica a ir com ele, decidi refazer meu caminho em busca de

Shakespeare. Comecei pela cabana e fui vasculhando a área entre minha propriedade e a de Callum. Dali, cortei caminho pela encosta entre a Casa Hera e a chácara vizinha, revirando mato e mais mato até os joelhos, procurando qualquer sinal dela, me odiando um pouco mais a cada passo.

Minhas mãos estavam esfoladas pelos espinhos dos arbustos e havia placas pesadas de barro seco grudadas até minhas coxas por causa do brejo em que caí.

Por volta das três da manhã, convencida de que morreria naquele brejo fedorento, chorei ao imaginar os pobres trilheiros que acabariam encontrando meus restos mortais dali a alguns dias, ou semanas. Tinha até um certo tom poético, se parasse para pensar. Quantas vezes eu dissera à Shakespeare que ela ainda me mataria? E, num movimento clássico dela, ela me provara certa da maneira mais dramática possível.

Foi só quando parei de entrar em pânico por tempo o bastante para parar de afundar na lama que me dei conta de que poderia usar o capim alto para me libertar e deixar de ser uma baleia encalhada. Desastre fatal evitado, cambaleei de volta para a Casa Hera e desabei na soleira, com a intenção de ligar para Callum. Mas fiquei virando o telefone nas mãos, pensando no que diria quando ele atendesse. Não queria incomodá-lo enquanto estava com a família, só para contar que falhei. Devo ter adormecido antes de tomar uma decisão.

— Olhe para você, está paralisada de frio. — Ada se agachou na minha frente, esfregando as mãos para cima e para baixo nos meus braços. — O trabalho está longe de ser entediante com você no comando. — Não me pareceu bem um elogio, mas eu ri mesmo assim. — Entre logo, vou colocar a chaleira no fogo.

Ela lançou um olhar para Hank que eu não consegui decifrar, antes de dar a volta em mim e seguir para dentro.

Foi quando me dei conta de que o turno de Ada só começaria dali a algumas horas. E a vaga dela no estacionamento estava vazia.

— Você e a Ada vieram juntos? — perguntei a Hank, tentando arquear as sobrancelhas, mas meu rosto estava frio demais para demonstrar qualquer expressão.

— *Aye*. — Ele me observava com uma mistura de irritação e preocupação relutante. — E daí? Ela ainda não mandou arrumar aquele pneu. Mulher teimosa, estou quase fazendo isso eu mesmo.

— Ah.

Murchei, entediada com a explicação. *Os dois continuariam enrolando com esses sentimentos para sempre?* Diante da minha reação, os sulcos na testa de Hank se aprofundaram ainda mais na pele castigada pelo tempo.

— Ah, qual é. — Eu ri. — Ada vem te dando indiretas para chamá-la para sair há anos.

— Vem?

Meu riso virou um gemido.

— Você está falando sério? Na quinta passada, ela perguntou se você gostava do novo corte de cabelo dela e depois disse, pelo menos umas três vezes, que o clube do livro fora cancelado e que ela se arrumara à toa.

— Isso… era uma indireta? Para convidar ela pra sair?

Ele parecia tão perdido que balancei a cabeça, arrasada.

— Ô dó, tão inocente.

— Não faço ideia do que isso quer dizer. — Ele olhou na direção da pousada, como se as respostas estivessem lá dentro, onde Ada havia sumido. — Era para eu ter convidado ela para um encontro?

— Sim. Ou para tomar alguma coisa, se quiser algo mais casual.

Ele pareceu horrorizado.

— Não, isso eu não poderia fazer.

— Chamar ela para sair?

— *Para tomar alguma coisa*. Se for só uma bebida, ela vai pensar que estou esperando… outras coisas.

Pelo amor de Deus. Hank estava corando de verdade.

— E não tem problema nisso, se vocês dois quiserem.

— *Não*. Posso não parecer sempre, mas sou um cavalheiro.

E diziam que o romance morreu.

— Ainda dá tempo de fazer o convite — falei, tentando não rir enquanto ele se olhava no vidro da porta, tentando domar o cabelo desgrenhado.

— Você está tentando me distrair. — Ele se virou de novo para mim. — O que está acontecendo de verdade? Aquele rapaz Macabe fez alguma coisa com você?

— Callum? Claro que não.

Na verdade, era o contrário. Quando eu estava com Callum, me sentia forte o bastante para enfrentar qualquer coisa. Só quando ele se afastava é que os problemas começavam. Se ele não tivesse sido chamado na noite anterior, eu com certeza não teria caído em um brejo. Ele teria buscado a armadilha para gatos no consultório e, como o solucionador de problemas que era, Shakespeare estaria em casa, segura, governando seu pequeno reino.

Ele teria resolvido tudo... como sempre resolvia. Será que era isso que eu queria? Que ele resolvesse tudo? Será que eu queria depender tanto de um homem a ponto de desmoronar sem ele?

Callum disse que me amava, e eu confiava que dizia a verdade. Uma das primeiras coisas que notei nele foi sua honestidade inflexível. Na época, isso me deixava desconfortável, mas naquele instante... eu sabia que um relacionamento não tinha força sem honestidade.

Callum me amava. Mas eu podia confiar que ele me amava o suficiente para ficar para sempre? Para segurar minha mão naquela vida bagunçada — com tudo que ela tem de bom, de ruim e de indescritível? Porque viver doía.

"No fim, tudo é dor, pequena, então é melhor fazer a jornada valer a pena." Era isso que Alexander queria dizer? Que amar era, inevitavelmente, se devastar?

Bastava olhar para April e Mal, contentes em aproveitar cada segundo juntos, mesmo sabendo que o trabalho dela sempre os separaria por meses. O amor seria apenas uma parte pequena se a base de um relacionamento fosse tão instável. Ele exigiria *tudo*.

— Se ele não te magoou, por que está chorando? — quis saber Hank.

Porque eu o amo tanto que estou morrendo de medo.

Talvez fosse o frio, talvez fosse a falta de sono, mas minhas emoções pareciam o interior de uma caixa de costura, um emaranhado de agulhas e linhas de todas as cores. Se você puxasse uma, todas se embolariam num nó único e caótico.

Tudo o que consegui dizer foi um choroso:

— Eu perdi minha gata.

— Você quer dizer *aquela* gata?

Minha cabeça se ergueu num estalo, no momento exato em que um miado lamentável cortou o ar.

— Shakespeare?

Encontrei a direção do som a tempo de vê-la sair correndo de uma moita, como se o rabo estivesse pegando fogo. Me agachei e abri os braços. Nem pensei na possibilidade de ela me rejeitar. E ela já estava nos meus braços, com folhas secas e musgo caindo do pelo.

O miado virou um resmungo acusador, enquanto ela enfiava a cabeça no meu queixo. *Isso foi tudo culpa sua*, diziam seus olhos amarelos.

Eu a apertei mais forte.

— Não faça isso de novo.

Ela ronronou, e aquilo pareceu um acordo justo.

Observando a cena, Hank torceu o nariz.

— Vou deixar vocês.

— Lembre-se do meu conselho — gritei por cima da cabeça da Shakespeare.

— Teve algum conselho no meio daquele choro todo?

Mas ele sorriu. E eu soube que vencera.

Com o celular em uma mão, enfiei a chave no bolso de trás e conferi a fechadura da porta da cabana, sacudindo-a mais uma vez só por segurança.

Depois de deixar Shakespeare em segurança dentro de casa, ela exigiu duas tigelas cheias de comida, devorando tudo como se estivesse em jejum havia um ano, depois se enfiou no meio das almofadas do sofá e adormeceu no mesmo instante, e eu tinha certeza de que ela ficaria ali pelo resto do dia.

Passei rapidamente os olhos nas mensagens dignas de uma redação que Callum enviara e corri para o carro, contornando a pousada.

Se precisar de mim, liga.

Algum sinal dela?

Estou começando a me sentir como um perseguidor, meu anjo.

Pelo jeito, eu não consigo entender indiretas, então só me avisa se você estiver bem. Por favor.

E a mais recente, enviada às seis da manhã:

Está fazendo jus ao apelido de novo, harpia. Espero, para o seu bem, que tenha passado a noite quietinha na cama, dormindo feito uma pedra, porque não vai sobrar tempo pra isso. Acho que está na hora de eu te amarrar. Nada mais justo.

Um calor se espalhou pelo meu ventre e apressei o passo. Quase sete horas e eu mal podia esperar para chegar ao ambulatório de primeiros socorros em Portree. Para chegar até *ele*. Não queria piorar as coisas entre Callum e o irmão, então esperaria do lado de fora e, quando o pai deles já estivesse melhor, poderíamos falar com Alistair juntos e encontrar o caminho menos constrangedor possível.

Destranquei o carro com o controle e estava prestes a puxar a maçaneta quando ouvi pneus rangendo sob a brita.

Callum?

Um táxi fez a curva fechada e, num instante, a esperança deu lugar à decepção quando uma mulher pequena, de óculos escuros enormes, desceu do carro. O cabelo estava um pouco mais claro, com mechas douradas de sol. Espera aí…

— *Fiona?* — Ela se endireitou. — Achei que você só voltava na terça.

Com um sorriso largo, ela empurrou os óculos para o alto da cabeça.

— Adiantei o voo.

Em três passos, eu já estava com os braços em volta dela, apertando mais forte do que nunca.

— Senti sua falta.

O choque enrijeceu seus músculos por um segundo, mas logo seus braços me envolveram também, apertando com a mesma intensidade.

— Também senti sua falta, querida. — Ela se afastou um pouco, lançando sobre mim aquele olhar analítico. — Mas o que é isso, Juniper? Você está toda coberta de lama.

Sim. Empolgada demais para ir ver Callum, nem pensei em trocar de roupa.

— Isso não importa. — Peguei a mala dela e quase a arrastei até a entrada, pronta para acabar logo com isso. — Preciso te contar uma coisa… Bom, mostrar, na verdade.

O voo devia tê-la esgotado, porque Fiona estava diferente, quase não reclamou quando deixei a mala largada na recepção nem quando fui deixando barro seco pela escada. Na porta do quarto cinco, não hesitei. Girei a chave e empurrei a porta com as palmas suadas.

Ela gostaria ou não. Simples assim.

Entrei primeiro e prendi a respiração enquanto Fiona fazia um giro lento, os olhos percorrendo a nova decoração suave, o painel recém-pintado de um tom de verde-acinzentado claro que deixava o ambiente luminoso e arejado. Seus dedos roçaram, leves, a superfície da cômoda antiga. Callum me ajudara a pendurar fotografias da Ilha de Skye na maior parede alguns dias antes, molduras de todas as cores, formatos e tamanhos. "Tranquilidade desordenada", dissera ele quando demos um passo para trás para admirar o resultado.

Achei a expressão perfeita na hora. Naquele momento, já não tinha tanta certeza... E se fosse demais?

Quando criança, eu sempre admirava como Fiona nunca deixava as emoções transparecerem no rosto. Nos dias em que ela o irritava, Alexander... *meu pai* falava que era como discutir com uma parede, só se ganhava silêncio e dor de cabeça. Nos dias bons, ele adorava ser o único ser humano capaz de decifrar o brilho no olhar dela. Queria tanto que estivesse aqui, só para ler por mim, porque, quando Fiona alisou a nova colcha de linho, dobrando com precisão o canto do tecido num ângulo perfeito, um que eu nunca conseguia reproduzir, eu daria qualquer coisa para saber o que estava passando pela cabeça dela.

Foi então que ela viu as fotos. A moldura central, a maior de todas, exibia um grande pedaço do papel de parede xadrez do meu pai. Ela se sentou com um baque, como se todo o ar tivesse saído de seus pulmões.

— Mãe... — O título saiu por instinto, ainda que um pouco desajeitado. — Me desculpa se você odiou. Eu... eu devia ter perguntado antes.

Seus lábios tremeram num sorriso úmido.

— *Aye*, devia mesmo. — E então ela revirou os olhos, do mesmo jeito como eu faria. — Mas o Hank, fofoqueiro que só ele, talvez tenha indicado que estava na hora de eu afrouxar um pouco as rédeas por aqui.

— Você falou com o Hank?

— *Aye*, algumas vezes. Ele disse que você estava dando conta de tudo e que eu devia te deixar fazer do seu jeito.

Hank tinha me acobertado?

— Então você sabia o que estava acontecendo?

Ela riu, jogando o cabelo castanho para o lado.

— Claro que sabia, sou sua mãe. Você ficava se esgueirando por aí, fazendo ligações secretas, com cara de culpada havia semanas. Eu sabia que estava aprontando alguma coisa, só não sabia que era isso tudo.

— Se você odiou...

— Está lindo. — Ela mordeu o lábio inferior, juntando as mãos no colo. — Eu devia ter deixado você participar mais da Casa Hera há muito tempo. Depois que seu pai… Eu precisava de algo para me agarrar e achei que esse lugar era isso. Mas não era. Eu… eu precisava de você, minha menina, e não sabia como dizer isso.

Ela estendeu os braços, com um brilho de esperança no rosto que arrancou meu coração do peito.

Atravessando o quarto, caí de joelhos e deixei a cabeça repousar no colo dela.

— Me desculpa por ter sido uma filha tão horrível. — Ela começou a acariciar meu cabelo com movimentos hesitantes, e eu fechei os olhos. — Acho que… desde que vocês me adotaram, fiquei esperando o momento em que tudo desmoronaria. Que você e o pai perceberiam que eu não era nem de longe a filha perfeita que imaginaram, e aí eu estaria sozinha de novo.

— *Nunca*… você sempre foi nossa filha, nascida de mim ou não. Você não tem nada do que se desculpar, querida. Nós é que devíamos ter nos esforçado mais para fazer parte da sua vida. Você era uma menina tão independente, forçada a crescer cedo demais. Não precisava de mim para escovar seu cabelo ou te cobrir à noite. — A mão dela continuava deslizando pelo meu cabelo, sem parar. — Seu pai queria insistir, mas eu… eu tinha medo de que insistir demais só te afastaria ainda mais da gente.

Joguei os braços ao redor da cintura dela e a abracei como se tivesse 7 anos e o joelho esfolado.

— Eu te amo, mãe.

Ela soltou um choro baixinho, beijando o topo da minha cabeça.

— Eu também te amo, minha menina. Sempre amei. Seu pai estaria tão orgulhoso de você.

As palavras foram como um cobertor quente lançado sobre cada momento miserável da minha vida. Mas sendo eu, quando as lágrimas voltaram a escorrer pelo rosto, tudo o que quis foi enfiá-las de volta nas órbitas dos olhos. Já tinham me visto chorar três vezes naquela manhã; quatro, se contasse a ovelha que presenciou meu colapso emocional, presa até os joelhos no brejo. E eu com certeza contava.

Eu me afastei, limpando o rosto com a mão.

— Nem perguntei da sua viagem. Você se divertiu?

— Demais. — Ela sorriu, parecendo mais leve. Como se anos de luto não tivessem exatamente sumido, mas se suavizado um pouco. — Acho que vou repetir, já que estou me afastando da gerência.

— Você o quê?

— Já está na hora. Essa pousada era minha e do seu pai. Agora é sua. Se você quiser.

Minha.

A felicidade brotou em mim como um campo de flores selvagens. Nem precisei pensar.

— *Sim.* — Minha voz falhou. — Claro que quero. *Sim.*

— Ótimo. — Ela se levantou, alisando a saia com aquele jeito prático de sempre. — Preciso tomar um banho depois desse voo... E você também devia tomar um banho antes de ver seu novo namorado.

Ela se virou para sair e eu fiquei ali, boquiaberta.

— Namorado? Como é que você sabe de namorado?

— Já te disse, Hank é um fofoqueiro. — Os olhos dela brilhavam. — Ele é um bom rapaz, June. Segura esse aí.

— *O quê?* — repeti, mas ela já tinha desaparecido pelo corredor.

Assim que a porta se fechou, levei as mãos ao rosto e despenquei sobre o colchão.

— Sentir coisas é uma merda — murmurei, segundos antes de outro choro sacudir meu corpo, e das lágrimas caírem num festival humilhante de sal e ranho.

A culpa era toda do Callum. Ele era o motivo de eu me sentir tão maravilhosamente sobrecarregada. Como se tivesse sido atropelada por um ônibus de dois andares e mal pudesse esperar pela próxima batida. Era exaustivo.

As pessoas se sentem assim o tempo todo?

Passos soaram no corredor, um instante antes de a porta ranger.

— Meu anjo?

A voz dele chegou primeiro. Depois, mãos gentis me puxaram para braços que pareciam ter sido feitos unicamente para me acolher. Callum me apertou no peito com força, como se soubesse que eu estava prestes a me desfazer e só ele pudesse manter todos os meus pedaços unidos.

37
Callum

Callum: Mãe, me desculpa se nesses últimos meses andei te pressionando a tomar decisões que você ainda não estava pronta para tomar.

Callum: Eu só queria que tudo ficasse bem, em segurança. Vocês dois.

Mãe: Você não tem do que se desculpar, meu amor. Foi você quem nos manteve unidos. Carregou um peso que nenhum pai ou mãe deseja ver um filho suportar.

Callum: Eu nunca vi isso como um peso.

Mãe: Eu sei. Sempre tive tanto orgulho do seu coração enorme. Seu pai também.

Callum: Não sei se algum dia ele já sentiu orgulho de mim.

Mãe: Sentiu sim. De todos vocês, mesmo que nunca tenha conseguido demonstrar.

Callum: Eu te amo, mãe. Vai ficar tudo bem.

Juniper chorou por tanto tempo que, se minha camisa não estivesse absorvendo todas as lágrimas, eu teria me preocupado com a possibilidade de ela se afogar.

Depois de mais um minuto abraçados, eu a ergui nos braços, com a intenção de colocá-la na cama impecavelmente arrumada, mas hesitei. Eu ainda usava a camisa e o kilt da noite anterior, e a Juniper estava quase tão suja quanto naquele dia com a vaca. Tentaria entender o que aconteceu depois, porque, quando ela fungou no meu pescoço, a decisão foi tomada.

No meio da cama, enrosquei-a no meu lado bom, cobrindo seu cabelo embaraçado de beijos.

— Por que você está chorando?

— *Ugh*... — Ela começou a responder, mas foi interrompida por outra onda de choro forte.

— Pode levar o tempo que precisar. Vou estar aqui quando passar.

— Para de ser fofo. Isso só piora as coisas.

Fiquei... confuso. A mulher da minha vida estava desabando nos meus braços e não queria que eu fosse fofo com ela?

— Vou precisar que você me explique o que aconteceu, meu anjo.

As lágrimas dela continuavam vindo sem parar, então decidi que perguntas leves eram a melhor forma de lidar com aquilo. Passei a mão pelas costas dela até a cintura, mantendo seu corpo colado ao meu, lembrando das mil vezes em que imaginei um momento exatamente assim. Não a parte do choro, claro, mas a de oferecer consolo. Não podia estragar.

— Você está triste com alguma coisa? — *Ora, ora, temos um Sherlock Holmes aqui.* Juniper começou a assentir, mas logo balançou a cabeça, o cabelo se prendendo nos botões da minha camisa. — Você não está triste?

— Não.

— Só pra ver se entendi... Você está chorando, mas não está triste, e eu não posso ser fofo com você?

— É isso mesmo.

Ela fungou, usando minha camisa como lenço.

Segurando sua bochecha úmida, inclinei a cabeça dela para trás, observando os rastros de sujeira e as marcas das lágrimas, esperando até que seus olhos inchados se abrissem antes de dizer:

— Só tem um problema nisso, Juniper. Eu pretendo ser fofo pra caralho com você pelo resto da minha vida.

O corpo inteiro dela desabou, a cabeça tombando no meu ombro enquanto ela soltava um som abafado, quase engasgado. Enxuguei a nova lágrima com o polegar antes que escorresse.

— Isso é uma merda.

Ri baixinho.

— Um relacionamento?

— Todo o choro que vem junto. — Ela se apoiou nos cotovelos, passando as mãos no rosto. — Reprimir os sentimentos era muito mais simples.

— Você nunca reprimiu seus sentimentos. — Juniper deu de ombros, como se discordasse, mas eu sempre enxerguei o que se escondia ali dentro dela. Por isso amá-la nunca foi uma escolha. — Encontrou a Shakespeare?

Ela assentiu.

— Logo cedo. Acho que eu estava mais abalada do que ela.

Suspirei aliviado.

— Que bom... muito bom. Eu sabia que você ia conseguir. Depois dou uma olhada nela. — Ela assentiu de novo, mas ainda parecia perdida nas ideias que a puxavam para o fundo. — E aí sua mãe voltou pra casa... Eu a encontrei no corredor — expliquei, diante da expressão confusa dela. — Ela ficou brava?

— Não. — Juniper balançou a cabeça. — Ela amou, e é esse o problema. Acho que estou... *feliz.*

Ela falou como se tivesse descoberto uma infecção fúngica.

— Acha que é contagioso?

— *Cala a boca.* — Ela me deu um tapa no peito, e eu segurei a mão dela ali mesmo. — Você passou semanas se matando para me ajudar e... seu pai! Merda. — Ela engasgou de repente, levando a mão livre à testa. — *Viu...* Estou aqui, deitada, deixando você me consolar, e nem perguntei do seu pai. Ele está bem?

— Perguntou, sim. Foi literalmente a primeira coisa que você me perguntou. — Pelo menos acho que foi. Juniper estava chorando tanto que só fui entender direito na terceira vez que repetiu. — Ele está bem. De volta em casa, em segurança, com apenas alguns pontos adesivos e a recomendação de repouso.

— E a sua mãe?

— Abalada. Acho que só agora estou começando a entender o quanto isso tudo foi difícil pra ela.

— Como assim?

— Sempre teve uma partezinha ressentida em mim que se perguntava por que ela ficou com ele. Por que ela nunca o enfrentou.

Mexi distraído no cabelo dela.

— Ela tinha medo dele?

— Não fisicamente. Mas acho que ele a sufocava. A personalidade dele era tão intensa que mal sobrava espaço para mais alguma coisa.

Juniper levou a mão ao meu peito, fazendo círculos reconfortantes.

— É difícil sair de um relacionamento assim, quando você já não sabe mais quem é sem aquela pessoa.

— *Aye* — concordei, num tom triste. E mais difícil ainda é ver aquela pessoa ir se apagando aos poucos, dia após dia. — Mas ela sempre encontrava um jeito de facilitar as coisas pra gente. Ele tinha uma regra idiota de não permitir doces em casa, então, todo dia depois da escola, minha mãe levava a gente até a Brown's e nos deixava escolher o que quiséssemos. Quando ele descobriu, nem tentou discutir.

— O pescoço que controla a cabeça — murmurou ela. — Você escolhia o quê?

— Biscoito com aveia e uvas-passa. É óbvio.

O riso dela roçou meus lábios.

— Estou impressionada com o nível de dedicação que uma criança precisa ter para ser tão sem graça assim.

Eu a ataquei num piscar de olhos, fazendo cócegas de leve na cintura até ela soltar um gritinho, mas seus olhos ainda carregavam uma pontinha de tristeza.

— Eu devia ter ido com você para Portree. Você já fez tanto por mim...

— Nada disso. — Eu já sabia exatamente para onde a mente dela estava indo. Envolvi sua cintura e me deitei, colocando-a na minha posição favorita, com aquelas pernas compridas uma de cada lado do meu tórax. Suspeitava que ela também gostava disso, porque sua bochecha pousou no meu peito na mesma hora, bem sobre o coração. — Nem pense nisso. Você tem todo o direito de passar por semanas ruins e pedir ajuda.

— Eu nem cheguei a *pedir*.

— Exato. Eu quis te ajudar. — Eu a levantei para se encaixar melhor no meu quadril. — Assim como você fez naquele dia na vila com meu pai.

Ajudou a colocá-lo no carro, mesmo depois de toda aquela baboseira que ele te disse. Juro que estive por um fio de perder o controle, não sabia o que fazer. Aí você lidou com ele tão bem que acho que me apaixonei de novo, ali mesmo. — Juniper ainda parecia hesitante, e percebi que não entendia de verdade. — Passei boa parte do último ano vivendo no automático, correndo entre o trabalho e a família, dormindo no sofá-cama dos meus pais nas noites em que a minha mãe não conseguia cuidar dele sozinha. Você tinha razão quando disse que eu não tinha tempo para tudo isso — gesticulei ao redor do quarto —, mas eu *queria* ter. Foi você que me sacudiu, meu anjo. Cada segundo ao seu lado foi tudo, menos um fardo. — Não tinha como aquela mulher incrível não entender o próprio valor. E eu não deixaria. — Chega de esperar tudo desmoronar. Nunca mais.

Ela se afastou um pouco.

— Você ouviu o que eu disse pra Fiona?

— *Aye*. — Olhei firme para ela. — Nada vai desmoronar, Juniper. Já chega. Em cada momento horrível, eu esperei por você, amei você e vou continuar te amando no que vier a seguir.

Ela subiu pelo meu peito, o cabelo me fazendo cócegas no rosto, e me beijou. O toque foi absurdamente terno, e mesmo assim senti como uma carícia entre as pernas.

— Eu também te amo.

Não esperava que aquelas palavras me acertassem como um soco. Pode um momento ser tão sublime que se torna quase horrível em sua intensidade? Fechei os olhos com força, lágrimas pinicando por trás das pálpebras.

E a boca dela estava ali num instante, beijando debaixo de cada olho, depois traçando a linha da minha barba, do nariz até a bochecha.

— Eu te amo.

Daquela vez eu gemi. E, quando ela mordeu minha orelha, meu corpo reagiu num espasmo.

— Meu anjo… — Abri os olhos de repente, vendo apenas o topo da cabeça dela enquanto sua boca desenhava um caminho ardente do meu queixo até o pescoço. — *Juniper*, parece errado estar de pau duro neste momento.

Ela ergueu os olhos, cheios de divertimento.

— É mesmo?

Ela abriu o primeiro botão da minha camisa. Nem tentei impedi-la, minha cabeça já tombava para trás.

— Sempre imaginei que… *ah*. — A boca dela se fechou em torno do meu mamilo. — Imaginei que o momento em que você dissesse que me amava seria um pouco mais romântico.

Eu devia tê-la levado a um restaurante chique. Comprado flores. Feito tudo como manda o figurino.

Ela pausou, os lábios a um fio da minha barriga trêmula.

— E você quer mais romance que seu pau na minha boca?

— *Meu Deus*.

Já que ela tinha mencionado, eu não conseguia pensar em nada mais romântico do que me entregar inteiro debaixo dela e, em seguida, segurá-la firme enquanto ela fazia o mesmo.

Com um sorriso malicioso, os lábios dela continuaram a tortura até chegar ao cós do kilt. Ali ela parou, pegou minha mão e deu um beijo suave.

— Me desculpa por aquela noite em Glasgow. — Soltei o ar, pego de surpresa pela mudança repentina de assunto. — Acho que foi naquela noite que comecei a seguir em frente de verdade… Mas eu estava morrendo de medo. Sinto muito mesmo por ter te usado daquele jeito.

— *Cacete*. Eu teria deixado você me usar, Juniper. Me culpei por anos depois daquilo, mas eu queria ter uma chance real com você, e aquele não era o jeito certo.

— Isso foi no passado — afirmou ela, após uma pausa.

— E o presente?

— O presente… Quero te tratar como você merece ser tratado.

— E como é isso?

— Como meu — disse Juniper, subindo a mão até deixá-la em meu peito, onde o coração disparava por ela. — Lá no fundo, acho que você sempre foi meu.

— Sempre — concordei.

Dela.

Entrelacei nossos dedos, tirando um segundo para absorver a perfeição do momento antes de mergulhar no próximo.

— Harpia, mudei de ideia sobre a cama. — Antes que ela piscasse, levantei num impulso, jogando seu corpo risonho sobre meu ombro e dando um tapa naquela bunda maravilhosa. — A gente devia inaugurar o chuveiro novo primeiro.

Só quando estávamos sob o jato d'água, com as mãos espalmadas no azulejo enquanto eu a penetrava, foi que ela voltou a falar.

— Algo não parece certo.

Eu parei no mesmo instante.

— A posição? Porque, sendo bem sincero, isso aqui deve ser a melhor coisa que já me aconteceu.

— Não é a posição... — Ela rebolou, indicando que eu continuasse. Minha mão afundou entre suas pernas, encontrando a tatuagem só pela memória. *Sortuda.* — Isso. Nós — continuou ela, e eu parei de novo. — Não para!

— *Porra*, você acabou de me mandar parar.

Ela gemeu, começando a se mexer sozinha, fazendo pequenos círculos com a cintura que eu não conseguia parar de olhar.

— Só estou dizendo que talvez devêssemos estabelecer algumas regras básicas.

Eu devia ter esperado algo diferente?

— Tipo o quê?

— Tipo a gente não começar a se tratar tão bem, por exemplo.

Dei uma gargalhada que fez as costas dela se arquearem.

— Eu ficaria arrasado se você começasse a me tratar bem, harpia. — Apertei aquele mamilo arrebitado. — O que mais?

— Nada de morar juntos por pelo menos um ano.

Nossa... Na verdade, eu esperava que ela pedisse mais tempo. Mas mesmo com ela a cem metros de distância... ainda parecia demais.

— Não. — Pressionei uma mão nas costas dela, fazendo-a se inclinar mais, deixando a água escorrer por seu corpo enquanto eu a penetrava com estocadas lentas, torturantes para nós dois. — Sem prazos. A gente dá esse passo quando parecer certo. Antes ou depois de um ano.

— *Porra*... — O corpo dela estremeceu inteiro. — Tá bom. Agora me fode com força, Macabe.

Beijei a base do pescoço dela.

— Vai dizer meu nome?

Ela balançou a cabeça.

— Então vai ser devagar.

Peguei a gata que esperneava e a enfiei de volta na caixa de transporte. O pelo preto, tão parecido com o da Shakespeare, me fez pensar no que aquela pequena demônia estaria aprontando. A dona também, que mal acordara quando eu escorreguei para fora da cama de manhã para atender a uma emergência veterinária.

— Isso deve ser tudo até o ano que vem. — Entreguei a caixa ao tutor sorridente. — Mantenha-a longe de encrencas.

Ele riu, acariciando a gata pela portinhola de arame.

— Vou tentar. Essa aí tem mais energia do que eu e meu marido juntos.

Igualzinha a uma certa gata que eu conhecia.

Merda. Eu precisava me controlar no trabalho, mas não conseguia parar de sorrir.

Nem esperei o homem sair da recepção antes de chamar:

— Quem é o próximo?

Kelly me olhava com os olhos arregalados. Ela andava fazendo isso com frequência. Acho que aquele meu sorrisinho permanente estava começando a incomodar.

— É a sua hora de almoço.

— Certo.

Peguei o celular no bolso do jaleco, calculando se dava tempo de buscar algo para comer e passar na Casa Hera antes da próxima consulta. Sem dúvida, Juniper comeria só cereal se eu não interferisse. Então o sino tocou e… Alistair entrou, abaixando a cabeça para passar pela porta. Olhava ao redor, me procurando.

Eu ainda não tinha me acostumado com o novo visual dele. O cabelo raspado bem rente deixava seu perfil elegante com um ar mais bruto, como se ele não passasse os dias de jaleco e Crocs, mas fazendo algo mais ao ar livre. Os cortes nos nós dos dedos da mão ainda em recuperação reforçavam aquela impressão.

Quando nossos olhos se encontraram, ele me encarou com uma seriedade quase perigosa.

Quando foi que ele ficou do meu tamanho?

Um estalo alto quebrou o silêncio. Kelly, atrás da mesa, mastigava um salgadinho com os olhos arregalados indo de um para o outro, pronta para um espetáculo.

Pigarreei, e ela corou.

— Vamos lá pra trás, pode ser?

— Se preferir.

Alistair passou por mim como se não fosse nada de mais, entrando na sala de atendimento.

— Se precisar, chefe, estou contigo — sussurrou Kelly.

— Toco a sineta duas vezes — brinquei, rindo quando ela me respondeu com uma continência super séria.

Eu sabia que era para eu estar nervoso. Mas, se o Alistair tivesse vindo para mais uma briga, que viesse. Talvez assim a gente conseguisse seguir em frente com a vida.

Fechei a porta e apontei com a cabeça para o machucado que ainda cicatrizava no meu lábio inferior.

— Veio me bater de novo? Essa parte aqui do meu rosto podia ficar mais simétrica.

Meu irmão continuou encostado na mesa, mas a mandíbula ficou mais tensa.

— Claro que não. Isso nunca deveria ter acontecido.

Dei de ombros.

— Eu mereci.

Ele inclinou a cabeça, mas não discordou.

— Juniper ficou chateada por eu ter arruinado seu rostinho?

Lá vamos nós.

— Acho que ela até gostou.

Minha mulher também tinha garras.

— Você tentou alguma coisa quando ainda estávamos juntos?

— Não. — Fiz uma careta. — Bom… não exatamente.

Alistair soltou uma risada forçada, cruzando os braços.

— É… Você vai ter que explicar melhor.

— No dia em que a conheci no seu apartamento… É possível que antes, no trem, eu tenha pedido o número dela. Não fazia ideia de quem ela era. — Levantei a mão antes que ele falasse. — Juniper me deu um fora na hora. Um fora bem grande. Nem acreditei quando apareceu no seu apê menos de uma hora depois. Jurei que iria esquecê-la, mas não consegui. — Dei de ombros, triste. — Acho que me apaixonei ali mesmo.

Com o queixo travado, ele digeria minha explicação em silêncio.

— Você devia ter me contado.

— E estragar o que vocês tinham? Não sou tão egoísta assim. Juniper não me queria, ela amava você. — Aquela verdade, em particular, sempre faria meu peito doer. Mas já não era mais a ferida aberta que tinha sido naquela época. — Não rolou nada até um ano depois do término e agora de novo, nas últimas semanas.

— E o que rolou, pra ser exato?

— Vai se foder. Não vou te dar os detalhes sórdidos. — Cruzei os braços. — Pode ficar puto se quiser, mas não vou contar.

Ele deu de ombros.

— Você não devia ter escondido isso de mim.

— A decisão não era minha. E olha, talvez eu devesse pedir desculpa de novo, mas, para ser bem sincero… eu não me arrependo. Faria tudo outra vez, se ela pedisse.

Alistair arregalou os olhos, como se estivesse me enxergando de verdade pela primeira vez.

— Você está mesmo apaixonado por ela.

— Sim — respondi apenas.

Ele passou a mão pela barba meio desgrenhada, pensativo.

— Pensando bem, eu devia ter percebido. Sempre houve algo a mais na forma como você falava com ela, e o jeito que ela te olhou quando vi vocês na Brown's… Ela costumava me olhar assim antes. Acho que me iludi o suficiente para não enxergar os sinais.

"Ela costumava me olhar assim antes." A forma como ele disse isso me incomodou. Havia um tom melancólico ali, quase nostálgico.

— Você ainda a ama?

O silêncio que se seguiu foi longo o bastante para que aquele incômodo crescesse e virasse um bicho de asas se debatendo dentro da minha barriga.

— Não. Pelo menos não do jeito que você está pensando. Obviamente, você sabe que é impossível não se importar com a Juniper, mesmo quando ela é tão irritante que dói. — Nós dois sorrimos. — Na verdade, é por causa dela que estou aqui. — Minha surpresa deve ter ficado estampada no rosto, porque Alistair tirou do bolso uma caixinha de veludo que eu conhecia bem demais. — Ela me pediu para encontrá-la na Brown's, queria devolver o anel — contou, sem perceber que apertava a caixinha. — Depois, mandou eu parar de bancar o idiota e vir conversar com você e… aqui estamos, tentando superar essa merda toda.

— Quanta maturidade da nossa parte.

— Incrível. Acho que essa foi a conversa mais estranha que já tive. — Indo em direção à porta, ele deu um tapinha no meu ombro. — Não cometa os mesmos erros que eu. Continue se fazendo presente, mesmo quando ela disser que não quer. Certo?

— Certo — respondi sem nem precisar pensar.

— Ótimo — concordou ele, dando outro tapinha no meu ombro. — E agora nunca mais vamos falar disso.

— Combinado.

— *Ah*. — Ele parou com a porta entreaberta. — Achei que você ia querer saber, a mãe concordou em contratar um enfermeiro noturno três vezes por semana. Ela mesma ligou e marcou. Ele começa no mês que vem.

Era o que eu esperava havia meses, e ainda assim… não senti alívio. Nossa família nunca mais seria a mesma.

— Sabia que você conseguiria convencê-la.

— Não fui eu. É só que…

— Chegou a hora — completei.

— *Aye*. Chegou.

Alistair assentiu, o peso do mundo voltando aos seus ombros enquanto se virava de novo, como se tivesse cumprido sua missão e só quisesse sair dali o mais rápido possível.

— Ia almoçar agora, quer vir comigo? — me apressei a dizer.

Ele parou de costas para mim, e odiei a distância que ainda pairava entre nós. Ele era meu irmãozinho, e aquele instinto de protegê-lo nunca desapareceria.

— Não posso. Vou ajudar o Mal na destilaria esta tarde.

Por impulso, insisti:

— Ah, beleza. Se algum dia quiser conversar, sobre qualquer coisa, estou aqui. Você sabe disso, né?

Por um instante, achei que não responderia, mas então Alistair disse, por cima do ombro:

— Eu sei.

A porta não se fechou completamente atrás dele. Ainda ouvi o "tchau" murmurado para a Kelly e o sino tilintando quando saiu.

Suspirei fundo e puxei o celular do bolso, já desejando ouvir a voz de Juniper. Bastaria um comentário sarcástico dela para dissolver todas as minhas preocupações.

O aparelho vibrou na minha mão, "mensagem de voz de Juniper" piscou na tela. Apertei o play e levei o aparelho ao ouvido, já sorrindo.

— Você saiu cedo demais de manhã — murmurou ela, com aquela voz rouca e insinuante que me fez arrepiar.

Disquei o número dela.

Nem precisou de dois toques para a ligação ser atendida.

— Macabe — disse ela, proferindo meu nome com a voz entrecortada, e *porra*... fiquei duro na hora.

— Alguns de nós não podem ficar deitados o dia todo — falei, sem rodeios. — Além disso, você e a Shakespeare estavam tão fofas coladinhas que não quis atrapalhar.

— Aquela pestinha está até começando a me conquistar.

Dei risada, já imaginando a cara que ela fazia ao tentar esconder o quanto gostava quando a gata oferecia afeição.

— Acho que a Shakespeare quer a experiência completa de Juniper Ross.

Ela riu também, e aquele som acendeu alguma coisa dentro de mim.

— Callum?

— *Aye*, meu anjo?

— Esqueceu de perguntar a cor de hoje.

Apertei o celular com força, tentando conter o gemido. Aquela mulher ainda ia acabar comigo.

— Que cor?

— Nenhuma.

Já estava pegando minha chave quando escancarei a porta do consultório com um estrondo que fez Kelly se assustar.

— Vou demorar para voltar do almoço. — Nem esperei por uma resposta, saí direto para a rua principal e voltei minha atenção para Juniper. — Não desliga o telefone e volte para a cama.

— Já estou nela — ronronou ela, e eu andei mais depressa. — Só estava esperando por você.

EPÍLOGO

Cinco meses depois

JUNIPER

— Acho que eles meio que se odeiam — comentei, as pernas cruzadas nos tornozelos, observando Shakespeare rondar o cercado do Simon como uma verdadeira pantera.

Callum se agachou ao meu lado, vestindo apenas uma toalha, ainda com o corpo úmido do banho, e deixando à mostra uma coxa musculosa de tirar o fôlego através da abertura.

Ah, bendita seja a temporada de shinty.

— Tentador — murmurei, encarando sem a menor vergonha.

Ele piscou e me puxou para o colo. E, como uma completa imbecil apaixonada, fui de bom grado, soltando algo que soou perigosamente como um suspiro.

Os braços dele me envolveram pela cintura, me aconchegando no peito molhado.

— Está todo mundo vivo, não está? A adaptação está seguindo exatamente o plano.

O plano. Como eu poderia esquecer?

Callum passou semanas pesquisando e montando os doze passos perfeitos para apresentar os animais um ao outro, incluindo um gráfico de comportamento diário que ele colou na porta da geladeira. Aqueles dois precisavam se dar bem, se eu fosse me mudar de vez para a casa do Callum, o que ele queria para ontem. Pouco a pouco ele transferia minhas canecas em forma de caveira. Elas começaram a parecer pequenos reféns, empilhadas no armário da cozinha dele.

"O que é seu é meu, harpia; afinal, somos casados", ele adorava me lembrar sempre que eu tentava recuperar as canecas. Não que a gente tivesse contado isso a alguém fora daquele quarto.

Tinha sido por impulso, numa terça-feira qualquer do mês passado, durante uma viagem rápida a Inverness, a mesma que todo mundo da ilha fazia de vez em quando, quando precisava comprar coisas que nossas lojinhas não vendem. Como era nossa primeira "viagem de casal" oficial — mesmo que fosse só para Inverness —, Callum resolveu caprichar. Um jantar romântico, seguido de um quarto de hotel absolutamente exagerado com vista para o rio. Bastou um olhar naquela banheira com pés de garra e na cama coberta de pétalas de rosa para eu soltar:

— A gente devia se casar hoje.

Callum me trouxe de volta à realidade rapidinho. Espalhado pela cama como um rei, ele lembrou que nenhum cartório oferecia licença de casamento imediata, nem mesmo para o dia seguinte. Mas ele não escondeu o brilho nos olhos nem o tremor no lábio inferior quando, na frase seguinte, perguntou se eu consideraria fazer um casamento pagão celta com ele, unindo as mãos.

— ... é uma prática arcaica, sem qualquer validade legal... mas não vou mentir, adoro a ideia de me amarrar a você de todas as formas possíveis.

Quem é que diz não para isso?

Ele quase saltou da cama, nos arrastando até o tapete macio em frente à lareira. Tirando o cinto felpudo do roupão do hotel, Callum cruzou nossas mãos e amarrou com o nó do infinito.

Aqueles minutos perfeitos foram um borrão, e ainda assim eu sabia que nunca esqueceria a expressão de Callum. Os olhos brilhando com tanto amor que pensei que meu coração fosse explodir com o peso. A voz tremendo ao declarar que não fazia ideia de como aquele ritual devia ser feito, que aquilo era tão perfeito, tão improvável, que ele jamais ousara sonhar com algo assim.

Não me lembro bem do que respondi. Mas sei que Callum lembra. Que aquele cérebro brilhante dele guardou cada segundo. Cada respiração. Cada toque.

Foi lindo, confuso, fora do comum e tão… tão a *nossa* cara.

Planejávamos oficializar… algum dia. Mas, por enquanto, eu adorava nosso segredinho. Assim como eu sabia que o Callum se divertia horrores sussurrando "esposa" em público, só pela possibilidade de alguém escutar.

Na manhã seguinte, tatuei um coraçãozinho no meu dedo anelar para comemorar a ocasião. E Callum fez sua primeira tatuagem: *Fortanach*. Sortudo em gaélico. Bem acima do coração.

Perdidos naquela lembrança, ficamos ali observando Shakespeare e Simon em silêncio. Eu não tinha grandes esperanças de uma amizade. Callum, sempre otimista, insistia que era questão de tempo. "Como foi pra você me aceitar, esposa", dizia, geralmente enquanto beijava meu pescoço.

Eu costumava responder com "Não podemos esperar uma década, marido".

Para ser justa com Shakespeare, Simon era meio babaca. Semana passada, ele roeu o dedão do meu sapato favorito. Callum alegou que ele estava "passando por um período desajustado" por causa das grandes mudanças na vida dele.

Eu ainda achava ele um babaca.

— Pronta para encarar esse dia?

Os dedos de Callum, subindo e descendo pelo meu braço, me trouxeram de volta ao presente.

Soltei um suspiro nervoso, o café da manhã mixuruca que eu tinha engolido à força pesava no estômago como uma pedra.

— Preferia voltar pra cama. Podemos dizer que pegamos uma virose, os dois.

— E perder a grande reinauguração da Casa Hera? Nem pensar. — Ele apertou minha cintura e depois se inclinou, o hálito quente no meu ouvido quando sussurrou: — Vamos fazer um acordo. Eu tenho o direito de agir como um marido orgulhoso e excessivamente emotivo, te vendo aproveitar cada segundo dos elogios que você merece de verdade. E em troca… eu deixo você me amarrar na cabeceira da cama. — Ele lambeu meu pulso, e eu não consegui conter o arrepio. — O que acha?

Meus olhos se fecharam, as costas arqueando, os seios latejando pelo toque das mãos dele, que continuavam firmemente ao lado do corpo.

— Feito.
A noite não chegaria rápido o bastante.

CALLUM

Aguentei três horas.

Três horas assistindo à minha esposa — de salto, calça preta de perna larga moldando o traseiro como uma segunda pele, e com a minha tatuagem no dedo anelar — do outro lado da sala, enquanto ela corava e ria. Sorrindo daquele jeito obsceno quando agradecia aos moradores que apareceram em massa para apoiar a reabertura da Casa Hera.

As fofocas se espalharam como um incêndio nas primeiras semanas de nosso relacionamento. Todo mundo olhava e sussurrava por trás das xícaras cada vez que parávamos na Brown's para tomar café da manhã. Mas até numa vila pequena o boato perde a graça quando os envolvidos deixam bem claro que não dão a mínima. Como eu previa, Jessica Brown ficou radiante, dizendo que sempre soube que havia algo entre nós. Ela parecia ter uma bola de cristal, de tanto que afirmava saber de tudo o que se passava por aqui.

Enquanto sorvia um vinho branco meio quente e lutava contra a vontade de arrastar Juniper escada acima, decidi que deveria ser ilegal alguém ficar tão gostosa vestindo roupa social.

Ela tinha se esforçado pra caramba para chegar até aqui. E merecia que aquele momento fosse só dela.

A Casa Hera havia fechado as portas na primeira semana de janeiro, logo depois da correria do Natal e do Hogmanay, o ano novo escocês, e passou por uma renovação completa, bancada com o empréstimo empresarial recém-aprovado da Juniper. Ela lutou para transformar cada sonho daquele caderninho dela em realidade. Desde os painéis solares até o gazebo para casamentos no jardim selvagem, que já receberia a primeira cerimônia naquele verão.

Eu estava tão orgulhoso dela.

Quando Juniper cortou a fita preta que eu tinha amarrado sorrateiramente na porta da frente naquela manhã, nossas famílias aplaudiram e comemoraram, enquanto lágrimas de alegria escorriam pelas bochechas dela, se misturando ao sorriso. Tive que secar meus próprios olhos úmidos.

Essa é a minha esposa, pensei, completamente tomado por amor. Como foi que tive tanta sorte, eu jamais saberia, mas não desperdiçaria um único segundo, não deixaria passar mais um dia sem dizer a ela com precisão o que estava sentindo.

Decidido a fazer isso mesmo, deixei minha taça de vinho, ainda pela metade, sobre a mesa.

— Já volto — falei para a Heather, sentindo só uma leve pontada de culpa por não ter escutado quase nada do que minha irmã disse nos últimos dez minutos, e cruzei a sala.

Cumprimentei com um aceno educado quem encontrei pelo caminho e, no momento em que Duncan, da loja de ferragens, se afastou dela para ir em direção à mesa de comidas, passei o braço pela cintura de Juniper.

— Estou orgulhoso demais de você, minha superestrela.

— Superestrela? — murmurou ela, encostando a cabeça no meu ombro, o corpo amolecendo sob meu toque. — Acho que prefiro isso a harpia.

Beijei sua têmpora, sorrindo.

— E meu anjo?

— Não, esse não. Você só me chama de meu anjo quando está todo derretido.

— Eu sempre fico derretido por você.

— É mesmo? Então o que é isso cutucando minha bunda?

Ela empinou a bunda, enfatizando o argumento.

Grunhi, inclinando o corpo para disfarçar.

— Isso é um efeito colateral infeliz de ver você brilhar. Acho que tenho um fetiche por elogios, estou tão orgulhoso que está me deixando excitado.

Ela riu, cobrindo o rosto com as mãos.

— Não é bem isso que significa ter fetiche por elogios.

Eu não podia me importar menos. Aquilo era, para mim, o equivalente a um fetiche por elogios.

— Você pode me mostrar depois — sugeri, já pronto para mudar de assunto, algo mais seguro, tipo a seleção de *vol-au-vents* do Hank ou o romance ainda incerto da Fiona com um turista que ela conheceu no Natal.

Mas então Juniper se colocou na ponta dos pés e sussurrou no meu ouvido:

— Me encontra no quarto cinco em dez minutos.

Minha boca ainda estava aberta quando a vi subir as escadas, rebolando com um balanço sedutor que tirou meu ar. Deus, ela me deixava completamente fora de mim.

Com os olhos grudados no relógio, aguentei até os sete minutos. Com o coração e o pau quase rasgando minha roupa de tanta pressa para chegar nela, subi dois degraus de cada vez. O prazer antecipado de transar com ela a um andar de distância da festa inteira me impulsionava pelo corredor como uma explosão elétrica.

Abri a porta do quarto e encontrei o espaço silencioso, com as cortinas fechadas, mesmo em plena tarde de primavera. Juniper estava estendida na cama, apoiando a cabeça numa das mãos enquanto desenhava formas sobre a colcha. Simplesmente perfeita.

— Alistair não veio — comentou ela, os olhos encontrando os meus.

Parei no meio do caminho, tentando entender o tom da voz dela. Que balde de água fria.

— E você está chateada com isso?

— Não estou chateada. — Ela deu de ombros. — Só um pouco preocupada. Ele tem faltado a muitos encontros de família. Até sua mãe deu uma passadinha.

Eu também estava preocupado com ele. Na maior parte dos dias, parecia uma pessoa diferente. Tinha algo… triste nele. Fechado.

Alistair não voltou para Glasgow. Só foi até lá para empacotar metade das coisas e voltou direto. Eu achava que ele iria embora assim que as coisas com o pai se resolvessem, mas ficou. Chegou até a começar a trabalhar com o Mal na destilaria e se mudou para um chalezinho nos arredores de Kinleith. Mas tudo o que não estivesse diretamente ligado a nosso pai ele dava um jeito de cancelar em cima da hora.

Nenhum de nós acreditava nas desculpas dele, mas gostávamos tanto de tê-lo por perto que ninguém forçava o assunto. E, para ser sincero, eu sentia que não tinha moral nenhuma para me intrometer na vida dele, então deixava passar. Talvez estivesse na hora de mudar isso.

Soltando a gravata, caminhei até a cama.

— Vou falar com ele. Feliz?

Amassei a gravata na mão e a larguei ao lado da cintura dela.

— Sim — confirmou Juniper, pegando o tecido e passando os dedos pela seda verde-escura. — Posso te amarrar no pé da cama?

Abri um sorriso e, por um instante, tudo pareceu exatamente como nós dois sempre fomos. Um pouco feroz. Um pouco fora de controle.

— Mais tarde. Primeiro, quero você com as costas na porta, para todo mundo lá embaixo ouvir ela batendo.

— Romântico — brincou ela, saltando de pé.

Observei cada linha daquele corpo elegante e impecável.

— Romance é meu nome do meio.

— Achei que fosse Clive.

— Me arrependo tanto de ter contado isso — murmurei, guiando-a até a porta e desabotoando a camisa com agilidade.

— Você não reclama quando eu grito esse nome na cama.

Parei bem no momento em que o sutiã rendado azul, meu favorito, apareceu. Segurei o queixo dela entre o polegar e o indicador.

— Estou dizendo isso da forma mais amorosa possível, mas, meu anjo, quando estou entre suas pernas, minha avó morta podia começar a sapatear na mesinha de cabeceira e eu nem notaria.

— Isso é… — Ela estreitou os olhos.

— Perturbador?

— Estranhamente excitante, na verdade. Você tem razão, talvez a gente devesse mesmo transar na porta.

Ela passou os braços ao redor do meu pescoço, pronta para pular em meus braços. Mas eu a mantive firme, descendo de joelhos enquanto puxava a calça e a calcinha de uma vez, deixando-a gloriosamente nua diante de mim.

— Calma aí. Antes, quero honrar meu alter ego favorito.

Ela sorriu, os olhos brilhando com aquela malícia que me fisgou desde o começo. Mesmo quando não devia.

— O que você quiser, Ken.

Meus olhos encontraram os dela bem antes de eu lamber a tatuagem.

— Crava essas unhas nas minhas costas e grita por mim, harpia. Estou me sentindo sortudo.

AGRADECIMENTOS

Nós conseguimos! Ainda não consigo acreditar que estou escrevendo os agradecimentos do meu primeiro romance totalmente publicado por uma editora tradicional, e tenho tantas pessoas incríveis a agradecer por ajudarem este livro a ganhar vida.

Primeiro, como sempre, ao meu marido, Freddie. Este era um sonho que eu nunca me permiti sonhar de verdade. Obrigada por acreditar nele quando eu mesma não conseguia, por ser o maior incentivador do universo, por sempre me deixar bancar a princesa no banco de passageiro do carro e por me mostrar o que é amor incondicional. Sem você, este livro não existiria.

ESCÓCIA! Pelo coração selvagem e pela generosidade do seu povo. Você pode não ser o lugar onde nasci, mas é, sem dúvida, o lar da minha alma.

A todas as pessoas que me apoiaram até aqui, seja comprando um livro ou apenas curtindo uma publicação. Aos bookstagrammers, booktokers e criadores de conteúdo que embarcaram comigo nessa jornada; suas postagens lindas, o entusiasmo, a criatividade e a generosidade fizeram com que os irmãos Macabe chegassem a leitores que eu jamais alcançaria sozinha. Sou mais grata do que consigo expressar.

Às mulheres maravilhosas e incrivelmente gentis, leitoras e autoras, que conheci nesta comunidade: Erin, Courtney, Dilan, Caden, Olivia, Zarin, Meg, Natalie, Soraya, Sam, Annabel, Mahbuba, Ronnie, Jesse, Valentina, Kate, Leti, Georgia, Emma, Rach, Hannah (e tantas outras!). Vocês me inspiram todos os dias. É uma bênção poder chamá-las de amigas.

À minha família, pelo apoio constante e alegria diante dessa carreira tão inusitada que inventei para mim. À minha sobrinha, Grace, que ama romances tanto quanto eu — agora tenho com quem compartilhar recomendações. À minha mãe, que conta para todo mundo que conhece sobre os meus livros, e que já deve ter vendido mais exemplares do que eu. Ao meu pai, por não ler este livro. À família do meu marido: se estiverem lendo isso, é melhor a gente não conversar sobre o assunto.

Katie Fulford, obrigada por compartilhar da minha paixão pela Escócia, por enxergar o potencial desses personagens e apostar em uma autora independente. Obrigada por se empenhar tanto para encontrar o lar ideal para os Irmãos Macabe. Mal posso esperar pelas próximas aventuras que ainda vamos criar juntas.

Minhas editoras, Olivia e Tessa, vocês entenderam exatamente quem esses personagens precisavam ser e trabalharam com todo o coração para me ajudar a chegar lá. A toda a equipe da HarperFiction e da Avon US, em especial Lynne, Libby, Emily e DJ, pelo apoio constante e por todo o trabalho que fazem nos bastidores — realmente, é preciso uma comunidade inteira. Aos revisores, designers, diagramadores e à equipe de áudio, meu sincero agradecimento.

A Sam (@inkandlaurel), por dar vida ao Callum e à Juniper dos meus sonhos. Quando eu achava que nada superaria *Alto teor amoroso*, você veio e criou a capa mais sexy que já vi na vida.

E, por fim, mas de forma alguma menos importante, obrigada, Zeus. Meu cachorro, meu melhor amigo, o colega de trabalho mais dedicado que uma escritora poderia desejar.

Este livro foi impresso em 2025, pela Vozes, para a Harlequin.
O papel do miolo é avena 70g/m² e o da capa é cartão 250g/m².